何存中
何启明

——著

第一部

如诗如画

长江出版传媒　长江文艺出版社

图书在版编目（CIP）数据

风在蛙声里 / 何存中，何启明著. -- 武汉 ：长江
文艺出版社，2024.11
ISBN 978-7-5702-3371-7

Ⅰ. ①风… Ⅱ. ①何… ②何… Ⅲ. ①长篇小说－中
国－当代 Ⅳ. ①I247.5

中国国家版本馆 CIP 数据核字（2023）第 218586 号

风在蛙声里
FENG ZAI WASHENG LI

策划编辑：阳继波
责任编辑：陈欣然　马菱苊　　　　　责任校对：毛季慧
封面设计：陈希璇　　　　　　　　　责任印制：邱　莉　王光兴

出版：长江出版传媒　长江文艺出版社
地址：武汉市雄楚大街 268 号　　　邮编：430070
发行：长江文艺出版社
http://www.cjlap.com
印刷：武汉中科兴业印务有限公司

开本：680 毫米×980 毫米　　　1/16　　印张：47.75
版次：2024 年 11 月第 1 版　　　2024 年 11 月第 1 次印刷
字数：660 千字

定价：128.00 元（全三册）

谨以此作献给半个多世纪来生长在这块土地上的三代农民作家。

——题记

目　录

楔　子

一

人生无非睡醒之间。梦是醒世的花。

何括过了耳顺之年，到了父亲生前所说的，前三十年睡不醒，后三十年睡不着的年纪。不管睡得早，还是晚，清晨三点左右必得醒来，回忆刚才所做的梦。

叫何括惊奇的是，一连几个晚上竟然做着同一个梦。那梦不深不浅，介于冥醒之间。梦中的何括竟能张开双臂，像鸟儿一样从山顶上朝下飞，走的是捷径，落到江湖的水面上，又能踏波而行。梦中的何括相信他有那神功。醒来的何括想了又想，他到底有没有离开地面凭虚御风的本领。结论是根本没有。于是何括又睡着了，接着做那腾云驾雾飞翔的梦。日月星辰在宝石样的蔚蓝间，无垠无底。一个声音穿透苍穹，落到何括的脑子里。

那声音闪着金光喊："何码字！听到了吗？听到了请回答。"何括问："谁是何码字？"那声音说："你就是何码字。你说你是农民的儿子，从泥土里拔出脚来，码一生的字，终于登堂入室，码成了作家。你搞忘记了，你入会登记表上的笔名就叫何码字。"

啊，何括记起来了，有那事。那年入中国作家协会时，何括正好与单位一个内行的领导闹意气。那时候何括急了，炫耀说他发表了多少字的著作。那领导并不恼，笑着说："单位的打字员比你码的多得多。"何括一听竟无话可说。单位那个打字员是个女的，人长得漂亮，一袭黑裙，长发飘飘，身上洒着法国香水儿，暗香浮动，让人浮想联翩。更叫人羡慕的是，她那字打得出神入化，每天要发表许多的文件。何括根本不能与她相比。于是何括就在入会登记表的笔名栏里，填了个"何码字"。填了也就忘记了，没当回事儿。其实那笔名一直没用，闲在那张表上。如今有真名，哪个还用笔名？

那声音说："我是云盘。有一个超大邮件，通过我发到你的邮箱里，请你点击。"何括问："什么云盘？"那声音说："云盘是生命储存在云端之上的总信息，与生命同行，与宇宙同在，浩如星云，无所不包，无所不在。地球上所有生命的信息，发生以后就以粒子的状态向宇宙空间辐射，聚集在云盘里。就像量子通信，有着对应点。一处在此端，一处在彼端，只要点击，不管距离多远，瞬间即可激活。"何括问："此端是肉体吗？彼端是灵魂吗？你是肉体与灵魂融合之处吗？"那声音说："你可以这样理解。"

那声音说："所发来的是与你一生的创作相关的信息，邮件是超大的、压缩的。你可以尝试打开，然后分时段检索、破译、复盘。请你记住，此过程需要有足够的耐心和勇气，也许是一堆乱码。只有你动用心智才能解密，别人替代不了你，因为你是亲历者。"

何括彻底醒了，拿起枕头边充电的手机，登录邮箱。何括使用的是普通邮箱，邮箱里倒有许多邮件，全是本地业余作者发来的稿子。小说、诗歌、散文、文学评论，样样都有。如今何括是地方一家刊物的主编，薪火相传，多年以来担负着培养本地业余作者的重任。当然还有一个欺骗邮件，说是据可靠消息，何括入围了诺贝尔文学奖，只要投多少钱，就可以帮他拉票。

何括正要关屏，看见 QQ 闪闪发亮，提示他点击。他点击之后，一堆乱码铺天盖地，蜂拥而至，手机系统马上报警，崩溃了，黑屏了，死机了。

事实证明，云盘好比黑匣子，轻易是打不开的，需要用血泪浸润才行。

二

古历九月初九是传统秋祭的日子。何括来到外婆巴水河畔的沙街。秋阳在天，阳光灿烂。放眼望去，巴水河从天边流下来，又流到地边去。

何括坐在河床之上，在青草如风的高墩上，回忆童年。如今巴河禁止采砂了，河床经过洪水的冲击，平复成昔日的模样。那细沙的颗粒，如面如粉，伴着清清的流水，汇向对岸的马家潭。传说马家潭深不见底，有一个洞直通东海，里面住着龙王菩萨。有一年沙街一个姓张的"谜鱼师"，水性极好，追一条大鲤鱼，潜下深潭，进到了洞里边。洞里金沙铺地，和风拂面，鲜花盛开。他看到两个白胡子老头在石桌上下棋，就站在那里看。旁边有一只金丝雀儿，跳过来跳过去。等到一盘棋下完了，谜鱼师记起了吃饭，潜了出来，回到家里，家里的人全不认识他。老婆死了，儿子已是白发苍苍。原来洞中方一日，世上几十年。那金丝雀儿，跳过去是一年，跳过来又是一年。

何括记得小时候马家潭上面有一棵树，如伞如盖，荫着河岸，倒映在潭水里，敛着波光。那里有一座黑鱼庙，庙里设着水文站，发洪水的季节，就有木船出来，顺着过河的铁索，收集水文信息。因隔着河，河对面就是何括向往的天堂。河那边也有山，也有水，也有垸子和炊烟，人进人出，狗吠鸡鸣，如同画儿一般。何括以为那里就是神仙住的地方。有朝一日，他也住到那边去。

何括这回没有到外婆的家。因为记忆中那善良的外婆死了，雄伟的细舅、美丽的细舅娘也死了，世上换了新人。表弟的家，大门上挂着一把锁。那把锁告诉何括，主人全家进城讨生活去了。何括没人带领，只能独自到鲤鱼山上外婆、细舅和细舅娘的坟前烧纸磕头。

记得细舅在世时，每到清明节，何括就到沙街祭祀。细舅就在家里等着他来。何括去后，细舅就拿着寿香和爆竹，带领何括上山到坟前祭祀。细舅点着寿香敬了，磕头。何括才烧带来的纸钱，然后磕头。细舅点着爆竹放。细舅祭祀的不仅是他的娘。细舅祭祀是公平的。他祭祀的是三具坟，除了他的娘，还有他的父亲和前面的娘。何括的外公，一生娶了两房，第一个生了两儿两女，死了后，再娶的才是何括的外婆。何括的外婆生了何括的娘和细舅。何括的外公在巴水河畔枝繁叶茂，繁衍出一个庞大的王姓家族，包括何括这个外孙。

哲人说："人一生不可进入两条相同的河流。"但何括进入的的确是一条相同的河流。一河清水长流，两岸青山常绿，仅仅物是人非。何括来祭奠的是他河畈的童年。哲人说："有什么样的童年，就有什么样的作家，童年是作家的底色。"何括觉得这句话可以反过来说："什么样的作家，就有什么样的童年。什么种子开什么花，万变不离其宗，童年是作家情怀的染色体。"

在何括的心底，外婆的沙街如诗如画，宛如"世内桃源"，一辈子也忘记不了。何括想，如果他这辈子不搞写作，不当作家，那么外婆的沙街、他的童年，应该是凄风苦雨，怨天尤人，不堪回首。如果一定要问，一个人当作家与不当作家，有什么区别的话，恐怕就在于沉淀在记忆深处的关于童年的色调。

何括记得一则寓言，这个寓言肯定是舶来品，说的是一串葡萄的吃法。说人的一生，摆在面前的，无非是一串葡萄。有两种吃法：如果择个大的先吃，一颗颗吃下去，必定越吃越苦越难受；如果择小的先吃，一颗颗吃下去，必定越吃越甜越幸福。当作家的恐怕是先择小的吃的人，所以他的一生越过越觉得幸福。所以这个世界上，不能没有作家。作家就是选择第二种吃法的人。这种人在世俗之中，就像蜜蜂，采得百花成蜜后，为人辛苦为人忙，自己醉在其中，也让世人尝到了世间甜蜜的味道。

何括这时候才理解过世的农民诗人王老师——是他引他走上了文学创作的道路——理解他为什么在蚕老叶尽的晚年，在文化馆那间陋室的灯下，用他那并不专业的笔，绘他童年梅梓山的家乡，耐心地给何括介绍，哪里是竹园，哪里是池塘，哪里是他家的老屋和屋后的祖坟山，然后咧着没牙的嘴，声情并茂，对何括唱他写的绝句："朦胧归去旧山村，鸟雀无声荒祖坟。四面炊烟谁挽客？儿时缠我古萝藤。"

秋草连天，气候变暖了，并不枯黄。蓼花儿开了，一簇簇一团团，粉红，清凉，像孩子好奇的眼睛亮着。一个作家的童年梦，就亮在巴水河畔外婆沙街的这些眼睛里。娘死后，父亲带着三岁多的他，就在这里长大。如今六十多年过去了，是河畈的童年，决定了他人生的底色。

河边的风景真如画儿一般。秋风起了，雁阵在天，一会儿排个"一"字，一会儿排个"人"字。何括听见空风之中，那苍老的声音在吟唱："泼向高高大片山，留条瀑布泻河间。小舟不必浓浓染，几笔摇来岸柳烟。"

这是王老师的诗啊！

何括站起身来，追着秋风呼喊："王老师，您在天堂还写诗吗？"

何括仰望苍穹，潸然泪下。

在河之洲

第一章

一

"关关雎鸠，在河之洲。"这是《诗经》开篇的诗句哩。

这诗句让一代代读书的人，像做梦儿一般，浮想联翩。

在何括童年的记忆里，巴水河边的风景，就像一幅随季节变化的画。巴水河畔的沙街，清明到了，燕子飞到垸子人家的堂前做窝儿，广阔的河畈就是百花盛开的春天。白露过了，河湖里的大雁唱着歌儿飞走了，那就是稻谷黄畈、棉花白地的秋天。

这样的季节，外婆就爱搂着小外孙在月亮很好、星光眨眼的夜晚，坐在大门前那棵大柳树下唱儿歌。那歌儿就像树的影子，倒映在塘水里，清新明亮。外婆拍着怀里的小外孙唱："桃花李花结满林，橘子花儿做媒人。扁担花儿堂上坐，喇叭花儿去迎亲。金花的姐，银花的郎，荷叶帐子菊花床。四季都有花儿在，把郎记在心头上。"

这巴水河边的儿歌，就像是甘肃的"花儿"民歌，美得人一生一世忘不了。何括记得那年到兰州，穿城而过的黄河岸边，正举行"花儿会"。听那"花儿"，使何括记起了这"花儿"，让何括禁不住热泪盈眶。那天何括喝多了酒，就在那滔滔的黄河岸边迎风疾走，像王老师那样吟出了："酒醉黄河我不怕，黄河岸边听花花。一听花儿我心动，再听花儿泪已下。思绪化作黄河水，伴我思绪走天涯。"河边的"花儿"都是有灵性的，扎在人的心里头。有根才有叶，有叶才有花，有花才有果。

就是这大别山南、地处鄂东巴水河二级台地上河畈的"花儿"，孕育了何括这个农家子弟，指引他走上了文学创作之路。看起来是必然的，但每一步都是偶然的。

遥想风云激荡的民国末年，如果燕儿山下何家坑的何姓，不向巴水河边沙街的王姓提亲，那么沙街的王姓，就不可能有个叫作何括的外孙，更不可能有个叫作何括的作家。

这些历史，何括当然不可能亲历。何括是听父亲生前高兴时，肉口传的。巴水河边许多家庭的历史，由于谱牒缺修，断代了，就只能靠肉口相传得以延续。何括的父亲晚年从乡下的老家来到城里，同儿孙一起过年。这时候，何括的父亲念念不忘他的根。他总是在大年三十晚上，带领子孙祭祖过后吃团圆饭时发感慨，说他做梦也没想到能有今天。因为身在福中，所以就对子孙温习他儿时的幸福。

何括的父亲晚年最大的改变，就是遮蔽人生的苦难，酿苦为甜。他知道如今的后代，不爱吃忆苦的饭，只爱听幸福的歌。何括父亲的这思路是受了电视台记者启发的。

那一年何括的父亲进城过春节，在街上闲逛，遇到电视台的记者在街头采访。那女记者衣袂飘风，光鲜喷香，她拿着话筒，对着何括的父亲问："老人家，您幸福吗？"何括的父亲对着话筒，脸笑成了一朵菊花儿，说："我幸福。"何括的父亲很想女记者接着问："老人家，您为什么幸福？"哪晓得那女记者并不接着问，而赶着去问那个上幼儿园、花儿样的小女孩。这使何括的父亲意犹未尽。

年饭之时，何括的父亲张着满是虫牙的嘴，对子孙说，幸福，是从他的童年开始，以"甜"入题的。何括的父亲读过八年私塾，十六岁结婚后又到镇上读过两年高级小学，自然层次不低。何括的父亲深受明清话本的影响，又是听鼓书艺人说书长大的，晓得子孙的兴奋点。何括父亲那满口的虫牙，到老也不见好。何括的父亲举着筷子，指着满嘴的虫牙，笑着对子孙说："这是小时候吃甜食吃多了，造成的。"这"造成"二字就用得好。何括的父亲一生爱吃甜食，越甜越好，到死这个毛病也改不了。何括的父亲晚年血糖太高了，总也降不下来，"造成"心肌梗塞。医生说："是'甜'

要了他的命。"

何括的父亲在幸福之中对子孙说："你们晓得不？我小的时候，我家是在竹瓦店街上开糕点铺的。做蛋糕、饼干、酥糖，也做'寸金'。那都是好东西，一样比一样甜。那铺面是大山何家一九二七年土地革命时转给老屋垸本姓兄弟的。大山何家把街上的铺面转了后，逃到了汉口洋人的租界。大山何家是大富人，是革命的对象，逃到汉口租界保平安。那之前我的父亲，一年四季，走江湖放鸭兼打铳。我母亲在家织布带摇伢。他们做梦也想发财买田置地。父亲放排鸭放到野鸭飞到家鸭圈里生蛋的地步，打猎精到只伤猎物翅膀和腿的程度，但还是发不了财。父亲四十岁那年找了一个看相的给自己算算。那个看相的说，父亲要蓄胡子才能发财。于是父亲就蓄了胡子。父亲号鑫照，人称'照胡子'。父亲蓄了胡子后，果真大山何家就转了铺面。父亲在竹瓦店镇上开了一个叫'鑫照'的铺面，做糕点，自己动手，也带徒弟，也请大师傅。每天有固定的进项，这才过上了好日子。只是子女甘贵，母亲一连生了九个，都没养大。四十二岁时，才生了我这个'秋葫芦儿'。那才叫掌上明珠。捧在手上怕融了，含在嘴里怕化了。我一生爱吃甜食就是那时候惯就的。那时候我进糕点作坊，就贪吃。做糕点的大师傅问我爱吃什么，酥糖吗？我说我爱吃'寸金'，因为'寸金'比酥糖更甜。大师傅就把刚出锅的'寸金'，拿来一大堆，摆在我面前，说，吃吧吃吧，不要你的钱，吃过瘾，吃够！我就嚼得满嘴麻木。作坊的长工们哄堂大笑，问我还吃不吃。那时候我不知道糕点铺是我家开的，大师傅存心害我，让我朝死里甜。"

四世同堂，那甜蜜就让曾孙向往。何括的孙子也爱吃甜食，扯着何括的手撒娇，说："爷爷也开糕点铺。"何括的父亲咧着满是虫牙的嘴笑，说："苕种嘞！甜食吃多了，不是好事。"

何括当然知道那不是好事。这套"经"，何括从小听父亲说过无数遍，深知甜给父亲造成的苦难。父亲先天不足，生下来只有三斤六两，也不哭，只像老鼠一样，三天也不肯睁开眼睛。祖母吃斋念佛求观音菩萨发善心，祖父修桥补路积德，父亲满月之后睁开眼睛才肯哭出声来。那哭怎么看都不像哭，像笑。祖母抱着父亲让祖父看。祖母说："你看，当家的，孩子笑了。"祖父盯着父亲的小脸看，说："这哪里是笑？像哭。"祖母说："这就是笑哇。"祖父说："世上哪有这样的笑？"那时候何括父亲的表情，让祖父和祖母哭笑不得。其实那不是哭也不是笑，是父亲入世后的自然表情。

十二岁之前，何括的父亲是在药罐中度过的。由于先天不足，消化不良，肚大如鼓，常年拉痢疾，父亲要喝苦药帮助消化。一日早晚两餐苦药，把那张小脸弄成了苦瓜干，尽是皱纹。于是恶性循环，越是喝苦药，他就越爱吃甜食，图口福。越吃甜食，越难消化，原汤原汁吃进去，变个花样拉出来，折磨得他喘不赢气。晚年何括的父亲总是把童年的荒唐当作笑话讲。何括的父亲说他这一生，吃尽了苦中苦，尝到了甜中甜。到底是读书人，这话就上升到了一种哲学的高度。

何括父亲的病是后来到杨庄庙里，拜那个法号叫"惠根"的和尚为师傅后才治好的。所以何括的父亲有个小名叫"细和尚"。既然俗家禁不了嘴，那就出家吧。杨庄庙那时候是巴水河边有名的庙，也不大，只是临河傍湖，红墙绿竹掩映，茂林修竹成行，离俗世不远，随人心就近，气象不凡。何括的祖父背着儿子去，叫着下人挑着米和油，并不带银子。因为那和尚只收米和油，并不收银子。那和尚说，银子吃不得喝不得，收了夜里睡不安宁，贼人会惦记着来偷。那时候军阀混战，城头变幻大王旗，你方唱罢我登台，巴水河边土匪蜂起，打家劫舍，绑票是寻常的事儿。何括的祖父背着何括的父亲进了庙，跨过了那高高的门槛。背上那小儿肚大如鼓，面黄肌瘦，只是两只眼睛放光芒，居然还拉了稀，祖父的背上一块湿迹。那和尚问："臭吗？"祖父说："要是臭就好了。"那和尚对何括的祖父说："放下着。"也不沏茶喝，也不寒暄，只伸出一只手来，在何括父亲的头上摩挲。那时候何括的父亲像只猫咪，一点也不动。和尚问："慧根如何？"何括的祖父说："有劳师傅。"和尚说："我不问你。"何括的父亲就晓得是问他的，眼睛就亮了。和尚指着菩萨前的长明灯说："灯。"何括的父亲答："亮。"和尚笑了，说:"可得。"于是那和尚就用手,对何括的祖父朝庙外一指。庙外阳光灿烂,风移云影。何括的祖父就叫下人放下米油,留下何括的父亲,出庙走了。那是夏天,师傅给何括的父亲剃了光头。何括的父亲眉清目秀,剃头之后,那就青鉴可爱。师傅给何括的父亲取了法号,叫作"可得"。自此,可得就在杨庄庙里蓄伏养病。祖父回家,祖母不放心,问祖父:"怎么样?"祖父对祖母说:"儿要宽心养,债要狠心还。"这话也是经典。

何括的父亲说夏天杨庄庙里的景色真叫好。林子里有鸟儿叫,师傅说那鸟叫画眉。草地里有虫子叫,声声不绝,师傅说那是纺织娘。夜晚,凉风徐来,师傅领他乘凉,从树林的缝儿里仰望星空。师傅随风唱得出诗来,诗云:"银烛秋光冷画屏,轻罗小扇扑流萤。天阶夜色凉如水,卧看牵牛织女星。"何括的父亲说师傅睡的簟子真是好,是用蕲竹打的。师傅说这蕲簟是明朝的贡物。人睡上去,就会留下汗迹儿。何括的父亲说他与师傅同睡,早上起来,这边一个人,那边也是一个人。这边是大人,那边是小人。何括的父亲说杨庄庙里吃得真叫好,都是素菜,新鲜瓜果,自己种的。只放油盐,并不放荤油和肉。吃进去不鼓肚子,很好消化,不需吃苦药。那时候师傅不要父亲进甜食。师傅对何括的父亲说:"切记,甜到极时必是苦,苦到极处才回甜。甜是你前世的孽,苦是你现世的缘。你莫要忘记这些,才是我的好徒儿。"何括的父亲说:"可得。"何括的父亲说,他在杨庄庙里蓄了三个夏天的伏,病果然好了。返回俗世,该让父母操心了,因为到了"笑亲"的年纪。

何括的父亲夹了一块红烧肉,朝嘴里送,那肉叫东坡肉,是切成方块用红糖烧的。何括的父亲嚼着肉,笑着对儿孙说:"我俗心不死,一生还是爱甜。"

二

何括相信,父亲回忆同母亲在河畈桑林间相亲的场景,肯定受了《诗经》的影响，不然没有那么美。所以说自古诗书不害人。

何括父亲与母亲的婚事，是"笑"下来的。

通过父母的婚事，何括深谙巴水河边几千年来"门当户对"风俗的好处，就像春天的树苗，找块沃土栽下去，不愁生根开花。这就是一生幸福的基础。

"笑亲"，是巴水河畔大户人家对于儿女婚事选择的一种方式。他们除了发家致富之外，特别重视儿女的婚姻大事。他们有闲心，有闲钱，交际面又广，能够审时度势，选择门当户对的人家"笑亲"。"笑亲"也不是一锤定音，日后若发生变故，也可以办酒"笑退"，双方都是体面人家，无伤大雅。不见得死守"父母之命，媒妁之言"那一套。但是"笑退"的事情很少，往往是以"笑"为约。何括父母的婚事就是一"笑"定终身的。

那一年春节的时候，巴河边沙街王家墩的当家人，让下人推着两乘花车，沿着巴水驿的驿道，到竹瓦店街上办年货。花车是独轮的，俗称"狗推车"。柔木为轮，辐条交错如花，中间起拱架空，两边能放许多东西。据何括的父亲说那是诸葛亮发明的"木牛流马"。一个人在后面推着走，就在石板路上唱咿呀的歌儿。用两乘花车办年货，就气派，不用问那就是大户人家。王姓的当家人穿着体面的长袍子，也蓄着一把大胡子，茂密、浓黑，因为格外爱惜，所以经常梳理，油光可鉴。那时候巴水河边的有钱人就爱蓄胡子。巴水河边的人爱说，嘴上无毛，办事不牢。蓄着胡子就表示老成、有心计，人就不能低看。

王胡子进了竹瓦店街何胡子的糕点铺，两乘花车就停在糕点铺的门前。王胡子说要进一百零八匣糕点过年。这就不是小生意，何胡子自然欢喜。两个胡子就坐在铺面后雅室里喝茶，让下人张罗。喝茶的时候，就有一个光头的小子，捧着一封"寸金"进来，站在旁边嚼得嘣响。王胡子见那小儿眉清目秀，就问何胡子："这就是你家的相公？"何胡子说："让你见笑了。"王胡子问："病可好了？"何胡子说："算得是人。"王胡子问："婚事可有着落？"何胡子说："实不相瞒，有人动过心思，但生怕他算不得人。

你看这是人么？"王胡子笑了，说："我家有小女一个，待字闺中，就怕高攀不上。"何胡子说："说哪里的话？我俩都蓄着胡子哩。"王胡子说："那就这么说。"何胡子说："君子无戏言。"二人就击掌而笑，定了这门亲事。当然也请媒人上门，也送聘礼，大张旗鼓，铺排罗列，那只是例行风俗。于是巴河边的人们都晓得，竹瓦店的何家与沙街的王家成了儿女亲家。沙街的王家在河畈有田有地，竹瓦店的何家在街上有铺面，在乡下也有田产。竹瓦店何家的儿，眉清目秀，读书进学，只是爱吃甜食。沙街王家的小女，鲜活水灵，挑花刺绣，也事蚕桑。

巴水河边的人说这才叫天作之合。其实，这并不是天的事。那时候巴水河边两个有钱的当家人都精明，一个为了女的美满，一个为了儿的幸福，处处用心行事，行的是人作之合。所以巴水河边的人们常说："吃不穷，喝不穷，不会打算盘一世穷。"意思是说，人间的幸福来自谋略和智慧。这才是世俗生活中的真谛。

巴水河边有句俗话，叫作："人算不如天算。"接下来命运安排给何括父亲的并不是幸福，但何括的父亲却能用微笑的方式回忆。这说明何括的父亲已经摆脱了苦难。哲人说，一个人回忆苦难有两种方式：第一种是声泪俱下，怨天尤人，这说明他没有走出苦海，仍在阴影之中；第二种是面带微笑，妙语连篇，这说明他已经超脱了，把苦难化作了幸福。何括的父亲属于后者，所以叙述起来格外幽默。

何括父亲对子孙说，先是他善于持家、勤扒苦做的母亲得病了。舍不得田地，舍不得家财，舍不得她的儿，但还是要舍，生母不到六十岁，撒手西归。父亲在巴水驿给他找了一个姓余的后娘，继续过日子。那后娘人高马大，生性洒脱，嫁到何家是准备享福的。过了两年，那个蓄着胡子、做梦也想发财的人，也驾鹤归西了。那死来得突然，是贼吓死的。那时候巴水河边就有那样的一伙人，白天扮成货郎，挑着闪光的玻璃柜子，里面装着各色绣花的线和各号绣花的针，各种小孩子喜欢的洋玩意儿——吹的，看的，当然还有五颜六色的麦芽糖，无柄的叫砣儿糖，有柄的叫棒糖——

出来探路儿；到了夜晚，他们就结伙出来挖窟窿行窃。他们有的是手段，任你高墙厚壁，用一根铁钎子，找砖缝儿插进去，然后屁股坐在铁钎上用劲摇动，就能将墙上的砖松动，一口口地拆，挖出人钻得进去的窟窿来。然后一个人在外望风接应，一个人钻进去行窃。那是腊月的晚上，有星无月，鸡还没开口，那个蓄胡子的人听见响动，从床上爬起来，突然就看到一个蒙面人站在床面前，他就直腰倒地上，吓死了，一点也不痛苦。

何括的父亲说，那个蓄胡子的人死后，家里只剩三个人。他这个做儿的，一个姓余的后娘，加一个叔爷。后娘主内，叔爷主外，家产自然由叔爷管理。那叔爷原来是巴河富甲一方的程鸭子家管账的大先生。主家因为是放排鸭发家的，所以巴河人一直叫他"程鸭子"，贬义自在其中。那叔爷的算盘打得好，能将二十四桥的算盘顶在头上。两个人报数字，他双手举在头上打，滴水不漏，一点错不了。叔爷终身未娶，风流成性，出门戴一副墨晶眼镜，骑一匹白马，并不置鞍，巴河人管这样的人叫"骑赤膊马的"。那人折一根柳条作鞭，随手一挥，那马就追风而去。叔父来无牵挂，处处无家处处家，吸大烟，也喜赌。哥家钱财和田地都在他的手上，任他挥霍，没用多长时间，就输得差不多了。垸人就替姓余的后娘担心，说："这样下去，你后半生的日子怎样过？"姓余的后娘以手拢发，哈哈笑，说："你们不用操我的心，我挂在树枝上，也能过三年。"那就叫潇洒。

何括的父亲说，还没到全国解放，他家就破落了。成亲后，叔爷死了，姓余的后娘待不住走了。土地时，何括的父亲十八岁，家中已无甚家产，划了子弟。土改工作队的队长念及他并没有当家做主，没有为难他。

所以何括的父亲健在时，清明时节，领着子孙到祖坟山祭祀，忘不了叫何括给祖父祖母坟旁边那具低矮的荒坟敬炷香，烧点纸钱，磕个头。何括的父亲说："这就是我的叔爷，骑赤膊马的，人叫他'四瞎子'。"叔爷在家族中排行第四，因为出门常戴着一副墨晶眼镜，人以为他是瞎子，所以才有了这个绰号。

何括的父亲随后在荒坟前跪下来，磕头，笑着说："四叔嘞，您怎么输也是输呀！"这就是黑色幽默。这样的祭祀，在清明时节的和风细雨之中，就有苍凉和悲壮的味道。

何括的父亲说，他与何括的母亲，从结婚到她得急症去世，一起过日子，满打满算只有五年时间。这五年他还是幸福的。因为结婚后，他居然还到竹瓦店镇上开的高级小学里，读了两年书。那时候他无所事事，何括的母亲也离不得他，就时常送他上学。过小桥，走大路，夫读妇随，那就是风景。同班的孩子都小，只有他大，还是结了婚的，这就引起了那些同学的好奇心，心中非常羡慕。书中自有颜如玉呢！后来土地改革了，家产查封了，扫地出门了，何括来到了人间，他铁锅顶了头，愁吃愁穿，那书就不能再读了。

后来何括的母亲因生活所逼，经过同姓姐妹的介绍，留下三岁的何括，到县城水利局南下干部姓贾的工程师家里当奶妈，用何括的奶水，奶那家的女儿。老天无眼，那次腊月间何括的母亲回家看望儿子，突发出血热，抢救不赢，去世了。何括的母亲去世时，外婆从沙街赶来。外婆痛不欲生，用头撞女儿的棺材，额头上撞出了一个大窟窿，流血不止，死过去活过来。何括那时候太小了，世事浑然不知，还像条蚂蟥，依在下榻的母亲怀里吸奶，父亲扯都扯不开。何括这一生没有留下关于母亲的印象。这应该是痛苦。但他依然记得，父亲抱着他坐在地上用木梳给下榻的母亲梳头，然后抱着披麻戴孝的他跨棺，然后坑人从后门将娘的白皮棺材，顺着山路，抬到后山松树丛中葬了。何括记得那日子很雾，很冷。山上那些松树很青，很绿。

但何括的父亲一生记得他到沙街相亲的场景，如诗如画。那时候竹瓦店何家的相公到沙街王家相亲哩。那是换季的初夏，河清沙白树绿，风和日丽。沙街很多人来看他这个新女婿。剃着光头哩。脖子上还戴着银项圈哩。诸多俗礼过后，那个细和尚居然要看未婚妻哩。那时候他的未婚妻在哪里呢？正同姐妹们在河畈里采桑哩。新蚕上架了，正是采桑的季节。那个细和尚就朝河畈走。河畈上紫燕翻飞，呢喃有声，河桑成林。那是胡桑，枝繁叶茂，一片片桑叶像扇子，像镜子，肥得发亮。那树上的桑枣儿，红的红了，紫的紫了，到了该尝的时候。只听得桑林深处姑娘们的嬉闹声。突然有人一声叫："细和尚来了！"惊得那个叫金枝的姑娘，从桑树上下不来，罗裙绊住了。原来她在树上采桑枣儿吃哩。脸羞红了，嘴吃乌了。那姑娘急忙将脸隐在桑叶之中，叫一声："我的娘哩！这叫什么事儿嘞！"

何括的父亲这一生，怎么也忘记不了，那一声莺啼样的叫。

三

三岁多的何括是那年初夏青黄相接时，由父亲驮着进入外婆的沙街的。何括在巴水河边度过了八年，那是他生命之中萌芽的童年。

妻子死了，家惨了，何括的父亲没有办法，只有把儿子驮到沙街，让外婆帮着养外孙。这在巴水河边有说法，叫作："屋檐水滴呀滴，滴来滴去滴旧迹。"没有想到，到头来女儿的儿归娘养。

富有富的难处，穷有穷的好处。自古以来巴水河边的人们爱憎分明，见不得人比他富，也见不得人比他穷；比他富的白眼相向，比他穷的嘘寒问暖。所以那时候何家父子的际遇，格外让世人同情。何家父子离开老家时，垸人凑了些钱，一手手塞到何括面前裁衣的荷包里。垸中的婶娘们送到燕儿山坳口时，都在路边掉了泪，纷纷叹着气说："唉，人难养，屎难吃。"这叫将心比心，那场景真的很温暖。

何括的父亲是驮着何括，走毛竹林的小路绕开竹瓦店上马路的。竹瓦店是何括父亲的伤心之地，糕点铺充公了，走街上他怕人认出他。他自己难为情不说，也怕人家难为情。所以何括想看镇上的景象看不到，只看到一溜长街隐在早雾里，黑瓦盖的屋子，高的高，矮的矮。

由于燕儿山到沙街有十五里的路，那驮法是将何括架在脖子上，与何括的祖父当年送他的儿到杨庄庙拜师傅的驮法一样，叫作"打銮驾"。这是巴水河边老的带小的走远路的一种传统形式，总是变不了。老的让小的坐在肩膀上，双手扯着小的脚，叫小的双手抱着他的头。这样就稳当，小的呼吸就畅快，同时可以欣赏远方的景色。上面小的就不累，累的是下面老的。

这种驮法作为文化，是有故事的。这故事在巴河两岸口口相传，至今津津乐道。相传巴河望天湖边的清朝状元陈沆，小时候他父亲也用这种方法驮他上学。肩下的老的说："子将父作马。"肩上小的答："父望子成龙。"这是对联哩。你看这对得多好，难怪人家后来中了状元。

何括成年后，父子同时回忆那时的情景，何括的父亲笑着对何括说："你这个种，从小就倔，脾气就大。对不到对联不说，还拉了一泡尿，淋得我浑身透湿。"这就让何括羞愧难当。当年何括的父亲就是用那种传统形式，将何括驮到巴水河边外婆的沙街，进入他记忆中的童年。

那时候父亲驮着何括走在马路上，太阳从远方的张茅山上升起来了，霞光万丈。那马路宽阔，是用沙子铺的，在霞光下闪着金光。那时候巴水河边的人把公路叫"马路"，想起来古意连连。

此生最使何括迷恋的是路。路多好，路是人的引子，路伸向远方。大的大，小的小；宽的宽，窄的窄；直的直，弯的弯。河湖港汊之畔，青山绿水之间。曲径通幽，柳暗花明。有路就有希望，走在路上，可以尽情地做梦，幻想前程，就香甜，就幸福。

那时候父亲驮着何括走在从竹瓦店到桠迷树的柳界公路上。这路可以走汽车，但汽车很少，偶尔过来一乘，放着响屁爬坡，冒着黑烟，轰轰隆隆地开过去，扬起一阵灰尘，落在退到路边的父子的头上和脸上。肩下父亲说："种，这叫汽车。"那汽车像人长着两个大眼睛，怪吓人的。何括问："汽车吃人不？"父亲说："汽车也吃人，来了你要躲着它。"那是何括第一次看见马路，看见汽车在马路上跑。何括就幻想他和父亲要是骑上去该多好。要走多远就走多远，父亲就不累。那时候父亲的瘦肩硌得他的屁股痛。父亲身上出了汗，喘着粗气儿。这时候就需要说话，边走边说话就忘记了累。

父亲说，这条马路叫柳界公路，是界子墩到柳子港的。起点在黄梅与安徽交界的界子墩，终点在新洲的柳子港。这条马路是抗日战争时期修的。父亲说，日本兵占领鄂东陆路是顺着这条马路打过来的，沿路烧杀奸掳，无恶不作。事先国民党就派飞机来撒传单，叫马路这边的民众，跑到山里避难。许多马路这边的人，跑反过马路朝山里跑时，被日本兵在车上用机枪扫，就死在路的两边。父亲说，他那时候五岁，小而且瘦，坐在箩筐里用衣裳盖着，要不是躲得快，差一点就丧了命。那时候父亲的话让何括惊心动魄。父亲说："种，莫怕，如今不打仗了。"何括才明白那仗早打完了。

太阳渐渐朝高处升，地上的雾气在散。何括的父亲驮着何括下了马路，走进了桠迷树。何括成年之后，才知道那不叫"桠迷树"，应该叫"阿弥石"。古时候巴水河边地广人稀，格外偏僻，树林密布，独人走到这里就怕。所以出家人就立一块石头在荒路旁边，叫作"阿弥石"。石上刻着五个红字"泰山石敢当"，给孤独的路人壮胆。这与佛教有关。千年以来巴水河边的人们，把这个地名传变了。

桠迷树是马路边一个小镇子。一条路弯进去，便是青灰的小街，两边尽是人家。人家的后面是池塘，浮着鸭鹅，红掌拨着清波。池塘边种杨种柳，风吹树动，那就是杨柳依依。土地改革后，成立了高级社，街上那些原来经商的人家不经商了，靠种田地过日子。但那卖东西的门面仍有，叫合作社，里边设专柜卖各种日常生活用品。当然也有糖儿卖。那是小儿向往的东西。所以那时候凡是有合作社的地方，就格外叫人温暖。但何括的父亲并不放下何括进合作社满足何括的希望，而是驮何括径直走。肩上的何括就哭，用脚踢父亲的瘦胸，说："我要吃糖儿。"何括的父亲就骗何括，说："糖儿不能吃。糖儿里下了迷药。当年日本间谍下乡就是给小孩子吃糖儿，然后小孩子就迷住了，他们就挖小孩子的眼睛，做药。"这个故事很吓人，吓得肩上的何括不敢哭，断了吃糖的念头。其实这是多年以前巴水河边的传说，来抵制日本人收买人心的。合作社里卖的糖，肯定很甜，没下迷药。这是俗界的事。

何括的父亲驮着何括沿小路走到了会龙山。会龙山石黑树少，是仙界。会龙山上有庙，庙供着两个菩萨。左边一个，右边一个。左边是黄龙，右边是乌龙，搽了金粉的，落满灰尘，就更阴森。红漆剥落的庙门，半关半掩，人经过时就可以瞄见。那菩萨人面蛇身，龇牙咧嘴，威风得很。那是保佑一方水土风调雨顺的，尽管成立了合作社，但没人敢打，只是无人看管。道是人们响应号召还俗了，散到人间生儿育女去了。何括又吓着了，不敢闹，凭父亲扯着他的双脚，驮着他沿下山的小路走。

山腰又是俗界，叫徐家墩。山洼成圆椅状，这边三家，那边两家，面对面地望着。早风吹来，这边屋上的炊烟就飘那边屋上去了。顺崖的石级下去，路边就有一口池塘。由于幽深，水上的浮萍就少，就小，花花点点的，漂荡着。那根须，就柔，就白，叫人生怜。有狗，见人来，并不叫，摇着尾巴，像是接亲戚。这样，何括就忘了怕，伸出手来揩鼻涕。

下了徐家墩，对面就是鲤鱼山。由于土太肥沃了，那路就是黑色的。路边一口汇水湖，很大。湖边有荷叶钻出水来，尖的像笔，圆的像盘。接路的一座白石桥，很小，起拱，两个桥墩，一个孔儿。桥下的水就流得急，哗哗作响，翻雪白的浪花。肩膀上的何括因为不怕，所以就觉得新鲜。这是会龙山下来，到外婆家的必由之路。这条路后来何括走了无数遍，数都数不清。

有路就有桥，有桥就有路。过了白石桥，就是鲤鱼山。鲤鱼山传说是鲤鱼精变的，为的是发洪水的时候，让沙街的人们好落脚。山下有一个茶杯大的泉眼，长年朝外流着清水儿，人说那是鲤鱼在吐气。

何括的父亲驮着何括边走边说这样些话，不管何括懂不懂。翻上鲤鱼山，就望到了坐落在河边一望无边的沙街。那时候五月的太阳，猛烈起来了，照天照地，一片辉煌，叫人晕生。原先何括来过沙街吗？肯定来过，娘怎么可能不带儿子回娘家呢？但何括一是太小了，二是没有刺激，所以记不住。

肩膀上的何括，是从鲤鱼山下到河畈大路时，想起要娘的。糖可以不吃，菩萨可以怕，狗也可以怕，但他想起了娘，要娘哩。娘死时像是做了一个梦。他哪里知道娘那一走，永远回不来。何括在父亲的肩膀上双手扯父亲的头发，大声哭喊："我要娘！我要我的娘！"父亲就一点办法没有，只有扯着何括的双脚不放松。就在那时候哭得透不过气来的何括，一个激灵，就把一泡尿撒到了父亲的肩膀上，那尿朝下流，将父亲的身子湿透了。身子湿透了，父亲也不放手，咬着牙，扯着他的双脚朝前奔。阳光照耀，那河畈中的路很大，很平。湿了，透了，胯下父亲的身子就凉，那凉就传到何括的身上。何括知道自己做错了，不敢再哭了。

　　肩膀上的何括就在伸腰换气儿时，看见了河畈里那迷人的景色。路两边接湖的平畈，青秧绿得无边。秧鸡儿一声声"谷哇，谷哇"地叫，在秧田里探步儿。过了秧田，就是墩子。那高出秧田的墩子，树木和竹子密不透风，那是住人的垸子，隐在无边的绿色之中。垸子的四周是无边的麦地，进垸的路就在麦地中央。也没有标记，麦地与麦地之间，缝儿宽的地方就是路。小麦的芒儿黄了，正在成熟。太阳下面，一片金黄。那麦雀儿张着翅膀定在天上，一个劲地叫着："熟了，熟了。"这说明青黄相接了，有饭吃了。

　　麦地走完了，进了垸子。那路的两边就是篱笆。那篱笆是活的，木槿栽成的。篱笆里边是菜园子。透过缝儿可以看见里面种的青菜和萝卜。那篱笆上开着各色的花儿。木槿花是紫的，开得满篱都是它。牵牛花是粉的，爬在上头吹喇叭。丝瓜花是黄的，一串连一串，结了瓜，尾巴上还带着花。篱笆的里边种着指甲花，河边染指甲用的。红的也有，黄的也有。还有许多叫不出名字的花，爬在篱上看热闹，叫何括眼睛瞄不赢。那进垸的篱笆像拱起的门，搭着让人进。长长的，弯弯的，人的头不小心，就撞上了花。何括这一生看过了多少花，独独记住了那时的花。

　　过了篱笆就是外婆的家。外婆家的门大敞着，细舅从江对面黄石新下陆请假回来了。细舅那时候在矿山当保管员。细舅穿着蓝色的工作服，戴着蓝色的帽子，英俊高大，与众不同，叫人羡慕。细舅迎出来放了一挂鞭炮，那挂鞭不长，但很响。大舅一家来了，二舅一家也来了，聚在一起，为的就是迎接他这个没娘的小外甥。何括的父亲驮着何括进门就朝地上跪。大舅娘、二舅娘、细舅娘，赶忙上来扶，对何括的父亲说："细姑爷，到家了，到家了哩！快把儿放下来。"何括从父亲的肩膀上挣下来，一头钻进外婆满大襟的怀抱里，外婆双手搂着他，哭着说："我的乖乖！我的个乖乖呀！"

何括抽泣着，就闻到了那久违的气息。那气息同母亲的一个样。

现在的何括知道，那就是几千年来生命遗传过程中亘古不变的密码，叫人亲切，叫人安静。

四

何括站在现在的时光里，遥望当年的河畈。

那时候他就像一只黄口小燕子，迎着风儿，飞到外婆的沙街落下窝来，睁开眼睛看世界。那是生娘养娘的土地，与他血脉相通，精气相连，既陌生，又熟悉，仿佛在梦里来过的。那感觉就像外婆所说的前世今生。

女儿死后，外婆信佛了，开始吃"花斋"，每到月亮圆了的时候，外婆就不沾荤气儿。

这样的月夜何括就格外想娘，外婆就解开怀抱，让何括吸她的奶。那奶并没有乳汁，给何括吸，只是解馋。要说三岁多的孩子早该断奶了，但何括想起娘就哭断了气儿，只有吸奶才止得住。何括至今记得外婆那蓝色的怀抱，还有那虽然没有乳汁，但非常熟悉的气味儿。原来生命的遗传密码，就储存在那熟悉的气味里。那时候圆圆的月亮挂在天上，何括吸着外婆的空奶，听到堂屋楼底下窝里乳燕呢喃。所以何括这一生，格外钟情艾青的诗《我爱这土地》，因为艾青在诗中说："为什么我的眼里常含泪水？因为我对这土地爱得深沉……"所以何括每次从巴水河边走出去，读闻一多的诗《大暑》，总是格外感动，因为先生在诗中说："今天是大暑，我要回家了！燕儿坐在桁梁上头讲话了；斜头赤脚的村家女，门前叫道卖莲蓬；

青蛙闹在画堂西，闹在画堂东，……今天不回家辜负了稻香风。"这样的情感与骨肉相连。假如何括此生不搞创作，就不能体味这样的情感。这样的情感是附着在土地之上的前世今生。这样的情感如诗如画，像河边的儿歌一样充满魅力，需要寻找来丢失在生命长河中的那把锁匙，才能打开，然后破译。

那时候月色无边，银光遍地。巴水河边的垸子沉浸在幸福安详之中。外婆拍着怀中吸空奶的何括，唱那儿歌："跟好人，学好人。跟着燕子，学飞行。"

是白天了，河边的季节，燥热在身。

河滩的麦畈上，那些小燕子，迎着风儿学飞翔。

迎接了何括父子，细舅对外婆说："娘，我要到黄石去上班。"外婆说："你去吧。"细舅说："娘，那我走了啊！"细腻的细舅，眼光就依依不舍的。外婆知道细舅舍不得走。那时候细舅与细舅娘结婚不久，还没有孩子。外婆姓陈，细舅娘也姓陈。细舅娘是外婆娘家槐树垸的亲侄女，嫁到王家是侄女随姑。这是那时候巴水河边的传统风俗，并不像后来新中国《婚姻法》颁布实行，讲究三代之内的血亲不准通婚。细舅到黄石新下陆矿山当工人是跑去的。那时候刚解放矿山大量需要人，细舅认得字，人又长得出众，就与垸人结伴而去，没承想矿山居然收了。细舅在矿山仓库里当保管员，按月拿工资。过程并不复杂，就这么简单。

外婆望着细舅和细舅娘，又望着何括父子，默了半晌，才对细舅说："你去把包面驮子找来。"包面驮子是王家墩的队长。外婆在王家墩辈派最长，包面驮子管外婆叫六尊婆，管细舅叫三爹——"爹"在巴水河边是祖父辈。垸中人叫他"包面队长"或"包面驮子"，是说他人实在，有分量，镇得住人。那时候正酝酿"大跃进"，全国陆续成立人民公社，土地归公社所有，公社下面是生产大队，生产大队下面是生产小队。三级核算，队为基础。这样的组织形式，据说是继承革命时期的传统，既是生产组织，也是军事组织。

包面驮子卷着裤腿，掇着海碗就来了。那腿肚比海碗还要粗。包面驮子朝嘴里扒了一口饭，嚼着说："六尊，找我有事？"外婆说："队长，你说我们家怎么办？"包面驮子就知道外婆面临的难处。老的小的不说，更为难的是女婿和媳妇，孤男寡女，长期同住一屋。这样下去，自家人不说，怕的是外人说闲话，影响王氏家族的门风。包面驮子吞下饭就有了主意，对外婆说："六尊，公社有指示下来，要我们队派一个人外出长年做水利。只要愿意去，算一个全劳力的工分。不知细姑爷愿意不愿意？"外婆对父亲叹了一口气，流着眼泪说："我的儿，你听见了吗？"父亲就点头说："娘，我听见了。"外婆说："我的儿，你要吃苦了。"父亲说："娘，我听你的话。"在何括记忆里，从那时候起外婆就把父亲当儿对待了。

父亲就出门在外做水利工程，长达八年。那时候长年在外做水利的，不是"分子"，就是"子弟"，少有贫下中农。这有戴罪立功的意思。做了白洋河水库，去做富水水库。富水水库在隔江的阳新县。那时候隔江的阳新归黄冈地区管，现在叫作千岛湖。由于有山有水，成了著名的风景区，供人旅游。据说每年旅游收入可观。何括的父亲做了这处到那处，漫长的日子里，那工程永远做不完。只有每年腊月二十，工地放假了，才回来过年，同何括团聚。那日子何括长年羡父亲羡得心痛。那痛的滋味儿藏在心头，说不出来。

腊月间，细雪寒风，暮色遍野，何括从会龙山庙做的学校放了学，他驮着书包，站在漆黑的鲤鱼山上，用渴望的眼睛，望那河畈垸子的炊烟。那人间的炊烟若是飘直了，朝天升去，就说明父亲回来了。心有灵犀一点通，回到家中父亲果然就回来了。那就是人间的温暖和幸福。慰藉无边，欢天喜地。这是何括"发蒙"、上小学之后的事。

何括刚到沙街的时候，实在太小了，活像一只羽毛才干、张着黄口的小燕子，只知道双脚落在河滩上，饿了问外婆要吃，冷了问外婆要穿。只要肚子不饿，身上不冷，这小燕子就需要张开翅儿四处飞，瞪着眼睛四处看稀奇。这就是与生俱来的探索精神。开始外婆寸步不离，不让何括走远，因为河边的湖多，塘多，怕何括掉到水里淹死了。河边的孩子从小到大在水边长大，会水是他们的必修课，而山里来的何括还没学会哩。何括就瞪着大眼睛，张着两只小手四处走，把大舅家、二舅家和外婆住的墩子摸熟了。那两只张开的小手，就是他幻想的翅膀。

那时候尽管乡村正在社会主义道路上突飞猛进，但外婆的沙街仍处在母系社会与父系社会的交替阶段。外婆的家住在河畈靠东偌大的墩子上。墩子四周用石头垒高，填上一人多高的沙土，那些错落有致的黑色瓦屋就建在墩子上。当然也有少数茅草屋。那茅草屋不是正屋，是牛栏猪圈，或者放农具的收捡屋。房前屋后栽着树和竹子。树有杨树、柳树、梧桐树、泡桐树，当然还有桑树和枣树。这些树都是速生的，阔叶的。河边人绝不栽松树和柏树。那些树尽管长青，但不适合河边的水土。竹的品种就多，有水竹、贵竹、丛竹和楠竹。

水是河世界，河是竹家乡。河边的水土特别适合种竹子。那些竹子长得特别茂盛，与山里的景象绝不相同。塘边屋后，竹根伸到的地方都是绿。水竹细，林子密得透不过风来。择粗的砍下来，请篾匠来劈篾打簟子，那簟子纹路细密得像鱼子儿，伏天人躺上去，清凉无比。贵竹粗，林子疏，鸡和狗还有孩子，可以进去嬉闹，看鸟儿蹲在竹上的窝里孵蛋儿，然后抱着摇。狗就叫，鸡就飞，就有大人出来喝止。贵竹是做篾货的，篮子、筛子、箩筐，还有囤稻谷和麦子的继子，都是用它的粗篾编的。楠竹粗的碗口大，可以伐下来，去了青，用火炮制了，当盖屋的桁条。丛竹，一丛丛的，长得抱成团。竹捻的篾是做草帽和斗笠"碗"的好材料。草帽和斗笠有了"碗"，就可以戴在头上，用细麻绳结在脖子下，人劳作时不至于被风吹落。几千年的传统，河边的人们，晓得物尽其用，靠河吃河。

何括有三个舅舅，他们都是"楚"字辈。这是家谱上缀就的。大舅小名大楚儿，大名王楚伯。二舅小名二楚儿，大名王楚仲。细舅小名三楚儿，大名王楚季。巴河属楚，这些名字带着古楚遗风，可见祖上就是读书人。巴河畔的农家，从谱上溯到源头，都是不简单的人家。哪个姓祖上都出过大人物。这就叫人肃然起敬。

三个楚儿，同父异母。大舅和二舅共一个娘，细舅的娘是外婆。大舅和二舅，比外婆小不了多少，所以早就分了家，各自带着儿女过。但他们还是把外婆当娘待。家里重大的事，还是过来请示娘，说出道理来，让娘拿主意。外婆知道那是尊重，只是听，不说话，那意思是知道了。前头的两个儿，都是墩子上的人物，心中自有定盘星，用得上她这个妇道人家拿主意？大舅和二舅土地改革时，头上都戴了"帽子"的。大舅戴的是"富农"，二舅戴的是"地主"。细舅那时候未成年，所以帽子归外婆。外婆戴的是"小土地出租"。这就说明土地改革之前，这个大家族，三分家产，也濒临破败。但"酱泼了架子在"，墩子上的王姓都是一家分的丫，除了开会划界线，私下里仍然尊重外婆和舅舅们。何括从小就生活在这样的氛围里。

逢年过节，两个舅必定送一碗汤过来给外婆喝。这就是具体的敬意。必定有荤。头一碗是敬孝做娘的，然后才是家人。那碗汤盛得满，上面用一个碗盖着保温，由两个舅用红漆托儿托着，送到墩子前面的外婆家。两个舅对外婆说："大，您全吃它。""大"是巴水河边对母亲的尊称，带着母系社会的胎记。这时候外婆就格外感动，说不出话，掇碗的手就颤颤的。大舅和二舅走了，外婆就将那碗汤，掇给何括，说："乖乖，你帮我吃。"细舅娘就说："你莫假。"外婆说："我吃斋，见不得荤气儿。"细舅娘说："何六婆，你一生就是假惯了。"侄儿随姑，那相，爱也真，恨也切。细舅娘叫外婆何六婆，是有出处的。据说外公是何家的外甥，当年过继给舅爷顶一房人家。这过程属于历史，比较复杂，何括至今没能搞清楚。只说明巴河流域各姓之间的血缘，你中有我，我中有你，就好比一个林子里的树，盘根错节，很难分得开。那时候有了好吃的东西，由于饥荒来了，外婆总是"牵"，总是"假"，自己不吃，让小的吃。这"牵"，这"假"，让现在的何括想起来，热泪盈眶。那时候何括羡荤是真，就吃。当然不能全吃，只能吃小部分，大部分留着"回碗儿"。"回碗儿"也是河边几千年来留下的礼数。

一个大家庭，住在一团老屋里，就像一个大胎盘。外婆家走正门，正门朝东。门前有宽敞的坪儿，细沙铺地，树竹摇风，阳光当然很好。大舅家走后门，后门对着墩子的岸，没有门坪儿，只有一条人踩出来的小路。由于屋后树多竹杂，里面的光线就暗，靠屋上的亮瓦儿取明。何括摸进去的时候，就看到粗脚大手的大舅，闷坐在饭桌前，吸着水烟筒，想那无尽的心思。见何括摸进来，大舅不说话，也不笑，像人欠了他的账没还。倒是大舅娘亲热，说："儿来了！"就唤她的儿来陪何括玩。

大舅家有两个表哥和一个表姐。他们是"德"字辈。大哥绰号叫"疯"，并不见疯，只是沉默，大名叫德风。二哥大名叫德金，绰号叫"金巴子"。因为额头有块亮亮的疤。他倒是不安分，动静很大。见了何括就做鬼脸儿，让何括怕。表姐叫爱兰，这名字就好听。爱兰出脱成大姑娘的模样，胸脯鼓高了，身上散发着好闻的味道。何括就喜欢爱兰姐抱他。何括听见外婆在墩子上四处唤他的时候，爱兰姐就抱着何括送出来，说："婆，猫儿在这里。"那时候何括就瘦得像猫。

二舅家走侧门，据说那屋是外婆家老屋的一部分。那大门厚得很，要两个大人合力才能关得上。门里还有挡杠，夜里闩上门，插上挡杠，就牢靠得很。那窗户的棂，是用铁条做的。这就稀奇。那时候农家的窗子，没有铁条做的。那是河边的富人，防土匪打家劫舍的。相传旧时候兵荒马乱，巴水河边经常闹匪祸，土匪趁夜出来作乱，或是抢财物，或是绑票，住在河边的人们就扎成把儿防范。一家有难，就鸣锣为号，铜锣一响，家家的男人们就出来，点亮火把，群起攻之。那锣是筛锣，大得像米筛，一敲十里响，于是就火把连天，鱼叉鸟铳齐上，让土匪闻风丧胆。那锣就盖在偌大的米瓮之上，严丝合缝。老鼠想进去偷米吃，那是万万不可能的。这些旧时的遗物，就存在二舅家里。

何括摸进二舅家时，二舅正在桌上写墨字，写得修长整齐。二舅划地主，一是因为家有田地，二是因为他在区公所里当过文书。二舅会记账，也会写公告。两宗加起来，划地主就不为过。在纸上写墨字的二舅，听到有人来，就把那墨字儿，抓起来裹成一团，塞进灶膛里，弄得两手都是黑墨。二舅娘说："是小外甥来了。"二舅才缓了过来，苦笑着瞧，说："你这个小东西！"二舅家有一个表哥和一个表姐。表哥叫德亚，却没有绰号。因为什么呢？因为他没有特点。表姐叫爱菊。爱菊也没有绰号。沙街的人们说二舅是读书的人，教的儿女，守规矩。何括想爱菊姐抱着他上到盖米的铜锣上面跳响声，那就办不到。

于何括先出世的表哥表姐们，由于家里成分不好，后来婚姻并不理想。表姐们好歹都嫁出去了，而表哥们尽管个个好人情，但没有能够找到媳妇。何括把他们的命运连同时代一起想，就有点心酸。这是后话。但那时候他们生活在巴水河边，个个活灵水鲜，女儿像花儿开在世上，男儿像鱼儿跳活水里。日子里的小何括，就怎么也离不开他们。

五

那时候外婆手脚不空，被何括黏得分不开身时，何括就由金哥带领着出去"放野"。"放野"指离开住的墩子，到后面树竹更深更绿的大垸子里游动去看新鲜。这就不是动不动张着嘴巴望人哭的事。见了新鲜事物，你就会瞪着眼睛想。这当然有利于身心健康。

外婆颠着小脚儿，在门口叫一声："金哥哥，括儿要你啦！"金巴子闻声了，就亮着额上的疤子跑出来，太阳下面闪金光，极不情愿地说："为么事又要我啦？"金哥比何括大七岁，正是运用智慧的时候。外婆说："你说为么事？"金巴子偏着头儿，说："我就不晓得。"外婆就掀起满大襟褂儿的摆，从里边摸出几颗熟花生、几粒枯蚕豆儿，递给金巴子。那是过年的炒货，"细"下来，藏着，慢慢"花"佾儿。金巴子知道枯蚕豆硬，是他吃的，也不剥皮，丢两粒在口里。他的牙口好，嚼得嘣响，然后剥两颗花生，出几粒白米，叫何括张开嘴儿，样子像一把喂进去了，说："闭嘴，嚼。"但那拿花生米的手儿，并不全打开，拳着。有吃的，何括不敢不听金哥的话。何括的牙口虽然齐全了，但咬不得枯蚕豆。嚼花生米，那是没问题。外婆说："你是哥，驮他出去玩会儿。"驮就是背，并不架在肩膀。金巴子让何括趴在背上，自己两只手朝后，一手巴掌，一手拳，揽着何括的屁股。那就是点说听提的样子。外婆吩咐："莫吓着他了。"金巴子背着何括走，回过头来，说："你看你几多的话。要是不放心，二回莫叫我。"表哥表姐中，只有金巴子敢跟婆婆顶嘴儿。

金巴子背着何括沿石级下去，背到外婆眼睛望不到的地方，就把他放到地上了。那地方是墩子之间，乱石砌的壕沟。旱季是人走的路。雨季洪水起来了，就是竹排行的港。由于比墩子低，又由于两岸的树和竹子枝繁叶茂，所以人就看不见。何括又想哭。金巴子举手作栗，说："你要敢哭，我就敢挖。你信不信？"离了外婆，何括就不敢哭。金巴子教训何括："哭神！这么大的人了，有脚不走路，我问你脚长着做什么？还有脸哭？你是背上长大的？一生不走路吗？我跟你说路要自己走，吃要自己找。"何括就呆着，仰脸望他。金巴子张开拳，将那截留的两粒花生米，朝天一丢，然后张嘴巴接住，嚼，弯下腰来，做鬼脸，张开嘴，说："几好东西！你来闻闻，香不香？"何括就笑了。金巴子说："这就对了。听见没有？金哥哥带你出来，是好玩的事，你就要喜笑颜开。'金哥哥'是么意思？你知道吗？'金哥哥'就是钱，无钱就不叫'金哥哥'。我有钱。"何括现在知道，金哥哥后一句话是古老的河边，风月场中的暗语。老写的"钱"字，拆开来，就是"金戈戈"。金哥哥那时候把这句话说给何括听，何括哪里懂得了？

金巴子就从荷包里拿出来钱来，让何括看。那钱都是绿色的，全是国民党的倒票。国民政府倒了，那些票子分文不值，但能过眼瘾。金巴子分出一张，扎在何括的荷包里，像宝贝一样让他收了那些票子，接着用手指头拨何括的脸蛋，说："怎么样？跟我笑一个！"拨一下，何括就笑一个，再拨一下，何括又笑一个。金巴子就做总结，说："哪个说你是哭神？见了钱，还不是爱？鼻浓涎兮，连水带汤，笑起来像一朵花儿开。"这个说客，何括拿他一点法子也没有。

金巴子从荷包里掏出一条草绳子，系在何括的手臂上，然后折一条树枝驮在肩膀上，说："我是猎人，你是我的猎狗。我们打猎去！"于是他打着嗯哨儿，驮着"枪儿"前面走，牵着何括后面跟。这样就有趣，就好玩。金巴子用这样的手法，目的是吸引墩子里顺着沟路采摘回来的小姑娘。那些与他年纪相当、勤劳的小姑娘，捡柴的、打猪草的、到菜园子摘菜的，不约而同回来了。一个个挑满筐满，鲜艳活泼，小嘴儿喳喳，燕语莺歌。

于是金巴子就弃了"枪儿"，把何括手臂上的草绳子解了，说："你去找兔儿吧！"放了何括，让他自由。放他自由，还要吓他。金巴子指着沟路边幽幽的池塘，对他说："我跟你说清楚，那里边有水鬼，每年要引几个替死鬼托生。你要玩水，死了我可不负责。"金巴子指着墩子上随风而动的树木，对他说："还有高处不能上，上去了跌下来破了头，我也不负责。"何括就吓着了，眨着眼睛，急忙点头。

金巴子吓住他不乱动，是有更紧的事要做，那就是给那些小姑娘献殷勤。帮这个抬柴笼，帮那个提筐子，跟前跟后，说趣话儿，逗她们笑，也分钱给她们，忙得不亦乐乎。现在的何括知道他的金哥，那时候就有追求意识。几年之后，他就是为了婚姻吐血而死的。那是八年之后，何括离开沙街发生的事。那时候作为金巴子的猎狗，好奇而且自由的何括，就把坐落在巴水河边整个的沙街摸熟了。何括现在需要用航拍的形式，从空中俯视，才能表现当时沙街的全貌。

沙街坐落在巴水河边的二级台地上。巴水河从烟雾莽莽的大别山南麓麻城的木子店发源，一路百转千回向西流下来，流到上巴河镇对面的木桥头，被上游的鲤鱼山一挡，挡出了一马平川。沙街人说没有鲤鱼山就没有沙街，说的是天地的造化。这川一平十里，一直到下面的熊家堰上才有山丘儿。那山丘矮小，但约住了河道。洪荒时代，这平川就是与河相连的滩，雨季浩浩荡荡的水，旱季一望无涯的沙。后来这里就有人居住，顺河挑沙，取直筑堤。于是就造就了这块考古学上所说的，河边二级台地上的一马平川。这平川抱在社山和牛子山脚下，两山的脚下是水面阔大的熊家湖。一年四季，港里的水流到湖里去，又从湖里流出来。这就符合农耕时代取水制陶，上山打猎，下河捕鱼的条件。

沙街是典型的杂姓居住之地。平川之上一条沙路穿垸而过。沙路两边每个姓氏垒沙起墩，集族而居。每个墩子以姓氏命名。从上面朝下数，沙路两边有倪家墩、马家墩、张家墩、李家墩、王家墩、周家墩。每个墩子相对独立，只有沟路相通。保留着氏族部落的原始风貌。每个住人的墩子上，树竹茂盛，浓得没了屋子。那里面的人们生儿育女，生生不息，狗吠鸡鸣，不老死却相闻。

这强烈的感受，后来反映在何括到古都西安，车过渭北平原时写的诗句里："年轻的麦子们，整齐地，立在原野上。绿树是岛，是岸。一簇浓荫，便是一处家园。"那次何括参观西安新石器时期半坡遗址时，那情那景是那样熟悉，那样亲切，恍惚就回到了童年时外婆的沙街。

如果说外婆的王家墩是小胎盘的话，那么沙街就是一个大胎盘，孕育了巴水河边几千年来的生命。那时候何括还不知道巴水河边外婆的沙街也是新石器时期的古文化遗址。何括知道外婆的沙街是新石器时期的古文化遗址，是他开始业余创作，在竹瓦镇上当文化站站长，带领普查队进行全国第二次文物普查时发现的，当时给他的震动和惊喜是前所未有的。从那时起，何括的创作就进入生命的血肉与土地相连的命运。何括深知没有这块土地的滋养，就没有他后来的作品，更没有他这个所谓的作家。

河边的日头爬上了树梢儿，该是吃饭的时候。

金巴子玩够了，疯够了，就记起了小何括。四处唤，四处找他的"猎狗儿"。他的"猎狗儿"游在阳光下，看在风儿里。于是金巴子就捡起那杆"枪儿"重新驮在肩膀上，用草绳子系着何括的手膀，牵着走上王家墩。外婆问："没吓他吧？"金巴子说："没有，他胆大。"外婆问："他没要你驮？"金巴子说："没，他说他长了脚。"

外婆就把金巴子留下来，让他同何括一起，坐在门口的矮桌上吃粥儿。

那粥是罐子煨的，稠酽，筷子撬得起，有青菜，有油盐。外婆喂，小的张着黄嘴儿，大的张着黑嘴儿。小的接一口，大的接一口。那金巴子一口也不少吃。

第二章

一

那时候巴水河边的日子，裹着雾霭，悠长，宁静。其上日月星辰，雨雪风霜；其下山川河流湖泊；其中田畴沟渠垸落，子孙万代。

何括这辈子对于巴水河边的雾霭，有着独特的情感。所以何括的文字总像梦儿一样在缠在雾霭中，难舍难分。乡关何处忆，常在雾霭中。

巴水河边的雾霭，除了三月小麦扬花时漫无边际的黄沙雾之外，其余都是本地产生的。三月的黄沙雾属于外来客，现在叫作霾，是随降温的寒潮从北方大漠吹来的。你若不把嘴闭紧，那细沙就吹进来，嚼得沙沙响。它对小麦授粉不利，影响小麦的收成。所以巴水河边的人们，见了黄沙雾就像见了仇人，愁眉苦脸的，一点也笑不起来。因为那雾是细沙做的，害人的。而本地产生的雾霭是那么亲切，那么温柔和温馨。因为那是风成的，水做的。

清晨的河边，水汽上升，大气汤汤的。河畈和垸子的上空，必然有雾。那雾浮着，被风扯着走，像奶一样白，像水一样湿。人走在其中，呼着吸着，就格外地清新和畅快。早晨有雾，必然是晴天，太阳渐渐升高，那雾就随着劳作人们的心情散，放眼望去，河清景明。太阳升到中天上，河畈燥热了，也有雾。那雾本是蓝的，悬在河畈与垸子之上，随着河畈的四季变颜色。春天蓝中带绿，那是禾稼与青草的反光。夏天和秋天，小麦和稻谷成熟了，那就蓝中带黄。人们叫它"晕"。"晕"也是雾，像海市蜃楼。太阳下山了，河边的水汽又升了起来，河畈和垸子又笼在雾儿里，如同仙境。那时候何括的灵性就随着河边的雾儿长。

夜晚掌灯的时候，河畈中的雾，就从半掩的大门飘进屋。何括洗了手脸，当然挨着外婆睡。他知道如果做噩梦惊醒了，有外婆护着就不怕。

　　细舅娘的新房在前面，房门向着堂屋开。外婆的旧房在后面，房门向着厨房开。前房和后房中间，隔着一人多高、青砖砌的半壁儿。那时候河边沙街的人家做房子，四周要用青砖砌一人多高的半壁儿，上面才用土坯砖，像新石器时期江南河姆渡文化遗址中的"干栏式"建筑。何括后来才明白它的作用。这是河边生活的人们，几千年来集体智慧的结晶，用来防洪水的。青砖的半壁上边，用树作楼枕架木楼。那楼并不铺满，以前后屋面的亮瓦为界，上下采光，所以那楼是通着的。从前面上得去，从后面下得来。这样有三点好处：一是为了遮床上的灰尘；二是为了装粮食；三是有了意外的响动，彼此好照应。这种格局那时候在巴水河边的人家很常见，是古宅子经过改造而成的，基本上能够传承大家族的遗风。

　　每天夜晚，外婆抱着何括先用水，洗了手脸，当然还要洗屁股，让何括知道保持卫生的习惯。把何括抱到床上后，外婆再用水。外婆洗脚很麻烦，要费好长的时间。外婆是小脚，说"三寸金莲"，那就不止。"三寸金莲"是宫廷的，民间哪来那功夫？外婆的脚是中规中矩的五寸。因为裹了脚，外婆常年要穿布袜子。那袜子是棉布缝的，长筒到膝，头儿尖尖的，有两双可替换。外婆脱袜子的时候，因为成天家里走，畈里行，那味道就不好闻。外婆就叫何括闭住嘴巴。何括只有躺在床上，就着灯光下蒸起的水雾看。外婆洗脚的时候，要加好多水。那水要烫，"集"不住手最好。外婆坐在靠椅上，把脚放进高脚腰子形脚盆之后，整个的人就在痛苦与幸福之中。这时候外婆就唱儿歌："紫竹棍儿，自开花儿。瓜子脸儿，糯米牙儿。青丝发儿，紧紧扎儿。红缎鞋儿，二寸八儿——哎哎呀呀，痛死了活菩萨儿。"何括就知道外婆在回忆她年幼时扎脚的事。那脚要泡好长时间，才能让血液流通。然后用剪刀削茧。然后掰开脚丫子，朝里边撒明矾。然后拿起干净的长袜子穿。那长袜子属于女人的私物，是不能拿到外边太阳地里晒的，只能晾干。外婆穿上尖尖的鞋，那鞋尖上绣了牡丹花。何括就跑上去安慰，外婆对何括说："我的乖。好了，好了。"

外婆就把何括送到被窝里，让他睡觉。外婆床上的被子味道很好闻，棉布包边的，中间有绣花的填心。由于洗后用米汤浆了，太阳出来就晒，所以睡在里边，有种稻花和太阳的香味。这样用填心包边的被子，现在可是绝迹了。外婆的床上有一对三尺长的枕头，绣着"鸳鸯戏水"和"荷塘闹鱼"的画儿。从床里摆到床外，不论睡哪头，都是满的。这是外婆结婚的嫁妆，为的是人间恩爱。何括的娘出嫁时，外婆同样给女儿做了这样的两个枕头。这是巴水河边那时候的风俗。寄托着为娘的对出嫁之女，人间恩爱的祝福。所以外婆不管何括听不听得懂，叹一口，说："自从盘古开天地，三皇五帝到如今。人生在世两宗事，人看人来人传人。"这"看"读平声，是巴河边的口头语，就是"养"的意思。外婆弯腰对床上的何括亲一口，说："是个妖，是个怪，各人看的各人爱。"接着唱，"啊啊哦，猫儿你莫跳，狗儿你莫闹，我的宝儿要睡觉。"这是巴水河边的摇篮曲。在外婆眼里，何括总是奶娃子，没长大。

那时候何括躺在稻花和太阳的香味里，望着灯光做梦儿。厨房里油灯晕雾儿。那油灯是用灯盏盛油的。灯盏拳头大，白底子，上面描着青花儿。极简洁，兰花草只描两片叶，一枝花。现在只要有人唱《青花瓷》，何括就想起了那盏温暖的灯。那灯点的是菜油，用一根灯草作捻子。那灯草空轻透明，是用河边生长的野灯草的茎加工而成的，原来是药，用于治热淋，一担也没一点轻。何括望着灯光，就想起白天金巴子笑他的话。金巴子见他三岁多了还瘦得不像话，就一把将他从地上提起来，问："你长大了做什么？"何括摇头说："不晓得。"这是个远大的问题。金巴子说："你长大了挑灯草卖。"何括说："要得。"金巴子就笑得涎儿亮，说："挑灯草也要择无风的天。"何括问："为什么？"金巴子说："若是刮风你就连人带草飞上天。"何括说："好。"那时候何括一点不知道金巴子在贬他，他以为飞到天上，那该多好玩，想飞到哪儿就飞哪里去。

那时候外婆坐在油灯的晕儿里，让何括浮想联翩。外婆用牙签一样的捺灯棍，将吸油的灯草，朝盏外捺了一下，然后挑那灯花。那灯花就响起来一炸，霭黑的厨房就明亮起来。外婆就支起脚儿，摇动纺车，在灯光下纺棉线。那声音嗡嗡的，嘤嘤的，就像春天河边的放蜂人把蜂箱打开，蜜蜂们飞到花丛之中采蜜儿。在那声音里何括的眼睛就开始发黏。这时候外婆就出题儿让何括想。那题儿是河边的童谣。"一进十八洞，洞洞十八家。家家十八个，个个纺棉纱。一夜纺四两，能纺多少纱？"这哪是三岁多的孩子能算出来的？它的效果就是催眠。就像现在大人睡觉前教孩子数羊。但就是那时候何括记住了那神秘的童谣。后来才知道那是古老的《算经》上的题，流落到了民间。

那时候何括就在外婆纺车的声里睡到梦中去。外婆纺线纺到什么时候呢？何括不知道，只有天上的星星知道。夜里天上的星星没睡着。那梦好长好长，那梦好深好深。

何括是在外婆的哭声中醒来的。这时候鸡开口叫了。外婆在鸡开口的时候就忍不住想她的心肝，叹她的肉儿。心肝是她死去的女儿，肉儿是她怀中的小何括。那哭是唱，痛到深处才有的。河边叫"数"，"数数呐呐"。那时候何括总是在外婆的纺车声中睡去，在外婆的哭歌中醒来。这样的日子有好几年。那记忆钉在何括的脑子里，就像星星挂在天上，眨着眼睛闪呀闪，成了此生创作过程中，至真至善的酵母。

所以外婆去世后好几年，何括总在恍惚之中觉得外婆没死，还活在这个世界上。突然一惊，知道外婆还是离他而去了。"常觉慈容现，猛醒土净怀。彻心绞痛，无语咽哀。夜夜纺车声入梦，朝朝哭歌醒梦来。雾霭窗棂，油灯还在。"

二

那时候细舅不在家，夜晚细舅娘一个人洗澡的时候总是怕。于是就把小何括叫进房去，给她做伴儿。在她的眼里，何括是个小男人，可以壮胆。

细舅娘是很爱干净的人。她的房里收拾得井井有条，一点乱不得。如果乱了一点，那就心神不宁，一天的日子不好过。你说这样的房是轻易让人进去的吗？男人不在家，还没生育，细舅娘就有洁癖，同时矜持，脾气也大。那房里的条桌和梳妆台，一天不知要抹几多遍，见不得一粒灰。房间的地，不知要扫多少次。要从里边顺着朝外扫，这也乱不得。地上的细沙粒，被她扫得像湖水一样，顺风起涟漪。因为河边的沙粒含有云母片儿，在室面亮瓦的照耀下，那地就条条有理，容不得外人踏。老亲开亲，娘家的姑母婆家的娘。外婆知道细舅娘的心思，儿子常年不在家，青春年少的，所以心情由着她。

细舅娘的房里，一年四季散发着诱人的香味儿。花露水的，雪花膏的，生发油的，还有采来的鲜花和她的体香，随着走动的风带进去，散出来。细舅娘是个爱花的人。梳妆台镜子两边摆着一对花瓶儿，只是大，只是白，上面绘着院墙，墙里边是隐约的房屋，墙外边是树竹荫下的路。那架秋千挂在墙里边的紫藤之下，一个古装的美人儿，坐在上边，衣袂飘着风儿。这也是嫁妆，娘家带来的。巴水河边女儿的嫁妆，有俗物，也有雅器。俗物多多益善，雅器上上为佳，各有各的作用。俗物是为了生活的，雅器是装点生活的。何括现在才知道那对花瓶上的绘事，取的是苏轼的词《蝶恋花》的意境。花瓶上有许多好看的字儿："花褪残红青杏小。燕子飞时，绿水人家绕。枝上柳绵吹又少。天涯何处无芳草。墙里秋千墙外道。墙外行人，墙里佳人笑。笑渐不闻声渐悄，多情却被无情恼。"可惜的是那时候何括一个也认不得。那时候细舅娘的嫁妆里，就有这样一对漂亮的花瓶儿。

细舅娘用这对花瓶，四季盛着清水养花儿。那些花儿都是香。春天的金银花，串串朵儿串串白，就着露水从篱笆上青枝绿叶采回来，养在瓶儿里，让它继续开。夏天的栀子花，苞儿肥了白了，月白风清的夜晚，从树上带叶摘回来，寄在水里养，养了左右两个瓶儿，开了那就香满房。秋天是菊花和桂花。菊花是大朵朵的，桂花是小朵朵的。菊花和桂花，各种颜色的都有，五彩缤纷，那是浓香四溢。冬天是梅花。蜡梅和红梅。这是暗香浮动。于是细舅娘清早起来坐在梳妆台前，对着镜子梳妆。花儿开在镜子里。花儿看着她，她看着花儿。于是花儿就成了她，她就成了花儿。谁说农家女儿不爱花？细舅娘上过学儿，认得字儿。细舅娘有个好听的名字，叫淑兰。这名字雅致。外婆在墩子上、田畈里，"淑兰，淑兰"地叫，惹得沙街人背后，叫细舅娘"花大姐"。这并不是好话。

那时候是初夏，何括走进细舅娘的房就格外地小心。细舅娘闩上房门，倒水洗澡。那水是用大木桶提进来的。细舅娘洗澡要用好多的水。细舅娘将洗澡的大脚盆放在架子床前，那架子床像幢小屋子。木楼的阴影下，由于并不点灯，虽然外面月亮很好，那里屋上亮瓦的光，就照不到。细舅娘让何括站在明瓦的亮儿里。这说明男女还是有别的。因为倒了水，那水是热的，屋子里氤氲，就蒸云起雾，细舅娘就晕在雾气里，像一朵栀子花儿开。这场景就定格在何括的记忆里。在何括的记忆里，细舅娘一生美丽，就像巴水河边五月盛开的栀子花。

细舅娘洗澡很仔细，要费很长的时间。这时候水雾里的细舅娘，就出谜语让何括猜。细舅娘说："麻屋子，红帐子，里边睡的白胖子。"何括说："不晓得。"细舅娘说："你个苕种。花生也不晓得？"细舅娘说："青石板上钉银钉，一到夜里放光明。"何括说："不晓得。"细舅娘就笑，说："这也不晓得。星星呀！"细舅娘说："一对黑雀儿，飞到屋角儿，青朝饱米儿，夜晚蜕壳儿。"何括说："还是不晓得。"细舅娘就叹一口气说："你这个苕儿，这也不晓得，那也不晓得。我不晓得你晓得么事。"细舅娘说，"人穿的鞋呀！"在这猜谜的过程中，细舅娘就把澡洗完了，穿上衣裳，把房门打开，掇起大脚盆出外倒水，从墩子上朝高岸下泼，所以那风和水都是香的。

月亮升起来了，乳白的雾像帐子一样笼着墩子。乘凉的竹床在门坪上摆出来了，排得像一条长街。驱蚊的艾把点起来了，随着晚风半明半暗吐着长龙阵。沙街人们乘凉讲究男一阵，女一群，说是鲤鱼不跳鲫鱼塘，男人不参女人行。外婆手中的麦草扇子扇着风儿，拍在何括的屁股上。巴水河边的孩子乘凉的时候，一般随母性，这样才能得到温柔。这样的月夜是小媳妇带领女儿们，唱山歌集体抒情的时候。山歌是巴水河边民间歌谣的总称，包括田歌、河歌、畈歌和情歌。

开唱之前，小媳妇和女儿们总有些扭捏。这时候就得有人提唱。外婆知道细舅娘的心思，想让她的媳妇快活一点。这样漂亮的人儿要是不快活，外婆的心里就忧愁。外婆就对男人阵里的二舅说一声："二楚，你开个头儿。"二舅说："娘，我的嗓子不好，唱得不好听。"外婆说："哪个不晓得你是老作手，过年唱船的时候，总是你'挂签'。""挂签"就是现编顺口溜带领众人游村串户。那时候解放不久，民间各种传统的文娱活动十分活跃。二舅因为是读书人，就由众人推举，做了划采莲船游垸串户的"挂签"人。二舅贴胡子戴斗笠，扮艄公，到了一家大门口，划着采莲船，看景作词，唱："游了那墩到这墩，这家门口挂红灯。千家万户瞳瞳日，总将桃符常换新。"前两句是俗话，后两句就有典。

二舅虽然心里抱怨外婆将细舅娘惯就得不像个相，但还是听娘的话，开了口。夜风中就传来二舅高亢的吟唱："山歌本是古人留，留给后人解忧愁。三天不把山歌唱，三岁伢儿白了头。切记莫把古人丢。"现在何括才知道二舅唱的是巴水河边的"啊嗬腔"。这"啊嗬腔"古老而又神奇，苏轼当年被贬黄州时，踏上这块土地就听见了这使他入迷的歌声。他在文章中把这歌叫作"鸡鸣歌"，说这歌像雄鸡迎着太阳叫，悠扬婉转，过得了河，翻得上山。

二舅开了头，细舅娘就活泛了，领着小媳妇和姑娘们唱将起来。唱什么？唱情歌。都是河边土生土长的，张口就来，唱得热热叫。唱："姐在房中纺棉纱，郎在外面窗子扒，要奴嫁给他。"这是《姐在房中纺棉纱》。唱："一想客人一杯茶，客人想我我想他。客人想我年纪小，我想客人会当家。"这是《十想客人》。唱："一恨我的娘，我娘无主张。"这是《十恨》。还有《十送》："送郎送到窗子边，打开窗子望青天，月亮未团圆。送郎送到房中间，手搭手儿肩并肩，舍不得抽门闩。送郎送到黄土坡，再送十里不为多，情姐送情哥。"有全部唱完的,有唱一段儿再不唱的,由着细舅娘的性儿使。你看看,那时候美丽的细舅娘,会唱多少歌。

唱到夜更深,唱得外婆怀里的何括眼睛睁不开,外婆就讨饶,对细舅娘说:"淑兰,再不能唱了。夜深了,明天还要到畈里做活儿。"细舅娘还是不依,说:"你要是唱一曲,我就算了。"外婆不唱,就把怀中的小何括拍醒,说:"乖乖,你给细舅娘唱一曲。"何括睡眼惺忪,咧着嘴儿唱:"这山望到那山高,我望乖姐捡柴烧。没得柴烧我来捡,没得水吃我来挑,没得丈夫我来了。"何括哪里唱得全?要靠外婆提词儿。众人大笑了,这才收场睡觉去。

那时候人就恍恍惚惚踩着雾儿进入梦乡。耳朵边那歌声总在唱,总也断不了。现在的何括一想起那场景,那些歌儿还在耳边萦绕,像外婆的纺车声。那块古老丰饶的土地田畴平阔,沟渠纵横,水色天光,不仅盛产粮食,而且盛产山歌。

这些歌谣传了一代又一代,是滋养子孙后世的精神食粮。

三

古老的沙街不仅生长山歌,还生长传说,所以梦中的何括总是变成那只小燕子,斜着风儿,飞在河畈的上空,流连忘返。在空中鸟瞰沙街,你就知道沙街的先人们,在这块河边的二级台地上,为了生存和繁衍,开拓建设的田园,是多么壮丽和辉煌。

那时候农事闲了,晚饭吃过了,剃着光头的大舅,就爱张脚张手霸坐在后门场那张矮饭桌上,"呼噜噜"地吸水烟筒,跟对围坐的他的儿们和何括"呱古"。那时候何括就爱找他的金哥金巴子玩。在何括的记忆里,金巴子爱玩,会玩。"呱古"就是讲本地的传说,就好比北方草原部落口述他们的英雄史诗。这个前半生拼命卖田置地、视土地为生命、五大三粗的大舅,"呱古"时正襟危坐一点也不笑,总要从盘古开天地三皇五帝讲到如今，数说那艰辛。大舅说："远古的时候，洪水滔天，那时候河边的沙街还是一片野滩，与巴河连在一起，没有人烟。后来我们的祖先逃荒来到这块土地上，大禹治水时，我们的先人领着河边的各姓疏通河道，顺河撮堤，于是就有了沙街。所以说，上巴河镇是生成的，沙街垸是做成的。"听到大舅说这些话，二舅就袖着手儿，从旁边走过来，问："哥，你看见了吗？"大舅朝二舅白一眼，说："家谱头子不是记的有？""头子"是指家谱的序言。二舅问："你认得几个字？"大舅就红了脸，说："二相，你莫搞忘记了，你认得的那几个字，我是有份的。你不要在我面前卖弄。"这是当然的。二舅读书时还没分家，外祖父的打算是让一个儿种田，让一个儿读书。这样就符合耕读传家的古训。二舅读书，大舅种田，二舅认得的字大舅当然有份。二舅说："要我分一半你吗？都什么时候了，还念老皇历？"土地改革，家里的田地和诗书都被查封没收了。兄弟两个心情不好，处世的意见不合，见面就争。

这时候在厨房洗碗的大舅娘就两手的水，朝抹衣上揩，慌忙出门打圆盘，对二舅说："二相，你少说两句。君子不跟牛斗力。"大舅就指着大舅娘问："你这个婆娘，你跟我说清楚！哪个是君子？哪个是牛？"大舅脾气暴烈，在外面忍着不说，在家里还是说一不二。大舅娘彼时就让了，笑着说："你哪能是牛哩？我是牛哇。你是君子。"这才平了大舅的气。现在的何括才知道大舅的话是错了的。大禹治水根本没有到过巴河流域，那是后人附会的。王氏家谱的序言上的确有王姓的先人带领河边各族挑沙撮堤的记载。那故事发生在明朝洪武年间江西填湖广时，与大禹治水隔了两千多年。但沙街的形成的确是因为有了那条沙撮的堤。那条河堤是沙街人们古往今来的生命线。

先人们多么聪明，为了生存和繁衍，从上游的上巴河桥头，到下游的熊家堰，挑沙撮了一条十余里长的河堤，就像弓箭上的弦。那河堤由于年年洪水过了就修，就高高的，莽莽的，两边栽着芭茅，防浪护沙，像一道绿色的长城。芭茅是八月抽穗现"芒"的，根系发达，秆粗叶阔，连起来长，密不透风，比人还高。这芭茅一举两得，秋天还可以割下来当柴烧。巴水河畔芭茅的品种极多，以抽穗的时间划分，有四月芒、六月芒和八月芒等等。四月芒长不高，簇簇团团的，叶子带刺儿，每一片像锋利的剑，不能栽在路边上，只能栽在埂上当篱笆，防畜生进入。所以河堤上两边栽的是八月芒。八月芒的叶子不带刺儿，虽然粗，虽然糙，但不伤人。河堤八月芒的中间，才是人走的路。这样的路，只有胆大、心急抄近的人，才敢走。胆小的、心不急的人，就走穿沙街而过的大路。那路大，热闹，有人烟，但随塘就垸，当然要蜿蜒曲折些。由于地理环境造成，坐落在巴水河边二级台地上的沙街，就像渭北平原和江汉平原一样，以种小麦和棉花为主，稻田很少。稻田在哪里呢？在碧波荡漾的湖边上。那里的湖以姓命名。一口大的，烟波浩渺，叫熊家湖。一口小的，风平时浪就静，叫马家湖。虽说古时候封建制度下"溥天之下，莫非王土。率土之滨，莫非王臣"，但那垸落、田园和湖泊，还是各有其主。这些都是老皇历。那时候土地改革了，开始酝酿建立人民公社，人民翻身做主人，新社会新气象。老皇历是不能再翻了。二舅当然比大舅明白得多。

现在的何括声情并茂，回望那块河边古老的二级台地，知道尽管沧海桑田，还是承传有序。那里一望无边，沟渠纵横，水网丰盈。只要风来，只要雨活，一年四季植被连天，是动物、飞禽的栖息地和植物的基因库。如今与世界接轨，我们把这样的地方叫作湿地公园，立碑刻字，加以保护。那时候的何括就生长在那块土地上，增长知识，积累经验，开启心智，为漫长的人生做铺垫。

外婆的脚儿小，是下不得水田的，也不能站在麦地里长天劳作，于是所有的辛勤，就落在那双采摘的手儿上。可以说何括此生关于采摘的记忆，全部来自儿时沙街的外婆，那是中华民族农耕文明不可或缺的经验。现在的何括发现古老的《诗经》，三百零五首诗中，有二十多首是反映妇女采摘的，而且都与爱情和思念相关。比方说："参差荇菜，左右流之。"比方说："彼采萧兮，一日不见，如三秋兮。"比方说："采采卷耳，不盈顷筐。嗟我怀人，置彼周行。"总结起来，《诗经》中妇女们的采摘，与日常生活密切相连，既形而下，又形而上。形式不外乎"织、医、染、食"四项。"织"就是采葛、采麻，然后将其捶出筋来，用来织衣织裳。"医"就是采草药，捣烂外敷，或者煎水喝治疗百病。"染"就是采有色植物染布，将棉布染成赤橙黄绿青蓝紫等各种需要的颜色。"食"就是遇到荒年采摘野菜或野果，以果腹活命。那时候外婆的采摘，以"医""染"为主，"食"还不重要。因为饥荒还没到来，河畈的稻麦大熟哩。那时候人吃野菜野果是用来尝鲜的，与现在的城里人一样。靠吃野菜野果度命，是后来的事。

在何括的记忆里，外婆的采摘是从春天开始的，随河畈的颜色变化而变化，生动在春种夏耘、秋收冬藏之中。通过采摘，外婆把河边最美的图画，描绘在何括生命的底色里，就像外婆珍藏的，那本夹绣花样稿的老皇历。这些就成为后来何括取之不尽、用之不竭的创作之源。

那时的沙街，河清沙白，两岸青山流不尽。那时的河边，墩子以绿相聚，沙路以人相连，炊烟袅袅，蓬勃生动。河畈开阔，风流无限。那绕着墩子的麦地，怎么也望不见尽头。风摇畈动，绿浪无边。那时候熊湖如镜，太阳从湖对面的牛子山上升起来，金光闪闪。墩子上所有的景物和声音，都浸在如雨的湿露之中。早饭在阳光闪耀之中吃过了，风中仍飘荡着食物的芳香，都是人间的味道。竹林里的公鸡，像君王踱着高傲的步伐，领着嫔妃样的母鸡找食儿。公鸡找着食儿也不吃，吐出来让母鸡尝，然后扇着翅儿伸长脖子喊太阳。包面队长将哨子含在嘴里吹，催人出工下畈。那出工的队伍缱绻庸常，不疾不徐，三五成群，捎着长长的竹柄锄头在路上走。墩子里的狗，随着下畈的大脚男女，身前脚后撒欢儿。墩子上的风儿静了，阳光密密地织，雾儿淡淡地散。

那时候厨房里的外婆，将碗筷收拾停当了，就出门寻找她的小外孙。她的小外孙并没走远，就站在大门坪儿上，痴迷着两眼看新鲜。隔夜外婆该哭的哭了，该诉的诉了，太阳出来心情就好，叫一声："外孙狗嘞，跟我走哇——"那声音格外好听，就像唱曲儿。这心情有来历，属于楚剧的"悲雅腔"，可以抒心情吐苦楚。巴水河边的人们，得了外孙喜不过，就把外孙唤作"小狗儿"，编成童谣唱："外孙狗，外孙狗，来了就吃，吃了就走。"那是有娘的儿哩。有娘的儿，由娘带着走娘家看外婆，吃了当然要走。那么没娘的儿呢？来了当然要吃，吃了当然不走。在外婆心中，自家的外孙狗与别家的外孙狗相比，那怜爱的滋味就更深一重。

那时候外婆一膀挎上筐篮，一手牵着何括，顺着穿垸的沙路，朝墩子外连天扯的麦地走。那"悲雅腔"既然开口了，就刹不住。外婆在众人面前是不唱的。子孙成群，德高望重，需要矜持，哪能没斤没两？外婆只有在更深夜静和路大人稀的时候，吐露心声。外婆又从头唱："外孙狗，随我走，一走走到园门口。园门口，结石榴，石榴树下一缸油。姊妹三个赛梳头。大姐梳金头，二姐梳银头，三姐不会梳，梳个雀儿窠。"外婆问小外孙，"串了哩。扯到哪里去了？"何括太小，根本不晓得扯到哪里去了？外婆忽然两眼的泪花，说："算了，不唱了。"现在的何括才晓得，那时候外婆想起了她还待字闺中、在娘家做女儿的美好日子。外婆娘家正好姊妹三个，她是二姐哩。

那时候外婆将何括带到河畈上，不是教何括扯野菜，而是扯野麦和野草，那不是给人吃的，而是用来喂鸡鹅和牛羊。那时候河畈里粮食丰收，家菜长得也好，不需要扯野菜。外婆教何括辨野菜，扯了充饥活命，是后来逼出来的事。扯野菜充饥是一门博大精深的学问，不是一下子学得了的。扯野草和野麦喂禽牲，那就简单得多。

外婆挎着筐篮，带着小何括沿着庙儿塘的塘岸走，到河畈桃林边上的麦地里扯野麦，喂牛羊。那时候外婆家养着一头牛和几只羊。牛是黑骚牛，身上的毛像黑缎子，胯子下吊着两个纺锤样的大卵子，眼睛像灯笼，见人就紧张，头翘尾巴昂，精神得很。外婆说那是做种的牛。几只羊，有白的，有黑的，也有花的。外婆说白的是父，黑的是母，花的是儿和女。外婆说露水草最有营养，但要晒干水才能给它们吃，不然会拉稀。桃林挨着墩子，麦地连着桃林。桃林稀疏广大，空隙里也种麦子。于是桃林就浮在麦地上头。外婆说那桃林原来是野的，是鸟儿拖来的核，结的是毛桃。毛桃杏儿一样小，毛厚核儿大，又苦又涩，根本吃不得，后来人们嫁接了，才结肉厚汁多、又大又鲜的桃。何括才知道，原来太阳下的河畈上，藏着如此这般的奥秘。桃子下架了，树梢上还有打剩的桃。那桃子又红又大，摘下来吃，滋味就格外不同。桃树脚下的草丛中，有兔儿的窝，半藏半露，睡着兔儿，人走拢去，就惊着它，醒了，飞起来跑，钻到麦地里，一会儿不见了影。

河畈的麦地连着风，由于土地肥沃，小麦们高大整齐。那时候小麦品种是高秆的。高秆品种的小麦正是含苞抽穗的季节，像怀孕的女人，一穗穗丰韵饱满，婀娜多姿，风情万种。外婆说这是家麦，和麦地里的野麦不同哩。从此何括就在世俗的日子里，开始留心区分"家""野"了。在河边有"家的"必有"野的"。比方说树木，人栽是"家树"，自然长的叫"野树"。人种的菜叫"家菜"，自然生的叫"野菜"。比方禽类，有"家鸭"就有"野鸭"，有"家鸡"就有"野鸡"，有"家兔"就有"野兔"。比方说男女，有"堂客"就有"野堂客"，有"老公"就有"野老公"，当然还有"野种"。诸如此类，凡此种种，应验了河边的一首谚语："家的是野的苗，野的是家的种。家的比野的少，野的比家的多。"

外婆教何括认野麦。野麦很好认，夹在家麦丛中长，一株就是一个大家族，儿女成群，簇拥着，比家麦更蓬勃、更旺盛。外婆将野小麦的嫩茎抽出来，长长的，白白的，教何括做麦哨，含在嘴里吹，那就是河畈的欢乐。外婆领着何括扯野麦。野麦多，好扯，一扯就是一堆。外婆扯累了，就在那麦浪深处，解衣方便，一点也不避小何括。就是从那时候起，小何括知道了这个世界上那辉煌的生命之门，所有的生命无论伟大或平凡，都是从那里出来，走到世上的。外婆是他的蒙师，这一点没有错。

把扯到的野麦送回家，摊到木架上晾着后，外婆就带着小何括，到稻田边的梨树脚下扯野草。那些梨树有好多棵，每一棵都很高很大，分许多的枝丫，上面结许多的梨子，叫人仰望。外婆说那些梨树还是她家的。外婆指着梨树，说给何括听。大舅家是那几棵，二舅家是那几棵，她家是这几棵。那时候外婆津津乐道，如数家珍。何括至今没弄明白，土地改革时外婆家所有财产都充公了，为什么这些梨树还是外婆家的？是天意还是人为？是仁慈还是疏忽？不得而知。而且在何括的记忆里，那些梨树一直没变，属于外婆、大舅和二舅家所有。直到许多年后树老了，伐了，何括结婚时，细舅还用梨树做了两张椅子，送给何括作为礼物。那两张椅子真结实，掷地有声。何括走到哪里就搬到哪里。梨木真是做家具的好材料。

梨树脚水田边的野草很多，很茂盛。外婆教何括扯那些野草。鹅儿草是喂小鹅的。那时候外婆家养着几只鹅。鹅小时候是黄的，长大后变白了，浮在池塘里，很好看，见了人就"哦哦"地叫，一片热闹。小鹅儿特喜鹅儿草，见了鹅儿草，就趔趄着脚儿奔去。句儿草是喂小鸡的。那时候外婆用大母鸡抱出一地的小鸡儿，一只比一只活泼可爱。那些小鸡儿见了句儿草，就"吱吱"地叫，围拢来伸出小嘴啄那上面的小球儿。

那些梨树是好品种，叫作"早谷梨"。早谷成熟时，它就成熟了。那时是早谷拔节的季节，就有梨子被风吹落，落到稻田的秧棵中。外婆教何括下田去捡起那些落梨儿，回家削了皮，用罐子装着，放到灶里煨熟吃。连肉带汁嚼了吞，就香甜可口，是治咳嗽的好东西。

世事初谙的小何括，那采摘的梦儿，随外婆忙碌的身影，沉浸在麦稻青黄畈飘香的景里，季节更替，现在想来，宛如在《诗经》的梦境中。

四

何括因为没有吸够奶水，浑身精瘦，只是眼睛亮，所有的精气神就落在那双眼睛上，所以大舅娘见到何括，当着外婆的面，实在没处夸，就夸何括的眼睛，说："大，我家的外孙眼睛'贼'。"在河边这个是狠词儿，菜吃油盐话听音。做大舅娘的说这话除了夸亮，似乎还多了一点别的意思。什么意思呢？外婆心里当然清楚。

大舅娘不喜欢这个小外甥，主要就落在那双眼睛上。何括只要醒来，就像猫儿一样眼睛放亮四处探索。探索什么呢？探索隐在日子里面的秘密。你看大舅娘在家里怄了大舅的气，没处出就跑到外婆家借盐来了。借盐是假，出气是真。想叫外婆教训大舅，但外婆不会按她的意思做。做大人的，哪能见风就是雨？大舅娘一踏进门，何括就跑到厨房里，把盐罐抱出来，让大舅娘铲。那时候盐是贵东西。何括老是让大舅娘铲盐，大舅娘就哭笑不得。大舅家家大口阔，成分又不好。稻草的烟多，穷人的气多。外婆说："儿，铲吧，铲吧。街上有卖的，再去买就是。"这时候外婆就管媳妇叫儿，这样叫大舅娘心里就暖和些。有什么办法？何括眼睛太"贼"了，看出了大舅娘心里的痛处。大舅娘就不铲盐，红着眼睛出门去。

外婆抱着何括坐在大门坪上望太阳，叹口气，不想说话，只在心里想。富日子富过，穷日子穷过。鲤鱼过冬，鲶鱼就不过冬吗？自家气不匀，还怪小外甥眼睛"贼"？做舅娘的，你说这话就不应该。

何括就像外婆热抱翅膀下的蛋，容不得别人说不好。那时候年过了，外婆总要抱窝早鸡儿，要抱二十二天。这过程是鉴定好坏的过程。抱到半月后，外婆就教何括辨蛋。外婆把那些蛋从母鸡的翅膀下拿出来用手罩着，一个个对着灯照，看缩没缩顶。如果缩了顶，就是好蛋，继续放到窝里抱。如果没缩顶，那就是寡蛋，不能再抱了，淘汰出来。这叫"照蛋"。抱到二十一天后，外婆就放一盆热水，把那些蛋放到水里，浮在水面上，如果能晃就是活的，如果不动就是死的。这叫"踩水"。那时候何括知道外婆的心思，他好比外婆热抱翅膀下的蛋。还没到"照蛋""踩水"的日子哩！能妄断好坏吗？

外婆抱着何括对着眼睛瞄，发现太阳下，她怀里那个小外孙的眼睛实在太亮了。外婆吓了一跳，担心有毛病。于是就叫何括在她对面坐端正，说："把眼睛睁大，不要眨。"何括听话，就把眼睛睁得大大的，一点也不眨。外婆在何括眼睛前竖根手指左右晃。这是从唱戏的草台班那里学来的。台上悦人的花旦，那两只生风的眼睛，就是用这法子练成的。何括的那两只眼睛，随着外婆的手指动。左右左，右左右。那眼神就像花儿树上开放，五颜六色哩；就像风儿掠过池塘，波光粼粼哩。外婆就大胆放心了，冲着脸蛋亲一口，对着太阳举起来，说："是个妖怪是个怪，各人养的各人爱。"然后放在地上让何括跑。外婆实在想不出日子里，眼睛亮有什么不好。

何括发现外婆那本夹花样的万年历，金光灿烂就藏在装棉条的腰子形的木桶里。那腰子形的木桶，放在外婆纺车的矮椅边，坐下来打开木桶的盖，就可以顺手从里面拿棉条出来纺。那时候棉花加工已经半机械化了，作为水码头的上巴河镇，开风气之先，已有棉花加工的作坊。棉条是将籽棉挑到上巴河街轧花铺用轧花机轧尽籽后，再用弹花机弹松弹成净花，然后一条条撕到案板上，将一条高粱秆儿夹在中间，用搓板搓成的。抽出高粱秆后，那棉条中间是空的。外婆搓棉条时，何括就站在旁边入迷地看。外婆搓棉条的手艺好，搓出的棉条一条条匀称洁白，就像银色的鱼儿。

那腰子形的木桶，只有猫儿高，猫儿过身，总爱朝上面"猜"一下。那木桶精致，通体绘着红黑的花儿，外面还固了铜箍儿。因为经常有手在上面摸，所以金光闪耀。二舅说那是古器。何括现在才知道，那是典型的楚地风格的漆器。那古器有盖儿，有钉扣，可以上锁。那桶外婆平常就用一把小铜锁锁着，钥匙并不带在身上，而是放在床上那个长枕头下压着。这瞒别人，不瞒小何括。趁外婆不在家的时候，何括就拿钥匙把木桶打开，探索里边的秘密。何括发现那腰子形的木桶里，整齐的棉条下边，压着那本金光灿烂的万年历。那本万年历封面是用金箔印的，里面一页页印着许多字和画儿。何括不识字，认不得，只看画儿。画儿上画着菩萨和人。那本万年历除了夹花样之外，还夹着钱哩。那钱是纸币。有绿色的，有红色的。绿色是两元的，红色是一元的。这是当工人的细舅给娘零用的。那时候钱值钱，这些钱可是大钞哩。何括不敢拿，只能捏在手里数，数也数不清。这让何括兴奋不已，原来世上竟有这样的好东西，拿它到街上想买什么就能买什么哩。何括把那些花纸儿玩够之后，就将那本金光灿烂的万年历，复归原样放回木桶里，用锁锁好，将钥匙放回原处，让外婆一点也不知道他动过。那时候何括冥冥之中领会到，既然上了锁，就不能拿出来用，拿出来用就是偷。何括探索到了外婆的秘密，心里觉得很幸福。何括发现外婆的那本万年历，是指导沙街人日子的百科全书哩。那本万年历和腰子形的漆桶，据说是从娘家带来的嫁妆。沙街人夸外婆要从嫁妆开始。外婆出嫁时家里富有，那嫁妆是全套的，从生到死。"生"指床上用品和生活用具。"死"包括棺材。那棺材也是两具，上了红漆的。寄托了从生到死，全部的恩爱和幸福。

　　因为外婆藏着那本金光灿烂的万年历，所以墩子上的人总要跑到外婆家"讨日子"。那时候解放了，政府用的是阳历，国际通用的公元纪年，通常是几月几日，但是河边人过日子总离不了那本金光灿烂的万年历，春种夏收冬藏，上面有传统的二十四节。这也好说，社的领导总会不失时机地发号召，指导农事。但是婚丧嫁娶、造屋动土诸等事宜，河边人总讲究黄道吉日。这黄道吉日新历书上就没有，没有河边人心里就不踏实。这就需要跑到外婆家，找外婆翻万年历"讨日子"。外婆就打开腰子形的木桶拿出那本万年历，看好日子。外婆看着了好日子，总要用红纸写一张帖子，折好给来"讨日子"的人。包面队长睁只眼闭只眼，不制止也不揭发，上面也不查。那日子就好，墩子上的人们皆大欢喜，其乐融融。所以外婆藏在腰子形漆桶里的那本金光灿烂的万年历，在何括的心里，就神秘而又庄严。

　　日子里河边的阳光猛烈起来，河风燥热了。眨眼之间，河畈上的麦子黄熟了，这时候河边的沙街就是绿少黄多的世界。那成熟的麦地金光灿烂，黄得没了缝隙，炫得人睁不开眼。绿的是墩子上茂盛的树竹和湖边水田里苗壮的稻穗。小满节到了。那河畈上的麦雀定在半空中，望着下面的河畈，一个劲地催："割，割，割。"这时候沙街人男女老少齐上阵，抢晴天将河畈里成熟的小麦收割了。新麦登场，包面队长将打下的小麦分到各家各户。家家户户架上石磨，"雷雷"地响，将新麦磨成雪白的粉。

　　何括就同沙街的人们一样，心潮澎湃，因为在外婆珍藏的那本金光灿烂的万年历上，河边那个辉煌的传统节日——端阳，就要降临了。

五

那河边的日子就像外婆给人画的八卦，那阴阳鱼儿，黑白分明，首尾相接。那时候河边的日子，就像古人记事的绳子，节日就是打在上面的结。春节过了，包面队长家贴在大门两边的春联还没变色，端阳节说来就来。全沙街数包面队长家的春联最有特色，一边是"雄鸡鲤鱼猪婆肉"，一边是"香信木耳干黄花"，横幅四个字"大发其财"。何括那时候虽然不识字，却从二舅口中记住了。因为那副对联是包面队长叫二舅写的。在河边人心中，这六样东西全是大发的。包面队长家成分好，一穷二白，盼望发财，也不怕发财。

端阳是巴水河边活力四射、张扬而有血性的节日。那日子巴水河边的天，像墩子上的父亲，载阳载物，蓝得高了。河边的地，像墩子上的母亲，包孕慈爱，绿得厚了。白沙堤外的巴河水，丰盈活泛，浪着青岸。墩子上，房前屋后所有的栀子花树，就像众多的儿女，迎着露水，含苞欲放。那季节整个的沙街大气汤汤，人和景物一道，就像一个发面馒头，白晃晃暄在明媚的太阳下。

那日子何括就看到清流相隔，宛如仙境的河对岸，树竹葱茏的马家潭，人出人进，狗吠鸡鸣。耸在河岸之上的黑鱼庙红墙黑瓦，斗拱飞檐，香烟袅袅。阳光下庙旁那个幽幽的湖，像镜子一样跳跃着粼粼的光。何括听到节奏分明的打船声，从那里传出来，"通、通、通"，就好像《诗经》里，"坎坎伐檀兮"。那是用线麻伴桐油塞龙船的缝，放龙船下水的声音。那声音像擂战鼓，一下又一下搏动何括的心，使何括热血偾张。

晚饭过后，二舅就忍不住对围坐在饭桌前的后辈们叙说马家潭赛龙船的来历，叙说之前，总要左顾右盼，确定饭场之内绝无外人，这才放心。那瞻前顾后的样子，充满神秘色彩，后辈们生怕遗漏了，瞪着大眼睛，一点也不眨，树绿花红津津有味地听。这样就浮想联翩，心旌摇荡。二舅讲之前总要咳一声，清清嗓子，唱一首诗，表达他读书阅世的情怀。诗云："兔走乌飞东复西，为人切莫用心机。百年世事三更梦，万里乾坤一局棋。禹开九州汤放桀，秦吞六国汉登基。古来多少英雄汉，南北山头卧土泥。"这是什么话？那时候的何括一点也听不懂。现在的何括才知道这是用律诗的形式高度概括，说的是历史，叹的是沧桑，用怜悯之心，劝人弃恶从善的。

二舅娘不好说二舅唱坏了，就出来倒茶，说："斯经子喝茶，喝茶。"二舅娘叫二舅"斯经子"，那是爱恨交加。二舅就接茶喝，吧嗒着嘴儿，然后讲正题。二舅讲正题也是唱诗。好在唱的不是律诗，而是四句押韵的顺口溜。唱自然押韵的顺口溜，何括就听得懂。这四句押韵的顺口溜，有点像流落在民间的《烧饼歌》，传说是刘伯温作的。二舅唱："巴河水，绿油油，流到巴河古渡头。巴河渡口都姓马，世人可知其来由？"金巴子领着小的们说："不晓得。"二舅接着唱："话说江西填湖广，迁民齐聚筷子巷。朝廷号令船上岸，跑马圈地任人抢。"金巴子听不得抢的事，兴奋起来，喊："抢！抢！"二舅接着唱："可怜马姓来得迟，上岸遍插风中旗，只是渡口无人要，报请朝廷注了籍。"金巴子唉一声，那意思是可惜渡口没有抢到手。二舅接着唱："自从有了马家潭，一河两岸赛龙船。乌龙黄龙年年斗，巴水河里浊浪翻。"唱到这时候大舅闻声来了，进门咳一声，就有威力。二舅就不敢往下唱了，就笑，说："哥，你也来了？请坐，喝茶。"大舅问："嘴巴又痒了是吧？杞人忧天哩！"大舅虽然读书不多，但成语还是晓得几个。二舅的脸就红了。二舅娘就出来打圆场，说："哥，他唱曲儿散心哩。"

那时候随着河边端阳节的到来，二舅把心里的担忧隐忍在心头。现在的何括终于弄清楚了一河两岸马家潭与沙街端阳节赛龙船年年争斗的来龙去脉。

如今巴水河边马家潭端阳赛龙船，申请成了国家级非物质文化遗产项目。这个纪念屈原的传统项目，其形式和内容具有典型的爱国意义。如今丰水之年，响应政府号召，企业家出资在此地组织比赛，轰轰烈烈，也表彰，也发奖，并不在乎输赢。在乎什么呢？在乎热闹，相当于全民健身运动。但那时候沙街与马家潭端阳赛龙船看起来是纪念屈原，其实是为了赌输赢。这是地理和环境造成的。河东的沙街一马平川，全靠一条沙堤护着河畈和墩子。河西的马家潭虽在山丘之上，但田地也在河堤之内。洪水一来，大浪就形成了浪坝，从那边折过来，往往冲毁这边的河堤，泛滥成灾，水打沙压。不怕生坏命，只怕落错根。于是这边的沙街人就有了种种传说。传说那边的黑鱼庙里所供的黑鱼，是修炼成精的乌龙。传说这边的河堤是修炼成精的黄龙。洪水一来，乌龙和黄龙就在河里斗法，乌龙堵，黄龙疏，耸起浪坝，争斗不休。

那么端阳节赛龙船就是巴河流域洪水到来之前，乌龙和黄龙在河里的预演。所以那边的龙船是乌的，这边的龙船是黄的。两条龙先在河里赛一场，输赢不仅关系到两岸当年的丰歉，还关系到六畜兴不兴旺，发不发人瘟。这就不是儿戏。黄龙输不起，乌龙不肯输。所以几百年来这赛事，内容大于形式。套用伟人的一句话："要奋斗就会有牺牲，死人的事是经常发生的。"至于头破血流，鲜血迸溅，那更是常事。所以研究巴河文化，你就得从图腾入手，研究图腾背后诸多的禁忌。

六

大别山里，第一场桃花水下来了，浮起一河的泡沫和浪花。河边人把这场水叫作"划船水"。沙街人就在湿润的风信中，望着河对岸的马家潭，血脉偾张，蠢蠢欲动。那时候外婆的酵母，就开始主导河边的端阳节。河边的端阳节，就像一场原生的大戏，以天为幕，以河为台，太阳闪耀其间，所有的生命都沐浴在飘香的酵母里，去浊扬清，化腐朽为神奇。哲人说："中华文化之根就是酵母文化。"何括信然。

与那本珍藏的万年历一样，何括发现外婆的曲儿就藏在那口装面粉的陶缸里。河畈的沙街以种小麦为主，水稻为辅。小麦丰收，面粉就是他们的主食。每年吃了旧粮接新粮，每家每户都离不开那口装面粉的陶缸。那曲儿是秋天外婆到河边采米粒样的红蓼花，伴麦麸搓成一粒粒麻雀蛋大小灰白相间的圆球儿，晾干后煨在面粉里，防潮防虫蛀。这曲儿主要成分是酵母，它们平时不起眼、悄无声息地休眠着，等待端阳到来，等待外婆将它们唤醒。

外婆唤醒酵母的过程，并不复杂，但很神秘。躺在床上的何括瞪着大眼睛，目睹了那唤醒的全过程。就在那鸡不叫狗不咬、天地未醒的时分，外婆就起床开始忙碌。外婆用陈艾"焕水"沐浴更衣，熏香净手，敬香烧黄纸祭祀灶王菩萨。然后把那曲儿从陶缸里拿出来，在灶台上用石钵和石棒细细地捣碎，捣成粉末状。然后将摘菱角的渡盆拖进来，放在柴灶边的水缸旁，用清水反复地洗，那用桐油油过的渡盆就洁净如初，照得进油灯的亮。然后倒一箩当年新磨的麦麸进去，将那捣碎的曲粉撒在上面，倒温水进去，用木棍搅均匀，盖上一床新打的棉絮保温。

为了保证酵母的纯正，整个过程由外婆一人完成。外婆不要细舅娘插手，也不要何括多话哩。细舅娘从脚到手花儿一样香，那香味虽然好，但不能掺杂其中的。何括人小话多，见不懂的事就问，那唾沫也不能飞进去的。细舅娘就在前房睡觉，睡不着就闻插在床头花瓶里的栀子花儿。外婆忙完了，就吹熄灯上床睡觉。何括睡不着，也不敢出声，假装睡着了，但那两只耳朵灵醒着哩。那时候人睡静了，天和地都睡静了，似梦非梦中，何括就听见了那酵母发酵的声音。先是"丝丝"的，好像微风过耳，后是"咕咕"的，好像青蛙出水。那混沌的梦，就在雄鸡三唱之中，清浊开了，醒来就是黎明。

黎明是外婆朝发送酵水的时候。酵母经过一夜的发酵，捞渣之后，就白得像米汤。这时候就需要人帮忙了，用一只大木桶装着朝各家各户送。外婆叫来金巴子，老的抬一头，小的抬一头，走在墩子之间的沙路上。小何括拿着一只木瓢儿，由他朝掇着木盆迎在路两边的妇人盆里舀酵水。每舀一瓢，妇人就朝外婆鞠一躬，说："有劳太！"那时候旭日东升，霞光万道，树竹摇风，人欢鸟叫，阵阵河风中，散发着酵母的味道，那真叫满垸飘香。

日子里的巴水河边有许多不眠之夜，五月初四的晚上就是其中一个。这天晚上树竹漏光，墩子上各家各户灯火通明。灯是灶台上的灯，火是灶里的火。外婆的酵水早晨发到了各家各户，这是"母水"。女人们接了"母水"，就用少量的面粉醒，让酵母接着发酵。这叫"子面"。到了晚上，发酵的"子面"躺在面盆中，稀汤得承不起手。这时候各家各户的女人，就根据需要朝面盆里加面粉揉转，做成各种形状的面食，依次放到蒸笼里，架到锅内蒸。灶膛里大火熊熊。蒸发酵的面食讲究一气呵成，这就不能节约柴火，不然就"浸"了，蒸出的面食没有发起来，除了难看，还夹生黏口，拿不出手。

外婆家和面、做面食、蒸面食的场面，讲究排场大气。外婆召来三个媳妇聚在一起，摆开案板，三个媳女坐的坐，站的站，揉的揉，做的做，蒸的蒸。用现在的话说，那叫流水线。这时候的外婆并不动手，掇张椅子端坐着，相当于现场指导。这门手艺发扬光大，需要人传。大舅娘是和面的好手，力大手粗，又有心劲，面粉加进去，哪怕还多，她都能和转，和成有劲道的一大团，堆在案板上，交给二舅娘。二舅娘是做粑的好手，那手儿活，扯起一团面，拿在手里，在中间捏个窝儿，那是加馅的。馅分荤素。肉的，用韭菜或芹菜混合剁成的；糖的，芝麻舂碎加白糖的。用手将馅朝进一撮，捏几下就是一个。加馅的并不做多，那是装门面招待客人的。更多的是白粑。这样的粑，二舅娘两手齐动，一捏一个，看得何括眼花缭乱。

细舅娘做什么呢？细舅娘做"花粑儿"。"花粑儿"是什么呢？"花粑儿"是艺术品。细舅娘心灵手巧，做"花粑儿"的工具，是剪刀、筷子和手指头。细舅娘做十二生肖，鼠牛虎兔，龙蛇马羊，猴鸡狗猪，做什么像什么。什么属相就有什么。细舅娘做鱼和青蛙。鱼是鲤鱼，有头有尾，嘴巴张着眼睛鼓着，身上鱼鳞一层层。这是给男孩子的，祝愿将来鲤鱼跳龙门。青蛙是母的，蹲着，鼓着肚子，在叫唤哩。这是给女孩子的，祝愿将来多子多福。河边人说青蛙就是金蟾哩。细舅娘做寿桃，那就大，下头圆圆的，上头尖尖的，还有柄，柄上两皮叶儿。这是给老人的，祝愿福如东海寿比南山。这些蒸出来后，需要点颜色。大红大绿。青蛙身上点绿的。寿桃尖上点红的。其他的细舅娘随意点染，红绿相间，很好看，很热闹。那些蒸出来的没馅的白面粑，也不能白，用粗大筷子头蘸着桃红，每个上面打一个"灯"，红光一遍。所以巴河边端阳节的传统面食，不光吃，还有许多美好的寓意在里边。

夜到三更，小的们兴奋过了，就忍不住想睡了，只等着最后的节目。这时候面食蒸完了，蒸笼起锅了，外婆就从开水里用漏勺捞那些鸡蛋。那些鸡蛋是蒸面食前整个放在锅里的，随着蒸的过程煮熟的。捞起来放冷，然后染红着绿。染红的叫红鸡蛋，着绿的叫绿鸡蛋。用索儿织的网兜装着，天亮后发给孩子们提着。男孩子红鸡蛋，女孩子绿鸡蛋。这也有讲，叫作红男绿女。何括知道天亮后那里面，有他一个红鸡蛋。

那天河边夜晚是女人的。男人们做什么呢？男人们除了吸烟，就是喝茶，边吸烟喝茶边看女人们忙碌。女人们就给出笼的粑他们吃，吃了后就催他们早点去睡。因为第二天河里龙船的赛事，需要他们养精蓄锐哩。

七

外婆沙街的端阳节，清新与兴奋是从早晨开始的。大清早男人们就开始忙碌，趁露水拿着镰刀、冲担和草要，出门割菖蒲和青艾。菖蒲长在湖边沼泽里，叶子朝天，支支像利剑，插在大门两边，厉鬼就怕，进不了门。这不多割，割几支就行。青艾长在河畈麦地边儿上，这时候就格外旺盛，密密麻麻一长就是一大片。青艾就要多割，除了插在大门和对外的窗户两边，驱除瘴气之外，还要晒干扎成把儿储存下来，叫作陈艾。河边的日子里，陈艾是每家必备之物，伏天驱蚊需要它。用稻草将陈艾编成辫子点着，那烟阵就是喷香的一条龙，蚊虫就拢不了人的身。河边的人，平常有个头痛脑热，或是肚子泻，煎点艾水喝下去，可以见效。怀孕的女人更离不开陈艾，临盆时点陈艾把儿熏，能驱邪正气，安神镇痛。孩子落下地，就用陈艾水洗身子。用陈艾水洗身的孩子，就聪明少病，半岁过后必然开口叫妈。菖蒲和青艾都是香料哩。男人们把天赋的香料割下来，挑回家，该插的插了，该晒的晒了，在女人们的眼里，这才是会过日子的男人哩。

那时候古历五月的河边毒多。沼泽里的瘴气朝出冒，那气儿人闻着了就闷得难受。毒蛇和毒虫出来了，草丛中麦地里，还有房前屋后冷不防溜出来就是一条哩。这就需要驱防它们了。所以外婆就叫二舅舅写招帖，分发各家。那招帖用三寸宽的红纸条写，帖云："五月五日午，天师骑艾虎。百毒上天庭，百虫入地府。"这招帖有人应，相当于社里发号召，所以家家要办雄黄酒。雄黄酒是驱蛇的药，有剧毒，不能多喝，只能品半口，剩的留着搽。雄黄哪里有呢？这不难。河边野鸡窝里就有。那时候河边的野鸡正在抱蛋，野鸡的蛋是河边蛇的好粮食，野鸡就在窝底布了雄黄。扒开野鸡的窝，草下黄色的粉末就是。这叫一物降一物。

墩子里喧闹起来了，纷纷攘攘的。原来是各家各户的女人们，用盘子掇着发粑朝外婆家送。外婆的酵水好，家家户户送来的粑，暄、白，上面点着"红灯儿"，这是比脸的事，由于都好，所以欢天喜地。这相当于向上级报喜。外婆喜笑颜开，将各家各户送来的发粑，用备好的礼担装着。装得满满的。那礼担是两个方形的盒，半人高，漆着红黑的图案，是河边人嫁娶祝寿送大礼时用的。

在礼担里装好发粑，外婆叫金巴子去叫包面队长来一下。包面队长来了，问："太，有事吗？"外婆说："大孙子，你是黄龙的队长哩。让我走个亲戚。"包面队长说："太，您要到哪里去？"外婆说："大孙子呀！到哪里去你不清楚吗？到河对岸的马家潭去呀！今年沙街这么好的粑，我送去表个心意。"包面队长说："太，这不合适吧？您不能破河边的规矩哩！"外婆说："大孙子哩，你忘记了吧？王姓的一个老姑婆早年嫁到了马家潭，那里有一支她的后人哩。"外婆这么一说，包面队长恍然大悟，说："太呀！

您的心思我晓得，两岸都是一家人。"外婆说："大孙子，人说你糊涂，原来你是青蛙吃萤火虫儿——心知肚明哩。"包面队长听了夸奖，就高兴，说："太，您去吧！到时候我晓得击鼓下桡。"外婆就要包面队长挑礼担送她到河边。包面队长答应了。

何括要跟外婆一路去，外婆不肯。何括太小，好多礼性不懂，送大礼是庄严的事，哪能随便呢？外婆就决定把何括留在家里。何括就眼泪汪汪的。外婆不放心，拉着何括的手，给何括抹上雪白的"裁衣儿"，那"裁衣儿"绣着鲜艳的荷花儿。"裁衣儿"是抹在小孩子胸前的罩衣儿，抹上罩衣儿，就是还穷还苦、还破还烂还瘦的孩子，也焕然一新哩。换上罩衣后，外婆将何括交到细舅的怀里，交到细舅的怀里还不放心，要看细舅娘将何括安慰得不哭时，她才动身。

那时候细舅娘安慰何括有办法。首先把隔夜用网兜装的那个红鸡蛋交给何括，让何括提在手里。细舅娘看准了何括的小心思。何括就不哭，咧着嘴儿笑。然后给何括拿一个"花粑儿"，那"花粑儿"是一条蛇，活灵活现，盘着绿尾巴，吐着红信子。何括属蛇。这也是他的心爱。然后蘸着雄黄涂在何括的耳朵、鼻子和手脚上。这就不怕虫蛇叮咬。然后在何括的额头上用桃红点一个"红灯儿"，再拿一朵雪白的栀子花戴在何括的胸前。细舅娘将何括抱起来，抱到镜子前照。镜子里就是一个整齐的人儿。何括就满心欢喜了。

外婆迈开小脚前面走，包面队长挑着礼担跟在身后。那时候马家潭的渡船就停在河对岸。外婆穿着蓝色的满大襟褂儿，头上包着黑色的"包头"，那黑色的"包头"是用真丝织成的，薄如蝉翼，那一角在河风里抖动，肃穆庄严。阳光明媚，河水涣涣。河那边马家潭的渡船看见外婆和包面队长，就将船撑过来，将外婆和礼担挑上船，渡到那边去了。包面队长在河边站了好半天，打着眼罩送外婆。

吃过中饭，细舅娘把何括郑重其事地交给大舅的女儿爱兰，带到河里看赛龙船。这就对了。看赛龙船就不能交给金巴子。金巴子玩心太大了，爱朝姑娘堆里钻，十分不让人放心。爱兰好。河边的女儿初长成，细腻含蓄着，从小就像一皮绿叶儿，晓得带弟妹，一点错儿出不了。

墩子里喧闹起来，吃饱喝足之后，阳光灿烂之下，黄龙队的包面队长在选划船的人。当选了划船人，是一年之中的荣耀，日子里会受到姑娘的钟爱。一个眼风扫过来，那就热辣辣。那时候沙街虽然有三个队，但这事都得听包面队长的。包面队长是绝对权威，说谁是谁，指谁是谁。挑选出来的划船手，个个五大三粗，不光力气大，而且品行好。沙街地大物博，人多势众，从三百多人的墩子里挑选三十多个这样的男人，那是轻而易举的事。

倪家墩的倪架子站在队伍的头。他是龙船的舵手。沙街人说倪家种好，所以倪家出的男人，就比其他墩子的男人高出一个头。那腿肚子就有提水桶粗。倪架子长年驾船跑长水，从上巴河码头出发，沿长江上到汉口，下到芜湖。风里浪里，练就一身看水行船、见风使舵的本领。墩子里无人可比。马家墩的马霸王是旗手，运劲时咬肌嚼动，人说咬得死牛。马霸王一面黄旗在手，摇旗呐喊，一路向前，乘风破浪。包面队长是鼓手，血气偾张了，眼睛鼓得像铜铃，双手扬鼓槌，闻声而发，上下左右齐动，龙船就像离弦的箭，一跃三重浪。其余都是精壮的划手。这些都是黄龙取胜的关键。

上船的人一律剃成光头。这样若是搏斗起来，对手就没头发可抓。上船的人统一着装，头扎黄头巾，下穿短裤，上穿黄色对襟褂儿，无袖，那布扣儿结在胸前，背后圈一个"勇"字。大舅和二舅是没有资格上船的，只能站在旁边看。金巴子想混入其中，被包面队长清出来了。马家墩的马秀才被包面队长推出来了，主持祭祀。马秀才脑后留条小辫子，穿着蓝布长衫儿。划船的队伍，就在马秀才的带领下祭祀，点燃三支草茎作香，取三碗清水当酒。这是楚地祭天最高的礼节。马秀才一碗祭天，一碗祭地，一碗敬人。那碗清水上船的人就传着喝，包面队长领着划船手，边喝边喊口号盟誓。誓词很整齐，很上口，有许多的兮。那时候何括根本听不懂。是什么呢？现在的何括才知道那是屈原的《国殇》。

沙街人腾开一条路，簇拥着黄龙队下河。早有一条渡船停在河水边，等黄龙队上船，然后撑到河那边登龙船，各就各位，等待比赛。

那时候一河两岸的男女老少不约而同，都到河里来看比赛。河那边人头攒动，河这边摩肩接踵。端阳的河边看赛龙船，是人都爱戴花。花是栀子花儿。男人们戴一朵草帽下。女人们戴一朵胸脯前。姑娘们拿两朵戴在辫梢上，还要拿一朵，捏在手上闻。那时候河边就是花儿的世界。

何括提着装红鸡蛋的网兜儿，跟着爱兰姐看赛龙船。爱兰姐牵着何括的小手儿不肯松。爱兰姐穿着雪白的月褙儿，戴着心爱的白草帽。那雪白的草帽儿，是她是用新麦草的秆编的。辫子梢上结着两朵雪白的栀子花儿。有了这三样，富家的女儿，就出脱，就漂亮，就有小伙子朝她看。朝她看，她也装着没看见，矜持着，只爱她的小表弟。

那年河边端阳赛龙船，开始阴云密布，后来阳光明媚。那年河边赛龙船，热闹非凡，欢声笑语不断。马家潭居然组织了歌唱队，歌唱队全是姑娘和小嫂子。她们在岸上排成队，随比赛唱歌儿。唱什么呢？唱巴河民歌。"巴河地脉轻，生的女儿赛观音。巴河山脉重，生的男儿出英雄。"唱大军南带来的陕北民歌。"解放区的天是明朗的天，解放区的人民好喜欢。民主政府爱人民呀，共产党的恩情说不完。"一河浪花飞进，两岸欢乐无比，比赛就在那歌声中进行。

那一年黄龙与乌龙的赛制，依然采取三局两胜制。第一局黄龙赢了。第二局乌龙赢了。决胜的第三局，岸上的人们看到，两条龙船鼓点一致，旗号与呐喊一致，齐头并进，一齐奋力冲过终点。那是皆大欢喜，两岸欢声雷动。

倒是金巴子与人打了一架。那东西不识相，朝姑娘堆里挤，多看了熊家堰上的那姑娘几眼，被同来的小伙子看见了。于是两人就在河边动了手，双方打得鼻青脸肿。大舅知道后，就在河滩上，当着众人的面，罚了金巴子的跪。

外婆是比赛过后，马家潭人用渡船放鞭炮送回来的。马家潭人回了礼。

那礼也是马家潭的队长，用礼担送来的。两罐用曲儿酿造的糯米酒。送给黄龙队划船手喝一餐。包面队长先敬外婆一杯。外婆接了，让何括代她喝。那酒好甜蜜。黄龙队的划船手，吃着发粑，喝着糯米酒，满脸红光哩。

夕阳无限好，河东河西，霞光照耀。

河水清幽，晚风徐来，河边的墩子，酒香飘在粑香中。

第三章

一

麦子黄了割，稻谷熟了收。广阔的河畈上，燕去雁来，季节轮回催人长。东风换了南风，转眼之间何括六岁了，到了"发蒙"的年龄。六岁的何括由于外婆溺爱，还做奶伢哇。二舅看在眼里，不好明说，只是唱贤文。二舅唱："难得生，易得长。不教不学是群氓。"这是二舅的毛病，在墩子上遇到看不惯的事，这个斯经子就爱唱贤文。

二舅唱贤文，不是墩子所有人听得懂。听得懂的当然听进去了，听不懂的人，自然当作耳边风。外婆是什么人？外婆听懂了。外婆决定送何括去"发蒙"。"发蒙"是什么呢？就是去读书。这词儿好，想起来叫人温暖。"发"是启发，"蒙"是开窍。

外婆决定送何括去读书，并不与女婿商量。女婿长年在外做水利不在家，那时候没有电话又没手机，这事就由外婆自作主张。二舅的话起了作用，心想沙街王家是大家之后，就一个亲外孙哩！哪有不教不学之理？河畈上南风渐强的日子，外婆就从装棉条的桶儿里，摸出一块钱来，让何括拿着，说："这是学费和书本钱。你装着交给老师。多的找回来。"那时候学费便宜，连书本费在内也就几角钱。外婆用老棉布染了色，缝了一个书包，让何括驮着。那颜色是皂色的。皂色的好，一是经脏，二是显眼，若是掉了好找。外婆叫来金巴子，让金巴子领着何括春季去报名插班上学堂。

何括就满心欢喜，因为上学堂好，上学堂新鲜。

学堂在哪里呢？学堂在两里之外的楼子垸。那里是大队部，开群众会的地方。那时候的乡村由初级社过渡到了高级社，正在酝酿"大跃进"，成立人民公社。万变不离其宗，原来的乡成了人民公社，原来的保成了生产大队，原来的甲成了生产小队。有人说公社是舶来品，由法国巴黎公社演变而来的。这并不准确。何括现在知道，其实公社在周朝就有，是一个地方因耕种、祭祀、征战等活动而设立的组织形式。这种组织形式最大好处是在天下为公的名义下，将生活在这块土地上所有人的收成、信仰、命运，紧紧地联系在一起。

何括早就从沙街人口里听说了楼子垸。沙街人把楼子垸的楼子传得神乎其神。楼子垸的人姓卢。解放之前出富人。那富人不是一般的富，富到后人中了举人。那举人清末在朝做官后，在垸中做一进五重的四合院子不说，还起门楼。那门楼三层，青砖青瓦，斗拱飞檐，门楣之上挂着两块金字的匾，上一块是"大夫弟"，据说是皇帝送的。下一块是"耕读传家"，据说是举人亲自写的。楼门两边一副对联，上联"七十从心所欲"，下联"百年之计树人"。何括现在知道这对联出自《论语》。那时候巴水河边的人们，哪里见到过楼子呢？再富的人家充其量也就是青砖瓦屋，所以见到楼子就神往，想入非非。那时候解放了，土地改革了，院子破了，主人散了，但那楼子还在，正好办学堂。

那里是大队办的学堂。辟一间教室，开两个班。夜班扫盲，教大人。主要是女同志，让她们识字后提高觉悟，翻身得解放。也有男同志。那些同志主要是土地改革的积极分子，在大队当干部，教他们识字，是为了提高他们贯彻政策的水平。每天晚上一节课，由公社派来的工作组，人称"同志"的亲自教。课上完了，他们将教室打扫干净，把门锁着。白班教小孩，两个老师一个班。班是复式班，从一年级到三年级，学生高矮不齐，喳喳一堂。一个老师教算术，那时候还不叫数学。一个老师教国文，那时候还不叫语文。金巴子那时候比何括高出两个头，还与何括混作一堂，读三年级。偌大门楼的教室里，大的坐几排，小的坐几排，脸对脸说话儿。所以老师每节课要用好长时间维持秩序，才能安静下来。于是这边读，那边写；这边写，那边读。读也是齐声的，双手抄在屁股后，并不看书，望着楼子上的屋梁，读"望天经儿"。虽然不知道读的什么意思，但听起来很齐整，很有劲，书声琅琅很热闹。

那时候还没有全国统一教材，教国文的老师是卢家的后人，是教私塾过来的。卢老师身穿粗布长衫，戴两片鸟蛋大的老花眼镜，教的时候慢条斯理，极其认真，不厌其烦，嘴边总有嚼出的白沫子。学生们叫他"卢老师"。大人不这样叫，叫他"卢先生"。卢先生教国文用的是民国老课本。"发蒙"的学生不学拼音，直接教字。第一课是"人口手，马牛羊"。金巴子他们三年级也直接教字，第一课是"工人织布，农民种地"。何括老是搞不清楚"马"是什么东西，因为那时候河边没有马。解放前是有的，富人骑马坐轿。解放后打倒了，马就不见了。马不会耕田，留它何用？金巴子最会背："秋天到了，大雁向南飞。一会儿排成'一'字，一会排成'人'字。"金巴子经常不要何括背"人口手"，而要何括随他背"大雁向南飞"。金巴子恨铁不成钢。何括终于背熟了"大雁朝南飞"，这使金巴子很有成就感。于是放学后，金巴子就在家里召集爱兰和爱菊她们，一齐背"大雁向南飞"。那时候爱兰和爱菊由于家里成分不好，没能上学。她们在金巴子的带领下，很快背熟了。只要金巴子起个头，她们就站在大门口一齐背："秋天到了，大雁向南飞。一会儿排成'一'字，一会儿排成'人'字。"这样的时候一大家子就欢乐无比，二舅和外婆的眼睛里就有喜悦的泪花儿。

那上学的路很新鲜，因为要经过许多有趣的地方。大的小的背着书包，沿着庙儿塘的塘岸走。南风燥热了，庙儿塘的水面上，浮着许多鹅和鸭。鹅是白的，鸭是灰的。家的少，野的多。如何区别呢？金巴子有办法。金巴子唤一声，家鹅就伸长脖子"吭吭"地应，家鸭就拍着翅膀"嘎嘎"地欢。野鹅和野鸭就不这样子，它们装着不理人，绕着母的转，点头亮翅，各献各的殷勤。沙街那时候养鹅养鸭的人家，出意外是经常的事，鹅和鸭总是不对数。不是少了，而是多了。野鹅和野鸭留了下来不想走，混入家群。当然也有少数的家鹅和家鸭随群飞走了，并不打招呼。沙街人也不计较，笑着说那本来是野种哩。那时候的河边人懒得去分哪是野的，哪是家的。

　　坎儿之下是稻田。坎儿之上是麦地。上学的路就在坎儿边。坎儿上麦地连成一片，正是小麦抽穗的季节，风吹麦浪你就望不到边儿。野麦长在地边上，比家麦旺盛得多。野麦不是做麦哨的好材料吗？那就每人做一管，含在嘴里，随心所欲，比着赛儿吹。那就群蜂乱嗡，五腔八调，口水连天。家豌豆种在麦地边儿上，开着红花儿。野豌豆长在麦林里，也开红花儿，只是比家豌豆的花儿小。家豌豆的荚儿肥，汁多，顺手摘几个生的吃，那就脆脆地甜，一点不比水果差。蚕豆的荚儿就不能生吃。如果蚕豆荚儿生的吃，就会麻嘴儿。对于这些金巴子是师傅，有许多的经验，非要教给你不可，你不听不行。

　　过麦畈就到了社山脚下肥肠似的港。港堤太肥了，许多植物长在上面争阳光和露水。蒿茅与菖蒲长在水边上，缝儿里还挤着红马蓼。何括现在才知道蒿茅膨胀的嫩茎学名叫茭白，掰下来可以生吃，也可做菜。水面上长满菱角，红红的叶儿，一刻也不闲，开细细的红花儿。莲藕们一点也不安分，沿着熊湖长过来，长到了港泥里，与菱角们争行市。莲藕的秆可以拔起来，吃长在泥里嫩的一截儿。菱角成熟了，摘下来可以生的吃，也可以煮熟吃。还有港堤上的荒蒿密密麻麻的，长得比人还深。虽然不能生吃，但掐下那嫩薹儿，焯了水晒干了，用腊肉蒸，那也是好菜。当然还有甜刺芽，还有酸菜管，还有毛针等等可以生吃的。总而言之，那肥港就是植物的天堂。你就是有天大的本领，水里的和岸上的，开花的和不开花的，看的和能吃的，你就数不过来。何括为什么在这时候醉心于这些能吃的呢？是因为与后来河边的那场饥荒有关。河边是动植物的天堂，也是活人的天堂。

　　那幽幽的水从熊家湖里流出来，流到下面河边的大闸，通过闸孔流到河里去。港上有座精巧的小桥儿。红石起拱，单孔的，看起来很圆。藏在水里的看不到，露出来的那半个月亮映在水面上。港里的水看起来是静的，但其实是流动的。许多的鱼在水里游，走上水的走上水，走下水的走下水。那些大鲤鱼一条在前面游，许多条在后面追。前面游的大鲤鱼时而在岸边的青草丛中，哗的一声亮尾巴，游在后面的大鲤鱼纷纷地追上去交尾巴。金巴子说这是鲤鱼在"跌子"。"跌子"的鲤鱼不准打。

　　过桥就是社山，社山土是黑色的，很硬，其实是沉积岩，裸出地面很粗糙，那就不肥沃，但也不闲着，长满杂树和杂草。那些杂树和杂草由于干旱，硬得扎手，矮且密，狗都不肯朝进钻。除了一条路有人走，社山人迹罕至。山那边有座传说的社公庙。社公是什么菩萨呢？何括不知道，沙街人也没几个说得清，倒是二舅说得出子丑寅卯。二舅说社公庙不是土地庙。社公本是人，不是菩萨。社公是古时候河边的一个隐士，选择湖港相隔的地方立茅庵以避乱世。什么朝代的事不得而知，姓甚名谁不得而知。这样的闲云野鹤，县志不记，家谱不载，只在口头流传。何括现在臆想，社公有可能就是在一方土地上超度亡灵、做法事的道士，俗话叫"斋公"。总之大人说，那黑色的处所朝北，阴气太重，小孩子不能去，去了会摄去魂魄。这怎么可能呢？后来金巴子在一个阳光灿烂的中午，带着何括他们披荆斩棘去探险。手和脚划破了，流着血。发现那里什么都没有，只有乱石的屋基和散落的青砖与瓦片儿，只是心跳到嘴里了。

　　那时候风儿散漫，过了红石拱桥，上了山丘，那荒路就平坦了。路的右边就是叫作青砖屋基的地方。青砖屋基不是垸落，只是住人的地方。平场之上，住着一户姓李的人家。那屋子是青砖乱建的，显然不是原装的。青砖屋基好，且平且阔，坐北朝南。门前的青竹缓缓地摇着风，那风儿平和，在阳光照耀下，散散的，淡淡的，合着炊烟。屋后是花树的林。先开的是杏花儿、李花儿、梨花儿，若云若雾，浮着屋子，那才叫爽意儿。接着开的是海棠花儿，红红的，艳艳的。青的屋子，绿的竹子，红的花儿，就叫人欢喜若狂。河边人见识浅，说那花是红梅花。二舅说那不是红梅花，那是海棠花。海棠是"棠棣之花"。"棠棣"是什么呢？"棠棣"古意是兄弟。青砖屋基还有树，开一种很好看的花儿。那花不长叶子时就开花，一串串开起来，像爆竹一样放紫霞。河边人不晓得那花叫什么，取形叫它爆竹花。二舅说那花叫紫荆花，种这花的人家就不是平常的人家。古人云："荆树有花兄弟乐，砚田无税子孙耕。"

青砖屋基是什么地方呢？何括现在才知道，青砖屋基原来是卢姓的大祠堂所在地。卢姓在当地是大姓，枝繁叶茂，子孙众多。那祠堂是巴水河卢姓共有的，每年举行两场祭祀，一场是清明，一场是重阳，叫作"春秋大祀"。解放后公家为了搞建设，拆卢姓祠堂，用青砖在河边建盐库，备战备荒。那青砖烧得好，一口口方正、厚重、掷地有声、不怕销蚀，是建盐库的好材料。那家姓李的，原来是卢姓住祠堂种祖田的佃户，在原地用拆剩的青砖做屋，住了下来。那些花树就随李姓人家活了下来，开花结果。李姓也有孩子在楼子垸读书。人们不叫那孩子的名，把那孩子叫作"青砖屋基的"。

楼子垸的楼子作了大队部。因为来往的人多，以楼子为中心，也有集市。垸落自然形成一条街儿，青苔斑驳之处，也有合作社，也卖东西。尤其也有糖坨儿卖。金巴子把那交学费和书本余的钱，截留几分下来，买三坨，他两坨，何括一坨。他把那两坨糖一齐丢到嘴里，嚼得嘣嘣响，而教何括细细舔，满嘴涎兮，高兴地问何括："这东西甜不甜？"何括于是高兴，点点头儿。那东西当然甜。

最高兴的是回家之后，外婆对于那钱并不清算，剩几多就几多。

这不是叫人更加高兴的事儿吗？

二

然而那个孩子王金巴子，玩迷糊了，就不带何括他们认真上学。那个金巴子好奇心特强，在上学路上，总是别出心裁，领着比他小的糊涂虫儿，变着花样玩。

大舅对于这个"不同列"的二儿，一点办法也没有，经常咬牙切齿地骂他"野儿"。"不同列"是巴水河边的俗语，意思是站队不按常规，别人站在队列中，他站在队列外。大舅恨不过，经常用竹条抽打他，让他痛，要他哭。河边的经验，痛才能长记性。然而大舅打他，打得他痛得要哭的时候，他对大舅说："等一下。"大舅以为他要哭就停了手。他吞住气，咬住嘴唇，对大舅说："再来吧。"大舅再打时，发现他的眼泪水忍转去了，居然咧着嘴儿笑。这说明他意志上来了就坚强。这样的时候大舅就黔驴技穷，弃了竹条，骂："野儿，野儿嘞！"俗话说："打一个，吓一阵。"大舅打没打到，吓没吓着，只有干号。沙街人说："一代兴一代作。""兴"是"兴旺"的"兴"，"作"是"下作"的"作"。大舅想恐怕是被人说中了。一个富农的儿，你有什么资格"不同列"呢？生在当下之世，如此地"不同列"，将来能有什么出息？

巴水河边父亲叫儿"野儿"，并不是好话，意味着是"野种"。大舅娘就有理由站出来护儿了。大舅娘平时倒是心宽体胖，阿弥陀佛，逆来顺受，不多言不多语，符合"富农婆"的形象。这时候她再不出面捍卫，叫娘吗？是娘吗？大舅娘说："大相，有的事需要说清楚，不说清楚不行！"大舅就出眼望着她。大舅娘说："别人骂他野儿，我不生气。你骂他野儿，我就想不通。有野儿必有野父，你把野父交出来。"大舅说："你这个梗心婆娘！"大舅娘说："谁是野父，你心里清楚。"外婆对大媳妇说："你少说两句。"大舅娘说："娘，这话能少说吗？"旁边的二舅说："有其父必有其子，上行下效。"大舅说："二角色，这是家事，不与你相干。"二舅说："既然是家事，骂什么野儿？"外婆说："是家事吗？娘站在这里呢！"于是大家就禁言。外婆的话还是起作用。

何括现在才知道这些话里，有许多意思含着。用一句话可以挑明，那就是解放前的大舅，在沙街也是"不同列"的人。沙街人说，大舅娘本是穷家女，并没有看上大舅，因为长得漂亮，是大舅不按常规出牌，不择手段占来的。至于用了什么手段，这是绝对隐私，只有大舅娘心里清楚，旁人知其然不知其所以然。人说文学是写人的，写情的。如果大舅娘能写，那当然精彩，五味杂陈。

好了，不说上辈人是非之事。河边的谚语说得好："何处人前不说人，何处背后无人说。"该说那时候金巴子领着小的们上学，所干的"荒唐事"。这时候将荒唐事打上引号，何括知道是伪道学的做派。河边的日子，河边的童年，河边的成长，你就不能打引号，一引以正视听。这是对生命成长过程的戕害和阉割。何括现在知道，许多经典的意义，是被后人曲解了的。比方说《诗经》三百零五首，据从巴河流域走出去的闻一多先生研究——那可是大学课堂上的讲义，现在编成了一本书——其中大多咏叹的，其实是自然不过的男女之情，却被后人粉饰成君子之德，后妃之风。道貌岸然，隔靴搔痒，让人不明真谛，所以必须呼唤将生命力放归自然。

放归自然吧！那时候河边艳阳高照，河水清涟，气候温暖，树竹绿垸落，作物满田畴。杨花飘在草蓬中，柳絮落在莲花上。遍地风流遍地情。槽中的奶猪儿吃饱后，打闹着，互相骑着背儿玩。大人们笑着看，并不干涉，不把那当丑事。只是长大的骚牛儿冲动了，冲到母亲的背上骑，那就要赶开。这就难为情。还有那些小狗儿，萌动了，追前赶后，互相闻气味，然后做动作，这更是常事，不足为奇。在大人的笑声中，河边的孩子能不新鲜？能不刺激？自然明白那是怎样的一回事。只是细舅娘见不得这些，见了这些，就羞红了脸，骂："这些小畜生！"二舅就笑，说："畜生知足不知羞。"那时候二舅只把话说半句。何括现在知道后半句是："人知羞不知足。"这也是河边的谚语。

那时候天上在流云，一阵接一阵，地上黑白分明。那时候港里在过水，跳水的鲤鱼在风中"趹子"。那岸边的子儿一摊比一摊黄。白日青天，乾坤朗朗。金巴子埋了书包，就带着那些"小畜生"，在港边做性游戏。金巴子好为人师，率先垂范。金巴子脱出来对小的们说："大鸟儿才能做种。"于是小的们纷纷脱出来比，金巴子的当然比小的们大。金巴子说："能尿三尺高，就能做种。那就是幸福的事。"于是小的们就站成一排比赛尿。

这还不算，还有更出格的，闹得人家小女生的娘找上门，到金巴子家问罪。大舅就把金巴子一顿打，好在也只是做游戏，当不得真，改了就好。大舅娘拿几个鸡蛋送给小女生家，算是了结。于是沙街有的人就断定金巴子将来没有好结果。一语成谶，金巴子死的时候只有十八岁。金哥哥的这命运让何括现在想来也是痛苦不堪。

总而言之，河边的孩子对于性是早熟的。河边的男女对于性生活是不要人教的。既然是"事"，"懂事"早的当然比"懂事"迟的好。在河边养儿育女，叫父母真正担心的不是早熟，而是不熟。如果儿女们长大了连"那点事"还要人教，你说说，那还有什么希望可言？

记得那时金巴子被大舅关在屋里打惨了，鼻子打破了，血光满面，鼻血流湿了胸前的衣裳。大舅娘见儿打不过，就去搬救兵。外婆去了，对大舅只说一句话，大舅就住了手。外婆说："大相，气是别人的，儿是自己的。"何括那回被吓着了。但是吓并不等于他就忘掉那些河边的性游戏。河边的"早熟"，成了他日后探索人性的创作资源。

太阳明亮起来，湖边的水雾浮在半空之中，放眼荷叶晃绿，藕花摇白，当然也有开红花的，红花莲子白花藕，在风中扑朔迷离。那湖鸥衔着惊叫，倏地腾空而起，盘旋着，却不肯离去。

三

沙街人并不惧雨，只是怕风，尤其怕台风。

巴水河属季风性气候，刮什么风就是什么天。有农谚为证。比方说："东风急戴斗笠。"比方说："六月南风井也干。"这叫经验，古而有之。沙街人没有理由怕常规性的风，沙街人怕的是那毫无征兆、突如其来的龙卷风。沙街人把这种风叫作"龙掉尾"。

你看它不是来了吗？东半边天还出太阳，西半边天里就出现了它。它状如漏斗，挟着乌云走，挂在天上，历历在目。头朝上面张开，尾掉在下边旋转，走到哪里就归哪里遭祸。电闪雷鸣，狂风大作，昏天黑地，暴雨挟着冰雹，一路扫来，断树垮屋毁禾稼，让你颗粒无收，无家可归。只要是人，就没有不怕的道理。沙街人遇到这样的天气，不怨天却尤人，说遭灾地方的人良心坏了。

大舅就在风雨大作的大门环上，挂一管库秤。那管库秤比人还长，紫檀木做的杆，暗如黑血的秤杆上，缀满闪亮的星星。沙街人说关键时候，只有大舅家的这管库秤，镇得住台风。据说这管库秤是解放前外公家收租用的。那时候天地漆黑，飞沙走石，就像世界末日来临。一大家人都聚集在外婆家里，抱团取胆。细舅娘吓哭了。大舅娘和二舅娘不敢哭，张开手，像鸡娘一样，把细儿细女，护在怀中。金巴子却不要娘护，拿两顶草帽，自己戴一顶，给何括戴一顶，说是护头。这就好笑。你说天塌下来，草帽护得了吗？这个金巴子总是别出心裁。他还唱童谣哩："风来了，雨来了！道士驮个鼓来了！"少年不知愁滋味，兴奋得毫无道理。

墩子上一片惊呼，大舅在门环上，系好了秤杆，迎着风头将秤砣推到秤杪，嘴里念着息风咒。那息风咒儿很顺口："天灵灵，地灵灵，天地之间有杆秤，我用库秤称良心。风灵灵，雨灵灵，北斗七星朗朗照，秤砣虽小压千斤。"二舅当然不相信，嗤之以鼻。但外婆相信，跟着大舅念咒儿。不管你相信不相信，那龙卷风到底没扫到沙街来，只是沾了个边。龙走了，风息了；雨过了，天晴了。那依然是好天好地。大舅收了库秤。众人额手相庆，幸福之情溢于言表。龙卷风的那架势，着实让沙街人胆战心惊。从那时候开始，何括知道了天地之间，什么叫恐惧，什么叫敬畏。

接下来的日子，巴水河边，东风一阵接一阵地来，雨一场接一场地下。那节奏平和、轻快、流畅，一点也不让人着急。这就是外婆的万年历上，那个叫作梅雨的季节。这时候湖里的水，港里的水，慢慢地涨了起来，与低处的稻田，连成一片。大清早二舅打开大门就作诗。诗云："泱泱新水连天白，漉漉湿风遍地熏。青秧水刺平漫漫，白鹭飞来探鱼情。"这样的诗闲适，极符合士大夫的情调。这时候河边的孩子就无心上学了。不是无心上学，你就是有心也上不了。因为上学的路和桥被水淹了，只能待在湿漉漉的墩子上。

上学对于何括来说再也不新鲜了，因为金巴子被开除了。金巴子是读四年级时被学校开除的。因为什么呢？因为金巴子总爱抢口快，老师还没做出答案，他就脱口而出。那个教算术的女老师，恨不过就揪他的耳朵，骂他怪种。那个女老师长得很漂亮，百事都好，就是一点不好，以为她是老师就能揪人的耳朵，揪着不放手，痛得人钻心。十指连心，耳朵就不连心吗？耳朵长在脸上，揪耳朵脸就变了形。那叫什么样子？还有脸活吗？还骂人怪种哩。他受不了，就还嘴，就对抗。这还了得！校长知道他是富农的儿，把他开除了。那时候学校办正规了，原来楼子垸办的学撤了，集中到了会龙山庙里办。那就是完小，从一年级到六年级。金巴子被开除了，却一点不悲哀，说他其实一点也不爱上学。于是他就迷上了"搞鱼"，成了"搞鱼精"。"搞鱼"就是用各种各样的办法捉鱼儿。金巴子自己上不成学，还怂恿何括不上学，跟着他学"搞鱼"。金巴子说，天底下最美好的事，莫过于"搞鱼"。何括当然愿意，但外婆就是不同意。水上来了，淹了路和桥，不能上学，何括就跟着金巴子在墩子上学"搞鱼"，岂不是天赐良机，两全其美的事情吗？

黄昏雨落歇了，河边的天变幻着，在黑里白，在白里黑，湿风连天扯地吹。金巴子把裤腿卷到大腿根，把袖子扎到了肩膀上，头上戴着斗笠壳儿，带着何括去看河。斗笠壳儿，是河边的雨具。比斗笠小，比草帽大。竹篾编的。里面夹的是芦叶或笋叶。金巴子教何括也把裤腿卷到大腿根，也把袖子扎到肩膀上，头上也戴斗笠壳。这样雨和水就湿不到衣裳，这样手和脚就灵便，能够随时随地跳到水里去捉鱼。河边的大人一点不怕孩子落到水里淹死了。在河边的大人眼里，孩子就是一条鱼。他们趁孩子小，就在孩子的腰间系一根麻绳子，朝水里一丢，让他们学鱼游。那练出来的本领，一点也不比鱼差。那时候何括也练出来了。他的师傅不是外婆，而是金巴子。当水里的何括呛得要死时，金巴子就警告何括，说："要想在河边过日子，就得淹不死。"外婆狠不下那颗心，金巴子狠得下。

金巴子带着何括去看河，看河就是观鱼汛。金巴子去看河不要人叫，是自告奋勇的。河边汛期一到，金巴子忍不住兴奋，就爱出风头。因为金巴子从小像条猎狗，耸耸鼻子，就嗅得出那条河脉动的气息。黄昏的河边，风与云交割阴阳。赤膊亮膊的金巴子与何括跑在河水线上，就看见了河里那奇特景象。那时候河不动，岸却动了。那当然是错觉。其实是河动。河水涨了起来，翻着一河的浪花，卷着雪白的泡沫。那泡沫像天上的云朵，一块块一条条旋转着，让人兴奋得像喝醉了酒，头晕目眩。这时候你就看见，那些白色的河鸥，成群结队，蜂拥而至，布满了河滩的上空，盘旋着，叫嚷着，纷乱了时空。这时候那个赤膊亮膊的大孩子，就带着同样赤膊亮膊的小东西，翻上河堤，朝墩子一路飞奔。头上戴的斗笠被风吹走了，也不在乎。脚指头被河滩的石头踢出了血，也不觉痛。他们飞到墩子上去报信，喘不过气，却对着驼五爷做手势，比画："来了！来了！"驼五爷朝他们竖起大拇指，那就是夸奖。

是的。来了！浪花和泡沫来了！铺天盖地的河鸥来了！一年一度河边的鱼汛来了！这振奋人心的消息，怎么不叫沙街人欢喜若狂，跃跃欲试呢？

俗话说："近山识鸟音，近河知鱼汛。"俗话说："靠山吃山，靠河吃河。"那时候巴水河边的沙街毫不夸张，的确是鱼米之乡。何括记得那时候小学课本有一篇课文，极优美，说的是开发北大荒的故事。课文中有两句描写叫何括难忘："棒打狍子瓢舀鱼，野鸡飞到饭锅里。"不知为什么，何括念到这两句时，脑子里映出的，却是外婆的沙街。北大荒何括没有去过，而外婆的沙街却是何括亲历的。

沙街水里长鱼，畈上长米。吃的喝的穿的，还有烧的，全部来自河与畈。河边人晓得及时抓住老天的恩赐。一条巴水河像一条大动脉，贯通着河边一代代生命的始终。沙街人很会利用河汛的。河汛分两种：一是短汛，二是长汛。短汛是什么呢？短汛是山洪暴发。隔夜沙街人观天象，见巴河上游大别山里乌云密布，电闪雷鸣，就知道山里下了骤雨，就知道山洪会顺河下来。他们算好山洪到来的时间，来到河滩上捞"浪柴"。山里暴雨过后，山洪暴发就有许多枯枝、叶子和杂草冲下来，浮在泡沫上面。这就是柴火，是烧灶的好东西。这时候沙街人就男女老少齐上阵，聚在河滩上捞"浪柴"。捞"浪柴"是不费力气的事。众人站在河边的水线上，用柴耙子将浮在浪上的"浪柴"朝沙滩上拖，拖着拖着就是黑压压的一河滩。就在滩上晒干，然后挑到屋里烧，可以烧上好几个月，那火真好。"浪柴"间是有蛇的。许多的蛇浮在"浪柴"之间，昂着头，吐着信子。但那些山蛇被洪水冲昏了头脑，没有心思伤人。你放过它，它就放过你。对于"浪柴"之间的蛇，沙街人有传教，是不准打的。它们都是龙的化身，修成正果后就是龙。你能得罪它吗？还有许多"猪婆蛇"。现在的何括，知道"猪婆蛇"的学名叫蜥蜴，长着四条腿，蛇的头。"猪婆蛇"被人捞到滩上，就会断掉尾巴。那尾巴在滩上活蹦乱跳，样子很吓人。父亲对何括说，蜥蜴自断尾巴，是为了保全性命。对于断尾保命的东西，人就更不能动手打它。

何括记得他来河边第一次捞"浪柴"的时候，河滩上阳光普照，一河呼儿唤女的声音。父亲就在身边上，那感觉真好。那是短汛。

四

梅雨季节巴水河边的汛，那不是短汛而是长汛哩。长汛对于沙街人来说，收获的不是柴，而是鱼。汛期下河捕鱼是集体行动，需要做好准备，以驼五爷的铜锣统一号令。驼五爷的铜锣还未敲响，这期间就是心潮澎湃、任人遐想的时空。

那时候那个瘦小的孩子，站在墩子上顺着河流朝上望，做着神游远方的梦儿。暮色四漫，那雪白的河流像一条飘带，从暗影如黛的群山里流出来。那孩子记起二舅说的话。二舅说："那里有一座天堂寨，常年云雾缭绕，传说是神仙住的地方。"那孩子就幻想长出一双翅膀来，沿着河流飞到那里去，该有多么美好。二舅说："巴水河是从千里大别山，叫作雪峰山的南麓发源的。巴水河是鄂东向西流淌的五条河居中的最长的一条径流。"那时候二舅用"径流"这个词，回想起来就很专业，令人景仰。二舅说："古时候这里荒无人烟，被历书上称作蛮荒之地，是朝廷流放贬官和迁徙异族的地方。东汉时期，长阳、巴山一带的'屠山蛮''巫蛮'暴动，朝廷平息之后，将七千巴人流入鄂东五水流域，定居下来，历称'五水蛮'。巴人以巴水流域为中心，在巴河入江口处设'五蛮城'。巴河由此得名。"

二舅经常对那孩子说这些云里雾里的话，使二舅娘很不理解。二舅娘问二舅："斯经子，你对孩子说这些天书他懂吗？"二舅说："种瓜得瓜，种豆得豆。种的时候不懂，收的时候会懂。大嫂说这外甥是个亮眼睛哩。"二舅娘问："亮眼睛有什么用？"二舅说："那你就不懂了。亮眼睛会看事，是读书的种。"二舅娘问："会看事能当饭？"二舅说："虽不能当饭，却能格物致知。"这话二舅娘更加不懂。

二舅的话，现在的何括懂了。回想起来，心里格外温暖。现在何括知道，地球上的生命是从水里诞生的，陆地上的灵长类是由水里的鱼变化而来的，灵长类就包括现在的人类。总起来叫作脊椎动物。千百万年来，梅雨季节的巴水河，是人类的远祖——各种鱼儿——产卵化育的摇篮。

那季节天上的雨朝地上落，山里的水朝河里泄，江里的水朝河里涨，巴水河边那就水泽连天，汪洋恣肆，人与思维格外活跃。这时候大舅同墩子里的男人一样，准备夜里下河捕鱼的工具。这时候轮到大舅话多。因为说到鱼，就是大舅的长项。所以这样的时候大舅就格外慈祥，吸着水烟，对围观的孩子，一点也不烦，滔滔不绝，循循善诱，多么像个智者。那时候大舅对盯着看他说话的金巴子，非常爱了，舐犊之情溢于眼睛，不吼也不打，多像一个好父亲。

大舅是挑"鱼化儿"出身的。对于河边的汛期有着独到的见解。大舅说："读书的人，总爱把身边的河说成'母亲河'。这一点错不了。"大舅这时候说的话就有书卷味。他也不是没有情趣的人，主要看心情。心情不好时，他就雅不起来。这时候兴致好，不来点书卷味，那你就小看了他，毕竟"富农"了一场。大舅说："河边的汛期，就好比是母亲身上来了'好事'。""好事"指什么呢？当然指月汛。但大舅并不说破。小的们懂的自然懂，暂时不懂的也不要紧，会在日子里慢慢明白。

大舅说："母亲为了孕人，'好事'频繁，每月来一次。母亲河为了化鱼，'好事'每年来一次。"大舅被自己的口才打动了，看了一眼大舅娘，兀自地笑。并没人打断他，任他接着说。大舅说："所以说汛期来了，那就是造化，并不是坏事。如果母亲河每年不来一次'好事'，那不是绝了人的念想吗？还有什么可说的？"二舅就笑。大舅问："请问二相公，我说错了吗？"那时候二舅就点头说："哥，你这回说的，一点没错。"那时候兄弟俩就和谐友好，一点也不争。大舅的话就特多。大舅娘就进门倒一碗茶出来，奖赏男人，让男人过瘾，接着往下说。好长时间没见男人这么高兴哩。大舅就结合他挑鱼苗的经验，给小的们描绘那幅江河汛期化育繁荣昌盛的景象，让现在的何括复原着那不可复得的场景。

啊！那时候叫人兴奋的，激动的，母亲河的汛期来临了。新鲜的风迎面吹来，在那汪洋恣肆的活水里，山里决口湖塘里的鱼，随水下河来，称为"下水鱼"。生活在万里长江里的鱼，随涨水上来了，称为"上水鱼"。于是在巴水河的波浪里，万头攒动，聚集着各种各样的淡水鱼。它们成群结队，废寝忘食，追波逐流，涌动在活水里交尾儿，鱼母产卵，雄鱼授精。它们的受精子，顺着活水流到浩浩长江里，浮到了杨柳滩下的回水湾。那里是江床，恬阔而又平静。所以那季节杨柳滩下的江床处，自古就有一群专业的收"鱼化儿"的人。那些忙碌的人群中，就有大舅的身影。

他们靠收"鱼化儿"为生。"鱼化儿"是什么呢？"鱼化儿"就是刚孵化出来的小鱼儿。收"鱼化儿"的人们，用一种丝织细网，收聚浮在水面上、像油一样的"鱼化儿"，卖给从鄂东腹地赶来的、挑"鱼化儿"的人们。卖"鱼化儿"论碗，从丝网里舀一碗，叫作"一碗水"。碗里有多少"鱼化儿"，那要看运气。是什么鱼"化"出来的，更要靠运气。那"鱼化儿"，细得眼睛难看出，粗看只是"水"。来挑"鱼化儿"的人，想要的都是"家鱼"。"家鱼"指什么鱼呢？指鲢鱼、鳙鱼（俗称胖头鱼）、青鱼、草鱼。鲤鱼和鲫鱼还不算。这些鱼本来是湖塘里的鱼哩。挑回去养，算是回归本土。但是这些鱼在湖塘里就是不怀子，就是偶尔怀子也没用，受不了精，化不出苗，活活憋死了。"野鱼"指什么呢？"野鱼"指江里长的，稀奇古怪的百样鱼。比方说鳡鱼，俗称黄鮕，那就在塘里养不得，它是吃鱼的鱼，如果不小心养了，任它长，它就能把一塘的鱼吃光，而且你还捕不到它，它能将捞网冲破。比方说鳜鱼。它也是吃鱼的鱼，养了它就是祸害。当然还有许多这样的野鱼。这些野鱼的"鱼化儿"，要在水碗中用竹签子，凭眼力判断，杀死在萌芽之中。

挑"鱼化儿"人们很有经验。他们把"鱼化儿"倒进两只用竹篾编的，油纸糊的敞口篓子里，用两头削得尖尖的竹扁担系着篓子挑，在路上颠着步儿走，那节奏让篓子里颠起的浪，从篓子的四周合到中间，形成碗口大颤动的圈儿。这样"鱼化儿"就能均匀地吸氧，不至于闷死。走到了一个时辰，就要及时换水。那水一定要清亮新鲜，从篓子四周慢慢渗进去，然后再用丝网滤着，把旧水舀出来。

那时候鄂东腹地的每个村子，每年春夏之交，都有到江边挑"鱼化儿"的人，走在江河相连的条条路上，络绎不绝。他们挑轻若重，小心翼翼。大舅说："'鱼化儿'比生下来的小孩子还金贵，须得人小心伺候。"大舅说这话时就柔情似水。

现在没有了这样的景象，鄂东腹地再也没到江边挑"鱼化儿"的人了。不知道那江滩杨柳下的回水湾，还有没有那活水化出来的精灵。但是鄂东腹地的湖泊和池塘里的鱼还在养。何括实在想不出，现在的"家鱼"是怎样化出来的，用激素？用人工？抑或激素人工并用？

是黄昏，墩子里天光渐暗，燕子纷飞找食吃，腥风扑面见人吹。那时候众人期盼的，驼五爷手中提的，那面铜锣终于敲响了。整个沙街就颤动在铜锣声里。驼五爷提的锣，是大舅家盖瓮口那样的大筛锣。那锣是低音锣，筛出的声音频率低，能传十里八乡。这锣有传统，是历史上鄂东大地统一号令、报警的专用锣，别的响器替代不了。有土匪来扰民，用它；有突发性的灾难，用它；有统一行动，也用它。它极富号召力和凝聚力。听到它的声音，你就可能联想到大别山里的黄安。大革命时期为什么会有那样一首革命歌谣："小小黄安，人人好汉，铜锣一响，四十八万。"那铜锣与驼五爷手中提的铜锣是一样的，不敲则已，一敲就不同凡响，意义非凡。如此一说，你就会明白。

沙街人说敲锣的驼五爷是个哑巴，同时是个聋子。因为十个哑巴九个聋。驼五爷孤人一个，住在后河堤树竹杂乱、芭茅丛生中的一间茅棚里。那茅棚一门一窗，像个野庙儿。沙街人说那地方原本就有一座孤庙儿，叫作五猖庙。沙街人说是不管河边怎么淹，那地方就是淹不了。鬼扯哩，那是什么庙？那就是驼五爷默默守河报汛的地方。平常的日子，风和日丽，驼五爷下河捕鱼，岸上种菜，自给自足，从不要沙街人操他半点的心。汛期一到，驼五爷就开始操全墩子人的心。沙街人说他到沙街来，不是修今生，而是修来生的。他姓什么？叫什么名字？沙街人不知道。他从哪里来的？沙街人同样不知道。

他到沙街来落脚，是隐在日子里的一个谜。人传从前某一个月黑风高的夜里，河边有狼在哭。第二天沙街人醒来，就看见河堤上多了一个茅棚，来了一个"野人"。当时的民国政府追查下来，发现原来是个哑巴，见任何人都是一脸笑，你能问出什么来？你能查出什么来？于是就把他当成了智障的流浪汉，由他就地生根。沙街人极富同情心，收留了他。沙街人的祖先都是逃荒来的，河边的地见者有份，多一个不多，少一个不少，有什么要紧的呢？于是沙街人不论老幼，都叫他"驼五爷"。为什么这么叫呢？你看他平眼看天，驼背看地，多像一个"五"字。沙街人就附会说他是港对面社山上，那个斋公的后人，是玉皇大帝派来守河修成正果的。于是日子里的驼五爷，在沙街就有了名分，而且是大名大分，谁也比不了。

黄昏似水，漫天漫地，驼五爷的铜锣敲响了。驼五爷手中的锣不是乱敲。驼五爷敲锣有讲究，若是河堤要溃，他敲的就是"急急风"，那是叫墩子里的人，赶快撤离。若是渔汛来了，唤人下河捕鱼，他敲的就是"声声慢"。那时候那唤人下河的锣声，敲在湿风中，一声比一声悠远，一声比一声辽阔。那时候整个墩子，像开锅的水，沸腾起来，男女老少，以锣声为号，开始统一行动。

如果你不呼吸其间，如果你没有对于那块土地结晶的情感，你就想象不出，那时候农耕文化的河边，集体捕鱼的夜晚，该有多么美好！

那注定是巴水河边的沙街，一年一度渔火不眠的夜晚。

五

如果你说巴水河边的沙街人，上继巴蜀之气，下承荆楚之风，在动乱的岁月里，为了活命，张扬个性，争强好胜，讲究拳头说话，这有道理。但在那个湿润的夜晚里，不是这样的。如果你说巴水河边的沙街人，在平常的日子里，为了繁衍，讲究亲疏，设门户之见，抱团取暖，争取家族利益最大化，这也有道理。但在那个温暖的夜晚里，不是这样的。现在的何括知道那时候巴河边的沙街人，在那个湿润而又温暖的夜晚，猎取和分配秉承了原始部落的遗风。

本来河边的沙街人恪守着"春夏之交，不捕怀子之鱼"的古训，但是河水初涨，渔汛来临之夜，是可以变通的。因为那时候的鱼，实在太多了，需要捕一些让人吃。就好比地里下的菜秧儿，太密了不利生长，需要"揎"一些出来，优胜劣汰。这就不是心狠的事。外婆说，这是老天爷安排的。因为"揎鱼"，只是河水初涨，一个晚上的事。江水与河水涨平了，你就是想"揎"也"揎"不成。那个夜晚对于沙街人来说，实在太重要了。"揎"出的鱼就是沙街人半年的美食。沙街人哪能错过巴水河边那个群情激奋，水涨鱼跃的夜晚呢？

那个温暖湿润的夜晚，墩子上所有人家的大门都敞开着，所有的油灯都亮着，所有的女人都忙着。她们洗灶刷锅，用最好的柴火，将锅烧红；怀着激动的心情，等待着河里的鱼送上来炕。这是河上女人们屋里的事。

那么河下的事，就是男人们的了。暮色四合，细雨纷纷，男人们打着火把，掮着工具，卷袖扎裤，头戴斗笠，身穿蓑衣。那蓑衣有两种。一种是用茅草编的，穷人家备的。大舅和二舅，包括金巴子，就戴这种。一种是棕麻编的，讲究，成本比较高，包面队长就穿这种，象征着身份和地位的。男人们下到河里，来到沙滩上，开始捕鱼。那方法是河边的沙街人，千百年来因势利导独创的。有专用名词，叫作"刮套"。"刮套"有一整套操作流程，如果你将整个操作流程录制下来，完全可以向联合国教科文组织申报世界级的农耕文明非物质文化遗产项目。巴水河一点不比查干湖逊色。只是地域和捕鱼季节不同：一个在东北，一个在鄂东；一个在冬天之尾，一个在春夏之交。但都是用传统的方式来捕鱼，一个凿冰下网，一个取浪"刮套"。

那时候河水初涨，沙滩闪耀在火把的光亮里。沙街的男人们来到河滩的上游——当然要选上游，因为水往下流——定好方位，众人站成一条流水线。三人一组，分工合作，打着"嗬嗨"，上下齐动，分段进行。一个人按着刮板。这本是一种稻场上打场之后，拢谷麦用的木制工具，这时候用来捕鱼。两个人扯着绳子，压着沙，朝两边分，迅速在辽阔的沙滩上，开出一条沟渠。那就是"套"。那"套"以六尺宽为好。宽了不行，窄了也不行。那"套"一直开到下游河水处。

"套"开好后，又是一阵"嗬嗨"，上游的包面队长，就迅速用锄头将"套口"捅开。那随水流进"套"里的，就是纷乱攒动的鱼。收鱼有两种方式。一种是急的，叫"刮套"。"刮套"用的是用长木抄，这是平田用的。这时候也派了用场。将木抄的木齿间用活芭茅稀稀地编几根，这样"刮"起来，就漏水省力气。一个扶着抄把，几个人拖着抄前的纤，顺着"套"疾走，"套"的鱼，就随浪喷到沙滩上，活蹦乱跳。小的们奔上去择，那就一点力气也不费。那时候何括就是择鱼的角色。男人们拖着木抄在"套"里，下去上来，一趟又一趟地刮。那些鱼一批又一批，前赴后继，跳到沙滩上，闪银光。这就是"刮套"。一种是缓的，叫"干套"。"干套"就是等鱼随水流到"套"里后，将上游的"套口"提住。水就被沙滩吸下去了，剩的就是满"套"白晃晃的鱼，只要捡。那时候捡鱼就能捡到忘我的程度，何括品尝过那样的幸福。

鱼用木桶装着，有专班朝墩子里送。金巴子是举火把照路的。这样的孩子有十几个，需要聪明伶俐。那送是轮流地送，送了这家送那家。送到屋门口，男人在外面唤一声，女人在屋里应一声，短促急切。男人就把鱼倒在门口的脚盆里，挑着空桶，随着举火把的孩子，疾疾地走了，赶下趟。女人就出来掇着脚盆进屋，把鱼倒在烧红的锅里炕干，炕得一面金黄。这炕鱼的方法是沙街人千百年探索出来的，锅要烧红，油要少倒。那时候也没有多少油，不能放盐，那时候盐也金贵，盐吸潮，炕干的鱼遇到雨天就受潮，不能长期保存。炕这样的鱼，不能翻，只能掌握火候，炕成一面黄。

二舅说，这好比老子说的，治大国如烹小鲜。不能翻动，翻动就散了架。何括现在想，小鲜是什么呢？就好比那样的鱼。那样的鱼是什么鱼呢？其实就是大多数像参鱼样的水面鱼。沙街人把这种叫作"沙沫屑子"。这种鱼那时候从江里随水上来，多得海了。沙街人说，这种鱼贱，追汛而来，随汛而去，是一年一度老天爷给沙街人送来的礼物。当然夹杂的还有许多从未见过的鱼儿，比方说嘴巴长着长针的，沙街人把它叫作"张国针"。"张国针"嘴伤人。沙街人将你比"张国针"，那就不是好事。比方说还有一种鱼，身子长得扁而平，通身的花纹尤其好看，五颜六色的，沙街人把它叫作"蓑衣鱼"。还有许多奇形怪状的鱼，夹杂在"沙沫屑子"中，都是些小鲜哩。

这些小鲜在那天晚上从河"套"里捕上来，河边的女人炕干了，就能长期保存。有客到，拿出来，用水烹了，加上辣椒壳子，就是一碗好菜。逢年过节，需要欢庆，拿出来下面，每人一碗，也是人间美味。总而言之，那天晚上捕的小鲜，是那时候沙街人生命之中不可或缺的东西。滋补身子，也滋养精神。

那些小鲜是那个湿润温暖的夜晚，沙街男人们通力合作从波浪中捕上来的，女人们连夜炕出来的。捕上来的必须及时炕完，不及时炕完，因为天太热了，那鱼就沤烂了。沙街人说沤烂了鱼，老天爷不答应。那时间很短，从黄昏驼五爷的锣响开始，到黎明驼五爷的锣响结束。

天亮了，驼五爷的锣敲响了。河里的男人纷纷上河休息。包面队长不能休息，他还有事。他将墩子里的另两个队长叫到一起，把墩子上女人夜里炕干的鱼，集中了，按人用秤平分。这时候不管是谁，都不敢私藏。沙街人说私藏会有报应。这时候就不按出力多少，也不按权力大小，那天夜晚沙街人只要有力气，没有舍不得出的，只要是人，包括老弱病残，包括孤寡，都会得到平均的一份。那时候只要你是沙街的人，都欢天喜地，一点意见都没有。

这就是那天黎明时，沙街人的分配原则。

想起来，古韵悠长，叫人心里温暖。

分配完毕，包面队长将自家分的炕鱼，捧了一捧，要金巴子拿着，作为奖励。包面队长说："这孩子举火把照路，跑前奔后，最卖力，最吃苦，像个沙街的男人。"金巴子拿眼睛看大舅。大舅对包面队长说："你也太小看了我的儿。"金巴子就坚决不要那捧鱼，迎风站着，将双手抄在胸前，像只骄傲的小公鸡。

何括看见远处的大舅娘叹了一口气，眼泪彼时流出来了。

第四章

一

梅雨连天不歇，那一年是大汛。

就在"刮套"几天后的那天半夜，后河守堤的驼五爷的筛锣敲响了。这次敲的是"急急风"，唤醒了墩子里的沙街人。何括当然也在唤醒之列。外婆将何括穿戴整齐后，将大门打开，把油灯点亮在堂屋的桌子上。细舅娘也惊醒了，隔壁传来怀孕后吐酸水的声音。何括看见墩子上灯火通明，听见人声喧闹。何括就紧张得要命。山里的何括哪里见过那情况？细舅不在家。偌大的堂屋那时候亮在孤灯之中，就显得空落。这时候大舅和二舅领着家人，举着火把来到外婆家集合，准备渡人。那用木梯架门板扎成的排，就放在外婆家屋的大门口了。这是大舅和二舅在何括睡熟时，早就扎好了的。

何括瞪大眼睛，扯紧衣裳，站在大门口看。天上的雨还在要紧不慢地下，你试那风，不仅大，而且冷。端阳节过了，入伏的天气还冷，这就不正常。沙街人说那是"川水"下来了，涨"枉水"呢。"川水"就是四川境内的雪山融化流下来的水。何括后来采风到过那里，知道那就是历史上红军长征时经过的线路。一代伟人的诗"喜看岷山千里雪，三军过后尽开颜"，写的就是那里的景象。雪山映在蓝天之上，雄鹰飞在白云之间，但那地方却是历史上灾难频发的地方。古历五月，那千里雪山融化的雪水，通过岷江滔滔不绝，流到了长江，与中下游的"伏水"汇合。气吞山河，水冷风寒。长江就涨"枉水"。沙街人都这么叫。涨"枉水"，就是涨"冤枉水"。这时候不是越热越涨，而是越冷越涨。雪水生风，寒气逼人。这般反常，沙街人却见怪不怪。

何括发现，就是守堤的驼五爷提筛锣敲"急急风"，沙街人也不害怕。你听那起床的人们，按部就班，行动起来，絮絮闹闹，像天上的雨，要紧不慢。并不大呼，也不小叫，一派大家风范。

何括现在才领会到，那时候沙街人处变不惊的原因。你说有什么可怕的呢？无非河里的水涨起来，扫了青岸。无非沙做的河堤，被风浪漾得要溃口。这有什么要紧的？那时候墩子里的坐堂水，不是也涨起来了吗？淹没了墩子间的沟路，河堤内外的水几乎是平的，只是颜色不同。就是河堤溃了口，浊水也流不进多少，无非与清水均平。你荡一些进来，我汇一些出去。久居河边的沙街人有的是经验。这是听天由命的事，由不得人急。越急越乱。

这时候的沙街人，一点不担心财产。财产算什么呢？贤文说得好："广厦万间，夜眠不过六尺。家财万贯，一日不过三餐。"住在河边的沙街人，从来不爱夸富的人。大舅总有忍不住夸富的时候，说的都是些遥想当年的事。比方说田地，比方说家产。这是他改不了的毛病。包面队长不好正面驳他，因为他们共着一个姓，只是笑，说："河边的富人哩。"那意思大舅当然明白。住在河边的人家，守一个祖人姓着，共一条河流活着，同一块河畈种着，就好比母女俩比漂亮，一个模子倒出来的，你能比我强多少？我能比你差多少？老天爷是公平的。一场洪水下来，看你还能剩多少？大舅想想也是，那时候他家除了人，还真剩得不多。有什么值得夸的呢？大舅的嘴就乌了，无话可说。

河边的沙街人，担心的是性命。其实性命也不必担心，因为早有心理准备。巴水河边三年一小汛，五年一大汛。小汛不必惊慌。大汛也不惊慌，就是紧张一些，兴奋一些。这肯定不是坏事。因为生物学家说紧张和兴奋，能够促进肾上腺素分泌，让人思维敏捷，肢体灵活，从容应对，保证性命的安全，这才是头等重要的大事。沙街人无师自通。

情景不吓人就是假话。洪水鼓浪，已经淹到家家的大门口。湖泊和池塘一扫平洋，将田畈淹浸在水底，所有沟路的台阶全部淹没了，只剩下住人的墩子，像几片荷叶漂荡在洪水之中。那水并不见停歇，仍在往上涨，随时会漫过门槛，朝屋子里涌进。

那时候沙街人面对洪水，只做要做的事。要做的事并不多。也不是不多，是因为心里做了准备，所以就有条不紊。渡人之前，粮食和贵重东西需要搬到楼上。粮食要拿出来，这是要吃的。衣裳要拿出来，这是要替换的。当然还有猫和狗，以及牲口。然后清点人数，其实不用清点，这样的时候各家各户，早把大的儿细的女，唤到了身边。这是他们的心头肉，不可能落下。这好比开大会走程序，必要的，不可或缺。然后当家人就进屋，做两件事。一是把窗户关好。为什么呢？这你就不懂。如果没关好，洪水进屋，细小的物件漂起来，退水时会顺窗随水流出去，那就是损失。二是把大门锁好。大门不锁好，洪水进屋，退水时屋里的东西会顺门随水漂走，那就让人痛心。

至于屋子会不会被洪水泡垮，那就不用你担心。沙街人对于洪水特别有经验。他们对于历史上河边的洪水都有记录。那些涨水的迹儿，就刻在王家墩那棵老槐树上。这棵老槐树就在外婆的大门前，据说是搬到沙街来的王家始祖亲手栽下的。那最高水位昭示着，沙街的子孙如何生存。所以沙街人在墩子上建屋子，四壁都用青砖砌一人举手那样高。这样的高度比最高水位还高三尺。青砖不是土砖，青砖不用担心洪水泡，水朝上浸，也湿不到土砖上。所以请你放心，就是再大的洪水，沙街人建的屋子绝不会垮。这叫什么呢？这叫生存智慧。是河边的沙街人千百年来积累起来的经验。不然一发洪水就垮屋，那叫什么话？那还是沙街人吗？

渡人是分排渡的。大舅首先渡的是外婆、何括和细舅娘。细舅娘吓得要死。大舅就对细舅娘说："花大姐你不要乱动。丑话说在前头，你一身系两命，掉到水里我可赔不起。"外婆说："大相，这时候你不要吼。山里的姑娘没见事。"大舅说："娘，我这是吼吗？我敢吼她？"细舅娘就花枝乱颤，抱着何括不松手。平常总没有那么亲热。何括说："细舅娘，你抱松点，我喘不气来。"细舅娘带着哭腔说:"你这个要死的东西!"还是不松手。河畈上柳树淹得只剩梢儿,杨树淹得只看见叶儿,更不用说那些桃树和李树,只是那几棵古老的梨树,高大撑天。墩子上渡人的排撑过来,划过去,像织布的梭。排上的火把熊熊,光亮中汪洋一片,黄浪滔滔。

好在不远。沙街人临时的落脚点,就在对面的鲤鱼山。鲤鱼山那时候淹成孤岛,四周全是水。那是沙街人天生的避难山。沙街人全部渡到那山上。山上密密麻麻的全是人。天就亮了,就以家为单元,搭窝棚。那窝棚简易,"人"字形,没有窗子,前面高处就是进出的门。埋灶做饭,那灶是土灶,在地上挖的,重温原始部落的生活。

何括发现山上的沙街人格外温和,就像一家人。男人们也捕鱼,那鱼是昏了头,游到岸边的,唾手可得。女人们也在山上捡"地菜菇儿"。"地菜菇儿"就是地衣,这种原始的东西,长在"麻骨"山上,被雨水泡胀,碧绿晶莹。用米筛装着在水里洗干净,也是美食。就好比鲁迅先生《故事新编》里《理水》中的鲜苔。一家做熟了,谁都可以尝。这时候因为人多,住得太挤,所以没有平常日子里的那多隐私。这段时间夫妻之间基本不会吵架。仇人见面就会和解。孩子们就在山上不用读书,尽情地游玩,走了这家看那家,过着天真无邪、无忧无虑的日子。

那段日子沙街人就聚在鲤鱼山上,静等着天上的太阳出定、晴稳,洪水退去、畈干。公社派干部来慰问,带些粮食下来,让队长们见人平分;带些治痢疾的药片下来,也是见人几片。因为洪水季节,山上的水源不够好。什么水源?就是洪水。沙街人到山边取了水,倒在桶里,用明矾澄清,做饭,烧开了喝。估计消毒不严,难免有人拉肚子。平常的日子沙街人哪里还用明矾?那时候河边的水都可以直接饮用,不需要烧开。下来的干部们开会,集中沙街人学习,读上级的文件。沙街的男人就听得极其认真,不懂就问,懂的也问,干部耐心解答。比方说互助班与初级社和人民公社之间的关系,有哪些方面相同,有哪些方面不同。干部说:"人民公社就是楼上楼下,电灯电话。"沙街的男人们格外兴奋,鼓掌叫好。也有文艺女干部下来，教人识字，教人唱歌儿。女人们格外起劲。尤其是细舅娘，她嗓子好，一学就会，当了领唱。

教唱的是什么歌儿呢？教唱的是《社会主义好》。她们都是唱民歌的好手。红歌儿她们一学就会。女干部点细舅娘的名，细舅娘就高兴极了，站到前面去，像女干部样起个头，双手打起拍子，下面用鞋垫屁股坐的妇人们，眼睛就一齐放亮。洪水季节的河边，需要脱鞋垫屁股才能坐，不然会"气"的，那"气"有毒。"气"了屁股就痒得难受，就抓，一抓就没完没了。女人们在细舅娘的带领下，一齐唱："社会主义好，社会主义好！社会主义国家人民地位高。反动派被打倒，帝国主义夹着尾巴逃跑了！全国人民大团结，掀起了社会主义建设高潮，建设高潮！共产党好，共产党好！共产党是人民的好领导！说得到，做得到。全心全意为了人民立功劳！坚决跟着共产党，要把伟大祖国建设好，建设好！"那时候外婆也不矜持，跟着细舅娘咧着嘴儿唱。二舅就说："这个花大姐能当干部。"大舅就说："你以为就你能当干部？"大舅找二舅的痛脚捏。因为解放前二舅在乡公所当过文书。解放后因为当文书，所以划了地主。二舅说："哥，你什么时候能饶人？莫忘记了，我可是你的亲兄弟！"大舅说："算了，我们唱歌吧。"于是兄弟俩就一起唱歌儿。

风儿随着歌声吹，漫在山丘上，随着波浪翻。

咳，那鲤鱼山上，沙街人静等天晴稳，畈吹干，处变不惊的大智慧，叫何括难以忘怀，保存在云盘里，打开复原，鲜活如初。

二

天晴稳了，天上的云朵就是白的，再也不变颜色。南风阵阵吹，叫人爽气。洪水说退就退，忍受也就那么几天。河水下去了，墩子里的水也跟着下去了。一切恢复了原来的面貌。湖是湖，塘是塘，畈是畈，墩子是墩子。这就叫人踏实，欢喜。

鲤鱼山上的沙街人拆了窝棚，陆续朝墩子上搬。好在东西不多，大人搬大东西，小人搬小东西。牲口需要牵，猫和狗晓得世事，连唤也不需要，欢叫着摇着尾巴，跟在人后回墩子。天上的太阳大，照得人睁不开眼睛，回墩子的路说干就干了，因为下面本来是沙，淤在上面的泥迅速结了壳，裂成像饼干一样的块儿。那块儿好大！只是吃不得。不需要用工具，边走边用脚儿拨，拨到路下的田地里，就是好肥料。所以沙街人回墩子连鞋都是干净的。这时候人人需要穿鞋，因为不穿鞋会"气"脚，脚"气"了，也不是小事。切记！切记！

墩子上各家各户的屋都完好无损。只是门前和院子里的树竹花草变了颜色，洪水退了，淤泥沾在枝叶上，使它们失去了活色，显得萧条。这不用担心，要不了几天，它们会在雨露阳光中迅速抖落风尘，更加蓬勃旺盛，枝繁叶茂，该开花的开花，该结果的结果。这时候沙街人紧要的是进屋清淤。将大门打开，屋里的地面上就积有几寸厚的淤泥，需要用铁锨从各个角落清除，需要反复地拍实，才显出原来的颜色。木制的家具，饭桌呀，板凳椅子呀，还有柜子等的，被洪水泡挪了位，需要恢复往日的模样。这就不能抬出去晒，抬出去晒，会裂，用抹布细心地抹干净，让它们慢慢晾干。会有七八天的霉味，这不要紧，习惯成自然。衣物和被褥，就需要晒了，暴晒才会杀霉。清屋安顿的事，沙街人很迅速，大人小孩一齐动手，要不了一天时间。清净安顿完了之后，他们会擦一把澡，坐在氤氲之中，享受家的清凉。

细舅娘多事。家安顿好了后，她提桶清水到后院，要何括帮忙，跟她用清水绞抹布，抹那些她种的花草。外婆就笑，对何括说："莫信她的话。"细舅娘扯着何括的手，说："信我的话，不错。勤快勤快，得瓜得菜。懒惰懒惰，挨冻受饿。"外婆说："细媳妇，勤快可以，不能过了头。洪水过后死的抹活，活的抹死。活的抹不得，一抹就发蔫。莫帮倒忙。"细舅娘问："还会开花吗？"外婆说："会的。河边的花草风里生浪里长。你坐下歇会儿。娘化糖水你喝。"外婆的话想来就有道理。换了大舅，还懒得跟你说，让你去折腾。那时候外婆就给怀孕的媳妇化碗糖水喝。小外孙当然也有一碗。糖是河边种的甘蔗，用牛车拖的榨车儿榨出来的汁，用龙席锅熬出来的，安神保胎有奇效。

社里派下来的工作组，发动沙街人，搞"抗灾自救"。工作组把墩子上三个小队的人召集起来，集中在后河墩子间的沙场上。沙场子中间是一口池塘，被水漾得像做饭的一口龙席锅。开群众大会。裸日在天，先传达上级精神，然后组长问："你们说需不需要'返销粮'？"那组长戴一副眼镜，样子很斯文，据说不是大学生。"返销粮"是什么粮呢？是交上去的公粮，由于灾荒再返回来的粮。这是要还的。还粮也可以，因为作了价，还钱也可以。组长这样问，群众就不好回答，拿眼睛看三个小队长。组长就问包面队长。组长说："你当个代表，表个态。"包面队长抓了半天头，说："要是不还，我们就要。"组长说："这可不行，一家不还，两家不还，国家哪来的粮食？"包面队长说："是不是上半年借，下半年还？"组长说："那当然。"包面队长说："那不是扯鸟揩屁股吗？"这是河边的歇后语，先说的是前半句。组长不懂，据说他不是本地人，问："什么意思？"包面队长说："多费鸟力。"这是后半句，两个半句加起来，歇后语才是完整的。群众就哄堂大笑。

组长终于听懂了意思，脸就黑了，问："你们的意思是不是不要？"包面队长说："那是肯定的。"组长说："那你们就要做保证。"包面队长说："我做保证。"组长望着包面队长说："你说的不算，我要群众表态。"沙街人就一齐喊口号："保证不要！"组长说："保证不要'返销粮'还不算，我要你们表态，一定要取得'抗灾自救'的胜利！"沙街人就一齐喊口号："一定的！"这是沙街人特点，喊口号时为了简洁，择重要的上，其余的省略。这叫趁热打铁，冷不得场。组长就鼓掌叫了一声："好！"沙街人同时鼓掌叫了一声："好！"组长眨着眼睛问："什么好？"沙街人说："这也不懂？好就是好！喝彩呀！"沙街人将喊口号当成喝彩。

其实沙街"抗灾自救"的事，一点不用组长操心。沙街人心里自有一本账。洪水之前畈上的小麦不是收起来了吗？暂时不交公粮，留着作口粮，那是绰绰有余。小麦收割后地里不是种的棉花和花生吗？淹是淹了，有些苗儿还是活得过的，只是补种就行。稻田不是淹了吗？头季稻淹死了，及时补插二季稻呀。用速生品种，二十天的秧苗就可以插，只要插下去，下年那就是大丰收。河边有句民谚，叫作："种湖田，养母猪，一年的两年，一倍的两倍。"湖广熟，天下足。恐怕说的也是这个理。洪水过后沙街的那湖田泥淤得多厚多肥，插根芒槌下去，也可以开花，给你结个大木果。那一年下年果然就是大丰收！第二年第三年又是大丰收！沙街人说一场洪水三年熟。你说他们会要你的"返销粮"吗？说出去就是丢人的事。辱没先人哩。沙街人不怕发洪水，就怕不发洪水。说到这时候你就明白了。

日子明晃晃定在太阳下，暖风中。那河畈和墩子缓过气儿来，就像怀孕的细舅娘，日渐丰腴，气血红润，葱茏妩媚，蒸蒸日上，一天变个样儿。看得人格外欢喜。何括掇着蓝边海碗，站在墩子上边扒饭，边唱儿歌："初七八，十七八，谷籽落泥，满月插。棍子杵，脚儿踏。镰刀割，冲担杀。挑稻场，石磙轧。陶罐煨，饭瓢挖。筷子撬，咽鱼虾。门前河水浮白鸭。"那儿歌是外婆教给他的。你看老天爷多好，损失的加倍还你。你说你还有什么可忧虑的呢？你就慢慢享受生活吧。

六月伏天河边沙街的夜晚，最美丽最迷人。伏蚕上架了，爱兰爱菊姐就同墩子上的姐妹们，夜里到河地去采桑叶。外婆就教她们注意听，说七月七牛郎织女会夫妻快要到了，天上的七仙女开始思凡唱曲儿哩。唱什么曲儿呢？唱《鹊桥会》。当然不是黄梅戏，那是下江的剧种。巴河属上江，唱的是楚剧，楚剧也有《鹊桥会》。唱的是什么腔儿呢？唱"悲雅腔"哩。外婆就唱："夜深尤闻人语响，到底人间欢乐多。"外婆剪头去尾，就唱这两句，让姑娘们采桑时留心听。外婆说如果听到了，那就是一生的幸福。爱兰她们听到没有？不清楚。但是人若问，她们都说听到了。但是有一条是真的，那时候河边的鹊儿真的不见了。外婆说那是玉帝召集它们开会，排练架鹊桥去了。

这还不是伏天河边最美的事。伏天最美的事莫过于到河滩上乘凉。

河边的沙街人伏天乘凉自有一套美妙的方法。回想起来，就是"银烛秋光冷画屏，轻罗小扇扑流萤。天阶夜色凉如水，卧看牵牛织女星"也稍逊一筹。那是诗人修饰了的神仙生活，哪能比得上地上的沙街人，伏天到河滩乘凉呢？

伏天沙街人到河滩上乘凉，连扇子都不需要，只要一床被单就可以。你看刚吃晚饭，金巴子就打双赤脚，抱床被单跑到外婆家，要领何括到河里沙滩上乘凉。那被单是黑色的。也不是被单，是包边被子的套。冷季包上棉絮，缝上填心，作盖的。热季就拆了，单的盖。日子里的沙街人没有那么多讲究，大舅家更没钱讲究，一被多用，打糙，染黑，一是经脏，二是好洗。外婆就答应了。何括一天天长大了，到了"女大避父，儿大避娘"的年龄，不能老跟着外婆学奶伢子。金巴子是哥哥，当个临时监护人也是理所当然的。外婆答应了，何括就满心欢乐，连被单也不用带。为什么呢？因为到了滩上会有孩子来搭伙，用一床被单垫，一床被单盖。那脱了棉絮的被单，一律很宽大。朝沙滩上一铺，那床就大，那被就宽，外婆很放心。只是要何括背白天学的课，能背才能走。何括就背："两个黄鹂鸣翠柳，一行白鹭上青天。窗含西岭千秋雪，门泊东吴万里船。"金巴子说："屁。哪来的雪？"外婆说："你晓得个鬼！"能背也就过了，外婆就让何括脱了鞋，跟着去。外婆年纪大了，是不到河滩上乘凉的。那时候墩子里的沙路比脚还干净，养脚得很，不需要穿鞋。

天上的月亮升起来了，升在树竹之上，河边的墩子就幽明通亮。墩子通河的沙路上，树竹的影子下，熙熙攘攘都是抱着被单、打着赤脚到河里乘凉的人。他们和她们三五成群，眉飞色舞，说着高兴的话。这是当然的。乘凉是快乐的事，讲究投缘。或年龄相当，或意气相投，就像现在微信上的"朋友圈"，他说什么你赞扬，你说什么他附和。那就其乐融融。如果一言不合，那就"搞翘了"。"搞翘了"就是见面不说话，一个嘴巴翘东，一个嘴巴翘西，那就你不跟我玩，我也不跟你玩。好在河边的人恨性不重，共一块河畈过日子，低头不见抬头见，只要有人打圆场，过不了三天，自然和好如初。

翻过堤上的芭茅口，就是下河滩的路。滩上的那路，不是固定的，随人走出来的，走的人多了，那路就约定俗成。月亮下，脚印多的就是，如同戈壁滩上的路。那时候洪水下去了，河水瘦到了马家潭那边，水雾浮起来，月光迷离，那滩就大，空远辽阔。巴水河由于源流长，支流多，流到下游沙街时，那河面就开阔，连水带滩就有两公里宽。那滩在沙街这边。滩分高低，沿河堤朝下依次递减。高滩不易淹，所以长小树，长芭茅，长各种各样的蒿草。这些都是山里冲下来的种子或者苗儿，洪水退下去后，它们就抱团长在一起，发芽生根开花，也有结果的。沙街把它们叫作"绿墩子"。依稀的月光中，那些绿墩子冥在河滩上，或像一群人，或像一群兽，没有经验，你会吓得跳。这地方不能乘凉。这地方离垸子近，白天有荫，蚊虫躲在里头，晚上母蚊子就飞来吸人畜的血。沙街人有经验，知道公蚊子是吸汁的，母蚊子是吸血的。它们靠汁和血繁殖后代。哪能让它们得逞呢？

乘凉最好的地方在低滩。这就要在滩上走好远。低滩在河水不远处。那里容易淹，所以好远好大的地方，连草也不长一根，就是生命力最强的茅根草也没有，尽是响亮的沙。也不能离河水太近，太近了，沙扯水，会把被子扯湿，那就同睡在水里一样，凉快是凉快，但清早起来脚酸手软，会得风湿病。

乘凉就选在离河水不远不近处。那时候天上的月亮像银盘子，照着响亮的沙滩，河水无声静静流，两岸青山如影子。沙街人乘凉按古制进行，不能乱章法。首先强壮的男人们自觉睡外边，形成一个圈。女人、孩子和姑娘，就在圈里睡。男人们承担保护弱小的义务。那时候河里经常闹狼，山里的狼夜里顺着河水朝下走找食吃，说是见了小孩子就叼着甩到背上驮着走。有男人们护在圈边，它们就不敢轻举妄动。再就是在河滩上乘凉要分男女，男的不能挨着女的睡。就是新婚夫妻，也不能这样做。银色的沙滩上一览无余，这样做影响不好。要恩爱你们就不要到滩上去乘凉，这样的事，各人在各人屋做。还有夜色那么好，风儿那么好，不是夫妻更不能挨着睡，如果一时冲动了，会伤风化的。成年人男女好分，孩子就有点困难。主要是年龄。像何括这样的，算孩子一点不错。那么金巴子呢？算孩子还是算大人呢？说他算大人，又小了一点。说他算孩子，又大了一点。孩子们睡圈内，男孩子睡一起，女孩子睡一起，一起挨着一起，还不是一起吗？这就没人细究。

金巴子在圈内，抖着被单在滩上铺开了。然后撮沙为枕。也就是用手将沙撮成枕头。圈内圈边的人们都是这样的。这样的枕头，天凑其然，人躺下去，头枕在上面，清凉舒适，天底下你就买不到。何括也撮一个。金巴子的在那头，他的在这头。金巴子看了，说蛮好。金巴子就让何括躺在上面，问："过瘾不过瘾？"何括说："过瘾。"何括问："盖的呢？"那金巴子说："要什么盖的？凉透了，我俩垫半边，盖半边。"原来那个金巴子并不要人搭伙。

当然不能这样就睡。这样睡就辜负了明月沙滩。要玩的。玩够了，才能睡。洪水不是退了吗？沙滩上留下许多淤泥，那些淤泥裂成了块，很厚很大，那些块可以垒房子，就像现在的孩子搭积木。想造什么样，就造什么样，想造几间就造几间，由各人的理想。当然"沙漏"也是要玩的。用手在沙滩挖一个坑，不用很深就有水，于是随水抓沙捏在手上，让那沙随着水儿流，在坑边滴宝塔，下大上小的样子很好看，只是不能滴成想象的那样高。还可玩蛇捉小鸡的游戏。金巴子扮蛇，让一群小孩子做小鸡，由母鸡结队护在后面。金巴子唱："菜花蛇，口儿呷，呷来呷去，咬尾巴。"金巴子咬的总是女孩子。

好了，玩够了，该睡了。清风徐来收微汗，月亮如银照沙滩。男人仰面朝天睡圈边。女人和孩子屈着身子睡圈里。不远处那河水线上，栖的是野鸭和大雁。它们黑压压的，以种为群，一大片，又是一大片。夜深了，风中没有蚊子，静透了，凉透了。睡去了，睡中有梦，还在滩上。河水清幽，明月在天，夜色如银。那就是人间最美的画儿。

五更时分，何括冻醒了。月亮落下去，何括想找半边被子盖，伸手被子不见了，他居然睡在光秃秃的沙滩上。睁开眼睛，看见旁边裹着的被子在扭动，像是两个人在内里"打狮子"，不见头也不见脚，只听见热闹的呼吸声。何括就不敢动，也不敢叫。就那样又睡着了，睡到天亮，发现身上盖着被子了。金巴子问他："夜里冷不冷？"他说："一点也不冷。"金巴子以为何括什么都不知道。好个金巴子，他把何括当傻瓜呢？

那天夜里同金巴子在被单里扭动的是谁呢？何括至今不知道。何括只知道金巴子后来是吐血死的。是不是为了那个"她"？也不知道。金巴子死的那年正是身强力壮的年龄，由于家里成分高，没能找上媳妇。他哥德风也没找上。那时候何括已经离开了外婆的沙街，娶妻生子了。何括听说金巴子得的是相思病，为他娘在河里找具棺材，了结心愿后，吐血死的。死时是他哥德风料理后事的。两个单身汉，相依为命。由于没有后人，他没能上祖坟山。何括一阵心痛："总是岁月如歌，总是花开花落。那个月色如银的夜晚啊！你为什么就不能告诉我？那个'她'是谁？是谁？"何括流下了心酸的泪水。

那天黎明醒来，就有一只盘子大的"脚鱼"爬到了被单上。那时候丰饶的河边，经常有"脚鱼"爬上人睡的被单。金哥哥用被单裹着，他不要，叫何括提回家，说能煨一罐子好汤。

外婆也没要，叫何括提到岸下的洗衣塘里放生。那"脚鱼"放到水里游了一阵，回过头来，亮着一双细眼睛，朝何括望，望了半天，才朝塘水深处游。

那时候洪水过了，万象澄清。

那水好绿好亮，岸上都是水里的影。

三

别人不知道，何括知道。那时候金巴子的梦想就在水里面。他想学熊家堰上的"脚鱼"佬捉"脚鱼"和乌龟。沙街的湖塘里"脚鱼"和乌龟多得"黑了水"。

春暖了，湖边塘边杨柳成了荫，那些"脚鱼"和乌龟就爬到树枝或石头上晒壳。人走到那里，它们听到了响动，就纷纷朝水里跳，咚咚咚，此起彼伏，浪花飞溅。六月伏天，它们就爬到岸边细沙滩上生蛋，将蛋埋在细沙里，也不伏滩，让阳光自然孵化。

这样的日子，金巴子就带着何括到水边玩耍，蹲下去，将双手叉开顺着沙底弯到水里去，然后合抱着朝岸边拢，就可以拢到那些小东西。细虾，细鱼。这不重要。重要的是那些小龟和"小脚鱼"，一个个长着粉红的嫩甲，慌张仓促逃生的样子很可爱。你当然得放了它们，因为只是捞着玩。

金巴子想学熊家堰上的"脚鱼"佬，水里求财。熊家堰上的"脚鱼"佬是他心中的偶像，就像现在的"粉丝"，他见样学样。胡岗剃头的胡待诏提着剃头匣子来了，金巴子就要剃光头。沙街人把剃头的叫"待诏"。二舅说待诏在古代也是朝廷的命官。这样叫就不俗。金巴子在塘里洗了冷水头，胡待诏八刀下去就将金巴子啃成了"光葫芦"。那时候要剃头的男人多，要排班剃，胡待诏以快著称。金巴子剃了光头，居然眉眼逼人，阳光灿烂。何括也想剃光头，外婆就是不允许，问："想当和尚不成？"何括心里就埋怨外婆少见多怪，难道只有和尚才剃光头？

胡待诏知道金巴子为什么要剃光头，剃完光头后，就叫："'金弋弋'，来！亮一把！"金巴子见不得人怂恿，就当着众人，脱了裤褂，只穿一条折腰短裤，双手鼓劲作势。胡待诏嘴里念："哐采，哐采，哐哐采。"这是戏台上的"急急风"。于是金巴子就翻一个空心跟头，落地后来了一个弓箭步。那才叫腰膀初圆，灵活机动，就像如今健美台上的处子秀。众人喝彩。大舅不需要，鼻孔里哼一声，说："现世宝！"何括那时候不知道那话的意思。现在才知道大舅那是骂儿丢人现眼，恨不得喝口冷水吞了他。但是有什么办法？儿大性长，只得由他去。

剃了光头的金巴子，长天野日穿着那条折腰短裤，带着何括，泡在水里像鸭子一样翻跟头，练捉"脚鱼"和乌龟的功夫。下塘洗菜或洗衣裳的姑娘见了，就撅着嘴儿笑。这使岸上的何括很伤感，不与她们说话。隔时如隔世。现在的何括想，那时候如果有现在色彩鲜艳的三角裤衩儿，金巴子穿在身上，走在岸上，游在水里，那就是一道亮丽的风景，吸人眼球，姑娘们一定很喜欢。但是那时候热季的沙街男人只有那样的折腰短裤。那折腰短裤，灰色的，齐膝，阔裆，需要折腰后才能卷紧，只有可怜了那个金巴子。他穿着那样的短裤，光头裸日练功夫。作为跟班，何括出去头上是要戴草帽的。不戴不行，外婆看得紧，不由得何括任性，所以还保留着白的本色。

你看那金巴子的背，经过反复地泡晒，成了赤铜色。远看就像个非洲人。那背先是一晒就起水泡，然后水泡破了，脱皮。再晒，就不起水泡，只脱皮。最后皮也不脱了，只是厚，只是金光灿烂。入水后像海狮的皮，隔水。出水后一滴水儿也不沾，省了一道手续，不需用手巾擦。据说练出这样皮肤的人，就得不了风湿病。熊家堰上的"脚鱼"佬就是这样的皮肤。

金巴子练出这样的皮肤是想实现自己的理想，像熊家堰上的"脚鱼"佬那样，以捉"脚鱼"和乌龟为生。不要以为是为了吃肉。肉算什么呢？那时候河边的"脚鱼"和乌龟的肉，贱，上不了正席，人们不吃。人家"脚鱼"佬捉"脚鱼"和乌龟，是舍肉取"甲板"熬膏，叫作"龟膏"。"龟膏"才是大补的。坐月子的女人和营养不良的孩子，用红糖煎了，吃了后会见效，气血红润，人见人爱。"龟膏"能卖好价钱。金巴子想，他如果练到熊家堰上的"脚鱼"佬那样的程度，也算有了一门手艺，是艺好藏身，他就能过上正常人的日子，成房立户，娶妻生子。所以只要"脚鱼"佬到沙街的湖塘来，他就要拉上何括，游在水边上，跟着学本领。

青禾遍地，阳光蒸雾，湖塘静在微风中，正是人驮影子的时候。你看那大畈之上，熊家堰上的"脚鱼"佬不是来了吗？不是一个人，而是两个人。不是师徒，而是伙计。水里求财的人，结个伴儿好照应。他们走在阳光蒸雾的畈路上，一只手扶着肩上斜长的竹篙，那竹篙是整棵竹子用火炮制的，就像河里竹排上的桡杆。竹篙上搭着一条长长的棉布手巾，边走边晒，就像桡杆上的帆，鼓着风儿走。你就慢慢地看清楚了，他们另一只手，提着偌大的鱼篓子；赤着上身，穿着折腰短裤；光着头，头上搭着一条棉布手巾，那是遮阳的。那手巾也长，从头顶搭到两个肩膀上，从阳光的雾儿里走出来。那时候一条竹篙，一个鱼篓，两条长棉布手巾，就是河边"脚鱼"佬猎鱼的全部装备。简到不能再简的地步。就是再穷的人，你也办得到。

他们来到庙儿塘。庙儿塘岸边古柳丛生，盘根错节，绿水幽深。庙儿塘"脚鱼"、乌龟尤其多，因为塘边有个庙，庙里的红帐子里供着"送子娘娘"。"送子娘娘"就是观音菩萨，但沙街人把她世俗到底了，要她专门送儿子，姑娘不算。沙街人想要儿子，就到庙里求拜。这不能没有。不孝有三，无后为大。没儿就断了祭祀的香烟。生了儿子他们就认为是她的功德，所以就买了乌龟在塘里放生。乌龟和"脚鱼"相伴相生，于是庙儿塘里的"脚鱼"也多。

熊家堰上的"脚鱼"佬到庙儿塘来捉，沙街人并不公开制止。一来"脚鱼"和乌龟是野鱼，野鱼无主，河边人捉野鱼，你没有理由出面管他。二来迷信的事摆不上桌面，他捉的并不见得是你放的，关你什么事？再就是熊家堰上的"脚鱼"佬是什么人，沙街人清楚。他人送外号"两不怕"：天不怕，地不怕。难道他怕人不成？人在世上活，修行在个人。他要是怕报应，他敢捉吗？他胆大包天，天塌下来，他当个斗笠壳。沙街人就出来看热闹，捉吧，捉吧，让那个"两不怕"去捉！

巴水河边的"脚鱼"佬捉"脚鱼"和乌龟，分季节有三种捉法。第一种是冬季"捡滩"。什么是"捡滩"呢？就是在滩上捡。那要三九严寒，太阳出来之前。河滩上打了霜，那霜打下来厚厚的，河水线上结了薄冰儿，那霜与河滩白成一色，辽阔空远，一眼望不到边。这时候就有人呼着白气儿，出来"捡滩"。因为那时候钻到沙里的"脚鱼"和乌龟，同样透过沙朝外吐白气儿。那吐出的白气儿，常人看不见，练了眼力的"脚鱼"佬就看得见。他点一把寿香在手，跑在沙滩上，见冒白气儿的地方，插上一根。

然后帮手们就到插香的地方，用手扒，扒开沙滩，那里就是成堆的"脚鱼"和乌龟，用箩筐朝回挑。这要赶时间，太阳一出来，那白气就没有了。这就神了。但是"捡滩"的人，是要付出生命的代价，到时候必定双眼不见成瞎子。沙街人说做一件事能以生命作代价，还是叫人佩服的。只是这样的人何括没见过，那时候绝了代，只留在传说中。

第二种也在冬季。不是捡，是杀。北风来了，水冷了，人下不去。"脚鱼"佬就挑着"脚鱼"盆，下到湖塘里杀。那盆尖尖的两只连在一起，连着的地方，就是人坐的。他们把盆放到水面上，两条腿跨进着盆儿坐，用鱼叉控着划，边划边杀，边杀边划，从浅水处到深水处，探着了，就提上来，那叉上有倒刺，你就逃不脱。他们有经验，叉就好比眼睛，凭手感，分得清哪是"脚鱼"，哪是乌龟，哪是水车叶子的残板儿。沙街人最瞧不起这个季节的"脚鱼"佬。认为这不叫本领。你是活的，人家是"死的"。活的杀"死的"，你说这像什么话？何括见过这样的人。他们杀上"脚鱼"和乌龟后，一脸的奸笑，叫人恶心。

第三种金巴子最羡慕。夏天，熊家堰上"脚鱼"佬就是这样的捉法，活的捉活的。你看那"脚鱼"佬到了庙儿塘边。金巴子迎了上去，叫一声："师傅！""脚鱼"佬并不答应，只是笑一笑，伸手摸一下金巴子光头，然后让金巴子跟在身后，开始行动。"脚鱼"佬首先在塘岸上巡着走，边走边打"干进"。什么是"干进"呢？"干进"就是将两只巴掌撮起来，中间留空，奋力地鼓。由于空气的原因，那声音就异样地响。若是在人的耳朵边突然使这招，能将耳膜震破的。这不像开会时鼓掌。开会时鼓掌，巴掌是摊平拍的，那频率多和谐！河边的"干进"极具震撼力。震撼什么呢？当然针对的是水里的"脚鱼"和乌龟。何括现在才知道，"脚鱼"和乌龟虽然生活在水里，但像人一样是用肺呼吸的，叫作两栖动物。它们隔一段时间，要从水里露出头来，呼吸空气，然后才钻到水里去。金巴子尾随其后打"干进"，他打的一点也不比师傅的差。但师傅并不要金巴子跟着打。因为这时候打的人多了，塘里的"脚鱼"和乌龟就乱了套，浮的浮，沉的沉，不晓得听谁的好。"脚鱼"佬一个打"干进"，就知道塘里有多少"货"。庙儿塘里的"货"当然多。露到水面上呼吸的"货"们，听到那响声，纷纷钻到水里去。一会儿又有"货"浮出水面，观风险。"脚鱼"佬问金巴子："好玩吗？"金巴子点头说："好玩！""脚鱼"佬说："好玩，你就学着点。"

　　"脚鱼"佬开始做下水的准备。首先把晒竹篙上面的长手巾，扯下来朝腰上一围，将竹篙朝塘边一插，把头上搭的手巾扯下来，盖住放在岸边的竹篓子上。就像现在海滩上游泳的女客那样，在围腰的手巾里面换衣裳。那不是换，而是脱。直接把穿在里面的过膝短裤脱下来，那里面就是空空荡荡的。河边的"脚鱼"佬没穿短裤下水的习惯，讲究放荡。如果穿短裤下水那不是个娘们？在水里再将围腰的手巾，折起来，做成荷包，封口朝上，拦腰一系。这长手巾一作两用，一是下水之前、出水之后的遮羞布，二是下水之后装"脚鱼"和乌龟的。一切在水里进行，他捉多少，岸上人根本看不见。金巴子就穿着过膝的扎腰裤子跟着师傅下水。因为金巴子没有那装备。

　　"脚鱼"佬下水后，就打"水进"。那"水进"是在水里撮着双手，交叉进行的。那"水进"就比"干进"更响，就同迅雷一个样。水里的"脚鱼"乌龟们，听见那声音，就拼命往塘底泥里钻。这就是"脚鱼"佬要的效果。于是水里就浮起阵阵的泡儿，就好比盛开的花儿。"脚鱼"佬撑着竹篙赶过去，用竹篙定位，泅到水里，一捉就是一个，不用丢到岸上去，就朝腰上手巾做的荷包里塞。

　　捉"脚鱼"最怕"脚鱼"咬住手。"脚鱼"咬住手后，死也不松口，要打响雷才松开。这难不住"脚鱼"佬，他有的是经验。这经验毫不保留，教给了金巴子。他说："入水之前先看水面开的'花儿'，事先做好准备。'脚鱼'和乌龟钻泥冒起的'花儿'，通常有五瓣。头一瓣，脚儿四瓣。下水之前，你就知道它有多大，头在哪里。你下水后，从尾巴下手，将尾巴朝起抬，它的头就缩到壳里去了，你用手卡住朝起拿，它就咬不着你的手。"金巴子照师傅的话做了，果然如此。捉起来，那就欢天喜地。

金巴子就叫何括回去跟大舅娘说，师傅来了，准备饭菜。那饭是在大舅家吃的。金巴子要拜师。"脚鱼"佬倒是同意。可是大舅不同意，脸色一点也不好。吃了饭就叫"脚鱼"佬走。"脚鱼"佬过意不去，就杀"脚鱼"和乌龟，取"甲板"，将肉留给大舅家。大舅当着"脚鱼"佬的面，将那些碎肉，丢在地上，喂了鸡和鸭子。

"脚鱼"佬说："打人莫打脸。"大舅说："你认识我吗？""脚鱼"佬哈哈大笑，说："不就是一个富农吗？"大舅说："对。你说富农的儿，能学捉'脚鱼'吗？"现在的何括才知道大舅那时的心思。在河边剃头的虽说是"下九流"，但人们尊他们为"待诏"。捉"脚鱼"的连"流"都入不了，算不上正当职业。"脚鱼"佬头也不回，扛着竹篙就走了。

大舅娘就望着金巴子一哭，说："我的儿，你就死了这条心！"

金巴子一连蔫了好几天，打不起精神来，叫何括看着难受。

四

一点不用担心，河边的小子没有一直打不起精神的道理。风情万种的河边，总能给人无限生机。

正当金巴子双手抱头，坐在大门前柳树下，像一个蔫头鸡儿，无精打采的时候，柳大垸的柳瞎子恰到好处地来了。柳瞎子戴着墨眼镜，拉着胡琴，由一个童儿牵着，游到沙街给人算命哩。柳瞎子边走边拉，拉的曲儿极简单，但极好听。"锁锁米瑞，锁锁米瑞，豆拉豆米瑞。"这是简谱的音译。那时候沙街人不知道简谱，只得依音定字。二舅不知道简谱，但二舅知道柳瞎子用的是"工尺谱"。二舅依音念，就雅："六六工尺，六六工尺，上四上工尺。"小孩子才不管那一套，跟着柳瞎子采情作理，依音配字唱："二卖B的，二卖B的，有钱不算命。"这不是骂算命的，而是骂不算命的。谁有钱不算命哩？当然是大人。就这么唱。这样唱着就满足了算命先生的心愿。算命是找乐子的事，一堆人围着多好玩。沙街人对柳瞎子再熟悉不过，因为他隔段时间要到沙街上走一趟，赚点小钱过日子。柳瞎子虽然双眼不见，但对沙街烂熟于心。拉胡琴就是招人来闹。

听见胡琴声，金巴子就活了过来，站起身来，拍拍屁股上的沙，拍着手儿笑，向何括招手，叫何括快过来。何括问："什么事？"金巴子说："哪来这多话？你来就知道。"这个金巴子俨然是何括的精神领袖，不容置疑哩。何括晓得他要"撩"瞎子玩。

金巴子带着何括走到柳瞎子面前，问："有命算不算？"柳瞎子说："本是算命之人。有命来哪有不算的道理？"金巴子问："你算的命准不准？"柳瞎子说："二相公，摊开乾坤掌，八字手中捏。本先生算命没有不准的。"其实柳瞎子知道金巴子是谁家的种，所以叫他"二相公"。金巴子说："先给自己算一算，看准不准？"柳瞎子就掐手指头算自己的。金巴子问："算准了吗？"柳瞎子说："算准了。"金巴子问："你今生是个什么命？"柳瞎子笑着说："算命的命。"金巴子问："那来生呢？"柳瞎子说："来生还是算命的命。"金巴子问："你不想当官吗？"柳瞎子说："世上事由人想，无有百姓。"金巴子问："你不想发财吗？"柳瞎子说："命里只有八斛米，走遍天下不满升。"金巴子问："为什么？"柳瞎子说："因为八字注就了。"柳瞎子机智得很，晓得金巴子话里的意思。那意思是一个算命的，为什么不给自己算好点？柳瞎子这样的回答，就等于拿你的拳头塞你的嘴，你就无话可说。

不要以为柳瞎子的话，只是随话答话，现在的何括回想起来，柳瞎子的话也是铜锣打鼓另有音，笑金巴子的命：一个富农的儿，也异想天开。这些算命先生一个个不是省油的灯，你有来言，他有去语，貌似笑容可掬，其实绵里藏针，厉害得很。据说柳瞎子师傅的师傅比他还厉害。相传有三个进京赶考的穷秀才，一人给了一枚铜钱，找他算命，问他们考得上几个。他不说话，对天竖起一根手指。后来果真一个没考上。人说他灵。二舅说那是哄人的。如果都考取了，那就是一个不落。如果考取两个，那就是落一个。如果三个都没考上，那就是一个都考不上。这样的答案，没有不准的。

柳瞎子问金巴子："二相公，你算不算？你要是算，我就找棵柳树坐下来。你要是不算，我就拉着胡琴走人。水儿涣涣，风儿悠悠。你玩你的，我玩我的。"金巴子就笑，问："多少钱一个？"柳瞎子说："那要看命。命好就多给点，命不好就随少点。"金巴子问："最低多少？"柳瞎子说："没有最低的，只有最高的。"金巴子说："我的命不好，你说个最低价。"柳瞎子叹口气说："我说二相公，有这样算命的吗？人人都想己命好，玉皇大帝比不了。你八字未报，怎么就晓得？"金巴子说："我没得钱。"柳瞎子说："好事成双，四个鸡蛋是要给的。"金巴子说："我有两个鹅蛋，鹅蛋比鸡蛋大得多，总归可以。"金巴子就从荷包里掏出两个从塘边捡的天鹅蛋递给柳瞎子。柳瞎子把两只天鹅蛋小心地收在布口袋里，说："按理说算你这样的命不收钱的。但闲着也是闲着，那就算算吧。"

金巴子报上八字，柳瞎子听了，将八字捏在掌中掐。忽然一惊，让金巴子快去叫大人来。金巴子问："出了什么事？"柳瞎子说："错了，错了。"金巴子就叫何括跑去把大舅娘叫来。大舅娘气喘吁吁地来了，问柳瞎子："出了何事？"柳瞎子把八字捏在掌中掐，问大舅娘："贵相公出生的时辰是不是记错了？"大舅娘说："没错哩。他是鸡叫头遍时生的。"柳瞎子说："不对。他应该是鸡叫三遍时生的。"大舅娘说："生他时鸡叫乱了，还真的记不清。"柳瞎子说："大娘哇，地误人一时，人误人一生。从命里看，贵相公还真不是鸡叫头遍生的。他的命好着哩！"大舅娘说："洗三周时还不是你给他算的命，你说他命里缺金，所以取名德金。"柳瞎子说："是老夫一时疏忽，他是鸡叫三遍时生的，不是缺金，而是缺水。应该叫德水。缺水者得水风生水起，一帆风顺。一江春水向东流，江湖夜雨十年灯。他的命在水里。"大舅娘说："他想学捉'脚鱼'，他老子不让他学。"柳瞎子说："那不是一门手艺。"大舅娘问："师傅，他适合做什么呢？"柳瞎子说："他是太白星转世。有诗为证，'长风破浪会有时，直挂云帆济沧海'。"大舅娘问："他的命在水里？"柳瞎子并不正面回答，学他师傅的师傅伸出一根手指，上指天，下指地，中间指金巴子。这时候的金巴子居然激动得一句话也说不出，像个呆子。这就是天机。如此一来，大舅娘就满心欢喜，跑回家拿了十个鸡蛋，补给了柳瞎子。

柳瞎子坚决不要。大舅娘坚决要给。河边的规矩，算命的事，全在于一个字——信。信则有，不信则无，千万不能当儿戏。

何括记得那个柳瞎子是由童儿牵着，拉着胡琴走的。那柳瞎子边拉边唱。唱的什么呢？唱的是："春季到来绿满窗，大姑娘窗下绣鸳鸯，忽来一声无情棒，打得鸳鸯各一方。"这是什么曲子呢？这叫《四季歌》。全凭心情听。喜的人听得出喜，忧的人听得出忧。倪家墩子来人，叫柳瞎子去吃中饭。倪家与柳家是亲戚，众所周知。亲戚来了吃餐饭，理所当然。那时候柳瞎子拉着胡琴朝倪家墩子走，唱得满嘴生烟，云天雾地。那时候天地未长大，柳瞎子的玄机何括识不透，只有帮金巴子满心欢喜。

大舅娘回家后对大舅说："我家金巴子有救了，柳瞎子说他不是缺金，而是缺水哩。命在水里，得水后就风生水起，一帆风顺。"大舅居然信了，问："真的吗？"大舅娘说："是真的。"大舅说："这个柳瞎子还是蛮厉害的！怪不得这个种那样爱水？"二舅说："瞎子吃锅巴乱嚼，河边的孩子哪有不爱水的？"外婆说："二相，这时候你就不要打破锣，河边的儿爱水有什么不好？"这样的时候自然轮不到细舅娘说话，她望着窗外开的花走神儿。

于是外婆就领着几个主事的，给金巴子找出路，想河边除了捉"脚鱼"乌龟之外，与水相关的事。思来想去还是跟倪家墩的倪架子学驾排走"长水"好。那倪架子牛高马大，得了祖传的驾排手艺——走"长水"。呼风唤雨，要金得金，要银得银，媳妇是自愿跑来的，生儿育女一大堆。那时候虽说正在酝酿成立人民公社，但那倪架子还是河对面的上巴河合作社里的员工。有任务，上巴河合作社就通知他去驾排。二舅说声好，大家都说好。这就不需要征求金巴子的意见，让大舅娘提十八个鸡蛋，由外婆领着金巴子直接上门拜师父。外婆在墩子里辈分长，重礼性，受人尊重，比大舅带去强多了。这时候金巴子就学乖，跟在大人的屁股后。

倪架子家人多灯旺，晚饭刚吃过，众人围着桌子坐着听倪架子说闲话儿。外婆到了倪架子家，领了座，喝了茶，就说明来意。大舅娘献上鸡蛋，就要金巴子跪下拜师父。那倪架子剃的也是光头，坐在饭桌当中的椅子上，望着桌下跪着的小光头，禁不住呵呵笑。金巴子说："师父，请受徒儿一拜！"倪架子说："拜早了！"金巴子说："你不答应，我就不起来！"倪架子说："听说你比我的胆子还大，是个男人胚子，倪某佩服！"外婆忙说："大人莫见小人怪，他还不懂事。"倪架子说："那不要紧。总有懂事的一天。我收你为徒，金不要，银不要，鸡蛋更不要，就要一条金丝活鲤鱼。也不要好重，库秤十斤以上的。轻的不需要说，死的不需要说。越重越好。到时候提鱼来拜，不会迟。"

哪晓得金巴子从地上爬起来，盯着眼睛问倪架子："不就是十斤重的活鲤鱼吗？你谅我就捉不到？"倪架子说："对！"金巴子说："你说话可要算数！"倪架子笑得涎儿滴，说："这个狗东西，真是胆子大，还敢激将我？水中无戏言。一言为定！你捉得到，我收得起。我倒要看看你这个儿的本领。"于是当着众人的面，小光头就和大光头击掌。那声音格外响亮，震得灯花炸。

大舅娘为儿子捏了一把汗，十斤以上的活鲤鱼，大人都不好捉，何况一个"半糙子"。倪架子给金巴子出了一道难题。

出门夜深沉，一行人走在墩子间的沙路上，雾儿起，露水重。恍惚不见人。金巴子忽然咧嘴唱歌儿："冬季到来雪茫茫，寒衣做好送情郎。血肉筑成长城长，愿做当年小孟姜。"这还是柳瞎子唱的《四季歌》。那个金巴子不唱夏季和秋季，直接唱冬季哩。

那是什么心情呢？那心情闷在心里头，只有天知道。

五

十斤以上活的金丝鲤鱼哪里有呢？这不用着急。那季节巴水河里有的是。墩子里的男人们都知道。

那时候生长在长江里的鲤鱼们，趁汛期逆巴水河而上，游到马家潭里的，产完子就要集体回游到长江里去。这是大自然赋予生命的轮回的周期，谁也阻挡不了。这时候河水清浅了，它们不会满足于潭水小天地，于是就成群结队行动。因为目标太大，就需要趁夜进行。

河边的一个节日由此诞生。这个节日叫作"叉鱼节"。叉鱼节是河边男人们比机智、比勇敢的节日。如果你是河边当家的男人，你就一手执鱼叉，一手举火把，聚到河里去叉鱼。此节的真正意义不在鱼，而是检验你是不是一个河边真正的男人。因为只要下河，汗水与鲜血、机遇与风险同在。下河之前，你最好想一想，是不是那块料？不是，就劝你不要下河去，最好站在河边看热闹，见识一下河边男人们动若脱兔、粗犷发力的雄风。河边勇敢的男人是比出来的，好像奥运会十项铁人运动，赛龙船是一项，叉鱼也是一项。

二舅不敢参加，大舅也不敢参加。金巴子带着何括敢参加。大舅娘问儿："那是玩命的地方，你去做什么？"金巴子说："我去叉鱼。叉大鲤鱼。"外婆对大舅娘说："他不小了，你让他去。"何括知道金巴子带着他不是去看热闹的，而是去见证河边真正的男人。倪架子要的金丝鲤鱼不就在河里吗？柳瞎子不是说"长风破浪会有时，直挂云帆济沧海"吗？金巴子拿着鱼叉，举着火把，走过漫漫沙滩，带着何括来到河水边上，在沙上画了一个圈。叫何括站在圈里，不要乱动。河风虽然清凉，何括却紧张得要命，浑身冒汗。

河边时光倒流，一下子回到了原始社会。下河的男人们，几乎裸体，裆间只用卷腰短裤遮羞，就像兽皮裙。一手举着火把，那火把是缠麻浇了油的，能熊熊燃烧很长时间。一手执着鱼叉，那柄是整棵竹子做的，一丈多长，根粗梢细，富有弹性。那叉是四齿的，磨得明晃晃的，每根齿上有倒刺。叉柄根上用一条麻绳子系在手腕上，抛出去后，杀着鱼，可用绳子拽回来，比电视上非洲土著们用的标枪科学得多。那时候鱼和人都是集体行为。因为是集体行为，就由共同的意志约定俗成。

　　下河的男人们富有经验，先举着火把，在潭的下游站成一堆，那火把就在夜空熊熊燃烧，灿烂辉煌。那鲤鱼生来是热爱光明的，见了火，就从潭里成群结队朝出涌。他们就散开，奔过去断了鲤鱼的后路，开始围捕叉鱼。火把奔动，人声鼎沸，一河激水里都是鲤鱼蹿动的影。明晃晃的鱼叉，随鱼奔动，时分时合，见机抛叉出手。那叉可不能乱抛，要瞄准鱼头打提前量，才能叉住。这也是科学道理。否则你就空喜一场。那叉可是利器，一旦失手，叉叉见血，不是伤鱼就是伤人。叉着鱼算你有本领。叉着了人你就要倒霉，赔钱养伤不说，那人你就丢不起。所以二舅不敢下河，大舅也不敢下河。他们原先可是敢下河的，那时候不敢了。若是叉着了人，成分不好，那罪名你就担不起。老子不敢了，儿子居然还敢。这就让娘老子提心吊胆，叫何括紧张得头皮发麻，肛门发紧，喘不过气儿来。现在的何括回想起河边那围渔的场面，既血腥刺激，又激烈辉煌。那河边的叉鱼节真的是河边男人勇敢和智慧的结晶。

　　那天夜里金巴子那个混在男人群中的"半糙子"，居然叉到一条大鲤鱼。他叉到之后，赶紧上前整个身子伏进水里，将那条大鲤鱼抱在胸前。何括赶紧跑回去报喜。金巴子弃了鱼叉，将那条湿淋淋活蹦乱跳的大鲤鱼抱到倪架子家，跪在堂屋当中，让倪架子当面过秤。大舅娘闻讯赶到了倪架子家。那时候倪架子也不称，就哈哈笑，对大舅娘说："算你的儿有种！叫他起来吧！把鱼抱回去！"金巴子问："你不是要鱼吗？"倪架子说："我收鱼做什么？鱼算什么？我只收人，收你作徒弟。"那天夜里，倪架子就没下河叉鱼。他名声在外，早是一河两岸勇敢的男人。这不需要证明。

　　南风阵阵吹，岸绿河清。河对岸上巴河镇合作社带信来了，叫倪架子去驾排。那时候陆地交通很不发达，大别山南的鄂东地区仅有一条柳界公路，而那条公路到了上巴河，河上竟然没有桥，联结的是座漫水坝，水枯的季节，汽车才通过，山洪一来，就开不过去，只能望河生叹。那么鄂东地区只有靠水路交通了。水路联结长江的有五条河。依次下来，就是倒水、举水、巴水、浠水和蕲水。巴水居中，得天时地利，山民出产的山货，比如棉花、桐油、粮食等的，从山里挑出来，挑到上巴河，要靠竹排运出去，运到巴河口设在长江边上的码头，再用轮船转到汉口码头进行交易。而山民的日常用品，煤油、食盐、棉布（那时候叫洋布，与土布相区别）、火柴（那时候叫洋火）、铁钉（那时候叫洋钉）这些要用竹排顺河朝上拖，保证供应。巴水河居中的上巴河就是货物的中转站，形成集镇，人称"小汉口"，热闹非凡。于是上巴河合作社离不了倪架子。

大舅娘给儿扎个小包袱，让儿驮着，那里面是几件换洗的衣裳，跟着倪架子走。大舅娘对倪架子说："他大叔，我的儿也是你的儿。你要多关心。"倪架子说："你不能这样。王家在沙街辈分高，我把他当儿就反了阴阳。他不小了，我把他当兄弟。"大舅娘说："他好多的事不懂，你要多教导。"倪架子说："他心眼比我还多，要不了多长时间，就练成了精。"大舅娘说："你这样说，我就放心。"大舅娘对金巴子说："儿哇，你长大了，凡事不能由着自己性子来。成人不自在，自在不成人。"金巴子说："娘，我晓得。"大舅娘眼睛红了，说："儿呀！你什么时候成人了，娘死了就闭眼睛。"

金巴子跟着倪架子随风走了，何括心里很失落。夜里老做梦，总是跟着金巴子。燕子的欢叫声中金巴子回来了，手里拿着大叠的钱，要何括叫他金哥哥，说："叫声'金哥哥'，就把钱分一些给你，存着找媳妇。"

隔段时间金巴子就打信回来。从不说吃苦的事，说他很好，倪架子待他很好。后来才知道金巴子吃了很多的苦。倪架子带他学艺，是从上巴河边街擦洗竹排开始的。

如果你生在那时候，如果你也站在河水边思念金哥哥，你就会看见对面上巴河镇子的河边，有一条边街儿。那边街是经过历史沉积而成，因码头而生的，长约一华里。那边街儿背靠平顶山，平顶山是座石头山，石是白的，长着许多绿树，树也不高，是灌木丛。灌木丛下一字排开，就是边街儿。边街儿一条路，靠山的路边是错落有致的木板子铺面。有旅店，住宿的；有杂货店，卖日用品的；有熟食铺，煮粥卖、蒸粑卖，还炸油条卖；

当然还有卖茶鸡蛋的。这些是专门为过往的山贩和排客服务的。靠河的路下就是码头。有阔大的平场子停货。那货有码的，有排的。码的是金贵东西，比方说棉纱，比方说粮食。这些东西雨淋不得，码整齐后用芦苇编的席子盖着。排的就是竹木。竹是楠竹，木是杉木。这是盖房子和打家具的材料。它们不怕雨淋，就杪儿朝天挤着排，密密麻麻的。你到不了那边，你见不到金哥哥，就觉得那里的生活格外好，像画儿一样美。

码头是石头砌成的。逐级而下，直到河水边。上面的石级缝长着蕨类，下面的石级长满青苔。与青苔相接的是随河水涨落、日夜浮动着的竹排阵。石级上走的是上货下货的人。他们抬着或者背着，喊着号子。有穿红衣裳的姑娘或穿青衣裳的女人，提着木桶顺着石级下河来，那是洗衣或洗菜的。金哥哥不在这些人之中。

金哥哥在哪里呢？金哥哥在竹排上洗排。沙街人说洗竹排是人间最苦的活。那竹排常年在水里走，会长青苔，那青苔比水草还茂盛，人撑着排走，就会滑脚，使不上劲，必须清除。还有那些水生物，比如螺蛳蛤壳，也会附在排上，结成堆儿，这样会划伤脚，影响排的速度，加重腐蚀，必须清除。这些活归谁干呢？当然是金哥哥这样的徒儿。师傅会对你说："吃得苦中苦，方为人上人。"

竹排上的青苔和螺蛳蛤壳不是那么好除的。作为徒儿你必须蹲在排上，不能坐，师傅对你说，这是练裆劲的好时候。你必须使出吃奶的力气，拿着刮刀刮，才能刮下来。青苔滑溜，失手是经常的事。螺蛳蛤壳是活的，它们锐利，经常划伤你的手，让你鲜血直流。师傅并不心痛，因为这是入门基本功。吃得这苦你以后就是师傅，吃不了这苦，你就回去，师傅没有意见。金哥哥肯定吃得了那苦，因为他年底回来时，那双手茧子摞茧子，像鞋匠补鞋的锉。何括拿着那双手问："你哭了吗？"金哥哥笑着说："流血不流泪，流泪没人看。"所以经验告诉何括，凡是有人叙述人间美丽和幸福的事，那并不是真相，背后必有刻骨铭心的痛。

如梦的河边，何括没有见到金哥哥。只看到那些竹排挂着白帆，像一条流动的街，走在清清的河床上。下河走顺水，那些白帆，鼓着风儿，高大的领排人，只在拐弯处，领着排上的人，撑着河床走，让排改变方向。那些撑排人一律光着身子，裆间裹着遮羞布，有的索性连遮羞布也不要。头戴着尖顶斗笠壳儿，那是遮雨遮阳的；脖子上吊着一条白棉布手巾，那是擦汗的。你看不清他们的模样。何括想，金哥哥在里边吗？不知道。

上河走逆水，那帆就要看风，经常挂半截。那盖着货物、吃水重的排，就要人来牵。那叫拉纤。这时候拉纤的人，下排背着纤，排着一字长蛇队，喊着号子，拉着竹排朝上拖。一刻也不能松劲，后人踩着前人的脚印走。那背就是一张张运力的弓。那头戴斗笠的头，一个个像鸡啄米。何括想，金哥哥在里边吗？不知道。

那些人也有欢乐的时候。他们把竹排拉上来，拉到马家潭的时候，就将竹排顺势弯到潭深处，那排就像弯月。他们就在排上，一齐敲打排帮，同时呐喊起来。潭里的鱼，见了黑阵压来，听到齐声的呐喊，于是纷纷朝排上跳。那就银光闪耀，唾手可得哩。何括想，金哥哥肯定在里边。

何括记得金哥哥是那年年底回来过年的。倪架子真的对他很好。学艺大半年，所得的工资全部给了金哥哥，作为师傅，他一分钱的成没提。金哥哥就有好多钱。有了钱存着，就可以找媳妇成家哩。但是回家的金哥哥听说了一件事，后河倪家墩子的某个姑娘嫁出去了。那个姑娘还没到出嫁的年纪，家人就把她仓促地嫁了。嫁到长江之上，很远的地方。具体什么地方，倪家墩子的人，讳莫如深。何括真的还小，河边的沙街太大了，住的人太多了，一年四季有人生就有人死，有人结婚就有人出嫁，他哪里分得清那许多的事？

回来后的金哥哥听说那个姑娘嫁了后，呆了好半天，浑身颤抖，当着众人吐了一口血。倪家墩子的人就笑，说："金哥哥吐血哩。"寒风中，金哥哥破口大骂："这是血吗？这是苋菜水。"

摸着良心想一想，一个大冬天哪来的苋菜吃？吃的是干苋菜呀！干苋菜的水是红的吗？这显然是个骗局。那时候金哥哥吐完血，咧着嘴巴望着天唱:"夏季到来柳丝长,大姑娘漂泊到长江。江南江北风光好,怎比青纱起高粱?"唱完大喊一声,"我的娘啊!"这就是《四季歌》啊!金哥哥掐头去尾,唱的是夏季。大舅娘的眼睛就红了,流下了眼泪。

现在的何括全部明白了,那隐藏在日子里的秘密。那个姑娘就是那个沙滩上,明月之夜与金哥哥相好的人儿。倪家人趁金哥哥跟倪架子学徒时,将她早嫁了。这局儿设得多么巧妙。日子里的那河边,黑白交替,有多少明媚的白天,就有多少阴黑的夜晚!清水一河常流动,两岸青山夕照明。多少物是人非,多少恍然如梦?屈指一算,金哥哥离开人世已经四十多年了。

金哥哥啊金哥哥!你在天堂还好吗?

第五章

一

外婆经常带着何括到庙儿塘边的字藏里去化字纸。外婆说："字纸是不能擦屁股的，如果用字纸擦屁股，那眼睛就会瞎，而且是睁眼瞎。"你信吗？现在你不信，过去你肯定信。为什么呢？因为你是河边的子孙。是河边的子孙就有敬畏。那时候沙街人就没人敢用字纸擦屁股。沙街人上茅厕，一律用草把。那草把是事先用稻草搓了扎的，藏在茅厕里。一个个精致，柔软，显示着沙街人的手艺。这记忆是准确的。

河边就有这传教，也有这规矩。有了字纸，纸上用笔写的，或是书上撕下来的，必然定期拿到庙儿塘边字藏里去化。化就是烧。那字藏儿是个宝塔，三层，中间是空的。门楣上写着四个字：敬惜字纸。何括由外婆带着，把字纸放进去，然后跪着点火烧。那时候塘水清幽，晚风阵阵，青烟袅袅，那些纸片儿像黑蝴蝶一样纷飞，飞在暮色苍茫中。但烧的是什么呢？是金哥哥抄的歌本吗？金哥哥经常在辍学后没做完的练习本子上抄歌儿，抄《四季歌》，也抄沙街女人唱的情歌儿，当然是词，曲谱不用抄，那旋律耳熟能详，沙街的小子个个会唱。何括向往那些歌儿，金哥哥就用纸片抄给他。每隔一段时间抄一片，常抄常新。那字越写越好，还配插图哩。那插图是线条的仕女，长发飘飘，越看越好看。何括就积着一摞，拿在手里看。外婆不满意，一巴掌拍过来，说："鬼扯脚哩！还没脱出人生来，唱什么哥呀妹的？"外婆最恼的就是这事儿。长着耳朵听与歪着嘴巴唱，性质不一样。入耳与入心，程度不同。外婆带何括到庙儿塘字藏去，化的是金哥哥抄的歌片吗？这就记不准了。反正都是些字纸儿。

有一条可以确定。那时候肯定成立了人民公社。因为什么呢？因为吃起了大食堂。吃大食堂是沙街人民公社鼎盛的标志。尽管那时间很短，但叫人过目不忘。你看家家户户再也不用生火做饭了，将所有吃饭的桌子，驮到有架的大屋子，集中起来，用原始的油漆，并不调和，大红大绿地漆。四周用大绿，中间必然用大红。大绿是方的，好比河边的田畈；大红是圆的，好比天上的太阳。这叫天圆地方。那些桌子一张张联结在方框的凳子里，象征团结就是力量。沙街的大食堂是公社树立的模范食堂，吃饭是不要钱的，不管什么人都可以来吃。

到了吃饭的时候，墩子里的沙路上，总有行人通过。工作队长叫腆着大肚子美丽的细舅娘，作为形象大使，出门招呼他们。为什么叫细舅娘出门招呼哩？因为那时候工作队长正在培养细舅娘当干部。为什么细舅娘是腆着大肚子的哩？因为那年腊月细舅娘就生下了表弟。这表弟开始叫王跃进。后来才改成王水池。还是柳瞎子算的命。这个表弟真的五行缺水。

丰腴的细舅娘腆着大肚子，站在门口，对过往客人先唱歌儿："麦苗青来菜花黄，毛主席来到咱们农庄。千家万户齐欢笑，好像春雷响四方。"然后笑成一朵花儿说，"进来吃吧！共产主义了。天下人民是一家。"这话是工作队长教给她的。进来的客，就放心大胆，敞开肚皮吃。

还有一条可以肯定。因为成立了人民公社，倪架子与上巴河合作社因地域原因，就断了关系，不再请他驾排了，在墩子里当他的大社员。金哥哥不再是他的徒弟，在墩子里当他的小社员。就是不成立人民公社，上巴河合作社不与倪架子断绝关系，估计金哥哥也不会再跟他去。为什么呢？怄气呀！但是同在一条河边活着，人争气，命不让人争气，抬头不见低头见。出工到河里去挑潮泥，路上大社员碰到了小社员，就笑，眼神里充满怜爱。小社员见不得那怜爱，眼睛并不望他。大社员问小社员："吃了吗？"小社员反问："你吃了吗？"大社员说："我吃了。"小社员答："你吃了，我就吃了。"大社员问："吃饱了吗？"小社员反问："你吃饱了吗？"大社员说："我吃饱了。"小社员说："你吃饱了，我就吃饱了。"大社员哪里听不出小社员话里的讥讽？但他是大社员，懒得与小社员计较。沙街人见面以吃为大，问吃了吗，是礼貌。就是冤家，你问了，我答了，以吃为好。问的人问了，是争取和解；答的人答了，是接受和解。谁叫冤家路窄哩？就是这对"冤家"，因为一条大鱼，造就了河边人民公社大食堂历史上的辉煌。

那是秋天。湖田里的稻子收割了。河畈里小麦播下去了，还种起了萝卜。河边的沙土深厚，种的萝卜格外旺盛。那时候河边风调雨顺，真是一派欣欣向荣的景象，树竹之间的鸟儿，跳跃着，一天到晚唱不歇欢乐的歌儿，一点没有灾年即将到来的踪迹。大食堂吃得人人红光满面，干劲十足。沙街人并没有忘乎所以，像往年一样下河挑潮泥肥畈地。那一年是秋汛，并不大，只扫了河岸。秋汛下去后，河滩上就留下潮泥。那潮泥是好肥料，挑到畈地里就能使粮食大丰收。所以挑潮泥是沙街人每年的必修课。这是上天的恩赐。

从河滩朝上挑潮泥是个力气活。潮泥好挑，它们干了，裂成了块儿，你只要下河朝筻箕里搬就行。但那挑泥的路，一是漫长，二是难走。你不生活在河边，就不知道那艰难。所以需要在河滩上用稻草铺垫成一条路，这样才踏实，才省力，挑泥的人才不至于进一步退半步。对于这些，沙街人有的是经验。先铺路，然后挑泥，有条不紊。沙街的男人多，挑潮泥一般是他们的事。他们不要女人挑，女人们就打他们的下手。女人装泥，男人挑。稻草铺成的沙路上，人来人往，络绎不绝。男女搭配，干活不累。河风又好，那就像赶集看戏。为什么呢？这你就不知道，河对面有热闹等着他们。所以沙街下河挑潮泥的男人们，除了筻箕、扁担之外，每人还带着一柄鱼叉。带鱼叉干什么呢？你看对面马家潭的男人们，正在潭子里用渔网捞鱼哩。所以马家潭的男人们在潭子里捞鱼，沙街的男人们必定在河滩上挑潮泥。你那边热闹，我这边也热闹。约定俗成的。看起来你忙你的，我忙我的，其实日子里一河两岸藏着玄机。什么玄机呢？那叫见机行事。

河边有个不成文的规矩。地域是以河为界。河那边归上巴河人民公社管，河这边归竹瓦人民公社管。尽管天下人民是一家，但界线还是得分的。

物产呢？那就要在河里分。怎样分？以河水中心为界。河水涨时也是，河水退时也是。马家潭在那边，潭里的鱼，当然归他们。但是鱼若是奔到河这边的滩上，那就有争议。说你的也可，说我的也行。说到这里你就清楚了，马家潭的男人在潭子里捞鱼，沙街男人为什么就到滩上挑潮泥。沙街的男人们志在一举两得。

那时候马家潭捞鱼的男人们，因为鱼太多了，水激鱼跳浪花飞，所以格外兴奋。他们幸福了，就大声唱欢乐的歌儿。唱什么呢？唱："社会主义好，社会主义好，社会主义国家人民地位高。"这就雅致。河这边的沙街男人们就不服气，大声唱："你在前面行，我在后边走，你的屁股打了我的手。我不说你邪，你却说我丑。回去问你娘，到底羞不羞？"这就世俗。以世俗对雅致，是沙街男人的拿手戏。反正都是快乐，你唱你的，我唱我的。那就旗鼓相当，热闹非凡。

那天金哥哥那个"半糙子"也在挑潮泥的男人中，他无心唱歌儿，打那嘴巴官司。他不挑潮泥了，拿起鱼叉，下水走在潭水边。忽然一条大鱼破了捞网，冲到河滩边。他一叉杀住了。鱼太大了，他怎么也挺不住。这时候倪架子拿着鱼叉下水了，他们俩一齐合力将那条大鱼制服了，拖到河滩上。沙街男人们一拥而上，用扁担从鱼嘴穿进去，一群人断后，两个人抬起就朝墩子里跑。那是一条鳡鱼，真大，两个人抬着，尾巴还拖在沙滩上。

马家潭的男人们就过河追赶，抬鱼的沙街男人，迅速将那条大鳡鱼抬回来，藏在一家喂牛的草屋里。马家潭的男人们追到墩子的河堤上。沙街的男人一个个鱼叉在手，并不愤怒，只是问："还追不追？"马家潭的男人们哪里还敢追？沙街有传教，赶人不过百步。过了百步，那就不客气。马家潭的男人们止了步，也是笑，说："好大的鱼呀！我们只想看一看。"包面队长说："有什么好看的？回去唱歌儿吧。"马家潭的男人们不敢怒，也不敢言。沙街的男人比他们多，而且都是打起架来不要命的角色，他们敢惹吗？历史的经验，值得注意。

那天晚上沙街人民公社大食堂里，就是幸福的全鱼宴。全沙街几个墩子里的人，都吃那条鱼。三百多人，大人孩子，一桌十几个，济济一堂。女人们拿出看家的本领，做那条鱼。剁的剁，切的切，分工负责。荡丸子的荡丸子。蒸的蒸，煮的煮，脍的脍，炸的炸。鱼杂还做汤。那真是满垸飘香，气氛比过年过节还热闹。那鱼真肥，肚子里的油，就有二十多斤哩。那时候丰腴的河边，就有那么大、那么肥的鱼。

开宴之前，包面队长开了个表扬会。包面队长让金哥哥坐了首席。那天工作队长回公社开会去了，所以会由包面队长主持。包面队长当众表扬了金哥哥，说他到底是沙街的种，沙街的男人有希望。包面队长问同桌的倪架子："你说是不是？"倪架子点头说："那当然，我不与他争。"那天晚餐，金哥哥由于奔累了，什么都吃不进去，只喝了一点鱼汤。那汤还是同桌的倪架子喂他喝的。倪架子说："王家的儿，你尝一尝。"金哥哥没动嘴。倪架子说："金哥哥呀！这汤真的很好喝。"金哥哥那时候就喝倪架子舀的汤，到底没忍住，哭出声来。

你见过那么大的鱼吗？你吃过那么大的鱼吗？你想想那条大鱼给河边的沙街人带来了多少欢乐和幸福？如果能一直吃下去该有多好。可惜那辉煌留在记忆里，成了最后的晚餐的象征。

二

那短命的大食堂，只让沙街人幸福了一个多月，就散了伙。包面队长叫当家的把饭桌驮回去，仍然各家吃各家的。何括那时候吃大食堂吃起了瘾，每到吃饭的时候，就拿着海碗要到大食堂里去吃。细舅娘不说话，看何括就像看到了一个怪物。外婆就愤怒了，把何括手上的碗截下来，说："鬼扯脚哩！世事不懂。"何括只有咧着嘴巴哭。何括实在想不明白，那么多的粮食到哪里去了？

那时候二舅在队里当记分员，队里订的报纸要经他的手，别人不看，他却认真看。队里开会之前，包面队长就要二舅向沙街人念，那些各地粮食丰收，放的"卫星"。开始报纸还谨慎，说某地水稻亩产达到一万斤。二舅就算账，认为那不可能。但他并不说，只是笑。后来报纸上"大跃进"了，报道某地亩产达到三万六千斤。二舅就不笑了。再后来报纸上报道某地小麦亩产达到了十万斤。二舅就哈哈大笑，笑出了眼泪。包面队长问二舅："斯经爷你笑什么？"二舅说："高兴哩！"

　　包面队长叫把桌子驮回去各家吃各家的，并不是公社的指示。公社还想坚持下去，但包面队长当机立断。理由很简单，没有那么多的粮食供人敞开肚皮吃了。包面队长敢抗旨不遵。

　　河边轰轰烈烈的大炼钢铁运动，由于饿肚子，也下了马。那河滩上淘铁沙的木槽子，在风中黑了，朽了，散了架。那筑在河畈上的土高炉，不冒烟了，毫无生气，堆在旁边的铁屎，倒是顽固，用大锤也休想敲碎。

　　细舅娘当了干部，是大队的妇女主任。这叫如愿以偿。细舅娘生下何括的表弟，依然美丽。细舅娘当妇女主任的职责，就是领导人，在屋楼子的大队部里"盘米"。这是一套班子，由觉悟高的人担任组长，把稻谷舂成米，然后称给人吃。在众人眼里细舅娘的觉悟当然是比较高的。那时候公社生怕社员不打算盘敞开吃，那米采取定量供应，一天一发。下畈的大人每人每天三两，小孩和老人每人每天二两，用这样的机制保证饿不死。"盘米"的班子有专人监督，防着她们搞鬼。但是他们防住了别人，没有防住身为组长的细舅娘。何括记得很清楚，美丽的细舅娘雨天穿雨鞋去，将那可怜的米粒儿，趁人不防备，偷一把撒在雨鞋里，然后穿回家，脱下倒出来，最少有一两。因为她的奶水不够，她的儿需要吃粮食。一两有多少粒呢？细舅娘倒出来后，何括认真数过，有九十多粒。细舅娘警告何括不要说出去。细舅娘警告何括时声音和脸色都变了，一点也不美丽，像个厉鬼。外婆叹口气，也叫何括保守秘密。何括心里就不好受。

　　接下来发生的一件事，就叫外婆心里不好受。这件事是由外婆传出去的。也不是传外人，由于心里难过，说给儿媳妇二舅娘听的。后来何括的父亲回来，多事的二舅娘，就把此事对细姑爷说了。何括的父亲听说后就热泪双流。这就造成了父亲与细舅娘终生的隔阂。

什么事情呢？说实话何括早就忘记了。但是父亲耿耿于怀，后来多次在何括面前提起，这才让何括觉得是有这事儿。那事儿说到底，还是为了吃。好像是个晚上，天黑黑的，风冷冷的，只有油灯在亮。外婆把晚饭做好了，是一锅菜叶搞的浆巴，浆巴里有疙瘩，白的是米粉做的，黑的是糠皮做的。何括拿碗盛，知道白的好吃，黑的不好吃，就将白的盛了三个。细舅娘就将何括碗里盛的米疙瘩，拨到她儿的木碗里去了。这叫外婆情何以堪？外婆就把何括叫到大门槛坐着，流眼泪。好像外婆还说了话，说表弟小，不要跟他争粮食。父亲生前多次提起这事，何括真的忘记了，问父亲："有这事吗？"父亲说："种，你忘记了，我忘记不了。"现在的何括把那事没当事。何括想孔夫子不是也承认爱有等次吗？细舅娘爱她的儿，父亲心痛他的儿，他们都没有错。那是什么年代？幸福之人不能老记那些伤心事。

面对饥荒，包面队长组织了狩猎队，向动物进攻。河边有什么动物？有哇！首先是兔子，还有野鸭和大雁呢！那些飞禽随着季节迁徙，并不在沙街长驻。它们随着风儿，唱歌儿来，吭着号子走，沙街只是它们的歇脚处。夏天的夜晚，它们成群结队歇在河水边，灵醒得很，由一个孤的站岗放哨，其余的将脖子缩在翅膀里睡觉。只要有一点动静，"孤"的一声叫，它们就腾空而起，所以想吃它们的肉不是容易事。包面队长有办法。他带着狩猎队，趁夜行动，用推排铳设垛子，猎取它们。那是人与飞禽的较量。

那年冬天是沙街最艰难的日子。包面队长寿大，至今还活着哩。只要有人提起那些日子，他就恍惚，就神志不清，像个受了委屈的孩子，抽抽搐搐地哭。有人说他老年痴呆了。他上大学的孙子说："那才不是。爷爷吃饭的时候很清醒。"

三

那时候还上学吗？当然还上。因为那办在会龙山庙里的小学，并没有

117

散伙。外婆盯得严，一刻也不放松。外婆对何括说："你听好，只要不饿死，学还是要上。"这话与何括父亲的精神高度一致。

何括的父亲常有信从水利工地托人带回来。那信并不封，折成燕子状，由外婆打开，叫细舅娘念。每次第一句话是岳母大人在上，第二句话就是问他的儿上学没有？就是不问他的儿吃没吃。他认为带着儿子到沙街借壁躲雨，不是为了吃，是为了外婆领着好读书，不然就失去了根本意义，他的生命就暗无天日。

那时候何括上了三年的学，从一年级读到了三年级。但是学了什么，一点也记不得。那瘦小的影子每天驮着书包，同大孩子们一起上学，浑浑噩噩，除了头痛就是头昏。那是由于饥饿、营养不良造成的。何括记得那时候头痛起来，天旋地转，两眼冒金星。你就是闭上眼睛也没用，它照样金光灿灿。头脑里轰隆作响，像石磨转动的声音。那才叫头痛欲裂。你恨不得用刀把头劈开。这就有了生命的大恐惧。没经历过的人，不知道那痛的厉害。

外婆以为何括的魂丢了，就用河边传统的方法，烧黄纸，拖着柴耙子，本来要泼水饭，那时候没有饭，只有一路泼涮水，到河边去叫魂。外婆对着头上的星空叫："括儿呀！你跟我回来，你跟我回来啊！"听着一声比一声惨。外婆从河边捏回一撮土，走到床边，揉在何括的脑门上。这有什么用？那头照样痛。

外婆乱中生智，暗地找柳瞎子来算命，问何括能不能活命。柳瞎子高明，掐着手指算了一会儿，对外婆说："你外孙走的是磨魂运呀！"什么是磨魂运呢？沙街老年人很清楚，就是那魂儿在磨子里磨。外婆问："有没有救？"柳瞎子说："磨魂运有两种，一种是顺磨，一种是倒磨。顺磨不要紧，过了这一劫，就会转运，接下来走洪运，洪福齐天。倒磨就不行了，到头来，磨毁魂消。"外婆问："他是倒磨，还是顺磨呢？"柳瞎子说："他是顺磨哩。"外婆这才放了心，化半碗盐水给柳瞎子喝，作为报偿。那时候能喝半碗盐水，也是幸福。躺在床上的何括就坚定信心，睁开眼睛，相信他死不了。

就上学吧。没有金哥哥带，何括就是孤雁，落在大孩子的屁股后，黄毛尖嘴的。那时候沙街的孩子上学只是个名义，主要是"吃青"。"吃青"是什么意思呢？像动物一样找青的吃。读三年的书，学些什么，对于何括来说，真是模糊得很，倒是记住那回为了找青吃，受到女老师的严厉处罚。那是他平生第一次经受的奇耻大辱。

那还是夏季，从徐家墩上来，就是三户人家的垸子，叫黄梅阁。多好听！河边尽叫这些充满诗意的名字。那里是黄梅阁的麦地。麦地里稀疏的麦禾快要成熟，饥饿的人们就充满希望，在麦林里套种花生。花生不能和壳种，要剥成花生米。一个人在前用锄头行在麦行间，隔段挖个浅坑儿，一个人跟在后，朝坑儿丢两到三粒，顺脚就挖起的土，将花生米掩着。花生米是历史留下的好东西，可以炒熟吃，可以生的吃。无论怎么吃，都香甜可口，营养丰富，是补肾的好东西。

不是的吗？河边人结婚闹洞房"撒帐"时，离不开红枣和花生。"撒帐"时，喝彩的人先唱谜语给人猜："麻屋子，红帐子，里边睡着个白胖子。"谜底就是花生。给人联想，充满性意识。撒帐的人接着唱："撒帐撒帐，房门一关，帐子一帐。早生贵子，儿孙满堂！"吃了红枣和花生，就早生贵子。"早"是红枣，"生"是花生。

何括随沙街上学的孩子们，朝麦地疯跑，跑到山坡边的堎埂上抽茅针，找刺牙儿吃。那时候有人守麦地，防着人和鸟儿偷吃。那群大孩子跑得风快，何括落在最后。守麦地的人把何括捉住了，送到学校，说何括偷吃了麦地里种的花生米。那个女老师教算术，是班主任。不容分说，当众用手扯着何括的耳朵，罚他的站。扯耳朵好说，那时候老师恨不过，扯学生耳朵的事经常发生。金哥哥就是在她手里吃亏被开除的。如果忍得住，痛痛也就过去了。但关键是何括根本没有偷吃麦地的花生米呀！你硬说他偷吃了，这不是泼天的冤枉吗？这有违外婆的教导呀！外婆说："记住，凡是种子，是不能吃的，除非你不想活。一加一千等于一千零一。零乘一万等于零。吃了种子，就等于绝了代。"外婆用算式现身说法。你看外婆的等于用得多么好！多么精辟，多么透彻！你说何括怎么可能偷种子吃呢？偷了种子吃，他还配做王姓的外孙吗？他还有脸站在黑板的讲台前哭三节课吗？这记忆好顽强，刻在何括脑海里，到现在忘不了。所以现在何括见了麦林就犯怵，那就是敬畏。

上学读不读书好说，主要任务是"吃青"。放学后星期天或是放了假，外婆就把何括交给金哥哥，叫金哥哥带着何括下畈，教何括如何"吃青"。哪些能吃，哪些不能吃，就如同当年神农尝百草。哲人说现代人对于采摘之所以亲切，因为那记忆是智人时代留下来的。据说智人时代，在人类历史上延续了七万年。吓人一跳。这一点没有错。现在的何括见了青草，就有想吃的念头。亲切温暖呀！

沙街的父母们，一点也不用担心，把他们的孩子像牲口一样赶到河畈上去"吃青"。孩子们就成了羊群，散放着，任他们尽情地放牧。孩子们一个个具备了"吃青"的本领，知道什么季节吃什么。早春是吃茅针的好时候，河滩上别的植物不肯长，茅草长得特别茂盛，从沙里冒出来，密密麻麻的，刚冒出来时茎是红的，几场春雨过后，那茎变绿了，变肥了，分叶片。几片分出来，它们就开始怀苞了，那苞儿像个孕妇，肚子肿肿的，这就可以吃了。抽那大的，肥的，抽的时候有声音，清清脆脆，像在吹喇叭。吃茅针有两种吃法，一是文吃。文吃就是抽一根，剥开皮儿吃一根。那皮儿内就是"肉儿"。那"肉儿"白白的，嫩嫩的，甜甜的，尝味可以，但当不了"顿"。"顿"是什么？"顿"是能吃饱，当一餐饭。想当一餐饭，文吃根本达不到目的，这就需要武吃了。

武吃怎样吃呢？武吃先将那茅针抽两大把，然后坐下来，一根根地剥，剥它个叶片纷飞，眼花缭乱。这就是培养大家风范的时候，要成竹在胸，不能急于到口，先把那些"白肉儿"剥下来，一条条摆在大胯上亮着，当然也可以在手臂上，等聚到一定程度，就开始做"肉饼"。做"肉饼"的方法是把那"肉儿"，托在左手的巴掌上，右手一条条地接，细心地盘，盘成圆圆的，然后右手的巴掌拍下去，那饼就成了，散不了。制作过程要唱歌儿的。歌儿是河边的传统儿歌，用在抽茅针时唱："抽茅针，打茅饼。接细叔，嫁细婶。"什么意思呢？那时候完全不知道，现在想来，恐怕与河边的风俗，哥逝弟即，继承香火有关，那时只是觉得有味，只是欢乐，只是笑。

于是就开始享用，把那"肉饼"卷起来，一把塞进嘴里，包着嘴巴嚼。那才叫过瘾，能够包满嘴，肉厚汁多，吞进去掷肚有声，那才叫幸福，能当"顿"。这手艺如今就没机会传。但是茅针不管文吃还是武吃，留给孩子们的机会很短。河滩上的那些茅针为了繁殖后代，抓紧时间老，你越抽它越瘦，你越瘦它越抽，眨眼之间，它们就遍地开花，抽出的白穗儿，随风摇晃。那就不是"肉儿"了。你只有望滩生叹。所以到河边吃"肉儿"，你得抓紧时间，机不可失，时不再来。当然这时候你可以扒茅根吃，茅根也甜，但是吃茅根很费力，很麻烦，只能吸那甜水儿，不论文吃还是武吃，离当"顿"差十万八千里，比唐僧到西天取经还难。

该吃刺芽了。刺芽就是刺的芽。河边也不是所有刺芽都能吃。比方说白管子碎叶儿，开碎白花的刺芽，就不能吃。那是有毒的。能吃的刺芽是红管子长大叶，开红花的。有学名的，叫作月月红。春天月月红的芽，刚冒出来的，很粗很壮，就像红菜薹儿。它们长在田边地角，还有塍埂上，与别的刺相伴相生，形成一个刺丛，狗都怕钻进去。但是沙街的孩子们饿了，并不怕刺，用手探进去，掐那红色的薹，取出鲜嫩的一枝，勒掉上面长的刺，就可以吃。这就比抽茅针合算得多，一根能抵很多条，是当"顿"的好材料。月月红的品德比茅针优秀得多，它不像茅针那样一次过，它的薹就像菜薹儿，掐了头遍，它会在初薹旁边顽强不息地长二茬。尽管一茬比一茬瘦，但能保证你继续吃下去，直到掐不下来，就是掐下来，也咬不动为止。那时候就快到了秋天。所以河畈上月月红一年比一年开的花儿小。现在的河畈上开的月月红，那么大的朵，鲜艳无比，到了情人节，沙街人采到城里去当作玫瑰卖，是经过提纯复壮，人工培育出来的。那时候如果刺芽吃多了，满嘴发麻，就掐酸菜管子调胃口。酸菜管子河边到处都是，也是红色的，中间是空的，掐那嫩杪吃，就酸得满嘴生津。但那酸菜管子不能多吃，吃多了伤胃。它是调味品，就相当现在宴会之前上的冷盘。

秋天到了，就可以到湖边去吃。这时候熊家湖里荷叶田田，一柄就可以当作一把伞，扯起那荷叶，可以吃下面白的一截儿。但有人看管，不能光明磊落地扯，只能偷。扯了荷叶连着根，那藕怎么长，莲花哪里开，莲蓬哪来熟？这些都是大问题。但是菱角可以吃呀。虽然嫩了点，一包水，也是饱肚子的东西。河边的孩子每一张嘴都是乌青的，每双眼睛都是贼亮的，成天一门心思，盯着地上找吃的。河边的孩子只是冬天最苦。因为冬天的河边实在没有多少植物供孩子们吃了。只有望着天上飞的麻雀和乌鸦想肉吃。

那时候河边到底有多少可吃的植物，就不去列举了。慷慨的河边，这些"副食"就能保证孩子们活下去。当然还是要吃一点"主食"的。虽然不多，但那是热的，经过了锅灶。那就是更温暖、更幸福的事。

日子里金哥哥就同何括谈理想。金哥哥问何括："你最大理想是什么？"何括说："我不知道。"金哥哥说："这不能没有。"何括说："外婆说了叫我读书。"金哥哥叹口气说："这就对了。"何括问金哥哥："你呢？"金哥哥咳了起来，吐出的痰里带着血丝儿，说："我想在有生之年，为我娘做件大事。"那时候何括不知道这个世界上，什么事是"大事"？更不知道"有生之年"是什么意思？只是惶惑不解，看着金哥哥信誓旦旦。何括发现那时候金哥哥嘴唇上的茸毛变黑了，这就是河边男人开始成熟的标志。

后来金哥哥终于把他的理想实现了，何括才明白"吃青"的金哥哥，为他娘做的事，真的不小，轰轰烈烈，惊天地泣鬼神。

四

不要以为那时候沙街人的大人们，把孩子们放到河滩上只是"吃青"。小的们"吃青"只是"副业"，同时还有"主业"要做。"主业"是什么呢？

"主业"是采野菜和捡柴烧。这是相辅相成的。野菜采了要煮，煮就要柴火。这是每天的功课。好比现在小学生的家庭作业，带有强制性，不容分辩，必须不折不扣地完成。

何括每天下河滩就有任务。这任务外婆并不插手，归细舅娘直接下达。细舅娘有了自己的孩子，对何括就严厉起来。细舅娘当着外婆的面，对何括说："长嘴要吃，生根要肥。"这话颠扑不破，谁也没有抗拒的勇气。喝过早粥，那太阳不是出来了吗？细舅娘拿一只竹篮子丢给何括，那就是任务，"吃青"的同时，必须记得采野菜。这可不是现在电视上播的儿童生存训练节目，而是起码的生存要求。何括就有些怯细舅娘了，发现细舅娘对他说话的时候，一点也不好看。外婆总是心情复杂，对何括慈祥半天，然后说："乖，听细舅娘的话。"何括总是心里有苦说不出，因为采野菜不是那么容易了。

野菜河畈上是有。比方说野竹叶菜就长在桃李林子的脚下，但是采的人多了，它长不赢，冒出土来的太小了，用手去采，它就像是颜色染你的手，根本放不到篮子里。比方说野苋菜，长在麦地边，采得太勤了，它干脆就不长出来。灰灰菜长在刺丛中，你钻进去，能采到几棵儿，但不是头出血，就是手出血。堘埂上的甜刺杪，早就被人采过许多遍，再也没有杪，只有叶，那叶也老了，用手扭它，也扭不动。荒蒿的薹儿，不知道被人掐了多少趟，连叶子也撸光了，剩下的光秆，被人割下当柴烧。不要说野水芹菜和野泥蒿了，它们长在水边，太密集了，下畈的女人们，早就顺手把它们掐回了家。你说到哪里去采野菜？那时候采野菜比"吃青"痛苦得多。

那就采蘑菇吧。那时候河边的蘑菇没有绝种。只要一场雨下来，它们就长。但采蘑菇是件技术活，科学含量极高，弄不好就会有生命危险。你得分清楚，哪些能吃，哪些不能吃。河边的大致经验是背面有齿的能吃，背后无齿的不能吃。颜色鲜艳的不能吃，颜色不鲜艳的能吃。茅草菇儿背面倒是有齿，能吃的。它们下雨后倒是繁荣，在茅草间一长一大片，但它们小得可怜呀！比白菜蝶儿还小，承不起手，基本是一滴水，采在篮子里经不起太阳晒，一晒化成了气。那么采茅草菇基本是徒劳，因为失去了吃的实际意义。麦地里据说有麦菇儿，长在枯死的麦稞下，但少得可怜，找起来比西藏高原的采虫草还难。荒年河滩上倒是有许多色彩鲜艳的蘑菇。不见得都能吃。比方说枞菇鲜艳就能吃，但是河滩上就没有那东西。牛子山倒有几棵枞树儿，据说早年根下有枞菇，早被乌鸦叼绝了迹。河滩上背面有齿的菇子不少，它们状如鲜花，大而肥硕，依牛屎而生，就朽木而长。依牛屎而生的叫牛屎菇，依朽木而长的叫马屁菇。它们剧毒，不仅吃不得，而且手都不能碰，手若碰它，就会肿得像馒头。除了这些，还有许多叫不出名字的菇子呀！吃得吃不得，叫你真假难辨，颇费踌躇。这就试不得。马家墩子的一家饿急了，将那些背面有齿鲜艳的菇子，采回一篮子，说是茶树菇儿，煮着吃了后，一家就睡着了醒不来。后来还是灌大粪，让他们吐完了才保住命。醒过后发现洗菇儿的塘里，鱼和泥鳅死了一层，泊在水面上。你说危险不危险？你说那蘑菇敢随便采吗？

所以细舅娘布置的任务，何括就完不成。所以太阳升高了，到了回家吃饭的时候，任凭细舅娘站在大门口如何呼喊，他装着没听见。外婆到河畈去找，他才顺着外婆回来。回来篮子是空的。细舅娘那气就不均匀。细舅娘问："采的野菜呢？"何括就是不回答她。外婆问："是不是吃了？"何括才不撒谎，说："没有。"因为说吃了就不能再吃。细舅娘叹口气，这才发现让何括去采野菜，不是明智之举。

那就捡柴吧。河边的日子是个怪圈，一富百有，一穷百无，连野草都难以生存，哪里有柴？越没柴越缺烧的，越缺柴烧越要去捡。捡柴不比采野菜幸福。何括同墩子里孩子们下到河滩，将柴耙子夹在胯下在沙上拖，拖那种叫作"凌冰丝"的。那"凌冰丝"是冬天狗尾草枯死后，留在滩上的梗。那梗落在沙滩上肉眼看不见，要用柴耙拖很长时间，灰白的梗才聚在一起。这柴很好烧，但少得可怜。拖半天才能扎几个柴把子。要想捡满箢箕就难上加难。要充数，只能挖活的。活的是什么呢？活的是马蓼。这东西根系发达，生命力极强，就像戈壁滩上的狼毒花，越是荒年它越旺盛，这里一簇，那里一丛，点缀在河滩上，极具诱惑力。但是马蓼不能作柴烧。一是它极不好晒干，永远像皮条子。二是它就没有火影，烧的时候只冒烟。那烟出奇地辣，从灶里冒出来，熏得人流不赢眼泪。

何括没有办法，只能挖马蓼充数。充数也是在快要吃饭的时候，挖几棵马蓼当柴。把筬箕装满就成了难事，因为柴捡得不多。于是就学会"架空"。这是河边的孩子那时候发明的普遍手法。因为筬箕是高系儿的，前后有三根支柱，于是就在筬箕中间留空，四周用马蓼挂在三根支柱上，那就绿莹莹的，远看就像装满了。

就听见细舅娘亮晃晃的声音在喊："何家聋子哩！回来吃饭！"喊了多少遍，何括就是不答应。何家出聋子吗？细舅娘，你这是在侮辱人哩！那时候人驮着影子，何括掮着柴筬从河滩回来了。细舅娘一见那架空的柴筬，气就不打一处来，拿起门前的锄头追何括，何括见势不妙就跑。一个在前面跑，一个在后面赶。何括那时候瘦得像鸟儿一样轻，跑得挥舞锄柄的细舅娘根本赶不上。那锄头的柄是竹子做的。沙街人就爱用竹子做锄头的柄。河边的地阔，那锄头的竹柄长，轻巧，锄地时好赶坂。细舅娘手中舞动着锄头的柄，就在阳光里，一下一下闪金光，因为那竹柄早被汗水染黄了。细舅娘怎么能容忍何括在她面前"架空"呢？

那天细舅娘打了何括吗？不记得了。反正那天晚上，受了惊的何括，就又头痛，还发高烧。外婆守着何括流眼泪。接下来就下了雨，从窗子进来的风凉丝丝的。细舅娘给何括做了好吃的，端到床边喂何括。那好吃的是桃子树油，加了红糖的。那时候红糖何其甘贵！是当工人的细舅从黄石买回来的。那加了红糖的桃子树油，很甜，到嘴后不用吞，就直接从喉咙滑到肚子里。那时候肚子在欢叫。这桃子树油是河边的上品，是细舅娘在雨后到桃子树林采的。据说是镇静安神的食补。那次她就没有给他的儿，那一碗全给何括喝了。

何括那天晚上回过神后，发现人间真的很温暖，很幸福，当然流了泪。从此以后他再也不敢在细舅娘面前"架空"了。现在何括才知道那桃子树油是桃树被虫蛀了后，从根部流出来的，暗红色的，稠黏有弹性，如果压到地上，沧海桑田，就可以变成琥珀。

何括记得那天晚上是在儿歌声中回过神来的。大舅娘二舅娘带着全家到外婆家里看何括。金哥哥拉何括的手问："魂儿回来了吗？"何括点头说："回来了。"金哥哥说："只要魂回来，就会做好梦。"那天晚上细舅娘就叫爱兰、爱菊领着弟弟妹妹们，在床边唱巴水河边的儿歌，好让何括在歌声中睡安稳。她们唱的是《萤火虫儿飞》。歌声伴着油灯闪闪亮："萤火虫儿，飞呀飞，外婆叫我捉乌龟。乌龟没长毛，外婆叫我摘毛桃。毛桃没开花，外婆叫我吃发粑。发粑没上气，外婆叫我去看戏。看戏没搭台，外婆叫我去捡柴，捡一笼，加一捆，外婆夸我好外孙。"

何括要睡着时，那歌声就停了，众人要走。何括惊醒了，翻身坐起来，哭着对外婆说："我要金哥哥！"金哥哥就留下来，陪何括睡一头，共着外婆家的那个长枕头。

五

何括记得金哥哥为大舅娘实现他做儿的梦想，是那年巴河伏汛时。

饥荒接近尾声，河畈上的禾稼和墩子中的人们，纷纷活过来了，恢复了蓬勃的生机。下雨的天，吃过早饭，何括就朝金哥哥家里跑。不是蹭吃的。大舅娘盛饭何括也不吃。大舅娘说："再加点。"何括说："吃饱了。"这是外婆教的。外婆说："人有脸树有皮。长大再也不能羡嘴儿。"何括跑到金哥哥家绝不是为了吃。

金哥哥刚放碗，大舅娘就开始"嚼经"。"嚼经"是巴水河边儿女们讥笑父母说教的口头语。老的不厌其烦，小的痛苦不堪。刚缓过气来的父母们，秉承农耕时代的传教，将"二十四孝"里的故事，挂在嘴边，念念不忘，提醒儿女如何报答父母的养育之恩。比方说乌鸦反哺，比方说山羊跪乳，比方说王祥卧冰，还有什么郭巨埋儿。那时候沙街的父母教育儿女，总离不开这些故事。这些虚构的故事，有着强大的凝聚力和震慑力，让儿女们噤若寒蝉。父母们对于儿女的教育，除了立竿见影的打骂，就是靠讲这些故事。

那一天门外的雨，哗哗啦啦，铺天盖地，一口气儿也不歇，一点空隙也不留。就听见后河放爆竹，长长的一树，轰起来响。风中就有人传话，说倪架子的大媳妇生了哩，是个儿子。一会儿倪架子冒雨，将那染了红壳的鸡蛋，挨家挨户送两个。喜事成双。大舅家也有。这是沙街报喜的风俗。普垸同庆，一家不能落。见了红鸡蛋，大舅娘心里更难受。因为后河倪架子的大儿，比金哥哥还小三岁。大舅娘说了恭喜话，谢过了倪架子。倪架子出门之后，大舅娘心酸了，流眼泪，对金哥哥说："儿哇，娘刚才说了那么多，娘知道你心里难受。娘不望'反哺'，也不图'跪乳'。只盼你能娶房媳妇，生个一男半女，娘百年归世时，好闭眼睛！"大舅娘拿起桌上的红鸡蛋磕破，剥开，分作两半，一半递给何括，一半递给金哥哥。生儿的人家送的红鸡蛋给谁吃，河边有讲究，当然是最有希望生儿的儿。

何括不知道这些，只顾吃。金哥哥就羞愧难当，接在手里不吃，对大舅娘说："娘，您的愿望，儿此生恐怕实现不了。您能不能同父亲商量一下，把我收回去？"大舅娘就叹口气说："儿哇，你不能这样怄娘。"那时候大舅就来气，说："人收不了你，等着天收你。"金哥哥就冷笑，拿着那半边鸡蛋，对大舅说："那你拿去吃。你不是生了儿吗？生了两个，而且打算继续生。"大舅气得变了相，对金哥哥说："你也生呀！你有那本领吗？"金哥哥对大舅说："'霸道'你没有资格说我。生我，你没有半点功劳，恰巧是你的愚蠢。我对不起的是娘，不是你。"金哥哥破口叫大舅"霸道"，大舅就再也说不出话来。金哥哥对大舅娘说："娘，您放心。儿会报答您的养育之恩。哪能让您空喜一场呢？"德风大哥说："兄弟！不怪生坏命，只怪落错根。"金哥哥哈哈一笑说："'呆子'，你这是说笑话哩！儿生儿的事，好像不与你相干？莫忘记你也是儿！你要是个懂事的儿！你就跟我说说'霸道'错在哪里？'观音'好在哪里？"

这就是大舅家活得痛苦时拌嘴的场面。"呆子"是哥，"霸道"是老子，"观音"是娘，唇枪舌剑，平常日子里的绰号，一齐派上了用场。这样的场面是勇气和智慧的较量，通常以一家人偃旗息鼓，金哥哥全面胜利收场。那时候外婆听见吵闹声，就戴着斗笠来到大舅家的门口站着，细舅娘也戴着斗笠跟在后头。她们知道大舅家又在念一本难念的经，就要来劝劝。劝也等火候，什么时候进去，有讲究。

天上的雨下个不停，就听见后河守堤的驼五爷大声喊："山洪下来了！河里涨水了！"金哥哥就戴上斗笠，给何括也戴上斗笠，拿起鱼叉，拉着何括的手，冲出了家门，谁也拦不住。

金哥哥带着鱼叉，拉着何括的手，冲到后河树竹芭茅丛生的河堤上。只见河堤之上站满了手拿鱼叉的沙街的男人。他们都是想趁机到水里求财的。他们想在浊浪翻滚的河里，见机行事，凭勇气和运气，捞点木料盖房子，或者打家具。这也是河边的规矩。水里之物，见者有份。他们鱼叉在手，鱼叉柄上系着一根麻绳子，谁将鱼叉抛出去，杀住了，收着麻绳子拖上岸，就归谁。所以河边男人的鱼叉，不仅猎鱼，还可以猎物，当然还可以作武器，自卫或者御敌。所以那时候生活在河边成熟的男人们，各有一柄鱼叉在手，这是司空见惯的事。

山洪真的下来了，浊浪扫了青岸，浊浪翻滚。浊浪之间，浮着连根带叶的活树，那是被山洪冲下来的。这不能捞，你也捞不起来。冲到哪里算哪里，等到洪水退了，如果还在，那就砍枝伐干，众人拈阄平分。洪水还有许多见了方的，长短规整的树木，接连不断地从上面冲下来，浮着浪，叫你眼花缭乱。那是山里国营林场的伐木工人，伐下来的国家建设用的木头，趁洪水放下来的。这叫放排木。这些排木，每一根上面用红油漆编了号的，放到巴河口，有专人打捞。这些木头是国家的，也不能捞。贪心的人捞着了，洪水退了之后，会有公家的人，拿着铁叉下来，仔细探测，埋在哪里都逃不脱他们的眼睛。发现了就要犯法的。沙街的男人们才不去捞这些犯法的木头。还眼馋你得忍着。

这时候沙街的男人们想捞什么呢？捞那些漂在浊浪之中的杂木，比方说椽子，比方说家具。那些都是山里的人家，被洪水毁了，随洪水流下来的。每次发洪水，总少不了这些东西。这些东西比较安全，抛鱼叉出去，杀住了，拖上岸，搬到家中，就可以放心大胆地使用，一般没人追究。你知道漂到了哪里？谁捞着了？

何括知道金哥哥的心思。因为金哥哥只要河里发洪水，他就拿着鱼叉，朝河堤上跑，眼瞅着翻滚的浊浪，总想发现藏在他心里的秘密。这秘密就是金哥哥发誓，在他有生之年，为娘找一具杉木的"渴睡笼儿"。"渴睡笼儿"是什么呢？就是棺材。沙街人把棺材叫"渴睡笼儿"。此生不行，修来生。如果人死后棺材好，人睡在里边就安然，就幸福。儿女们脸上有光，归土的父母体面。这就是孝心。

河边的棺材，杂木的不行，讲究杉木的。杉木经烂，据说几百年都朽不了。那时候金哥哥做梦也想为他娘找一具杉木棺材，让他娘百年之后，体面下葬。如果能实现，也不枉此生在娘面前做了一场儿。他知道他活不到给娘送老的时候。他经常咳血，而且止不住。他知道总有一天他就会倒下，再也起不来。那时候杉木奇缺，一具杉木棺材，对于沙街老年人来说，是来生最大的梦想。那时候老年人见了面，一个问："'渴睡笼儿'准备了没有？"一个答："准备好了。"一人问："杉木的吗？"一个答："是的。"答的人，那脸上的笑就像花儿，阳光灿烂地开。你就可以想象，在河边一具杉木棺材，对于父母具有何等的魅力。

你若问发洪水后，河里有没有棺材呢？这事不好说。如果说没有那就绝对了。山洪下来时，浊浪里人间什么东西没有？难道就没有棺材吗？谁都知道山里出木材，山里人死后睡杉木棺材比山外的更讲究。山里有杉木棺材，就有被水冲下来的可能。这就要看运气。如果运气好，说不定就有。那时候金哥哥就朝思暮想，把那梦想寄托在河里。有志者事竟成。那一天运气还真的来了！

那一天浊浪翻滚的巴河里，真的就有一口棺材，从上游冲下来，浮在浪花间。那棺材上了黑漆，棺材头上用金漆写的"寿比南山，福如东海"，在浊浪中隐约可见。那时候河堤上的沙街男人们都看见，齐声喊："看！棺材！棺材哩！"对于浊浪浮沉的庞然大物，沙街的男人们谁也不敢轻易抛叉出手，就是倪架子也不敢。为什么呢？因为就是抛叉出手，杀住了也没用。河边的经验告诉你，你没有那么大的力气拉得住。系在手腕上的麻绳子，会将你拉到浊浪里。你就是再好的水性，也禁不住浪里的杂物碰撞，非死即伤。抛叉试可以，杀住了，你得赶快用随身带的刀子，将系在手腕上的麻绳割断，舍叉保命，为上策。

那时候金哥哥欣喜若狂，面部剧烈地扭动，使脸变了形，不像人样。何括看见阳光闪耀，金哥哥站在河堤上对准目标，抛叉出手，那鱼叉像长了眼睛，杀住了那口棺材。就在眨眼之间，系在手腕上的麻绳一下子绷直了，像一根琴弦发出绝响。金哥哥的身子就被系在手腕上的绳子带得趔趄，怎么也站不住。倪架子赶上来，抱金哥哥，也抱不住。沙街男人大声喊："快割绳子！快割绳子！"但是金哥哥没有割断绳子，人就被那系在手腕上的绳子，拉到了浊浪翻滚的河里。眨眼之间，整个人就被浊浪吞没了，不见踪影。没有人敢下河救他。一会儿看到金哥哥的头从浊浪钻出来，喷着水，只见他用手收着绳子，向棺材靠拢。一会儿，只见棺材远远地漂走了，不见了人。沙街的男人们就齐声哀叹："完了！完了！'霸道'的儿，这回死定了！"

何括望着浊浪翻滚的河水，哭着呼喊："金哥哥！金哥哥呀！"无情的浊浪淹没了何括的哭喊。消息传到大舅家，外婆举家悲哀。大舅一句话说不出来。大舅娘开始哭不出来，后来哭出来了。大舅娘哭："老天爷呀！你瞎了眼睛啦！黄叶不落青叶落，白发人送青发人。我的儿呀！你死得好惨！"

德风哥顺着河去找，找了一天一夜。哪里找得到？被河边浊浪冲去的人，河边的经验，一般是找不到全尸的，不是撞散了，就是撞烂了，不是被泥沙埋了，就是被鱼吃光了。外婆就带着全家的人，在鲤鱼山的祖坟山上，也不是在山头，而是在山边上，因为金哥哥非命死的，又没有后人，按理说是不能上祖坟山的，给金哥哥堆了一个空坟，将金哥哥生前穿的几件衣裳，放进去。二舅流着眼泪对何括说："儿哇！这叫作衣冠墓。"

就在金哥哥三朝的忌日，全家浸在悲痛之中时，叫人意想不到的事情发生了。正是快吃中饭的时候，只听见沙街人声喧闹。忽然后河的倪架子就跑到大舅家中来报喜，原来金哥哥没有死，还活着哩！叫大舅舅家出去放爆竹迎接。那时候天上的太阳正猛烈，霞光万道地照。沙街家家户户，出门放爆竹迎接。何括看见遍体鳞伤的金哥哥，骑着那口黑漆红字的棺材，被巴河河口伍家洲的人抬回来了。原来金哥哥在浊浪中不松手，收着手腕的麻绳子骑到那口棺材上，同浊浪搏斗，遍体鳞伤，九死一生，在巴河口伍家洲长江的转弯处，将棺材拉到江滩上。这就是奇迹。伍家洲的人听金哥哥说了际遇，被金哥哥的孝心感动了，就主动将棺材和金哥哥送了回来。大舅家办了一桌酒，填谢伍家洲的人。

金哥哥为娘骑棺的故事，至今还流传在沙街人的口中。只是那口黑漆金字的棺材，大舅娘并没有睡成。因为山里失棺的人家的儿，洪水过后顺河找了下来。这样的事情自然瞒不住。那山里的人家的儿，也是有孝心的，际遇与大舅家相同。心同此心，理同此理。大舅家怎么能将那口棺材据为己有呢？于是山里的那户人家的儿，就在沙街办了一桌酒，作为填谢。包面队长出面，同沙街的男人就将那口棺材，顺河送回了山里。送棺材的那天，沙街家家户户也放爆竹，送那口棺材上路。

何括记得金哥哥经过那次搏斗后，身体更加虚弱了。从此之后，大舅娘和大舅再也不说什么，让金哥哥平静了下来。

金哥哥是几年后吐血不止死的。死后就葬在当年选的墓地里。其实金哥哥得的是肺结核。这病现在不算什么，好诊。但在那时候就是要命的病。这回不是空坟。那时候父亲带着何括离开沙街许多年了。何括已经成年，娶妻生子了。那时候外婆也死了，葬在鲤鱼山上。清明时节，何括去祭祀外婆，给金哥哥的坟也上了香，烧了纸钱。金哥哥的坟与外婆的坟虽然隔得很远一个在山上，一个在山下，但有青草连着，野花盛开，就是河边美丽的一座山。

六

何括那小子是十岁满的那年，由父亲带着，离开外滩沙街的。算起来母亲死后，父亲领他借壁躲雨，到外婆的沙街生活了八年。他的童年就鲜活生长在巴水河边外婆沙街的墩子上。童年的生活就像外婆的酵母，发酵着他心中的精神世界，成了他这一生从事写作，取之不尽、用之不竭的源泉和动力。所以何括成名之后，已是晚年的父亲将他的第一本小说集，拿到打工的地方，也就是黄石市仔细看过，看他的儿说没说混账话。父亲仔细审查之后，发现没有。

何括记得父亲看完之后所说的话。父亲说："不管什么时候，不要以为你是个人物，像说书人一样，对生活和人随意褒贬。记住，没有外婆就没有你，你身上流淌着二分之一母系的血液，离开沙街那块天地，你狗屁都不是。"这就是父亲对于成功的儿，所要求的精神高度。父亲的话，何括此生铭记在心。

何括离开的原因，并不像父亲在世时说的那样复杂。父亲一生其实也很复杂，对于他的儿，站在理性角度上，他要求很高。但在护犊方面，他一生与细舅娘始终纠缠不清。父亲为什么带着何括离开沙街呢？原因其实很简单。那时候何括已经十岁了，细舅娘生了自己的儿，而且肚子里还怀着哩。这时候细舅娘就开始在外婆面前流露怨言，也不明说，怀里抱着自己的儿拍着，唱儿歌哄儿睡觉："麻雀哩细丁丁，细脚细手细眼睛。"也不唱完，只唱这两句，然后就是嗯呀嗯的。巴水河边那儿歌后面还有几句。那几句就是："家婆心痛小外孙，心想养一生。舅娘脚一跺，手一伸，哪有闲饭养外甥。"外婆听着心里就格外难受，仔细一想，就觉得的确没有一直养外甥的道理。

这意思自然传到了何括父亲的耳朵里。父亲就决定带儿回老家。父把决定公布之后，外婆就流眼泪，心痛舍不得。细舅娘又觉得过意不去，委婉地表示其实她对外甥非常好，没有见外。何括的父亲去意已定，对细舅娘说："树大开丫，儿大立户。洛阳虽好不如家。"前两句细舅娘听懂了，后一句细舅娘估计没听懂，但细姑爷的意思还是听懂了。细舅娘心里就不好受，心想我又没有说赶你们父子走，你细姑父却主动提出来。于是二人就在心里较劲儿。

二人的不和，是在那天梨树脚栽高粱苗时公开的。何括记得那高粱苗儿，很黄很瘦，由于播密了，所以抽得长。细舅娘用锄头挖坑儿，在每个坑儿里栽几根，保一根苗儿能活。那天由于决定搬家，父亲就回来了，与细舅娘一道栽高粱。那时候细舅娘忍不住就对何括说："括儿呀！你回老家要比在外婆家差点。"何括的父亲彼时就说："细舅娘，要是比这里还差，这门亲戚就不走！"双方就不再说话，何括心里好沉重。现在的何括对于双方的话，充分理解了。尽管情感有别，但日子没有对错。

父亲带着何括是麦熟时节离开外婆沙街的。细舅娘当家，为了青黄相接，给了何括父子一斗五升小麦回家吃。那小麦用一口陶缸装着，由送行的细舅挑着。那时候细舅娘就把细舅从黄石新下陆铁山要回来了。细舅娘理由很充分，说细舅一个月的工资，还买不到一担萝卜。那时候的确是这样。哪晓得后来不是这样的。但是人生没有后悔药。

就要离开外婆的沙街了。外婆送到大门口，就回了家，不敢朝前送，哭也忍住声，只是流眼泪。八年啦，何括是外婆从头到脚摸大的。细舅娘拿出爆竹在门外放，也不远送，也不进屋，站在门前，不知是喜是忧。那时候何括驮着书包，父亲拉着他的手，走在前面。那手很有劲，何括想挣脱，那就不可能。细舅一头挑着小麦的陶缸，一头挑着何括父子换洗的衣物，在后面走。大舅和二舅全家将何括父子送到鲤鱼山的沙路上，也不再送了。二舅对何括的父亲说了两话。一句是："送君千里，终有一别。"一句是："相濡以沫，不如相忘于江湖。"父亲听了，对二舅合掌作了一揖。那时候站在人群中的金哥哥，对何括说："千万莫学我！你要好好读书。"

那时候走到鲤鱼山上的何括，舍不得外婆，泪流满面。回头望去，那坐落在巴水河二级台地上，农耕时代的外婆沙街，满目葱茏，所有墩子罩在升起的雾霭里，生机勃勃。河畈上那些黄口乳燕子，正在父母的带领下，穿着风儿，锻炼翅膀试飞哩！

　　那一天阳光灿烂，是外婆看万年历选的好日子。何括就不需要父亲驮了，父亲任他的儿驮着书包，顺着来时的路，朝燕儿山下的家乡走。

远村如黛

第一章

一

　　离开家乡八年之后，何括驮着书包，何括的父亲挑着担子，终于踏上归乡路。那一年何括十一岁，读完小学三年级，尽管破，尽管瘦，但穷家的孩子懂事早，驮着书包，到了能够陪着父亲体味生命轮回和搬家之中的艰辛的年龄。搬家就是迁徙。考古学家从人类化石发掘的角度，证明迁徙是生命繁衍进化的过程，也是创造积累的过程。如果没有迁徙，地球上就没有人类，更谈不上文明。何括信然。

　　半个世纪之后，何括坐在电脑前敲打文字，回想当年驮着书包，同父亲归乡时的心情，脸上就有了沧桑。电视开着，电视台纪实频道在播放《动物世界》。茫茫荒漠，可可西里的黄羊们正在迁徙。这是孙子喜欢看的，经常入迷。他喜欢看就要你陪着他看，作为祖父你拒绝不了。这些专题片是人类学者从遗传学角度，用拟人手法拍摄的，于是就有人文的情怀和底蕴。陪孙子看《动物世界》，何括就进入了冥冥之中的生命境界。恍惚之间，那挑着担子走在前面的大黄羊好比父亲，那驮着书包跟在后面的小黄羊好比何括。

　　那是在茫茫戈壁上掉队的两只黄羊，为了摆脱生命的困境，相依为命，沿着地上留下杂乱的脚印，朝前奔跑。那个著名的主持人在解说，用的是充满磁性、悲天悯人的声调："它们沿着生命的通道，怀着对生命轮回的渴望，随着季节变换的脚步朝前走。这种渴望是流淌在血液的本能。凭本能它们就能嗅出，自己是哪里出生的，是哪里的种，又将在哪里繁衍。然后兴奋，激动，奋不顾身，毅然前行。这是动物的本能，也是文化的胎记。

人亦然。不然何来物种，何来人种？"孙子看累了，在何括的怀中安然睡着。那悲悯的声音就在时空中放大、延长，复活着何括不可磨灭的记忆。那个主持人继续说："动物学家说记忆支配动物的本能行为。人类学家说记忆支配人类的诗性表达。前者叫作动物属性，后者叫作人类属性。"

何括关了电视机，将孙子放在沙发上，盖上毯子，让他睡，然后泡上一杯茶，坐在电脑前，继续敲打半个世纪前驮着书包迁徙的记忆。

那路是归乡的路，与离家时相比，只是方向不同。人是归来的人，只是父子的心境不同。在父亲的心里，八年来历尽苦难，一切为了儿，担心没娘的儿养不大，若是饿死或是病死了，那就半途而废，没有跟在身后驮着书包的这个儿。如今儿长大了，算得是儿，尽管瘦，但活蹦乱跳，能读书哩。活蹦乱跳能读书的儿，还愁养不活？作为儿子，何括只要跟着父亲就欢天喜地，有了依靠，不管走到哪里，什么忧愁也不怕。细舅送到半路回去了。父亲挑着担子，由于累，不像去时把儿架在肩头教导不止，而是不说话了，让驮着书包的儿，跟着他的脚步走，独自冥想。

是初夏的天，不冷不热，气候宜人。在何括眼里，柳界公路两边的风景就比课本上的还美。田园如画，各色花儿竞相开放，粉蝶如云。池塘映着天光，曲港流着活水。山上小麦割了，麦茬是黄的。黄中有绿，那是套种的花生。港边稻田是绿的。绿中有白，那是探食的白鹭。秧鸡还在秧棵中，"谷哇谷哇"地叫；等鸡跟着叫"等，等，等"。天上太阳照，地上风儿吹。那归来的路就新鲜，充满着比课本还美的诱惑和希望。课本是课本，人间是人间。课本是人间的缩写。

梦里的家乡越走越近，燕儿山就在望眼之中。它突兀在巴水河流域，在何括的眼里就是大山。山头有青色的雾儿晕着，那是松林蒸起的。外婆的沙街就没有这景象，亲近得叫人心跳。家乡是丘陵地貌，你看那浑圆的土山，一个个饱起来像母亲的奶。父子俩走到叫作高畈的地方，太阳升到一树高。那是山腰间一个垸子，房屋错落依山，大门次第迎塘。垸人并不姓高而姓吕，垸名因地势而得。

就有一个高脚婆婆露水湿衣，从岗前桃林间的菜园走出来，见了父子就打招呼："这不是九相公吗？"父亲答："是的。"那婆婆说："一晃八年，儿长大了啊？"父亲答："一棵草儿总有露水养。"那婆婆站定了，望着驮书包的何括慈祥地笑，就感叹："难得生啊易得长。读书进学了？"父亲说："是的。托您的福。"那婆婆就要何括背书给她听。何括想了想，就说："春风吹在天上，白云落到水里。"那婆婆问："这是哪里来的？"何括说："我作的。"那婆婆对何括的父亲说："你的儿好聪明。"何括的父亲说："见笑了。他是抢口快。"那婆婆对何括的父亲说："儿要接着养，书要接着读。长江后浪推前浪，不废江河万古流。"父亲说："我也是这样想的。"那婆婆说："九相公呀！艰难惯作平常过，竹到春时笋出头。"何括的父亲说："是的。"那婆婆接着念："莫道前途无知己，天下有人能识书。"父亲抹着汗，答："我听您的。"清风拂面，阳光明亮，那问答之间就有古意。原来那婆婆记得何括的父亲，见面就亲。

婆婆从菜篮子里拿出一个嫩南瓜，送给何括的父亲，说："九相公，路上相逢无纸笔，篮中只有小南瓜。"父亲叫儿赶紧收下，谢她的好意。那个小南瓜真是嫩，青翠欲滴。现在何括才知道送瓜是古礼，有寓意，叫作瓜瓞连绵。瓞是小瓜哩。这个婆婆不简单。何括问父亲："她为什么认识你？"父亲说："她不仅认识我，还认识你祖父。她与你祖父共过先生读过书。知书识礼，只是红颜命苦。巴河沦陷时，她被八个日本兵拖到桃林中折磨过，鲜血淋漓，死去活来。但她没有想到死，没有上吊，也没有投水，活到了今天，清醒得很，如今儿孙满堂。儿呀，记住，这事我对你说了，你千万不能对人说，这不是能对人说的事。"何括捧着小南瓜答应了，隐忍在心。

从此何括就记住了那个高脚婆婆，在镇上读书路过高畈时，见了她，就退到路边，心里充满敬意。多年之后那个高脚婆婆寿终正寝了，何括以她为素材写了一个短篇，复活了那片愤怒的桃林。桃之夭夭，灼灼其华。那桃花如火如荼，任凭风吹雨打，久久不肯凋谢。那狞笑与贪婪，那屈辱与眼泪，浸染其中，让何括热泪盈眶；那生命的韧性，感天动地，让何括铭刻在心。那婆婆就是父亲带何括归乡的路上偶遇的，还有那个她顺手相送的小南瓜，让何括深深感动。少年也知愁滋味。从那时候起他就是个多愁善感的小儿郎。

下了高畈，就是龟山。龟山并不高，山形像龟，龟头伸到港边喝活水。父亲开始教导，说龟山是何姓的祖坟山，山上葬着何姓的远祖。他的祖父就葬在龟头上。父亲指着路旁高岸之下，芭茅丛生、荒草连连的坟迹给何括看，那里有白白的墓石残存着，证明他们曾经在这个世上活过。下了龟山，就是畈，畈间的田埂就是当年的路，这是从燕儿山到竹瓦镇的必由之路。何括幻想当年，世盛也好，世衰也罢，骑马坐轿也好，赤脚草鞋也罢，祖先们纷纷在这条路上走来归去，与世同荣，与世同枯。这条路从那时候起，连通了何括的血脉，萌发了他的文学之梦。就像作物，只要种下就会发芽，生根开花，然后结出或大或小的种子来。那时候那少年正是做梦的年龄。

下到港边，路两边长满杂草，由于有了水的滋润，那杂草就无比繁荣昌盛。父亲把担子歇在桥头，也让驮书包的何括歇歇。这时候是该歇歇了。停下脚步，让梦儿跟上。桥是小桥，一墩两孔。两头护岸是石头垒的，中间桥墩也是石头垒的，架着四根石条，以墩为托，这头两根，那边两根。父亲为什么将担子歇在桥头呢？原来这桥也有故事。父亲说这桥是祖母四十八岁那年生他时，祖父出资特地修的，积功德，为了儿能养大，瓜瓞连绵。那港上原来的桥是独木桥，一根木头连着两岸，发洪水时就有人失足落水淹死。自从有了这座小石桥，乡人往来格外方便。父亲指着桥墩尖头上的字给何括看。原来那桥上还有字。那字是什么时候刻的呢？父亲说是领何括到外婆沙街那一年腊月回乡挑柴，正好此桥维修，他用冲担尖在桥墩尖未干的水泥上刻下的，只有一个繁体字"儿"，下面是时间，用的是阿拉伯数字。原来迁徙路上，乡间这座不起眼的接路小桥，维系着不同时期，两代儿子的命运。那座小桥至今仍在，只是没有多少人走。人们走大路。那桥与人的故事，淡出了人间。

但那时候迁徙回来，还得走那路，过那桥。于是又有了生命传承的教导。父亲对何括说："儿，你要记住这座桥。"何括点头。父亲对何括又说："种，你要争气读书，长大后好好做人。"何括又点头。你说那样的时候，作为儿子，有什么理由不点头答应？"天若有情天亦老，人间正道是沧桑。"码字的何括动了感情，眼睛湿润了，屏幕上所打的字儿，恍然如花，开在梦里。

孙子从沙发上睡醒了。这小东西爬起来，嚷着又要看《动物世界》，因为那新鲜。

二

太阳升在天上。地上蒸起雾儿。那是隔世的，恍兮惚兮。

过港桥又是畈，畈齐整辽阔。那条大路穿畈而过，蜿蜒着上了山岗，山岗上也是田地。岗上大路两边，田是地改的，能浇上水，就是田，种的是水稻。那时候为了粮食正在拼命地将地改田。人民公社如火如荼，正在贯彻伟人的关于耕作的"八字方针"。那八字方针写进了史册，很具体；"土、肥、水、种、密、保、工、管"，指导着农耕社会走过来的农民如何种粮食。农家子弟出身的伟人非常关心吃饭问题，万忙之中，就如何提高粮食单位面积产量，制定出一系列耕作流程，纳入了国家大事。地比田高，小麦收割了，种的是花生和棉花。无论是田还是地，四周都种满芭茅。芭茅可以当柴烧，显示着此地勤劳人民寸土必争的景象。风中的气息告诉何括，家乡近了。

那山沙铺的路映在何括的脑海里，光洁明亮，像一条飘带，伸到两山之间的坳口。那山就是何括家乡的燕儿山。两座山峰由坳口连着，像两个并肩的兄弟，右边的是主峰，叫大山，左边的是次峰，叫细大山。其实那山并不高，海拔不过几百米，但巴河下游没有高山，只有燕儿山最高。那时候家乡没有多少人见过高山，何括也没有见过高山，就以燕儿山自豪。只要翻过坳口就是山南，沿山路下去就是何家垸。在外婆沙街的八年，过年的时候，父亲必定带着何括回乡拜年认祖。山南才是那少年梦牵魂绕的家乡。那里有许多亲人，血脉相通，见面就亲切，进屋伏地磕头拜年更亲切。

那样的季节，家乡的风都稔熟了，父亲并不把何括直接领回老家，而是领到燕儿山之北、坳口下的熊家垸落脚，作为迁徙途中的驿站。那时候十一岁的何括并不知道为什么，半个世纪过后，父亲逝去了，变作了灵魂，何括才明白那良苦的用心。明白了又有什么用？子欲孝而父不在，何括只有独自冥想。"一夜风云散，变幻了时空。"天也许还是过去的天，但地上的路不再是过去的路了。你若说那些过去的艰辛故事，儿孙们以为你在说远古的神话，失去倾听的兴趣和耐心。他们以为那些故事只要过去了，就不可能再回来。其实历史是写成书的，人看完了，风可以随意翻过来，一点不怕重复。其实那些故事并不遥远，刚刚过去五十年。只是这个世界上一切喧嚣终将过去，唯有精神与文字同在。

就在那个蛮荒如梦的季节，那个父亲挑着搬家的担子，带着年幼驮着书包的儿子，走在迁徙回程的山路上。路两边芭茅如墙，走到岗头上，路就开了岔儿哩。古人写诗，说这是歧路。你们就不知道古人踏进歧路的艰难。那路分出两条来。一条陡而光洁，是上坳口的；一条平，但竹树阴森，是进垸子的。何括驮着书包要上陡的，父亲扯着何括的手走平的。何括哭着对父亲说："你不是说带我回家吗？"何括知道翻山过去就是家。父亲扯手不松，眼睛红了，说："种，听话。还没到时候。到时候我会带你回家的。"那时候父亲的心情很复杂。作为儿子，何括只好随父亲的手。

那时就有一条大黄狗儿顺着路儿迎出来，后面跟着几条杂毛的小狗。同何括碰了面，大狗和小狗就回头在前面领路。你就不知道那大狗和小狗为什么同你亲切。走进树竹葱茏的横岗，就是隐藏在山腰的垸子。你就知道那坐北朝南的垸子，藏得多深。就有一群人在那里迎接。男女老少，包括激动的狗和兴奋的鸡。现在何括才知道那是熊家垸所有的人，叫作倾垸而出。一个比男人还高的女人，站在最前面。她穿着标准蓝的满大襟褂儿，嘴里镶着一颗金牙。那满大襟褂儿的斜襟上，插着两支自来水钢笔，还有一条绣花的手帕儿，掖在襟边的胸膛上。那笔只有帽子，并没有笔杆。据说是从街上修电筒和自来水笔的花脸叔那里讨来的。是真是假，且不管它。那女人像工作人一样，上前同何括的父亲握手，说："欢迎，欢迎！"她开口一笑，金牙和钢笔帽儿就在太阳光里。那妇女打量着何括，问何括的父亲："这是读书的儿吗？"何括的父亲说："是的。"那妇女就剥一粒糖塞到何括的嘴里，说："是个好儿哩。"何括就闻到了一阵清香。原来她身上洒了花露水的。那清香与细舅娘一个样。那时候法国香水根本没有引进来，合作社里只有花露水卖。玻璃瓶子装的，上尖下大，像一颗高射机枪的子弹。许多人捡过这样的哑火的子弹。何括就见过。花露水并不便宜，需要下定决心才能买。花露水是金银花浓缩的，洒在身上就是乡村爱美的代表。

那漂亮的女人点着了一挂爆竹，在池塘边上放，落地开花。阳光在一闪闪的爆炸声中，更加明亮。那时候就有一个猴瘦的男人，上前接了何括父亲肩上的担子，将担子挑进敞开的大门。另一个壮实的男人，拿出一根卷烟，敬给何括的父亲。何括的父亲接在手里。那人点着火，请何括的父亲抽。何括的父亲不抽烟，将烟还给了他。何括看见那人的十根手指断了一根半。那人将何括父亲带进屋，说："说好了。你们就住这家吧！"风中飘着爆竹的清香。这时候就有一个白净的年轻人，从后面屋里走出来，上前摸何括的头，同何括的父亲打招呼，说："九哥回来了！"父亲并不说话，只是点头。那个敬烟的男人，瞟了年轻人一眼，就喊垸人下畈出工。那瞟的意思很明白，是问："你出来做什么？"

现在的何括回忆熊家垸人那时候用隆重的形式，集体欢迎父亲和他入住的场景，心里格外温暖。那个比男人还高的女人姓吕，后来何括叫她吕婶。在那落住山北熊家垸的艰苦岁月里，父亲教何括嘴放乖些，只要比父亲年长的女人，冠以姓氏一律叫婶。吕婶只是其中的代表。这个代表出类拔萃，很优秀，撑着熊家垸的门面。那时候她除了生儿育女，下田生产之外，还利用节假日和业余时间做红娘，相当于现在的第二职业。那时候乡村的媒人是一种职业，也是约定俗成的一种乡村文化。天上无云不下雨，地上无媒不成亲。吕婶一生遵从媒人文化，恪守职业道德，玉成了人间多少婚姻。你要相信比垸中男人还高的吕婶并不识字，但穿上那件出人情的、标准蓝的满大襟褂儿，朝大襟上挂两支自来水钢笔帽儿，再掖一条绣花的手帕儿配着，洒些花露水，走出去就像一朵荷花，出淤泥而不染。她就能审时度势，随机应变，千里姻缘一线牵，让两户人家皆大欢喜。说成了一桩婚姻，就有谢媒酒喝。坐在首席上，男家就会封个红包给她，请她笑纳，叫作谢媒钱，同时送点礼物，或是一盒点心，或是一段布料。钱，补贴家用；布料，给儿女们缝件衣衫。她家两个儿子三个女儿，家大口阔，男人特老实，只会下死劲挣工分。所谓天无绝人之路，她的第二职业可是兼对了。那天吕婶欢迎何括父子，用心良苦，穿的是礼服，还放了礼炮。那礼炮是她出面，到全垸各家各户收的钱买的。那时候人穷，钱紧，这家出一角，那家出几分，聚起来就可以买挂爆竹。她是穿针引线人。现在何括才知道不是她穿针引线，何括父子不可能在熊家垸落脚。她出面穿针引线让何括在熊家垸落脚，背后有更深层的原因，隐藏在日子里。

那个十指断了一根半的男人，后来何括叫他三叔，是熊家垸的队长。他家弟兄六个，他老三。表面分开住，心里还是一家人。这一支熊姓，轮到他们都是"德"字辈。依次叫下来，就是德田、德松、德山、德水、德福、德禄。吕婶家的男人是老二，叫德松。断指汉子是老三，叫德山。吕婶是他的嫂，所以有时候当得了他的家。日子里垸人喜欢他时，就取悦他，当面叫他队长；恨他时，背后叫他"八个半"。据说那手指是旧社会时戒赌剁的。剁了手指后，他就没有再赌，可见决心大。此人在垸中有两项过硬的本领：一是劲大，垸中的男人都斗不过他；二是蛮横，好比占山的猴王，在熊家垸，他说的话就是圣旨，所有人不得抗拒。垸人说他有"猴心"。这一点何括非常清楚。

那个猴瘦的男人，人叫他绰号"横纤"。何括叫他陈叔。他是外来户，在垸中他是异姓，据说是招亲来的。招亲时说好改姓，生下儿女后并不改，仍旧姓陈，儿和女都是他的姓，不与别人卵相干。原来"横纤"的婆娘并

144

不姓熊，姓何，是熊家从何姓家抱来的养女。队长问他："说话为什么不算数？"他问队长："说话为什么要算数？"队长说："说话不算数就不是人！"他问队长："我不是人，你是人吗？我不是人，你同我说什么话？"队长拿他毫无办法。垸人从不叫他的名字，叫他"横纤"。"横纤"是什么意思呢？因为在熊家垸只有他做的，没有他说的。他说的总没有理。这毫不奇怪，在熊家垸他这个异姓，说的要是有理，那就不叫熊家垸。没有理，还说什么理？他就扯"横纤"。明明是红的，他偏说是黑的；明明是直的，他说是横的，与你横扯。队长若是动手，他就打下身段放赖，三日不了，四日不休，像狗油一样打湿拧不干。垸人说不怕你"八个半"狠，"横纤"你就惹不起，也躲不起。陈叔就用这种生存方式，在熊家垸活出了样子，同样算个人物。

那天队长三叔亲自出面，接待了何括父子。陈叔将担子挑进他家，腾出堂屋半壁后的一间屋，让何括父子落下脚。陈叔的老婆何婶，还尽地主之谊，叫何括父子在她家共桌吃了一餐糯米煮的粥。那粥很香，很稠，筷子撬得起来。那粥是用红糯煮的。红糯出产在山冲，生长周期长，产量低，所以品质格外好。禾是红的，谷是紫的，带着红须儿，传说是明朝的贡品，只有皇帝和太后才能吃。有红曲捡的豆腐咽。桌上一个碗里，居然还有一块炕得两边松黄的腌鱼。何括想吃，父亲朝他使眼色制止。何括就明白这是"看碗"。不能吃，只能看。看在眼里，想在心里。闻那味儿，好香。那日子就令人向往。

只有那黄狗带着小狗在桌子底下猜猜地叫，因为食物被吃得太干净了，人吃了就没得它和儿女们吃的。那样子好可怜。

三

烧火的灶是父亲和泥伴草筋搭的。父亲让何括打下手，这就有道理。这大的儿，再也不能袖手旁观。惯坏了，将来怎样过日子？火可以用来烧灶的。人类学者说地球上的人类自从发现了火，用来烧灶，吃了熟食，就扩大了脑容量，生存能力就突飞猛进。这一点不用怀疑。那灶是土砖砌的，或横或竖，或劈半，圈起来，下面留门，上面安口锅就行，总共只用了十二块土砖。

从那时候起，何括就看出日子里父亲的能耐，男人做的，他能做到，除了吸烟喝酒。女人做的，比方说缝补衣裳，比方说织线衣，他也会。织线衣的花样，垸中女人还经常向他学针法。可这就让熊家垸的男人们瞧不起，说他"婆娘形"。有时候垸中的男人讥笑父亲，父亲吸口寒气并不反驳。家中没有女人，有什么办法？他只有既做爹又做娘。造灶是男人的事，父亲当然无师自通。

何括看着父亲依葫芦画瓢，将那烧火的灶搭好了。那眼灶跟古代军队行军打仗时造的差不多。古代行军埋沙造的灶，生火之后就得清除，不然暴露了军机。居家过日子，这样的灶就显得寒酸，不像有长期过日子的打算。何括现在才知道父亲那时的心思，那叫随遇而安。能作多想吗？堂屋后借住的半间屋子，除了门，安了床，由不得人铺排。

何括看着那眼灶，就格外怀念外婆家的大锅大灶。灶烧起来烈火熊熊，大锅揭开来大气汤汤。那才叫灶哩。左边一口大锅，右边也是一口大锅，中间还有一口热水的坛。外婆家做饭，用升子量米，用大瓢上水，那才叫人丁兴旺，朝气蓬勃。这叫什么灶？几把米，一瓢水，煮起来，冷火秋烟。

何括从此活在这冷火秋烟之中，严重影响着生命的质量。吸着那烟气，何括就像刚断奶的孩子，悲凉和孤独，如同土窗外的雾霭，漫上心头散不开。何括胆怯、孤独和隐忍的烙印，就是从那时候打下的，由于门户小，血亲关系不复杂，相关故事不多，脱不了小农意识，注定了此生的人生格局和文学境界。那个搞文学评论的商教授，绝顶聪明，是大家之后，他家人就是多。他读何括写的小说，总在其中见"小"，恨铁不成钢。何括信服。他对何括说："你要是生在大观园，那就好了，说不定也能写出传世之作。"何括说："有什么办法？生就了眉毛，长就了骨架。"他说："这就叫遗憾。

遗憾终生吧！"

那是立灶兴火后的第一餐。火是从"横纤"家借来的。那时候的火柴，熊家垸的人，还管它叫洋火。这是中国半封建半殖民地时期留下的叫法。清末民初，凡是舶来的日用品，乡间一律冠以"洋"字。细纱的布叫"洋布"，桶装的煤油叫"洋油"，机制的铁钉叫"洋钉"，"洋火"也在其中。新中国成立后，这些东西能自己制造了，乡人还那么叫，可见文化打下烙印之后的厉害。后来垸人改口叫火柴。那时候洋火也是甘贵之物，轻易不用。农家就将火种埋在灶膛的灰里，用时才拨开，借时拿个草把去点。这叫借火。借根洋火不行。借火可以。搬来之人，要借火，"横纤"的婆娘何婶并不吝惜，格外豪爽。有了火种，何括父子就能烧灶煮粥吃。

喝过夜粥，家就算安顿好了。父亲就灶火点着了灶上的油灯。那油灯是用墨水瓶子新做的，注上新油，黑夜就亮了。何括坐在陌生的亮里发呆。那时候隐藏在山腰里的垸子，风换了晚上的，一点不像河边外婆沙街的。河边晚上的风，顺河浩然而生，卷气吞雾，引领隐在树竹丛中的众多油灯，火光辽阔明亮，活泼生猛，好比天上的星群。这山洼小垸子的风，白天吹累了，到了晚上就想歇，吹不动烟，也扯不开雾，垸子里住的人少，那油灯就少得可怜，火光聚不起势儿来，就无精打采，顾影自怜。何括喝饱了肚子，就格外想念外婆。

父亲见儿蔫蔫的样子，就问："怎么了？"何括说："头痛。"父亲伸手摸儿的头，并不发烧，就拿万金油给儿搽，搽在太阳穴上。万金油好。那时候万金油是农家必备之药，据说能包治百病。不然叫什么万金油。其实是精神安慰，治标不治本，好比现在朋友圈发的"心灵鸡汤"。父亲问："好点了吗？"何括说："还是痛。"父亲挖出一指搽在自己的太阳穴上。原来他的头也痛。父亲的咬肌嚼动了，说："你这个种！不发烧说什么头痛。你若再说头痛，老子就给你一栗包！"何括看到了另外一个父亲，吃了一惊。父亲愤怒了，像要吃人的相。在外婆沙街，父亲在家时少，回来时总是爱他不够，百般呵护他。自从搬到熊家垸，何括在日子里就领教到父亲的严酷，有时候到了不近人情的地步。那时候何括并不理解。父亲晚年的时候，看到他的儿居然能写小说，混碗饭吃，就心满意足地认为都是他的功劳。他说："玉不琢不成器，儿不打不争气。"你说这叫什么教育方法？日子里的何括渐渐理解了，不与他争。因为何括做了父亲，还做了祖父哩。那时候父亲心情不同，哪有时间跟儿讲理？讲了你的理还有他的理吗？

就是那天晚上父子俩分别朝太阳穴上搽了万金油后，油灯忽闪，吕婶带着三叔来了，是来领着父亲到朗青家去拜师学艺的。吕婶进屋就惊诧，说："老九哇！你家的灯好亮！"这女人嘴儿甜会说恭喜话。何括的父亲说："它晓得有客来。"这时候何括发现他家的油灯，的确比横纤叔家的亮多了，像一朵石榴花红红地开，心情就好起来。队长三叔说："老九，买烟了吗？"因为拜师是需要见面礼的。孔圣人当年收徒不也收"束脩"吗？一块干肉。这规矩不能破。何括的父亲就极难为情，说："还真的没买。"那时真的没有钱。吕婶说："老三，要他买什么烟，我准备好了。"吕婶就从荷包里掏出两包烟来，放到何括父亲的手上。烟是那时候的好烟，"游泳"牌的，要三角二分钱一包。那烟并不是她买的，是人家谢媒的礼物。吕婶将那两包好烟贡献出来，给何括的父亲作拜师的见面礼，让何括父子很感动。何括的父亲说："吕婶，日后有钱了还你。"这称呼是依儿叫的。吕婶说："老九哇，要你还什么钱，一家不说两家话。"队长三叔说："都说好了。我们去吧！"何括换了件衣裳，准备出门。父亲就要吹灯。吕婶说："老九，灯不要吹，让它亮。"这是讨兆头。吕婶说："儿带不带？"何括的父亲说："儿要带上。让他晓得艰辛。"那门就敞着，那灯就亮着。四人就沿着垸门前窑岸的夜色走。那时候窑塘后边还有一座烧青瓦的窑。青瓦是农家盖屋必不可少的。那塘是取黄泥后生成的。

过了窑塘，就是稻场。那稻场小而圆，有石磙透着白光。过了稻场，就是柳塘，那口塘就大，柳树围着，闪着波光。过了横岗儿，便有灯亮，原来那里还有一户人家。面塘而建，一幢明三暗六的屋子，土砖黑瓦，有气势。那大门很阔，大敞着，屋子里灯火通明。这就是朗青师傅的家。朗青师傅并不姓熊，姓陈，也是外来户。因为有手艺在身，能赚活钱，他家的日子就兴旺，熊家垸别的人家比不了。那油灯是大盏的，两根捻子吸油，点在吃饭的桌子上，格外亮。拜师仪式就在明亮的灯光下进行。

拜师仪式不复杂，并不办酒，日子艰难，简化了。只要遵循古制，执弟子礼就可以。何括的父亲奉上两包香烟，朗青收了。于是何括的父亲对着壁上挂着的画像敬了三支香。那画像是鲁班，因为相传鲁班是造屋的始祖。开始造木屋，后来造砖屋，世代相传，木工和泥工都是他的徒子徒孙，收徒得先敬他。然后朗青师傅坐好，坐在堂屋饭桌的上方，那叫上位。何括的父亲面对师傅双膝跪下，伏在地上磕了三个响头，叫了一声师傅。朗青答应了。何括跟在父亲的身后跪下，叫师爹。师爹就是祖父辈。这并不要父亲教，何括心领神会。队长三叔就充当证人，问何括的父亲："一日为师，终身为父。你做得到吗？"何括的父亲跪在地上说："我做得到。"队长又问："从师三年的收入，除交生产队靠工分之外，盈余的归师傅，你愿意吗？"何括的父亲说："我愿意。"于是队长三叔就对朗青说："师傅可以吗？"师傅说："可以了。"就叫徒儿起来坐，商量细节。细节是什么呢？是关于对外称呼的事。何括的父亲比师傅只小九个月。那年师傅三十一岁，何括的父亲三十岁。三十岁才从师学泥工手艺，年纪太大了，用老家十爷的话说，学熟道士老了鬼。年纪相当，如果当众叫师傅就不合适，双方难为情。师傅对何括的父亲说："记住，出外做活时，人前你就管我叫哥，我就说你是我的兄弟，不能叫师傅。"这叫生存智慧。何括的父亲说："师傅，我记住了。"拜师仪式结束，师傅给了何括父亲一把新泥刀和一把抹泥的铲子，这是行规。

出门后油灯的亮照着路，吕婶对何括的父亲说："我和老三说话算数。三人对六面，学手艺的事说定了。我们对得住你哩。"夜色之中，何括的父亲连声道谢。

回到家中，那盏灶上的油灯，很红很亮。吕婶回家后将她家的儿带来了。那时那个儿九岁了，脖子上还戴着一个银项圈儿，头顶上蓄着"朵搭儿"。

这是楚地风俗，银项圈是锁命的，戴上它，魂魂就不会丢。"朵搭儿"是护头的，蓄着它，精气儿就不会散。进屋后吕婶就要那儿叫何括哥。那儿"哥"一声。何括答应了。吕婶对那儿说："桶儿，哥明天带你去报名上学读书。"那时候那儿没取学名，还叫小名。那儿是吕婶在塘边洗衣时生下的，自己料理清楚后，用桶儿提回来的，所以叫"桶儿"。这叫随物赋形。于是两个儿就拉着手儿。吕婶对何括的父亲说："老九，你的儿没娘，就拜我做干娘吧。"何括以为父亲会答应。没想到父亲笑了，说："你的情我领了，干娘的事就算了。"吕婶说："一家打墙，两家方圆。你为什么不乐意？"何括的父亲说："实在对不起。祖上有规矩，何家不结拜干亲。"吕婶问："你小时候不是结拜杨庄的和尚做干儿吗？"何括的父亲说："那是佛门。佛门清净。"吕婶说："老九，你那点心思瞒得过我？心气高哩！骨子里瞧不起熊家！"何括的父亲说："吕婶，你说哪里话？落难之人，有什么资格？"吕婶对何括说："儿哇，你父亲不同意算了。我把你当儿待。我把兄弟交给你了，你带着他去读书进学。你们兄弟要团结一条心。"何括点头答应了。吕婶就打下身段，灯光下，在何括的脸上亲一口。那一口好温暖，叫人不能忘记。

现在的何括才清楚，父亲带儿落脚熊垸，是经过周密的筹划，与熊家人达成了契约，按契约进行的。说来你也许不相信，那时候燕儿山北的熊家垸只有四十九个人，组成一个生产队，全垸竟然没有一个识字的，也没有一个上学读书的，连小会计也是从外队派来的。搬家那天出来，叫何括父亲九哥的那个后生，就是山南何括家乡何家垸的。他是熊家垸第二任小会计。论说熊姓可是楚国的王族。历史上的熊姓从"辟在荆山，筚路蓝缕，以启山林"，到"问鼎中原"，有八百多年的发展史，创造了灿烂辉煌的楚文化。想不到三千多年后，流落到燕儿山北的这支熊姓后裔，竟然沦落到如此蛮荒的地步。说来辛酸，历史同燕儿山北这支熊姓后裔开了个天大的玩笑。

何括的父亲带儿迁徙到燕儿山北，与熊姓达成契约是有感情基础的。这感情基础与文化相连。因为何括的父亲曾经到熊家垸当过一年小会计。

那时候何括的母亲还没死，何括的父亲是带着妻子和刚满一岁的儿子来的，所以与熊家垸的人熟。那时候成立了初级社，需要读书人来计算分配。何括的父亲给熊家垸人记工分，分粮食和柴草，下年依照工分算分值，算得清，分得准，给熊家垸人留下良好的印象。父亲到熊家垸当小会计是组织上派来的。那时候新中国成立不久，国家急需用人。山南何家垸的读书人多，何括父亲的叔伯兄弟们尽管成分有问题，但都被委以重任，被派往没有识字人的生产队当小会计，何括的父亲就是其中的一个。只是时间不长，阶段性的。后来成分好的新一代读书人出世了，他们就撤回了老家，接受改造。那个管何括父亲叫九哥的白面书生，后来何括叫他宗爷，他成了派到熊家垸第二任的小会计。他就是新一代出世的读书人。他家成分好。何括的父亲带儿迁徙回来，没有直接回山南的家乡，是用心良苦，他与熊家垸人达成了两款契约。一方同意何括的父亲拜朗青为师学艺。一方答应何括带一个熊姓的儿上学读书。双向选择，互利互惠，各得其所。

父亲没有想到，就是这选择，给山北的熊家垸播下了读书的种子，开启了一代垸风。如今熊家垸的后代读书的人多，通过读书出息了的不少。如今八十多岁的吕婶在城里同儿住，只要见了何括就像见到了亲人，因为是何括当年带她的大儿去上学的。如果父亲不带何括在熊家垸落脚，她的大儿恐怕要错过读书的年龄和机会。吕婶只要不死，就记得何括父子的功劳。这就是人对于文化记忆的情感。动物就没有。

这两款契约，就是在那个灯火明亮的夜晚，达成共识生效的。皆大欢喜，大家都兴奋起来，夜灯红了小山村。

四

那少年离了外婆，就"认床"，一夜睡不着，听那鸡鸣。山洼里的垸子，那鸡鸣声格外响亮。脚头的父亲也是一夜未眠，辗转反侧，心事重重。因为岁月艰难，命运多舛，父子俩相依为命，日子得从头开始。

第二天早晨天上的太阳从东边出来了，熊家坮霞光照耀，焕然一新。那少年抬头仰望，太阳光里燕儿山上，夏季的花儿竞相开放，景色就美好，温暖到了心头。吕婶装扮好了，这回不挂钢笔，不洒花露水，只是朴素。这就对了。吕婶向队长三叔请假，领着两个儿去报名读书。队长三叔把那只断指的手，扬在阳光下，像面镜子，说："去吧！去吧！想读书的都可以去！"于是吕婶牵着两个儿的手儿，走上露水纷纷的茅草路。那时候熊家坮所有的儿，眼睛里都是羡慕的光。去读书哩。读书多好！

学在哪里呢？学在五里外的孔岗。那时候的小学堂不是设在庙里，就是设在祠堂里，例外的很少。回想起来，那是大路旁边的一个古老建筑群，由高大的青砖围墙围着。那围墙居然用琉璃瓦起着龙脊，高低起伏着，有头也有尾。只不过那瓦不是金黄的，而是碧绿的。金黄与碧绿大有讲究。金黄代表皇家，碧绿代表圣迹。围墙里面有两重院子，里一重是孔姓的家庙，外一重院子是孔姓的祠堂。家庙是供奉始祖、办学教育子孙的。祠堂是祭奠列宗、慎终追远的。据说这支孔姓是孔子的后裔，不然敢用这样的颜色和建制？相传历史上孔姓后裔有两大分支，一支在山东曲阜，叫作北派；一支在浙江，叫作南派。这支孔姓后裔应是浙江南派的分支，先是在北宋被金人灭亡时，随朝廷搬到南方，然后在明朝洪武年间，响应朝廷号召江西填湖广时，迁徙到鄂东的。圣人之后不管迁徙到哪里，仍是圣人之后。这叫天不变，道亦不变。

何括带着熊姓的儿熊桶儿，入孔庙读书。这不奇怪。巴河流域虽然遍地洪荒，但名姓遍布，往往在不经意之中，就与他们混为一体。大路边的孔岗小学是座完小，从一年级到六年级，招收方圆十里的农家子弟读书。何括是转学的，带着在会龙山小学三年级的成绩单，无须多言，班主任出面直接收何括上四年级。熊桶儿是"发蒙"的，就需要找校长。校长姓孔，圣人本家的，清瘦优雅，看到熊姓的娘领着九岁的儿来发蒙，唏嘘半天，说："原来是楚熊之后呀！九岁'发蒙'迟了哩。"吕婶说："我的儿好聪明。"孔校长高兴了，问："是的吗？"于是出题目考熊家的儿。孔校长问："七加八，八加七，九个加十一，等于多少？"熊家的桶儿不用扳指头，就默算到了，说："五十。"笑话不是？九岁的儿只要正常，连这也算不出吗？孔校长就觉得熊家的儿到底不蠢，就让熊家的儿一年级不用读，直接插二年级。就报名注册。孔校长问吕婶："叫什么名字？"吕婶说："熊桶儿。"孔校长笑，说："那是小名。读书要报大名。"吕婶说："还没起大名哩。"于是孔校长就问熊桶儿的辈派。吕婶想了半天，说："好像是'致'字辈。"于是校长就给熊桶儿起大名，叫作熊致君。孔校长到底是圣人之后，有学问。这名字后来越想越有意思。原来有出处的，出自杜甫的诗："致君尧舜上，再使风俗淳。"这名字使熊家的儿受用终生。熊致君高中毕业后一直在大队小学教书，教育燕山子弟。只是最后年纪大了，没有转成国家教师，有点遗憾。毕竟底子差了点，怨不得别人。他见了何括还是叫哥，露着牙齿笑。那心态很健康。

接下来的日子，何姓的儿每天领着熊姓的儿，到孔岗小学去读书。因为是哥，何姓的儿肩上就有了担子，而且不轻。除了保证自身安全之外，还要保证熊家的儿不出事。这时候何姓的儿，才知道熊家垸在他家到来之前，为什么没有一个儿上学读书的原因。主要是住的垸子太偏僻了，那路荒芜不说，还有许多恐怖的传说，叫你分不出真假，惶惶不安。每天天刚麻麻亮，何姓的儿带着熊家的儿去上学，要经过许多的塘岸。这些塘都是历史过程中，人工开挖的，为的是旱涝保收。首先是窑塘，柳塘。要说这两口塘不用怕，在垸子边。但塘岸上长满芭茅和柳树，人走在其中，露水和雨雪天气路滑，若是失足掉到塘里，除非喊叫，不然垸人就不知道。过了柳塘翻过山岗就是虾塘，虾塘浅，有水时细虾子格外多，通体透明，只有中间一点是黑的。虾塘不发山水淹不死人，但是那里是乱葬岗，山洼荒草丛中，葬着垸子里历代难产的女人。传说她们死后很不安分，经常在星光下梳头打扮，盼望人间再托人生。过了下塘就是官塘。据说那塘是历史上官方出资开挖的。那塘就大，连着山冲。岸陡，岸上杂树丛生，水绿得发黑，深得怕人，你若是掉下去，喊也无用。再过就是草塘，草塘长满水草，密不见水，隔些年就有人掉到里边，被水草缠住手脚，淹死变成鬼，总想找人替死，他好托生。那时候山北熊家垸上学的路，就漫长在这些生死轮回的恐怖之中，害了熊姓的儿，也害了何姓的儿。过了草塘才是大路。说是大路其实并不宽，只是平些。那就是孔岗连接竹瓦镇的路。相传历史上新县长到任，就是坐着轿子走这条路到孔岗，拜访圣人之后。但是那时候路大人稀，没有多少人经过。相传这条大路上，古时候经常有人劫道，杀人的和被杀的故事就有许多。雾里好像看到一个人，走近了原来是一棵树，或者什么都没有，原来是眼睛吓花了。那时候中餐是带饭去吃的。几个柴把子，捆着，驮在背上，那是热饭的。一手提着装饭钵的网络儿，菜就合在饭钵里，生怕碰破了，碰破了中餐就得饿肚子。另一只手扯着背上驮的书包带子，生怕吓掉了，紧张兮兮的。何姓的儿还得紧紧看着熊姓的儿，神经绷得紧紧的，不得放松。这是做哥应尽的责任。好在读书的儿，愁归愁，吓吓就不怕了，习惯成自然。

叫何姓的儿害怕的是拦路的人。其实那不叫人，同样是个孩子。准确地说是个放牛的孩子。那个孩子是孔岗的，却不姓孔，姓焦。据说是焦赞的后裔。焦赞与孟良齐名，是戏台上北宋杨家将抗辽时插靠旗的猛将。孔岗虽说以孔姓为主，但岗子长，左右的垸子多，杂姓也不少。那个孩子比何括年纪大，却不读书。什么原因不得而知。他一头盖顶的痢痢，发燥了就开裂，经常流血，两只眼睛鼓得像铜铃，牵一条大黄牯放。人犟牛凶，上学的孩子见了都怕。痢痢学名叫头癣，是那时乡下常见的皮肤病，害苦了孩子们，特别是女孩子，严重影响了民族的整体形象。十几年后政府下决心根治，令待诏动员患头癣的孩子，当然还有大人，含悲忍痛，剃成鲜血淋漓的光头，政府免费给发放抗真菌用的药物，内服加外搽，没用多长时间，统一治好了，患者纷纷长出新头发。于是乡间秀发如云，面貌焕然一新，风气令人振奋。

那个姓焦的犟种，总在放学的时间牵牛走在路上，拦着路不让孩子过。为什么哩？不为什么，不要东西，也不骂人。只是见不得读书的孩子。那一天弟弟没避赢，他就用手中从畈里捉来的死鳝鱼，当鞭子朝弟弟身上抽。那时候粮食紧张，那犟种放牛之余，经常捉这些东西回家煮着吃。做哥的就出面制止，那犟种不但不收手，还抽哥。那死鳝鱼抽到身上就是一条血痕。于是就引发了战斗。何括知道不是他的对手，若是让他抓住了，那就要吃大亏。但是高度紧张、极其愤怒的何括，根本不与他近身。双方握紧拳头，你进我退地对峙着。后退的何括瞅准机会，居然一拳头击中了那犟种的头。那拳头虽然瘦小，但在愤怒之时就硬。那犟种长满头癣的头，鲜血直流。那肯定不是平常的痛，痛得钻心，眼冒金星。据说他欺负上学的孩子，从来没有吃过这样的亏。何括就让他长了见识。何括以为他要疯狂反扑，但是那犟种居然停了追击，眼睛眨眨着望了何括好半天，将那条死鳝鱼抛到空中，落到地上后踩几脚，踩得稀巴烂，兀自哭几声，然后牵着黄牯回了家。

第二天何括心有余悸，后怕不已，愁得不行，但是没事了。从此那犟种再也不敢惹他们了。若是路上遇着了，各走各的，相安无事。于是朗朗乾坤，天下太平，再没有什么可怕的了。只是何括记住了那犟种的哭声，那不是一般的惨，瘆得人心慌。那哭声何括一辈子留在心中，那滋味不好说，也说不清楚。许多年后那犟种一头的黑发，头癣当然治好了，仍是高大勇猛的样子，结婚生子了，尽管没有读书，会见机赚钱，日子过得还不错，儿读书、女进学，都成了知识分子。何括和熊致君曾做过他儿女的老师。他只要见了何括和熊致君，格外恭敬，握手散烟点头笑，老师前老师后。

几十年过去了，你说那时候那一仗赢得容易吗？

少年应知愁滋味，不赋新诗莫说愁。

五

同父亲一道寄居在燕儿山北的那少年，开始领会人世间孤独和荒凉的滋味。

那滋味如同鲁迅先生《秋夜》中所描写的景象："在我的后园，可以看见墙外有两株树，一株是枣树，还有一株也是枣树。这上面的夜的天空，奇怪而高，我生平没有见过这样奇怪而高的天空。"现在的何括知道鲁迅先生写《秋夜》时格外孤独，如果一株枣树是他的肉身，那么另一株枣树就是他的灵魂。相互慰藉，聚集力量。真正的孤独是不能言说的，只能化成文字，落在纸上。如果鲁迅不成为作家，有谁知道那心身具在的孤独，犹如爆发前的火山？这就是文学的力量。

鲁迅先生化成文字的孤独有点深奥，如果何括不读书，日后不从事文学创作，根本懂不了。不如那时候父亲对他唱的《单扇歌》。几千年来巴河流域把单身汉的日子叫作"打单扇"，极形象。天对地，阴对阳，男对女，缺一不可。单身汉的日子，好比两扇大门，缺了一扇，无法关上，那景象就凄凉，灌风飘雨。千百年来流传在巴河流域的《单扇歌》，是民间文学，肉口相传，通俗易懂。

父亲对儿唱《单扇歌》，是因为心中的苦楚没处诉。三十岁的父亲从朗青师傅学泥工手艺，走那条路，颇不容易。祖母四十八生的儿，先天不足，体弱多病，是煎草药灌大的，瘦成一把柴，体重从来没超过一百斤，上工做壁时，累成一把弓，嚼肌不停咬动，吃力。那生相就难看，咬牙切齿的，一点不慈祥。那时候做儿的不知道父亲为什么要这样？现在做儿的懂了，忍不住鼻子发酸。体弱的父亲一生辛苦，如牛负轭，为了拼条活路，吃了多少苦，受了多少累，只有父亲心里清楚。

西方哲人说，世上的路有千万条，条条大路通罗马。这样的路恐怕是通马车的，有好宽。东方智者说，地上本无路，走的人多了，于是成了路。这路也许不宽，但只要踩出来，心里就踏实。那时候做泥工的父亲走的是什么路呢？父亲对儿说："种呀！你知道吗？为父的只要上工，脚下踩的路，只有五寸宽。"这样的路是人走的吗？告诉你，那时候这样的路，的确是人走的。何括的父亲就是从这样的路上走过来的。

巴水流域的泥工俗称"砌匠"，极形象，用土砖砌屋，上面架树盖瓦。

那是为了适应生存，铤而走险的手艺，好在时间并不长，就像历史书中的一个插页，翻着就过去了。现在的巴水河边，用土砖垒屋的砌匠绝了种，那草菅人命杂耍般的流程，留在历史记忆中，如同远古的神话传说。那时候这样的做屋流程，看起来一点不复杂，极简单，用何括父亲的话说，无非六个字的经："砖摞砖，瓦压瓦。"但技术含量极高，就好比现在的极限表演，不系保险带，在悬崖之间走钢丝，玩的就是心跳，讲的是艺高人胆大。

巴水流域做屋，不知不觉回到了垒土架树的原始时代。因为毁林造田和大炼钢铁，木材奇缺，脚手架不搭了，踩着墙做。你见过这样的做法吗？也不用青砖，因为青砖要烧，费时费力不说，更重要的是农家哪来那多的钱？就用土砖垒，省钱。那土砖是稻田收割之后，牵牛练泥，割稻草做筋，用匣子印出来的。每块长一尺宽五寸，晒到半干时，修整上码备用。于是起基做屋，一是要看日子择晴天，如果下雨就不能动手，土砖经不起雨淋，一淋就泡了汤；二是讲究快，垒壁架树盖瓦，一末带什杂，一天成功，绝不能拖到第二天，如果拖到第二天，孤壁没有橡子相连，有随时倒壁的危险，凶多吉少。

起场子做新屋就是天大的事，神秘庄严，如履薄冰，有诸多的禁忌，不管是谁都得遵守。做屋时很热闹，垸里男女老少齐出动。垒壁的是大工，是师傅。师傅是请来的，要付工钱，外带两包好烟。小工通常是帮忙的，只吃餐好饭，并不要报酬，如果给包便烟当然更好。一个师傅通常有三个小工打下手：一个壮男力丢砖，一个次男力递砖，一个妇女或姑娘丢泥。不说犯忌的话，小心翼翼，见机行事，与师傅配合默契，带横线和吊线行砖，就竖得正，垒得快。垒的是两种墙：一种是单砖的，也就是将砖直放——这是内墙或不受力的外墙；一种是双砖的，也就是将砖横放——这是受力的外墙。师傅踩着砖朝起垒，人随墙升，脚下的路，窄的五寸，宽不过尺。

何括的父亲因为是徒弟，不能做夹壁，只能做单墙，踩在脚下的路，只有五寸宽。踩在五寸宽的砖墙上，新壁如豆腐，活摇活动，如果壁上踩墙做的师傅，一块砖没接稳，就有墙倒人坠的事情发生，后果不堪设想。所以骨瘦如柴、三十岁从师学艺、力不如人的父亲，总是大汗淋漓、浑身透湿、气喘如牛、咬牙切齿地奋争。那碗饭就吃得胆战心惊。那三年何括的父亲就是从五寸宽的路上走过来，出师的。那羞与人言的孤独与荒凉，现在的何括体会到了。

　　白天一身臭汗的父亲，做累了做苦了，夜里收工回来，豆大的油灯点亮了，就盘脚坐着，一点也不想动。那两条腿肿胀酸麻，只有盘坐才舒服。父亲就叫儿，烧盆热水让他泡脚，说："种呀！我要享下儿的福。"何括烧盆热水端到父亲的脚下，父亲把双脚插在热水里，浑身舒服得打喷嚏，说："有儿就是不同。我要是没个儿，这生就没盼头，白托了人生。"父亲笑了，唱起了《单身歌》。父亲对着豆大的油灯唱："出门的火，进门的灯。灯望着我，我望着灯。越望越伤心。"父亲对儿解释，"种嘞！单身汉的日子不好过，有两样要记住：一是出门要把灶里的火熄掉，防着起火烧了屋；二是出门要把火柴带着，天黑了进门好点灯。我有儿，不是单扇哩！"那时候父亲唱《单扇歌》对比他的存在感，父与子就有了相依为命的幸福指数。父亲幸福了，就接着唱："出门的儿，进门的父。儿见了父亲热，父见了儿舒服。"这是现编的。那日子父离不开儿，儿离不开父，抱团取暖哩。

　　但是父亲终究得离儿了。朗青师傅接了出外的活，要到长江边上长孙堤做半个月的屋。父亲就把何括托付给吕婶，让儿在她家吃住。半个月对于何括来说，是多么漫长的日子。隔夜父亲将儿托付了，那依恋无法托付。第二天早晨何括带熊家的儿去上学，心里就空落落的。在学校吃过中饭后，何括就格外想念父亲，心里就发虚，身上出冷汗。那个十一岁的少年，下课后就趴在操场上喊头痛，越喊越觉得痛。何括一心想回家去见父亲，他盼望父亲没有走。班主任吓着了，就叫熊家的儿和另外两个同学，把何括送回家。送回家也没用，父亲同朗青还是走了，何括的心就扯得痛，怅然若失。有什么办法？满腹的心思对谁说？那十一岁的少年只有把思念埋在心里，独自消受。儿子哪有离不开父亲的道理哩？总有要离开的日子。

　　吕婶百般呵护，在何括的头上搽了许多万金油。何括再不敢喊头痛了，知道再喊头痛也无用。那天夜晚何括就在吕婶家吃浆巴，觉得她家人多，浆巴很好吃，居然放了盐。吃了放盐的浆巴，尿就不多，起夜就少。那天夜里何括就在吕婶家睡，人多，灯光就明亮，一张大床，睡一床的孩子，熊家兄弟姐妹，有说有笑，只有何括默默无言的。吕婶到床头给何括掖被窝，让他觉得不孤独，很温暖，思念父亲就化在梦儿里。这就是那时候那个少年，在燕儿山北那个小山村精神成长的日子里，不能言说的孤独和荒凉的滋味儿。孤独和荒凉是钙片，慢慢消化吸收了，骨子里自会坚强。

　　第二天何括仍然带着熊家的儿去上学。吕婶很欢喜，夸何括懂事了。

第二章

一

那年月父亲像一竿老竹带着笋子，将那少年移栽在燕儿山北小山村地老天荒中成长。让他的儿在出世读书、入世懂事的过程中，品尝孤独，汲取营养，增长自信，学会坚强。盼望他的儿长成一竿新竹，然后笋子挨着竹子长，长成茂盛的一园。这就是理想。

父亲辛苦了，收工回来，对着油灯，经常把幼时候所学的经典句子，摘出来，当作歌儿唱，安慰自己的同时，安慰他的儿。这些句子有俗的，也有雅的。比方说："东方不亮西方亮，黑了南方有北方。"比方说："人家骑马我骑驴，比上不足下有余。回头一看推车汉，不如不如更不如。"这是俗的，出自《古今贤文》。那么雅的呢？雅的有文有诗。比方说："天不生仲尼，万古如长夜。"这是文。孟子歌颂孔子的。比方说："云淡风轻近午天，傍花随柳过前川。时人不识余心乐，将谓偷闲学少年。"这就是诗。《千家诗》上的第一首。现在想来，这些句子是典型的、没落的乡绅精神优势的流露，贻笑大方。但何括的父亲在无奈之时，就用这种精神优势的乳汁，哺育他的后代，教育他的儿，幸福是比较出来的。父亲用意很明白，人生在世，要学会比较。不比较，哪来的幸福？

燕儿山北的熊家垲，看起来像个没有开化的原始小部落，但比较起来，民风还是纯朴的。因为垲小人少，门挨门住。白天迎着太阳出，开门见天人望人。晚上踩着太阳归，进屋点灯灯亮灯。只要屋上炊烟升起来，哪家吃什么，都能闻出来，没有多少隐私可言。垲人因为不识字，嘴上不讲理，但还是按理过。比方说按劳取酬，凭工分吃饭。你做不赢别人，就得毫无意见。比方说强者为王，你斗不过他，就得服软。虽说人民公社成立了许多年，熊家垸划作十一生产队，归柏杨公社十大队领导，但因为处偏僻之地，天高皇帝远，人又不好管，所以人们叫它"台湾队"。这"台湾队"有它的优势，一是田地多，人平两亩有余，别的地方就没有；二是垸人晓得下死命做，每月分的粮食和下年核算的分值，就比其他生产队要高些。历史证明，越是这样的地方，越容易接受落难的读书人，所以何括的父亲选择在熊家垸落脚是对的。这幸福是通过比较得出来的，否则想都不要去想。

你不要以为活在这样的垸子里，就没有尴尬事。接下来，何括就遇到了。那件事说大就大，说小就小。你若是不懂事，说破了就大；你若是懂事，不说破就小。对于刚谙世事的何括来说，用"尴尬"二字来形容，比较合适。

父子俩不是借住在横纤叔家堂屋后面半间屋子里吗？那半间屋子有门与堂屋相通，门上的隔壁为了节约土砖，并没封满，叫作半壁儿。你就是将门锁着，半壁上方的空间仍然与堂屋相通。这是那时候巴水流域常见的现象。那一天何括下午放学回来，因为是星期六，下午只上两节课，所以就比较早，太阳还没落西山。何括回到横纤叔家，见大门紧闭着，于是就拍门，发现大门从里面上了闩。何括拍了一会儿，横纤叔红着脸，把门打开了。何括只是奇怪，青天白日的，闩什么门？也没朝深处想。你要明白，借居人家的屋，尽管共一个大门进出，但屋还是人家的。他是主人，你是客。人家愿意什么时候闩门，你无权干涉。横纤叔打开大门后，就钻到里屋去了，不见人影。

何括就用钥匙打开半壁上的门。那时候何括上学去了，父亲上工去了，家里没人，那门也用一把锁锁着。何括进屋发现情况不对，睡柜被人动了。那睡柜有两只，是经过土地改革留下来的祖传之物。因为屋子太小了，只能放一只。那只睡柜有两个作用：一是打开盖子放装粮食的袋子，并且放比较"贵重"东西的；二是合上盖子当饭桌，供父子俩对面坐地吃饭。何括发现放在里面的那双牛皮鞋，拿到睡柜上面了。

那双皮鞋在何括生命成长的过程中，有着不可或缺的情感，至今难以忘怀。那双皮鞋是仿军用品的，俗称大头鞋，黑色硬牛皮，很厚的橡胶底，用铸铁钉底钉掌，帮子很深，用粗壮的鞋绳系着，是当工人的细舅在矿山"出人面"时穿的。当工人不穿皮鞋算什么工人？细舅被细舅娘"要"回来后，细舅就无心再穿了，送给何括的父亲抵债。为什么说"抵债"呢？因为何括的父亲沙街八年在外做了八年水利，那是靠了工分的。这工分除了养活自己的儿之外，还帮细舅家养了儿女。何括长大后，离开外婆时，细舅就与何括的父亲，亲兄弟明算账，免得日后说闲话。这也是笑话。自古以来，钱的事算得清楚的，感情的事算得清楚吗？那双皮鞋就抵了五十块钱。五十块钱在那时候是天文数字，所以那双皮鞋很贵重，算得上何括家的"镇家之宝"。那双皮鞋何括的父亲没有穿过。父亲不在家时，何括经常拿出来试，小脚套在大鞋上，走几步，锵锵作响，听那声音，向往幸福。那双皮鞋后来是被何括穿破的。何括成人了，过年的时候父亲就把那双皮鞋拿出来，打上鞋油，擦得铮亮，让何括穿。穿上皮鞋的儿，走在垸中，精神就是不同。父亲看在眼里喜在心头。那盒黑色的鞋油，也是细舅送鞋时送的。虽说年长日久风干了，但调上菜油，还是能用。何括穿破那双皮鞋后，皮鞋对于他来说，再不是稀罕之物，后来不知穿破了多少双，只是式样不同。

　　那双皮鞋就被人拿出来，放在睡柜上面了。那样"贵重"的东西竟然没人要。何括将睡柜打开，发现里边袋子装的米，被人偷去了半升。粮食紧张，那米原本不多。去了半升，就觉得少了许多。何括来到堂屋，发现一架木梯就放靠在半壁的外边。原来那人是搭梯子从半壁上翻过来的。那人意不在鞋，而在于米哩。何括不敢声张。

　　父亲深夜回家时，何括偷偷地将他的发现对父亲说。说到一半时，父亲一把捂住儿的嘴，说："种哇，这事可不能乱说。"何括吓住了。缓了一会儿，父亲对儿说："皮鞋在吗？"儿点头说："皮鞋在。"父亲说："这就好。"何括不知好在哪里？父亲笑着说："种哇，这账算不到？半升米值多少钱？一双皮鞋值多少钱？一双皮鞋该要买多少米？"何括这才恍然大悟。

第二天清早起来，横纤叔抽着卷烟，咳嗽半天之后，吐了一口痰，对何括的父亲说："老九哇，我跟你说个事。"何括的父亲问："什么事？"横纤叔说："两家共一个大门进出，一家不是一家，两家不是两家，不是个事儿哩。你不方便，我也不方便。"何括的父亲说："没有什么不方便的。"横纤叔说："这样好不好？我把堂屋的半壁封上顶，你把门移到屋后开。你好我也好。"这决定何等英明。何括的父亲欣然同意，说："叔哇，你是好人。"父亲望着儿子笑。这就很慈祥。

于是半壁封满了，各走各的门。雨过天晴，那少年觉得垸风非常好，吹得人很温暖，篱笆上的刺花儿，开得很鲜艳。不用遭遇尴尬事，担惊受怕了。这样的人间温馨无比，充满智慧的力量，后来成为何括笔下创作的母本。幸福原来在这里。

二

门移到屋后开着，屋后是阴沟。阴沟连着燕儿山，山上的泉水，一年四季顺着阴沟流，怎么流也不见尽。阴沟并不宽，容两个人擦身而过。这就是何括父子进出的路。阴森，潮湿，寒冷。

阴沟之上是陡岸，陡岸之上是竹园。竹园里长满竹子和杂树，人是上不去的，只有长着翅膀的鸡可以飞进去，在那里觅食、调情，或者打盹儿。也有狗子爬上去凑热闹，并不打斗，而是歇息。垸子小，狗子少，鸡也不多，它们学会了互相欣赏，相安无事。这就是阴里的天地，与阳里的世界有着根本的区别。那时候的小何括活累了，最羡慕阴里的鸡和狗，它们多好，静静地想心思，想出来对谁也不说，静够了再出来，浑身都是精气神。

你以为这只是动物心理吗？那时候那小子也有。你若是认为这样的日子，只有凄凉，那就错了。告诉你，就是这样的日子里，也有人间欢乐。

你以为走这样的阴沟之路，只是何括一家吗？不止哩。那时候走这样阴沟之路的有三家。顺阴沟从东边数起，第一个门是何括家的。第二个门是驼子爹家的。驼子爹姓熊，与队长是本家，未出五服。那背是从娘胎带出来的，因为驼找不到媳妇，单人。驼子爹做篾活为生，经常不在家，那门常锁着。锁是传统的木锁，从锁肚上开条缝，用带齿的竹匙打开。第三个门是贫雇代表广东雀儿家的。广东雀儿说话语速快，含混不清，那意思像天上布谷鸟的叫声，任人去猜。巴水流域将说话快、含混不清，靠猜的人，叫作"广东雀儿"，意思是布谷鸟的叫声，就像古人笑南方人口音是南蛮鸠舌。巴水流域的人们以为布谷鸟是随季节从南方飞来的候鸟。这认识是错误的。其实它是土生土长的，天气温暖了，发情时才叫。巴水流域的布谷鸟，学名叫四声杜鹃，麦熟时节飞在天上叫，听成"快快布谷"可以，听成"好吃大哥"或者"油面下锅"同样可以。你在地上问，它在天上答，人的心思，它都能答出来。你在地上问："家在哪里？"它在天上答："家在广东。"你在地上问："几间屋子？"它在风中答："茅屋三间。"你在地上问："可有儿女？"它在云上答："儿女双全。"所以日子里农耕时代活累了的人们，拿它作知音，寄托情怀。这就叫乡村的浪漫，充满诗意。广东雀儿不姓熊，姓何，并不是何括的本家。相传他是从前流落到熊家垸做长工的，后来轮到他当家做主。大队任命他为贫雇代表，负责监督熊氏家族，不让熊氏家族胡作非为。广东雀儿家据说有三个儿，但是眼前只见两个，一个叫作"大花坨"，一个叫作"二花坨"，还有一个叫"三花坨"。"花坨"是巴水河边叫花子的俗称。叫花子就是讨米的。人说三花坨随娘"跑了"。"跑了"就是受不住苦，再嫁了人，并且没有办离婚手续。相传那娘比广东雀儿高出一个头，剪着时髦短发，额前留着刘海儿，修长美丽，出类拔萃。那年秋天大雁南迁时，她站在后山岗上，面对熊家垸人发誓："过不好就不回来！"她带着三儿去拾秋，离开熊家垸流落到龙感湖区，与驾船佬结合。那娘为了儿们过上好日子，历尽艰难，忍辱负重，到死方休。那雁过秋风的滋味，想起来叫人就潸然泪下，后来被何括写进小说里，感动自己，同时感动后人。

这就是走阴沟之路三家的基本情况。这三家，有一个共同的特征，就是日子里没有一丁点女人气儿，都是男性。所以垸人根据人数，以驼子爹家为中心，分别用男性生殖器予以命名，进行戏谑。驼子爹家一个人，叫"那话"。"那话"是什么意思呢？就是男性器官的主体。不明说，用的是隐喻。何括家两个人叫"卵子数"。广东雀儿三个人，叫"三件"。这样叫，虽然俗不可耐，但是很传神，很生动，很好记，算得上优秀的口头文学，非物质文化遗产。你若深入研究，就会发现几千年来巴水流域世俗日子里，只要与性连在一起，就快乐，笑语连天。

这样的三家在世俗日子里，各有各的忧愁和烦恼。先说驼子爹的烦恼吧。驼子爹不是单人一个，做篾活为生吗？他出外做活，家里的门不是经常锁着吗？锁着不要紧，他家有成堆的竹子呀。那些竹子去了叶子和根梢，粗的细的，锯成备用的料，可以劈篾打箅子，也可以做笋筐，或者编筛子、筊箕，诸如此类的用具。且不要管它。主要是这些备用的竹子，都可以从门缝儿里偷出来呀。偷出来做什么呢？做玩具呀。谁去偷呢？当然是胆大妄为的二花坨。没上学的二花坨比何括大两岁，脸上长满黄毛，精瘦如猴，是熊家垸的孩子王。二花坨当熊家垸的孩子王，是有资本的。他的资本就是拳头硬。那时候熊家垸的孩子闲时就聚在一起做打斗的游戏。这游戏比较文明，是君子时代的遗风。并不真打，双方将拳头捏紧后伸出来，面对面互相碰，你的碰我的，我的碰你的，比谁的拳头硬，碰痛了忍着，不许哭。垸子小，孩子也就那么几个。实践证明二花坨的拳头，比所有孩子的拳头都硬。通过痛你就知道臣服，从而确定了他的统治地位。

二花坨带领何括他们将驼爹家备用的竹料偷出来，主要是造"武器"：水枪和弹枪。造水枪，就把竹子从中锯断，一头留着竹节，另一头不留竹节。留节儿的一头中间钻一个孔，然后用筷子缠着破絮塞进去，相当于活塞，拉动筷子从钻孔的那头吸水进去，见了人就推，将竹管里的水迎面喷出去，喷你一头一脸。这是温和型的。二花坨领头造水枪，大家武装起来，人手一管。造弹枪，也是将竹子锯断，同样一头留节，一头不留节。留节

165

的一头对己，不留节的一头对人。竹管中间开三个孔，上面两个，下面一个。削竹为弓。那弓强劲得很，从管上的两孔间，插到管下的孔儿留一点，作扳机，然后将小石子装到竹管里，见人就用手指顶扳机，那竹弓就将小石子弹出去。这是攻击型的。射到人的脸上就会见血。这样的武器也是二花坨领头造，见者有份，全孩皆兵。温和型的水枪是用来演习的，水喷到小的们的脸上，谁也不会哭。攻击型的主要是对付入侵者的。这是假想的。地处偏僻，别的坨子过往的孩子非常少，哪里来的入侵者？美帝国主义呀！美帝国主义在哪里？据说在太平洋那边，远得很。弹枪不能射人，不能射鸡，也不能射狗。射鸡和射狗容易犯众怨。主要是射鸟。鸟可不好射。

如此地糟蹋材料，可苦了驼爹。驼爹回来后，只见一片狼藉，他知道是谁干的，但是欲哭无泪，只好站在阴沟的门外，挺着肚子，跳脚骂："我操你的老娘！"这又是笑话。走阴沟之路的三家，有娘可操吗？只有阴沟里流的连山活水哩。这样的咒骂谁也不去理。这不是自找烦恼吗？不就是孩子们造枪玩的事？不就是竹子吗？山后连山多的是，你有骂娘的功夫，费点力再去砍就是。

这样蛮荒的小山村，孩子们就野得出奇，出生之后，骨子里如同非洲草原上的狮群，由二花坨带领，有着强烈的领土意识哩。

三

说了驼爹的烦恼，再说小何括的忧愁吧。

那时候小何括最大的忧愁，莫过于父亲出远门做工不回来的日子。那孤雁离群、怅然若失的心情，空得叫人心慌，惶惶然像掉进一个没底的洞。白天还好说。白天何括背着书包去上学，上课有老师的教导，下课有同学的嬉闹，并不觉得孤独。何括愁的是放学回家。那时候寒冬腊月，落日沉天，他带着熊家的儿，走完那荒草连天的路，回到小山村时，北风阵阵，暮色苍茫，一口冷气吸到腔子里，吐出来还是冷。树影里熊家的大门敞着，堂屋的灯点亮了，冉冉地红。熊家的儿呼一声娘，就有人出来迎接，入了怀抱，那就是人间温暖，叫人羡慕。这样的场景对于小何括来说可望而不可即，只有驮着书包，独自摸进阴沟之路。那里才是他的家。父亲说过，亲是亲，邻是邻，不能老是想着找依靠，人总是要长大的，得学会自力更生。自力更生的提法多好，符合当时国际国内大气候。那时候苏联与中国断交了，撤走了专家，逼着中国人勒紧裤带还债。

朝阴沟开的大门，紧锁着，需要把钥匙从书包里摸出来，将锁打开才能进去。小何括牢记父亲的话，穷人的孩子早当家，钥匙千万不能丢。那时候他丢过别的东西，从来就没有丢过钥匙。那时候阴沟里冷风与暮霭缠在一起，屋和高岸上的树和竹子，都成了影子，模糊不清。何括看到有两团黑影披着翅膀，依偎在门槛旁边。那是家里养的两只鸡。他家居然也养鸡，是母鸡，为了生蛋的。那两只母鸡格外懂事，整天没人喂食，天亮了晓得出去放野，天黑了晓得回家。主人回晚了，它们晓得依偎在门槛外等着。小主人回来了，将门打开，它们就欢天喜地拍着翅膀钻进屋，于是漆黑的屋子里就有了活气儿。何括就擦随身带的洋火，点亮灶头上的油灯。灯光豆大，被门风吹得飘忽不定，得赶紧上前伸手呵着，才不至于熄。

那十一岁时的孤独的滋味儿，留在何括的记忆里，现在想起来依然打寒战。这样的时候需要唱歌儿壮胆哩。唱什么呢？脑海里故乡的冬天萝卜开白花了，那些"梁山伯"绕着花儿飞。受梁山伯与祝英台的影响，巴水河畔的人们就把蝴蝶儿叫作"梁山伯"，寄托着洁白无瑕的愿望。这样的时候最好唱父亲教的儿歌《中秀才》哩。"梁山伯，祝英台，我和哥读书来。花在地里种，果从树上摘。哥读三年不识字，我读三年中秀才。"这样充满心智的儿歌，唱了就好，那就是心中的向往和幸福。唱了吗？仔细一想，并没有唱。那时候小何括还没有嚼苦为甜的心智。这样的心智，是进行文学创作后才有的。想法是现在想象出来的，加进了浪漫的因素。现在的何括当然可以唱了。唱吧，唱吧，唱了心里才亮堂。

小何括没有父亲的呵护，就需要自己动手料理自己。首先是吃，这是头等大事。父亲出门之前就把米磨成了粉子，准备了柴火，让何括放学回来生火搞浆巴，喝进去饱肚子。这是父亲教会的。简单得很，就是傻子也可以学会。米粉子随冷水下锅，边烧边搅，边搅边烧，烧熟了就可以用碗盛了吃。记住千万不要热水下粉，热水下粉，就会"包茅包"，那就夹生了，怎么煮也煮不熟。也没有新鲜菜。如果有，那是吕婶送过来的，并不经常有。通常咽过年时用红曲捡的咸豆腐。这样的"菜"，用云襟坛装着，撬一块出来，不须过火，直接咽，就那咸味儿，当然里面还有食用菌，据说有益于健康。但是咽多了，出门喝了风，就反胃，吐酸水，使人痛苦不堪。这样的"菜"从年头咽到年尾，直到长蛆。长蛆了也舍不得倒，把蛆拣出来，过火了，还是当"菜"咽。没拣干净也不在乎。恶心吗？不恶心。父亲对小何括说："种哩。不碍事。蛆，也是肉。大补哩。"父亲的话没有错。那时候农家小儿若是营养不良，那叫"害食"，大头细壳的，就捞茅厕的蛆虫，洗净了，用缸瓦片焙干，碾细和着糯米粉，调着吃，很见效，大补。不是吃什么补什么吗？吃"肉"当然补肉。这就叫生存智慧。据说这偏方出自《本草纲目》，可见源远流长。这还不算忧愁。

小何括的忧愁主要在夜晚。父亲不在家，他年纪太小了，胆子没长起来，一到夜里风吹草动，看不见人就害怕，不敢单独入睡，就需要人做伴了。古往今来，巴河流域势单力薄的人，夜里要人做伴壮胆，这是必然的。夜里做伴，有两种方式。一是请人来同自己睡。这是有代价的。俗话说："做伴做伴，一碗油饭。"不炒一碗油饭，人家随便来吗？这叫合理的精神补偿。你说吃浆巴的年代，有饭可炒吗？何况油乎？这条件太高了，不能做到，只有免谈。二是到人家去，与人合睡。这倒简单，只要人家同意，不嫌弃就可得。

小何括开始是到阴沟西边广东雀儿家，与两个花坨合睡的。那时候作为贫雇代表的广东雀儿，肩负着一个特殊任务，那就是到畈里茅棚子去守夜，放哨守粮食防人偷。那时候熊家垸人饿急了，经常有人趁夜到畈偷成熟的粮食。有贫雇代表守着，那形式就好。当然防不胜防。那是在所难免的。

小何括提出到广东雀儿家合睡，大花坨欣然同意，二花坨居然也没意见。这叫何括很感动。小何括到了他家，才知道他们为什么那样爽快，才知道什么叫"一穷二白"。何括见过穷的，没见过那样穷的。原来他家两间屋子，外一间是灶，没有桌子，饭是掇碗站着吃的。里一间是房，根本没有床，睡的是地铺，地上铺着稻草，稻草上铺着破烂的被单，那被单根本垫不住稻草。盖的是像渔网一样的被子，有一块无一块，露着发黑的破絮儿。原来两个花坨就睡在这样的条件里，想起来天地寒心。小何括与两个花坨合睡，最大的好处是用不着讲究。一是睡前不必洗脚。洗脚做什么呢？铺上与地上一样，全是沙子儿。那时候他们兄弟就没有睡前洗脚的习惯，更不用说洗脸。二是不必脱衣裳，若是脱衣裳睡，第二天必定感冒。于是不脱衣裳，朝进一钻，和衣而睡。睡到哪里算哪里。夜里冻醒了，就找人温暖，你抱着我的头，我抱着你的脚。合睡不就是互相温暖吗？那情景叫现在的何括想起来不寒而栗。现在他们兄弟通过努力，日子过好了，儿孙满堂，纷纷做起了三层楼房，楼顶上安着太阳能热水器，太阳出来闪银光，一点不比城里人生活水平差。现在的何括见了他们，从不敢提过去的事。过去了就让它过去吧。一生好长哩。谁还没个伤心的日子？

　　但睡在那样的天地里，也有快乐呀。因为可以说野话呀！可以你抓我的脚板，我抓你的脚板取闹呀！再就是梦里抱着了，互相温暖呀！温暖之时也有性萌动呀！那时候大花坨嘴上长出了粗毛，性萌发了，就会唱山歌。唱什么呢？唱："这山望到那山高，我望乖姐捡柴烧。没得柴烧我来捡，没得水吃我来挑，没得丈夫我来了！"野心勃勃哩。

　　那时候六月伏天的时候，燥热了，蚊子特多，何括就请大花坨到他家去睡。因为何括家有一张床呀！床墩子上雕着好看的花草人物。有"和合二仙"，还有出水的荷花和戏水的鸳鸯。床上挂着一铺麦黄色的夏布帐子呀！用手捻起来哗哗作响。床上垫着一铺细篾簟子呀！那簟子是用水竹篾打的，"十三皮寸"的。什么是"十三皮寸"的呢？就是十三皮篾量起来，才有一寸宽，细密得像鱼子儿。那功夫好生了得！父亲说这些都是何括娘的嫁妆，是冒着生命危险"偷"出来的。"偷"出来后，并没有人追查哩。

大花坨睡在何括家的床享受那幸福。那雕花的床，何等气派！那用麻织的夏布帐子，何等风光！那细如鱼子的簟子，经两代人的汗浸之后，人睡上去清凉如水，何等惬意！大花坨睡在上面就舍不得醒。那赖床的劲头叫何括难以忘怀。清早大花坨歪着头睡在床上舍不得起来，唱那时候流行的歌儿："千山那个万水连着天安门，毛主席是咱社里人。春耕夏锄全想到，防旱排涝挂在心。"唱得嘴角涎水流。大花坨嗓子天生地好。何括想如果让外婆沙街的细舅娘与大花坨来个男女声二重唱，稍加训练，效果会更好。

还有什么可忧愁的呢？还是俗话说得好："不怕不识货，就怕货比货。"这使何括意识到，原来他家也有幸福哩。

四

寄居在队长家的小会计宗爷，是腊月到来的那天清早，把灶上的那口锈锅，提到外面垱边来擦的。何括看见那锅由于日子里没有油水滋润，锈得像八月天上的火烧云。这不奇怪。何括家灶上的锅也是如此。只要隔夜锅里囤了水，第二天必定浮一层的红锈，很难洗干净，于是煮什么都有使人恶心的铁腥味。

叫何括吃惊的是，宗爷居然敢把那口锈锅提出门，捏着红沙石细心地擦。那声音古怪、瘆人，就像现在变形的摇滚音乐。这就刺激，很有创意。那时候擦锅石是农家必备之物，每家一块，每天做早饭之前，女人们就用它来擦锅，将锅擦得眼见为净，然后才敢烧火。但那是私下行为哩。哪有明目张胆擦锈锅的？明目张胆地擦锈锅需要勇气，一是你得不怕丢人，承认人家没做好。二是你得不怕别人说你对现实不满。这常识何括那时候就懂。宗爷难道不懂吗？

寒冬岁暮，北风扫地，宗爷蹲在垱边的地上，不管不顾，专心致志地用红沙石擦那口锈锅，擦得天日可鉴赏，霞光灿烂。擦出来的红水稠酽得像浆巴，那必定不能吃，却是绝好的颜料，可以用来染布和画画儿。现在的何括知道那叫氧化铁红，是用来调红色涂料的。这是锈浆自然生成的矿物颜料。考古学家通过考察，天山之上原始智人画的狩猎岩画，用的就是它。几万年风吹雨淋不褪色。

宗爷擦锅的声音，招来了熊姓的队长。熊姓队长走上前，放下肩上的锄头，将他那断了一个半指头的右手，按住宗爷的肩，那叫和蔼可亲。宗爷抬起头来望队长的脸。队长说："秀才，不要擦了。再擦锅就破了。何苦来哉？年不是来了吗？从今天起你开始吃派饭。一家轮一餐。怎么样？可以了吧？"宗爷就笑。那笑斯文，并且白净。宗爷就站起身来，把那口擦得明亮的锅提进队长的屋。

年轻的宗爷初中毕业没有成家，派到燕山之北小山村当小会计，寄居在熊姓队长家腾出的一间屋子里，也下畈做活，同妇女们在一起，享受打闹取笑的待遇，那是队长有意安排的轻活；也记工分算账分配，在熊家坬人的眼里，那更是轻活儿，不就是一张算盘，一支笔，加几张纸吗？牛角上挂把稻草，轻松得很。但是平常宗爷得单独生火做饭，吃自己所分的东西。没有老小帮衬，总是不够，于是那日子就清汤寡水，毫无甘味。宗爷哪里受得了？好了！宗爷终于可以吃派饭了。这不是简单的待遇，熊家坬人优待知识分子的。

年来了！小山村里炊烟浓了起来。人兴奋，狗和鸡都兴奋，跳和飞，还有屋檐下的那些小麻雀儿，吱吱地叫。从年头盼到月尾，不就是为了过年吗？年是农耕时代辛苦一年的人们，值得怀念的日子。尽管还苦还穷，过年时鱼总得分几条吧？肉总得称一点吧？用来祭奠先人，犒赏活人呀。这回忆就充满温馨。试想那时候如果没有年，那杂乱无章的日子怎么写？如果天是逗号，那么月就是句号，年就是惊叹号。日子里少不了年，不能没有惊叹号！

现在何括沉浸在回忆之中，叫他吃惊的是，那时候小山村里所有的"食"，居然都能与"性"连在一起，构成原始的幸福。难怪两千多年前，孔夫子在《论语》中说："食色性也。"这老先生，想起来真的很可爱，一语道破天机。

那时最能体现孔老夫子"食色性也"主旨的，在于"阴沟三家"。三家用土砖壁连成一体，那些土砖壁，泥糊得不严，有缝儿气息相通。生动活泼就发生在腊月三十吃年饭还"关门福"做菜的时候。在巴河流域，几千年来吃年饭还福于祖，各姓氏因为穷富的原因，时间不同。富人还福定在腊月二十八的早晨，叫作还"开门福"。吃完放挂大爆竹开门，红烟紫雾，霞光灿烂，说明前程远大。穷人定在腊月三十的晚上，叫作还"关门福"。放挂小爆竹，把门关起来吃，吃饱就睡，不作多想。何姓过去是富人，按祖训当然是还"开门福"，但那时候何括家穷得只剩父子俩，父亲没兴致还"开门福"，就改成还"关门福"。

因为做菜的香味通过壁缝儿串通了，三家就一扫平日死气沉沉的面貌，生机盎然。中间驼爹家的锅烧红了，油烧沸了，就有食物"嘭"的一声下锅。西头的广东雀儿听到了，就问："什么东西落到锅里去了？"驼爹说："鱼。"广东雀儿说："不是鱼吧？"驼爹说："就是鱼。"广东雀儿说："'鸟'落到锅里去了！"东边何括家里的锅也是一响。驼爹问："什么东西落到锅里去了？"何括的父亲说："肉哇！"驼爹说："'卵子'落到锅里去了！"广东雀儿家锅里接着一响，驼爹问："什么东西落到锅里去了？"何括的父亲接口说："'三件'落到锅里去了。"没有女人气儿的三家，用男性器官代表各家人数的绰号，互相打趣，就欢乐无比，笑得合不拢嘴。何括发现读老书的父亲也随粗入俗哩。

做完菜，按理说要摆香案，菜酒上桌，敬香烧纸钱，磕头供祖人。父亲并不供。连桌子都没一张，用什么形式供？叫列祖列宗坐哪里？菜怎样吃？酒怎样喝？那不是辱没祖先吗？所以父亲连纸钱和香烛都不备。那时候鱼肉做熟了，但父亲心有不甘，当着儿的面，与祖人对话："列祖列宗！这些年来你们都睡着了，眼睛没有睁开哩。家里穷得连女人气儿都没有，我哪来的脸面供你们。等着吧！我说话算数，等我的儿长大了，成房立户结婚生子后，再供你们啊！"那时候父亲通天接地悲凉的禀告声，无比神秘，让何括心里发紧，一点也不轻松。

何括就格外想念外婆，有好吃的东西也止不住，眼泪忍不住流了出来。外婆家多好，充满女人的味道。美丽的细舅娘过年的时候，就像娘一样，一点也不凶。外婆家宽屋大舍，还"开门福"供祖人的时候，香烟袅袅，烛光熊熊，儿孙在桌子下，跪成一排，长辈们还发压岁钱，孩儿都有份。那情景叫人好想。涌出来的眼泪，点点滴滴的，那就是省略号。

父亲对何括说："种，有什么忧的？笑一个出来，给老子看看！"何括知道过年的时候不能哭，就对着父亲笑。父亲很满意，给了何括一块压岁钱。都是新票子，父亲特地到镇上农行储蓄所换的。米黄色，一分一张的，总共一百张，拿在手里要数好半天。这就很好，欢天喜地的东西。

正月初一，开门放爆竹。那挂爆竹很短，但是浏阳鞭，炸起来响了许多声。这就是好兆头，吉祥。父亲就提着糖包儿，领着何括到师傅朗青家拜年。那糖包是父亲用粗草纸和枯荷叶做里衬，包成斧头状的，用红纸裁成签儿搭着，用线儿系着。这样的糖包一斤要包好几个，意不在糖，在于心意。提到师傅家，师傅满心欢喜。

拜完师傅家的年，熊家坑人居然恢复了"拜跑年""喝车轮会"的风俗。什么叫"喝车轮会"呢？"喝车轮会"是正月间巴水流域古老的习俗。利用拜年的机会，轮流到全坑每家喝齐心酒。当家人领着小的们先到长辈家拜年，然后到各家各户跑一趟，叫作"拜跑年"。"拜跑年"并不需要提糖包儿，空手去就是。主家见客人来了，就出门放爆竹。必是小挂的。是个意思就行。大人进门作揖，小的跪地磕头。拜到每家必有糖茶喝，主家还给每人上支烟，并不分老少。老的就接火抽，除了嘴上点的，多的就拿在手上，装进口袋里积着。小的不抽烟，也接在手上，装进口袋里积着。积着干什么呢？用扑克"抹十眼半"作赌资呀。"抹十眼半"是巴水流域用扑克赌博的一种形式。一人坐庄，参加的人数不限。每张数牌作实数，是多少算多少，叫作"眼"。每张花牌作虚数，为"半眼"。以庄家顺时针方向为序，轮番起牌闭在手里，要的就接着起，不要的就让下家起，然后亮牌计数决定输赢，最大的赢数是"十眼半"，或者五张牌加起来不超过"十眼半"，叫作"五小"。"五小"又比"十眼半"大。如果超"十眼半"那就归零，叫作"胀死了"。可以押钱，也可以押物。小的们舍不得压岁钱，那就押烟。这也是欢乐。输的是烟，赢的也是烟。烟来烟去，后来那些烟就折腾得不成样子，根本不能抽了。这是巴河流域人们自古以来赌性的遗风。小的们围在一起，兴奋在赌输赢的过程中，享受平时不能享受的快乐。

按小山村的传统，拜完跑年之后，就要"喝车轮会"呀！"喝车轮会"的规矩，家家户户要办酒，你到我家喝，我到你家喝，每家每户要喝到。意在消除平常日子里的积怨呀！酒杯一碰，你敬我，我敬你，亲热地互叫，心就齐了，就是一家人。但是日子穷了没有酒哇。这不要紧，那一年熊家垴的糯谷丰收了，每家每户分得比往年的多。那就炸糍粑代酒吧。油炸的糍粑，用盆子装着掇到桌子上，让每人都吃。你到我家吃，我到你家吃，用茶代酒互相敬，说着亲热话，其乐融融，吃得肚子装不下，还得吃，不然就不够意思。那效果与办酒喝是一样的。

那一天何括吃的糍粑真叫饱，打着响亮的饱嗝儿，还得吃。何括想如果能把那天的糍粑留着平常细细吃，那该多好！

何括记得那一年是大年初一的立春。父亲说十年难逢初一春。那一天何括家的母鸡居然开窝生蛋。那颗蛋带着血丝儿，鲜红耀眼。父亲大喜过望，说初一逢春母鸡生的开窝蛋能够治不孕症，赶紧叫何括把那个红蛋给熊五叔家送去。原来熊五爷家的五婶结婚好几年还没见生哩。

那天父亲从早到晚对儿都是好态度，格外地慈祥，笑着对何括总结出一句经典的话："有朝一日时运转，朝朝每日过新年。"这句话就不同凡响，源于生活，高于生活，从物质层面上升到了精神层面，具有浓厚的形而上的理论色彩，符合文学创作的基本规律。

那一天小山村阳光灿烂，幸福和谐，风儿暖水儿亮，杨柳依依吐芽叶。

五

岁月随季风吹来吹去，北风吹来，燕儿山上雪落白了是冬天，东风刮来，畈里的花儿开红了是春天。你就是浮萍草，落到浅水处也会生根，在季节里开出花儿来。你见过浮萍花儿吗？你也许没见过，但何括在小山村塘边见过。那花儿多可怜，小得像白色的霜粒，不留心，根本看不出。你要相信那也是花。

小何括终于在那个小山村住熟了，闭上眼睛数得出哪家多少人，并且熟悉他们的脾气与性格，晓得睁开眼睛见了他们一脸笑。所以他们遇到何括的父亲，一律地说："你的儿乖。"一个"乖"字，道出了何括埋在心中，人世间不可言说的艰辛。习惯成自然，寄居在人家的地盘，你没有理由不高兴。父亲说："不如意事常八九，风来浪也白头。"父亲还说："梦里不知身是客，心安之处是吾乡。"那时候父亲过苦了，就动用自己的知识储备，对儿说出这样富有哲理的话，安慰自己的同时，也抚慰他的儿。这种生存智慧很好。

那个乖儿在那里住惯了，就发现那个小山村的人们，在队长三叔的带领下，日出而作，日落而息，格外地勤劳。他们不违农时，抓住季节，寸土必争，不惜血汗，田地种得好，粮食丰收，除了交公粮之外，总比别的地方分得多。这就是值得骄傲的地方。三叔不简单。到了这种程度，叫三叔就不用带姓了，带姓就显得生分，人家会对你翻白眼，把你当外人。那个住惯了的乖儿，还发现他们除了勤劳之外，对于新生活的向往超出常人。如果勤劳以队长三叔为代表的话，那么对新生活的向往，就以吕婶为代表。两人是叔嫂关系，珠联璧合。一个抓粮食生产，一个负责精神提升。麻雀虽小，肚胆俱全。

吕婶业余时间，妆扮了，一路的风香，出去给人做红媒，牵线搭桥，就是形象大使。她眼观六路，耳听八方，不错过任何机会，内外相联，不避仇，不避亲，及时撮合，给饮食男女们制造人间幸福，用心良苦，有目共睹。吕婶了不得。那时候就有这样的两个人物，主宰着小山村，使何括成长道路上回忆的书写，充满温馨。

转眼就是古历八月，秋高气爽，大雁南飞，到了在山地里挖红薯的季节。每到这个季节，人们的心情就好，因为红苕是饱肚子的东西。人们忽然得知当小会计的宗爷，不安本分，报名去参军，而且顺利过关，政审通过了。这没有问题，他家成分好，根正苗红。听说体检时遇到一点小麻烦，但喝了两瓢冷水，效果很好。第一因激动造成的血压降下去了，第二过秤时体重达到了要求。听说这是接兵的指导员看中了他，暗授的机宜。接兵指导员为什么看中他哩？据说是看了他填的表，发现上面的字写得漂亮。指导员问他："为什么要当兵？"他说："为了把字写得更好。"这话就答得很有水平。于是指导员在纸上写了一句诗："大漠孤烟直。"他接过笔写下句："长河落日圆。"能对出来这样的句子，那就更有水平。于是指导员拍着他的肩膀说："小伙子，跟我去吧！好好干！"指导员就把他带到了西域的导弹部队，安排在连部当文书。

宗爷验上了兵，三叔一脸不高兴。三叔问："兄弟，我哪点对不住你？"宗爷说："你们对我太好了，我真的不好意思。"三叔说："秀才，这叫什么话？"这时候吕婶来了，对三叔说："这话还不懂吗？这叫'人往高处走，水向低处流'。换了你，也得去，除非是个傻子。"三叔就无言以对。吕婶对宗爷说："兄弟，三叔是舍不得你。我也舍不得你。熊家坑的人都舍不得你。"说着吕婶的眼睛就红了，说："兄弟，你在熊家坑吃苦了。能有今天，做嫂的祝贺你！"吕婶对三叔说："生米煮成了熟饭，你还做什么相？去忙你的，我跟兄弟说说知心话。"说什么知心话呢？你可能猜到了。那就是吕婶不失时机地做媒，将熊家待字闺中的小妹妹，说给了宗爷。熊家兄弟六个，只有这样一个小妹妹，小名"女儿王"，长得漂亮，正是花开的年纪，熊家人将她视作掌上明珠。

接下来的事，你可能想不到。接下来的事，发生在月亮很好的晚上。

那天晚上吕婶就安排宗爷与熊家小妹妹，在家中前房里恋爱。说是恋爱，真实是试婚，让生米煮成熟饭。那时候何括感觉到了，小山村空前的新鲜。那新鲜源于人们的兴奋程度。这新鲜何括现在想起来与纳西族试婚现象异曲同工。原来关键时候，小山村人对于性并不封闭，开放得很。月光明亮，只听得垸人怀着美好的心情，熙熙攘攘。那窗子关着哩。窗子里燕语呢喃。朗青师傅好个恶作剧，推那窗子怎么也推不开，原来闩着了。这行动与闹新房是一样的。熊家人并不反对，只当是宣示众人，增加喜庆氛围。后来朗青师傅徒手从吕婶家后房的楼上，翻到前房下去看新鲜，才散了笑场。据说那天晚上宗爷并没有与熊家小妹生米煮成熟饭，只是表达爱慕之心，气味相投。

宗爷与熊家小妹，真正的生米煮成熟饭，是送兵的那天晚上。何括记得，那天晚上并没有月亮，天上布满星星，星星相照，光芒闪耀。

那天下午，宗爷换上军装，胸戴红花，雄姿英发，大队干部组织乡亲和亲人们敲锣打鼓欢送，熊家的小妹与宗爷牵着手，并排走在队伍的前头，那叫无上荣光。新兵送到公社吃过晚饭后，公社领导将新兵集中送到街头装粮食的大仓库里，安排他们与爱人话别。那时候粮食还没有收购，那仓库就空旷，阔大无比，装得下人间的爱情。

吕婶说她家的小妹妹，就是那天晚上与宗爷生米煮成熟饭的。生米煮成了熟饭，就是军婚。军婚受当时法律保护的。那个偌大的粮仓就比吕婶家的前房，更具影响，庄严神圣。

宗爷从部队复员回来，与熊家小妹妹顺理成章地结婚了。熊家小妹妹嫁到燕儿山南的何家垸，成了何括的熊姨。这是几年之后的事。宗爷被安排在白莲铝厂当工人，熊姨在家做农活。熊姨跟宗爷生了三个女儿。责任制分田到户后，因为没有男人，田地多做不过来，熊姨心想她要是死了，她的女儿们都可以吃商品粮，于是喝了农药。她死了后，她的三个女儿都离开了何家垸，随宗爷吃上了商品粮。这又是几年之后的事。

熊姨死得很惨。那时候何括随父亲搬回了山南何家垸，结了婚，有了儿子。那儿子只三岁，在坽中玩，忽然跑回家对娘说："细平的娘睡着了，好多人在哭。"细平是宗爷家的小女儿。何括的老婆跑去看，熊姨口吐白沫死了，躺在门板上。何括的老婆陪着流了不少的泪。

这不怪吕婶。人无前后眼。

对于熊姨的死，山北熊家坽人通情达理，并没有闹丧，只是给熊姨讨了副杉树棺材，入土为安。那口棺材是为宗爷老父准备的。

吕婶那天在熊姨的坟前哭了一场姊妹："姊妹呀！奈何桥上你好生走。好生走，莫回头！姊妹呀！世事轮回江河水，日月星辰天堂路。舍不得的也要舍，丢了不得的也得丢！"就有女人上来劝，劝她莫伤心。她擦干眼泪，让女儿扶她回家。

宗爷当兵走了后，小山村换了个小会计，是五队叫作金松的。算盘打得好，只是字比宗爷差多了，又是结了婚的人，早上来，晚上去，除了记工分算分配之外，一本正经，情趣很少，所以留下的记忆并不深刻，如果记忆深刻，就有旋律贯穿在故事之中。

六

伴着旋律，崔健的歌儿在耳边唱："脚下的地在走，身边的水在流，可你却总是笑我，一无所有。"那个颠沛流离、含辛茹苦的父亲带着他的儿，是在山北小山村住了不到三年时，决定离开的。

现在的何括睡前有个习惯，喜欢用手机听老歌联唱。有人说老歌能复活尘封在日子里的记忆。这是真的。一个时期有一个时期流行的歌儿，顺着听下去，情感就复活了，闻得出色香味，日子就鲜活如初。这是艺术的角度，叫作岁月如歌。

这习惯是参加省里开创作会时，受了那个大胡子老兄影响后形成的。那个大胡子老兄是全国有名的儿童文学作家。他纯洁的心灵特别适合创作儿童文学作品。他除了创作之外，嗓子非常好，是地道的男高音。采风途中，乘车之际，他领着男女同行，开始声情并茂地演唱。他记性真好，随着前进的车轮，能将近百年来，各个时期流行的歌儿，联起来唱。比方说《兄妹开荒》和《夫妻识字》，比方说《大刀进行曲》和《松花江上》，比方说《中国人民志愿军战歌》和《一条大河》，当然还有《北京的金山上》和《毛主席话儿记心上》，包括劫夫谱曲的所有语录歌，他都能从头唱到尾，优美的旋律尽在其中。他比何括大两岁，是武汉的下乡知识青年，据说吃过不少苦，包括爱情的磨炼。那一年在神农架采风，那片原始森林，松涛阵阵，群猴在树梢跳跃，溪水在脚下潺潺，他一手提着一个空啤酒瓶，互相撞击打节奏，唱崔健创作的摇滚《一无所有》，对着风吼："我曾经问个不休，你何时跟我走？可你却总是笑我，一无所有。我要给你我的追求，还有我的自由……你这就跟我走！"啤酒瓶被他敲破了，一地的碎片。你在那动情的程度中，会心一笑，领略到一无所有之中，其实什么都有。

父亲在那春节过后，决定带他的儿离开熊家垱。细想起来，决定离开的原因，经济问题不是主要的。一个父亲养一个儿，要说绰绰有余，但由于是学徒，师傅将四乡八堡困难的"世主"分给徒弟，就收不齐工钱。"世主"就是手艺人从业范围内约定的"业主"。收不齐工钱，就靠不全工分，年终分配时，不但无钱可进，还超支了，得向队里还钱。这不打紧，不就是三年吗，咬咬牙就会挺过去。做父亲的会朝好处想。甘蔗没有两头甜。当学徒哪有不"锅伙"的？"锅伙"就是同吃一锅饭，但你得少吃点。期满了，就好了，是艺好藏身，不愁日子过不下去。父亲早有思想准备，这点忍劲应该有。

父亲决定提前离开那个小山村的原因是什么呢？是因为他的儿与贫雇代表的儿二花坨，在岗头上打了一场架。本来垱中小孩子打架的事经常发生，用不着较真。但他的儿打架时的犟劲和打架后逃脱惩罚的潜意识，勾动了他的痛处，让他作为父亲情感上无法承受，这才痛下决心。

事情过去半个多世纪了，回忆起岗头上的那场架，仿佛就在昨天，让人哭笑不得。那场架如果往小处说，就事论事，根本不算什么，都是半大不细的东西哩。半大不细的东西，猫儿脸，好起来屙尿淘得汤，撕破了脸六亲不认，司空见惯。如果因事论理，就比较复杂，涉及原则问题。比方说做人的底线呀！还有人格与自尊呀！这事能小吗？在于人怎么去想。如果想了又想，还是想不开，纠结得心里难受，那就到了精神层面。凡是涉及精神层面的问题，就不容小视。那个半大不细的何括与二花坨打架时就是这么想的。所以他在不服对手的同时，对于父亲的惩罚同样不服。他认为他有理。并且理由十分充足。你说那叫什么事？

打架的事发生在冬天喝过早粥的岗头上。地上有霜，天上有太阳。那时候寒假放得比较早，两个儿在岗头上玩竹制的枪。一个儿玩弹枪，一个儿玩水枪。玩弹枪的儿心情很好，因为身上穿得暖和。那一年腊月到来的时候，河边沙街的外婆将她过世的女儿出嫁时的嫁妆——那两个棉布三尺长的鸳鸯枕头拆了，用绿颜色和黄颜色染了，装上棉花给她的外孙儿做一套棉袄棉裤，让女婿去拿回来过年。那棉袄是红的，那棉裤是黄的。颜色鲜艳，格外引人注意。论说要到过年时才穿，但那小子哪里忍得住，过早地穿上了，拿着竹弹枪，像只青蛙，与拿水枪的儿，不识时务地在岗头上跳跃。相比之下，那天拿水枪的儿心情不好。他上身穿着破袄子，里边没有衬衣可穿，是空心的，由于扣子掉干净了，只能用根草绳拦腰系着，下身穿着一条破单裤，筋掉哆嗦的。这样的儿现在想起来叫人心酸。经验告诉你，遇到这样的情况，穿新衣的儿，明智的选择是，最好离远点。

但是玩弹枪的儿，被喜悦冲昏了头脑，忘乎所以，没作分别想。正是天真烂漫的年纪，有经验作分别想吗？于是玩水枪的儿就将水枪里一管子水，迎面推到了玩弹枪儿的脸上。那水凉得透骨。玩弹枪的儿猝不及防，打了一个寒战，愣了片刻，于是就开始舌战。玩弹枪的儿想不通，问："你为什么要把水推到我的脸上？"玩水枪的儿骂："你这个野种！我就把水推到你的脸上。"玩弹枪的儿回骂："你才是野种！"玩弹枪的儿根本没想到这句回骂，触犯了玩水枪儿的底线。本来是不是野种，谁也说不清楚。但小山村喜欢嚼舌头的人们根据长相，对于三个花坨的来历，暗地里各说不一。三个花坨听不得人骂这话。现在想起来，这是人世间的绝对隐私，只要是儿就无权过问，凭空臆测就是对于母亲极大的亵渎和伤害。那个娘，为了三个儿，为了生存，从生到死，如牛负轭，忍辱负重，何等艰难！这样骂就不应该。但是凭良心说，玩弹枪的儿那时候不存在别有用心，他对于世事还处在混沌状态，只是骂。但玩水枪的儿愤怒了，跳起脚来骂："你这个地主的儿！"这就触及了玩弹枪儿的底线。

于是两个儿就较上了劲，发生了肢体冲突。本来玩水枪的儿，年纪大点，体力较强，拳头又硬，打到脸上就是血，玩弹枪的儿并不是他的对手。但是玩水枪的儿并不打人，而是揪住玩弹枪儿的新袄子拼命撕，撕得扣子掉了一地，撕得雪花的棉花飞了出来。玩弹枪的儿想：我又没招惹你，你凭什么骂我地主的儿？你骂我地主的儿还不算，怎么可以撕我身上穿的新袄子呢？于是玩弹枪的儿也愤怒了，将棉袄子脱了，朝地上一丢，脱成赤膊，与玩水枪的儿在阳光普照的岗头上对打，拼血战到底的气概。这就是极其充分的理由。

这动静闹得就有点大。哭喊声、叫骂声惊动了下畈做活的人。有人向父亲报告："老九，你的儿在岗头上与人你死我活哩！"那天父亲没有上工，在畈中做活。就是没人报告，他也听得出儿子的哭喊声。父亲赶到岗头上，咬肌一个劲地咬动，愤怒得像要吃人的相。玩弹枪的儿一看大事不好，扭头就跑。因为经验告诉他，父亲不会轻饶他。因为父亲早对他约法过的，让他记住，不准惹事，只要惹事，不管有理无理，打的就是他。他居然脱了袄子与贫雇代表的儿对打，这就犯了天条。

那个儿为了逃脱父亲的惩罚，拔腿飞跑。朝哪里跑哩？松涛阵阵，如泣如诉。那个儿记起他的家乡就在大山那边，他顺着上大坳口的山路，朝大山那边跑。过年时父亲带他去山那边拜年认亲，那是一个垸子，他知道那里有他许多的亲人，所以跑那里寻求庇护。他还心存幻想，他以为父亲跑不过他，追不上，就能逃过了一劫。但是他没想到父亲穷追不舍，并不放过他。他跑到山南十爷的家，父亲追到十爷家。不管十爷怎么劝，父亲还是把他揪出了门，一路倒拖着，拖回了山北的小山村。那是很长的山路，路上的荒草，还有那石头和沙子，将那儿的瘦背，拖得血肉模糊，伤痕累累。那就是成长的路上，刻骨铭心的痛！从那以后，做儿的再也不敢惹是生非，犯那样的错误。父亲啊！儿子对不住您的在天之灵，儿那时候不懂事，让您担惊受怕了！如今的儿子，终于读懂了您的用心。

十爷不放心，跟着父子来到了小山村。十爷知道怎么劝都没有用。十爷把父亲叫到外边，只对父亲说了一句话。十爷说："九哥，记住，你只有一个儿子！"父亲说不出话，眼睛就红了。

那个玩水枪的儿，完胜之后，幸灾乐祸，得意洋洋，站在岗头上，唱刚学会的歌儿："天上布满星，月儿亮晶晶，生产队里开大会，诉苦把冤伸。"这怨不得他。那时候山雨欲来风满楼，街上有人开始张贴大字报了。那场史无前例的"文革"，悄然临近了小山村。

那个伤痕累累的儿，现在才明白，父亲搬回家乡的决心，就是十爷说那句话后下的。

第三章

一

搬家是第二年正月十八进行的。正月十八是个双日子。双日子在奉行传统文化的巴河流域，就是好日子。父亲决定落叶归根，带着他的儿，从燕儿山北的小山村搬回山南田平地阔、人烟稠密、阳光明媚的何家老屋垸。那就是他朝思夜想的地方。

许多年后，何括写闻一多的电视剧，看到闻先生为家乡他寒暑假期读书的书房"二月庐"题的一副对联——"众鸟欣有托，吾亦爱吾庐"——深有感触，觉得作为后辈，有幸为文，与闻先生心相通，情相连。你想想，那坐落火龙岗，门向望天湖的诗人故居，"日有千人撒网，夜有万盏明灯"，多像一个巨大的胎盘，孕育着多少绵延的生命？应该是人间福地，温馨和浪漫，令人向往。

父亲隔夜捎了个口信。第二天天刚麻麻亮，山南何家老屋垸来了五个人帮着搬家。天早，还冷，门外阴沟的活水上面，微霜结着冰凌，像开着的花儿，也像篆着的字。因为向往幸福，那小子就兴奋，并不觉得冷。老家来的五个人都是健康高大有力的。因为血缘关系，气味相投，所以见了面就格外亲热。小屋子坐满了。父亲忙着倒糖茶，要儿子双手掇着，依次递到亲人的手上。父亲笑着指着来人，让他的儿，是伯的叫伯，是爷的叫爷。伯比父亲年纪大，爷比父亲年纪小。这是同姓同种的。不同姓的一律叫叔。这些人依巴水流域的风俗都是父辈。这是约定俗成的。那小子就明白，来的人都是父亲垸中的兄弟。那小子闪耀着明亮的眼睛，依次亲热地叫；父辈们满心欢喜，亲切地应。小屋子充满种族的温馨。

从那时候起，在那个种的认知里，就自觉地烙下氏族文化的精髓。何括开始明白，自己是从哪里来的，将回哪里去。那时候父亲给儿指明这些关系有目的，是让儿子在成长的日子里，学会区分，慢慢明白亲疏关系的重要。你要知道，那时候乡村虽说成立了人民公社，私有制被彻底打破了，但是人们基本的感情，还是建立在氏族社会血亲的基础之上。"世界上没有无缘无故的爱，也没有无缘无故的恨。"这是"放之四海而皆准"的真理。爱能穿越时空，复活记忆，留下文字。

老家来搬家的五个人中，就有架子叔，让何括在寒风中看到了曙色。架子叔穿着一件粗棉布对襟褂子，那两排整齐的布扣子，像并排的花儿，从脖子下一直结到大胯处，非常好看，耐看。这样的服饰，现在绝迹了，只能从古装电视剧中偶尔看到。那小子对架子叔心存敬爱。因为架子叔身材高大，仪表堂堂，面如重枣，言谈举止得体，矮小的父亲，根本不能与他相比。那感觉就像《三国演义》中驰骋战场的关公。架子叔从此成为他心目中的偶像。后来发生在架子叔身上的许多故事，为他进行文学创作提供源泉，成为塑造"巨骨精神"的拓本。这是很重要的元素。如果此生没有遇到架子叔，他的作品中肯定缺钙。

乡间的历史都是口传的。后来经过父亲的传教，何括才知道架子叔并不姓何，他家姓饶。他家之前是何氏家族几代的佃户。在漫长的日子里，饶家几代人与何氏家族结下骨肉相连的亲情。架子叔家翻身得解放，成为垸中的主人。他家理所当然，名正言顺，分得垸子正当中最好的屋住着。他家人丁兴旺，老辈弟兄三个，分左右厢屋而居。架子叔最小，住正屋中间。父亲说他家的儿，世代务农，身强力壮，种好。这没有错。架子叔尤其儿多，他老婆孔婶是大家闺秀，极其争光，接连为他生了四个儿，只是不生女。这也不是好事，有儿没女，巴河流域的人们，把那称为"半边孤"。由于他家人多，所以需要宽屋大舍。他家分得的屋子，高梁大架，敞亮，堂屋中间还有一口天井。由于夫妻人缘好，舍得灯亮，除了给垸人开会议事之外，还是妇女带着小孩闲坐说笑的地方。那地方长知识。据说前面还有一口天井，只是拆了前重，变成了两重。依此想象，那是从前巴河流域耕读之家一进三重的格局。架子叔翻身后并没有当干部，连队长也不是。他在坑中只是"大社员"。"大社员"是在坑中行得正坐得稳，能够评判是非、不让人胡来的人物。他说话在理，连大队书和队长都得由着他。何括家与架子叔家，还有一重关系。何括的父亲小时候为了好养，结拜架子叔的母亲做干娘，吃过干娘的奶。以此推论，架子叔与何括父亲是同奶的兄弟，所以对于落难的何括父子格外同情。何括父子搬家，他主动要来，而且主事。这就令人敬重。

那天搬家，十爷自然来了。十爷比何括的父亲小两岁。十爷斯文，为人处世，恭敬有加。那时候他看何括的眼光，爱意连连。在老屋何家坑，何姓老五房，依照惯例，所生的儿子们按出生年月先后排行。这是大家族凝聚力量的一种方式。何括的父亲排行第九，他排行第十。那时候对于十爷，何括并不陌生。他与二花坨打架，为了逃避父亲的惩罚，寻求庇护时，就是朝他家跑的。过年的时候父亲带着何括到山南去拜年认亲，先去的就是他家。十爷家有一个老娘，像外婆一样裹着小脚儿，头上包着丝织的黑色"包头"，见了何括格外慈祥。父亲让何括叫她姨婆。为什么叫姨婆呢？这有来历。据父亲说，他的母亲与十爷的前母，是巴河对面范家岗的范氏姐妹。历史上河东的何姓与河西的范姓，都是巴河边上的富贵家族，两姓有换亲的传统哩。只是这个姨婆不是原配的。不姓范而姓孔。她不是真正的姨婆。她是原来的姨婆死了，没有留下后人，十爷的父亲再续的。但称呼不改，亲情仍在。何括心想搬到老屋坑后，姨婆就是祖母的情分，会像外婆一样痛他爱他。这判断没有错，在以后的日子得到了证实。姨婆和十爷爱他，视同己出。父亲在隔江的黄石做泥匠，留一个儿在家，何括有个三病两痛，或者想念外婆，总是姨婆的一家端茶送粥，从精神上进行抚慰。那岁月让何括忘不掉。那岁月十爷家成分不好，儿女成群，上有老下有小，日子过得何等艰难。

那天八伯和十一爷是同来的。他俩是亲兄弟。八伯没有家室，十一爷有家室，兄弟俩合着住。何括对于他家最初的印象，也是父亲带他到老屋垸拜年留下的。他家堂的壁上挂着画儿哩。画儿是彩色的，画名叫作《三英战吕布》。画面上三个骑马的古代人，执着兵器与中间一个同样骑马的人大战。通过那幅画儿，何括知道了中国历史上有个朝代叫三国，三国时候有四个英雄，知道中间的那个人叫吕布，围着他大战的三个人，叫刘备、关羽和张飞。至于他们为什么开打？何括并不知道，只是格外羡慕他们，这幅画给他幼小的心灵种下了英雄情结。他家还有成套的画片呢。《水浒》一百零八张，都是英雄绣像。《红楼梦》十二张，都是美人绣像，叫作《金陵十二钗》。从哪里来的呢？父亲说，那是从以前南洋兄弟烟草公司生产的香烟盒子里留下来的。这就很诱人，让何括大开眼界。他家还有许多线装书和小唱本哩，让何括翻着看。为什么独独他家留下这些东西呢？原来他家土改时划的是贫农，他们兄弟都是基干民兵，红了一段时间。后来土改复查，知情人揭露他家瞒报了田产，上级一查，果然是真的。兄弟俩就惨了，划成了地主，从此沉沦。好在他家没有经过"扫地出门"阶段，那些古物就自然留了下来。来帮着搬家的八伯兄弟并不多话，只是沉默，好像随时在参禅悟道。

来的人中还有一个十四爷，绰号叫作"细葫芦"。他是葫芦爹的儿子。细葫芦见人咧着阔嘴笑，好动，一刻也闲不住，最爱吃东西。他是二房的代表。老屋的五房，何括家占了一房，其余的三房都有人来帮忙搬家，这给何括父子，在熊家垸人的眼里，挣足了面子。

该捆的捆好了，该绑的绑好了。东方破了鱼肚白。那就搬家吧。熊家垸的二叔和吕婶出来放了一挂爆竹，算是送行。熊家垸人也是极好面子的。何括的父亲跟着放了一挂爆竹，作为答谢。

架子叔指挥众人依次上路。何括的父亲驮着一架木梯走在前面，那有寓意，叫作步步高升。细葫芦爷一手掇着饭箕，饭箕里装的是新沥的米饭，一手提着烘笼，烘笼里装的是没烧尽的灶火，那是有意烧木柴留下的，提着走。这叫"过锅火"。中间走的是挑东西的架子叔和八伯、十爷、十一爷他们。后面跟着背着书包的何括，拖着一架柴耙子。这也有讲的，叫作"拖财"。"拖柴"就是"拖财"，取其寓意，"柴"与"财"同音。这些仪式就庄重，很有文化的内涵。

二

天边曙色初露，熊家坑的雄鸡出笼了，站在岗头上引吭高歌。搬家的人们挑着抬着，带着那小子，望着坳口，走上那条绵延崎岖、充满家族传奇色彩的路。就是那条崎岖的山路，引领着初谙世事的他，回到山南何家老屋坑的。之所以强调那条山路，是因为后来随着那小子长大，那条山路经过族人茶余饭后反复渲染，作为文化符号，显赫在家族的历史上，于是不同凡响，像一段秘史，隐喻着一个家族的兴衰。这就是文化的魅力。

那小子走上文学创作之路后，与晚年坑中的八爹，探讨过什么是文化。饱经磨难的八爹，是典型的儒生，同时深谙老庄之道，喜欢用通俗的比喻说明大道理。八爹说："什么叫文化？动起来就是文化。往大处说，万里长城，筑了就叫文化。比方说丝绸之路，通了就叫文化。往小处说，比方燕儿山坳口那条路开了就叫文化。"现在的何括就苦笑：八爹呀！燕儿山坳口那条路能与万里长城和丝绸之路相比吗？这不是贻笑大方吗？继而一想，那不是文化又是什么呢？

族人说那条山路与家族中的一个名叫何三相的祖上人物有关。相传两山之间原来没有路，那条路是他愤怒之后，挥金如土，一夜之间开成的。燕儿山南的何氏家族与巴河流域其他家族一样，历史上出过各色人等，持家犹如针挑土的有，败家犹如水推沙的也有。不然哪来"君子之泽，三世而斩"的说法？其兴也忽，其衰也忽。只是散落在风中的传说，让后人津津乐道。那个名叫何三相的祖上，是族人公认的"浪子"，他一生留下许多败家的传奇，开路的故事只是其中的一个。但是这些故事，并不见得让家族的后人感到悲哀，若是讲起来给人听，必定喜形于色。

何括记得那场关于文化的运动开始之时，当大队长书记的七伯忽发奇想，请来了说鼓书的黄大先生，给垸人讲何三相败家的故事，作为"破旧立新"的典型，进行宣传。要说那黄大先生还是何家的姑爷，他居然拿老婆的祖上开涮，添盐加醋，绘声绘色地说了七个星月当空的晚上，一点也不汗颜。当书记的七伯还以为书中说的是他，拍巴掌叫好。

那故事确是精彩，令人啼笑皆非。但是作为何姓的后辈，何括从那时到现在的确想不通好在哪里。还是八爹风趣，他对何括私下说："你觉得巴水河边的何氏家族出这样一个人物容易吗？黄河清圣人里，两千年才出一个孔子。五百年必有王者兴，明朝和清朝都不过五百年。我们巴水的何氏家族不到两百年，就出了一个何三相，巴河两岸家喻户晓哩。"他说这话时，并不笑，让别人笑。哈哈哈，就能笑出眼泪来。

何括是改革开放之后修家谱时，才感觉到巴水何氏家族在不到两百年的时间内，出了个何三相真的不容易。那时候世风一变，巴水河边的许多家族，忽然动念续家谱了。对于此事政府居然不支持，也不反对。可以理解成默认。这是光宗耀祖，以启后人的事。作为巴水流域大家族之一的何氏家族，当然不能袖手旁观。续家谱当然是八爹出任主编最好，但是那时候八爹死了十几年，这就是遗憾。于是让十爷出任主编。这是退而求次。与八爹相比，十爷是晚辈，常识与见解就要差些，但是江山代有才人出，各领风骚数十年。族人经过比对，十爷还是合适。十爷欣然受命。

十爷出任续谱主编，还有一个不为人知的原因。那就是他家居然藏着几册清嘉庆年间修的家谱残本，有清一代。除了康乾盛世之外，嘉庆是个小高潮，经济繁荣，人民安定，是修谱的好时期。那家谱是线装的，发黄了。当族中头面人物们，动念继修家谱而苦于无处下手时，十爷及时地说他家藏得有。于是族中头面人物们，聚到他家秘读，发现居然是真的。发黄的谱序上记载得很清楚，巴水何氏是明朝万历年间从江西瓦屑坝迁徙而来的。鄂东许多家族据说都是从那里搬来的。瓦屑坝是个鄱阳湖边的镇子，有渡口与长江相连。那是朝廷办移民证的地方。所以各族迁来的后人，都说是江西瓦屑来的是对的。

朝廷为了鼓励移民，明令宣布先到为君后到为臣，跑马圈地插旗为号，谁先占了归谁。何氏兄弟从瓦屑坝动身迟了，谁叫他们连碾稻子的石碌都搬，不迟才怪。于是巴水河畔水肥草美的地方，都被其他家族占去了，只好选在燕儿山下落脚。燕儿山之南那时候是蛮荒之地，鬼不落脚。谱序上说，何氏兄弟到燕儿山南聚族而居，历经了"万千百，大富贵"六代之后，才摆脱贫穷，人丁兴旺，像个家的样子。这六代是清嘉庆修谱时，后辈追忆的。这是理所当然的。穷人连饭都吃不饱的日子，决没心思修家谱。清嘉庆年间修家谱时，祖上决心用字派将后世子孙联起来，于是就有了"元亨利贞，道本信孙，诚克存养，远振家声"十六个字的辈派。你看看这辈派就知道清嘉庆年间，这个家族的文化应该已初具规模，是上了档次的。

族中决心续编家谱的头面人物们，关门研究旧家谱之后发现，祖上发放的辈派还没有用完哩。比方八爹就是"诚"字辈，比方十爷就是"克"字辈，比方何括就是"存"字辈。你说十爷为什么留着这些东西呢？他为什么对这些东西如数家珍，头头是道，津津有味呢？你不当续编家谱的主编谁当？天降大运于斯人，十爷当主编，那是芝麻掉在针眼里——恰而其分哩。于是十爷写信或寄或发，发动族人，除了交丁钱之外，号召有钱的出钱，有力的出力，有线索的提供线索。那就天下归心，声势浩大，成众星捧月之势。

十爷当主编续编家谱用了五年时间。那五年十爷带领家谱续编班子，根据老家谱和今人提供的线索，为了集聚何姓子孙于始祖名下，除了走访鄂东之外，还深入河南、安徽、四川，以及江西实地采录。虽然不尽如人意，但还是做到了皆大欢喜。那些采编的实录，记载在续编家谱上，记载着散落的子孙们，他们见到来自家乡的亲人们寻来后，喜形于色，潸然泪下。据不完全统计，从燕儿山南老屋垸发祥之地，分支出去的何姓子孙，有三千多人，这是有据可查的男丁。于是用瓜藤的形式串起来，就是一个繁荣昌盛，洋洋大观的大家族。于是或官或民，或贫或富，共着一个祖人，流着一种血脉，同着一种基因。

谱成之时，十爷还提议将始祖和始祖母的魂招于燕山之南，造了一个合葬墓，立了一个偌大的汉白玉的碑，用红漆填着碑文。清明节发谱，各分支何姓子孙的代表齐聚老屋垸，焰火冲天，爆竹轰地，还唱了戏。十爷带着各分支领谱的何姓子孙，来到燕儿山南，执大礼共同祭奠始祖。那时候阳光普照，远山近水尽开颜。墓前的十爷最幸福。其实只是一个空墓，那里面连衣冠也没有，只有招来的魂。

十爷是续编家谱完成三年之后死的。民间传说，修家谱的主编，谱成之后，活不过三年。十爷居然没有逃脱。父亲说十爷是心血耗尽而死的。

十爷续编家谱时，经过追忆，发现燕儿山南的何姓家族，是在何三相当族长时达到鼎盛的。那条山路，就是他当族长时冲冠一怒，挥金如土，一夜之间开成的。那条山路开成之后，整个家族开始走向没落。何三相的败家的故事，现在作为附录，记载在续编家谱后面的《艺文编》中。何三相那些败家的故事是十爷叫何括根据传说写的。作为何氏子孙，长辈有令，何括不能不写。谁叫你小子从事文学创作，居然混进了县文化馆当副馆长，专门从事文学创作辅导呢？何括应命而写，用民间故事的套路，写了一组，叫作《何三相逸事》，《朝山一路》就在其中。

在那个万物萌发的季节，那个背着书包、拖着柴的小子，就同搬家的叔爷们，踏着祖上何三相开出的那条山路，回到了燕儿山南的老屋垸。山路崎岖，身前的父亲生怕身后的儿掉了队，不时回头吩咐："跟上，跟上。"他怎么能不跟上呢？他跟得上的，而且跟得很紧。

电视里正在播放《深潜》，说的是中国深潜达到了空前未有的水平。孙子正在津津有味地看。你看那"蛟龙"号深潜器，深潜到了海底万米之下。科学家通过机器人摄像机传回的画面，发现那里也有生命，而且旺盛得很。有活泉喷发，火花闪耀，一片辉煌，生生不息。孙子问："爷爷，人是什么变的？"何括说："从鱼变来的。"孙子问："不是说人是从猴子变来的吗？"何括说："猴子是从鱼变来的。"孙子应一声："啊。"不知这小子是真懂还是装懂。

意由念生，在何括的思念里，从那以后他就像一条深海的鱼，生活在家族的深海里，依赖从海底喷出来的温泉活力，吸收那孕育出来的原始营养，逐渐成长起来。

三

记忆深处的那条山路，对于那小子来说，松涛阵阵，云遮雾绕，扑朔迷离。就是从那时候起，那条冥冥之中的山路，就像谜一样显现在那小子的意识里，像一条脐带，传递着家族生命传承的诸多信息。

现在的何括渐渐明白，生活在燕山之南的何氏家族，像巴河流域其他家族一样，在漫长日子里都有传说。这些传说在流传过程中经过后辈不断润色，美得如同鲜花一样开放。人类学家通过研究发现，凡是生活在大河流域的氏族都有各自的传说，并且都是神奇的。你听那《长江之歌》："你从雪山走来，春潮是你的风采；你向东海奔去，惊涛是你的气概；你用甘甜的乳汁，哺育各族儿女；你用健美的臂膀，挽起高山大海。我们赞美长江，你是无穷的源泉。我们依恋长江，你有母亲的情怀！"听这歌儿没有不动情的。

那小子后来从事文学创作，就是通过那条山路的传说，进入燕儿山南何氏家族历史的。那小子对文学痴迷的时候，八爹意味深长对他说："我知道你对从山南到山北坳口的那条路感兴趣。那是祖上何三相冲冠一怒，挥金如土，一夜之间开成的。但是你了解故事的前因后果吗？你要了解来龙去脉，必须从燕儿山为什么叫燕儿山开始。然后才能抽丝剥茧，透过传说的神奇看到事实的真相。你才知道古往今来传说与文章一样，文过饰非的现象浸渍其中。"八爹深谙文章之道。他是家族中看过《文心雕龙》的人。

秋天的时候，生前的八爹枯坐在门前枣树之下，用枯瘦的手指弹着膝盖，用说评书人的手段，对何括说："你知道吗？祖上何三相当族长之时，这突出河滨之上一大一小相连的两座山，就叫燕儿山。为什么叫燕儿山呢？因为山南与何家老屋垸相邻，有个燕儿垸。垸人姓李。据说是唐朝开国李姓皇帝的后人。垸子得名与燕子有关。那时候燕儿垸屋后绿竹常青，那是连山的楠竹，门前清水长流，那是接地的泉水。垸子隐在绿竹之中，泉水流在山涧之下。这样的地方风景格外好，是公认的人间福地。相传春天到来的时候，燕子们通过三进三重屋子的六口天井，纷纷飞到垸中做窝孵育后代。它们并不经过大门，传说它们是从天堂飞下来的，不染凡尘。那些燕子见壁做窝，密密麻麻的。那呢喃之声不绝于耳，赛过丝竹，叫乡人向往。燕子通人性，燕子旺子孙就旺。因此乡人把这山叫作燕儿山，把那垸子叫作燕儿垸。燕儿山多好。燕儿垸多好。这就是传说中的天意。传说鼎盛时期，垸中有九十九窝燕子在做窝，有条母狗跳在屋顶上日夜守望，等到燕子满了百窝时，垸中就要出天子。这就是传说中的天机。天意与天机相结合，构成传说的神奇。"八爹说到此时顿住了。他说他口渴了需要喝口水润喉咙。何括就给他倒碗白开水。

他接碗在手，喝了一口，接着讲："这时候就出了意外。因为垸中燕子太多了，喝光了水缸里的水，让挑水的长工挑不赢。那长工就用扁担打死了一只燕子，燕子们见状开始飞离。与此同时垸中来了一位道人，看见母狗蹲在屋顶上，对李姓当家人说，母狗坐屋，成何体统？李姓当家人听信了，就叫仆人把那条母狗从屋顶上赶下来打死了。霎时天昏地暗，狂风大作，飞沙走石，竹林里桶口大的楠竹纷纷炸裂，里面那些还未成形的天兵天将，白袍白盔甲，血肉模糊，散落一地。于是天意破坏了，天机泄露了，天子没出成，燕儿垸的神话破灭了。"

八爹把碗中的水喝完了，接着说："人说这都是长工和道人作的祸，要是不打死燕子和母狗，燕子垸就会出天子。你信不信？"何括说："我不信。"八爹抚掌微笑，说："这就对了。孺子可教。夫子当年对弟子说，不能事人焉能事鬼？吾不语怪力乱神。大凡传说，神奇背后必有隐情。"八爹讪笑了，并不告诉何括背后的真相。

现在的何括通过传说中的白袍白盔，有理由相信，这传说的背景是反清复明之时。那是一场关于朝廷之间争斗的民间版本，从罗田方志学家王葆心所著的《蕲黄四十八寨》中可以看出端倪。清朝入主中原之后，鄂东强人们假明太子之名，反清复明结寨反抗，风生水起，闹了很长时间。燕儿垸的传说只是其中的微澜。可以肯定那长工和那道人是朝廷的奸细，他们探得了燕儿垸中反清的端倪。朝廷追查下来，官兵们围住垸子，将大炮架在山岗上朝垸中点火放，炮火将楠竹纷纷炸裂。他们就敢杀鸡用牛刀。李姓后人纷纷逃命。劫难过后，日子慢慢平复了。李姓后人们又回到燕儿垸，捡炸裂的竹片做瓦，在原址上盖屋，辛苦劳作，顽强地繁殖后代。好在安定下来的朝廷仁慈，只是震慑，捉拿首犯依法惩处，并没有将李姓人斩尽杀绝。与蕲黄四十八寨相比，燕儿山的"匪祸"实在不值一提，小菜一碟而已，就像闹着玩似的。经过李姓几代人的努力，燕儿垸恢复了从前的美丽。现在何括才知道八爹的话是正确的。关于燕儿垸的传说，是李姓的读书人"文过饰非"，用神话手法编造出来的。他们煞费苦心，掩盖了背后的真相，摒除了血泪，让美好留在人间。

相传祖上何三相开路的故事，发生在燕儿垸恢复美丽之后。那时候燕儿垸虽然比何家老屋垸穷了许多，但垸中仍然出了三个半秀才。这就是燕儿垸李姓值得骄傲的地方。他们穷不丢书，有耕读传家的传统。那开路的故事是他与燕儿垸三个半秀才摩擦之后发生的。那小子在不同时期听祖辈们和父辈们讲过，耳熟能详。

现在的何括发现，对于"浪子"何三相败家的故事，在传说的过程中，族人同样用"文过饰非"的手法，进行了加工，所以引人入胜。他们提炼一个神奇的主题，贯穿其中，叫作"富得不耐烦"。你不要发笑。世上只有穷得不耐烦的，哪有富得不耐烦的？有，何三相就是。在历史长河中，富得不耐烦的人，就会发生许多令人啼笑皆非的故事。

现在的何括发现，讲祖上何三相败家的故事，需要一个好心情。最好是吃饱了喝足了，无所寄托，百无聊赖的时候。这样的时候讲的人当笑话讲，听的人当笑话听，那就神奇、精彩、有味。不然就达不到理想的效果。比方那个《卖夜壶》的故事，就发生在那个百无聊赖的早晨。那时候祖上何三相因为钱多，刚刚当了族长。但是叫他苦恼的是一河两岸的人们，并不晓得他何三老爷到底多厉害。就在这时候巴河窑上垸的张老三，挑着窑货担子到垸中叫卖。卖什么呢？卖水缸和陶碗，还有夜壶和烘笼。水缸是大件，筐篮一头挑一口。陶碗、烘笼和夜壶是小件。小件放在水缸里。张老三嗓子好，像唱戏样地叫："卖窑货呀卖窑货！水缸买不买？陶碗要不要？夜壶要不要？"这就惊动了何三相。何三相来了兴趣，走出来，问张老三："有夜壶卖？"张老三就从陶缸里把夜壶提出来给何三相看。何三相说："你这夜壶太小了。"张老三笑着说："何三老爷，夜壶只有这么大。"何三相说："本老爷要买只大家伙。"张老三问："何三老爷，您想买多大的？"何三相说："起码要装一担水的。"张老三说："何三老爷，装一担水的不好做。"何三相说："我下定金，你给我定做装一担水的。"有生意做，张老三满心欢喜。这难不倒张老三，几天后就一头一口陶缸，一头一只夜壶，挑来了。何三相出来一看，说："壶身可以，但嘴儿太小了。"张老三说："何三老爷，这嘴儿比海碗还粗哩。我要养家糊口。您说话不能不算数。"何三相说："这样吧！我也不为难你。你挑着去卖半个月，如果卖不了，再来找我。本钱和工钱算我的。"张老三就挑着那个偌大无比的夜壶，四乡八保地卖。走到一个地方，人们就惊奇，好大的夜壶！张老三说："你算莫说，燕儿山何家老屋垸的何三相说要是要得，就是嘴儿太小了。"嘴儿太小了是什么意思呢？你懂的。这样的夜壶，注定没人买。半个月过后，张老三把夜壶挑来了，对何三相一哭，说："何三老爷，这夜壶没人要。"何三相二话不说，从门里找出一个杠子，将那只夜壶打破了，定金不用退，叫仆人铲出一担谷来，让张老三挑走。一担谷买一只夜壶，那就是天价。效果当然不错。从此在巴河两岸人们的嘴里，燕儿山何家老屋垸的何三老爷就成了奇人。"何三老爷买夜壶——好大的家伙！"成了歇后语，至今在流传。

比方说《剃头》的故事就非常解气。相传那时候竹瓦街上有一个剃头的看人打发。有钱人去剃头，他非常有耐心，细摸细刮，怎么舒服怎么弄，让有钱人欲仙欲死，一个头要剃两个时辰。而穷人到那里去剃头，他三下五除二，一个头八刀就可了事。何三相听说后，就穿上破衣裳，到他那去剃头。那个剃头的见是个穷人，就八刀剃完了。何三相问："剃完了吗？"那人说："剃完了。"何三相就从袖子里摸出个"金五两"递给他，说："不用找。""金五两"是五两重的金锭。这是天价中的天价。剃头的接在手里吓傻了。他没有想一个穷人剃个头出手如此大方。何三相剃完头扬长而去。剃头的赶出门，捧着"金五两"如同做梦，问人："他是谁？"人就笑，说："你连他都不认识吗？他就是燕儿山的何三老爷呀！"剃头的就把他记在心头。第二次何三相穿着绸缎衣裳，骑着高头大马又到了那里剃头。剃头的见他来就像看到了菩萨，阿谀奉承地把他扶到椅子上给他剃头。慢条斯理地给何三相剃了一上午，何三相接连做了三个梦，还没剃完。终于剃完了，扶何三相下椅子，等着付钱。剃头的想那次剃八刀他给了个"金五两"，这回肯定给得还多。但是何三相掀起袍子从里面摸出一个破铜钱，递给剃头的。这回剃头的又傻了。何三相哈哈一笑，说："那回补这回。"你说这能不解气吗？于是何三老爷剃头的故事就流传下来。定格成另外一句歇后语，叫作"何三相剃头——那回补这回"。什么叫富人？这就叫富人。巴水河边的人们到如今说一次笑一次。

比方说通过《打篾子》的故事，你就知道穷人不可能理解富人的忧愁。八月的时候，何三相躺在后花园桂花树下的睡椅上，喝着细茶，闭目养神。那时候何三相的后花园是漏墙，漏墙外是大路，路上的行人可以看到里边的风景。这时候叶花林坑的陈篾匠从路上走，看到了何三相的样子就格外羡慕，自言自语地说："何三老爷真是享福呀！"不想这话被何三相听到了。第二天他就叫仆人将陈篾匠请来了，说是要打一铺十八皮寸的细篾簟子。于是就叫陈篾匠到水竹园里选竹子砍，劈篾打簟子。每天不要陈篾匠做多，只打五皮篾，鱼肉三餐，然后叫陈篾匠陪他在后花园桂花树下唱戏。会唱不会唱不要紧，只要陪着就行。开始几天陈篾匠觉得很享福，有大鱼大肉吃，唱戏又好玩，工钱少不了。哪晓得那铺篾子一打就是三个月，每天吃鱼吃肉，陈篾匠就消化不了，吐酸水，面黄肌瘦，有气无力。陈篾匠就告饶，说："何三老爷，让我回家吧，实在受不了！工钱我不要。"何三相说："你不是说何三老爷真是享福吗？"于是那铺细篾子半途而废，何三相给了三个月的双倍工钱，这才放陈篾匠回家。这又有一句歇后语，叫作"何三相打篾篓——穷人不知富人苦"。

现在该说《朝天一路》的故事了。话说那时候从燕儿山南到竹瓦镇上只一条路，路必须经过燕儿垸。按照巴水河边的风俗，骑白马的何三相经过垸中必须下马，但何三相并不下马，骑在马上打马穿垸而过。燕儿垸中三个半秀才，哪里吞得下这口恶气，于是出来用刀砍何三相的马脚。这就激怒了何三相。不就是路吗？老子不走你的，新开一条。于是叫仆人用箩筐挑着三担铜钱，叫四乡八保的人们，连夜经坳口开路，见人挑一担土给三个铜钱，那就灯火通明，人声鼎沸。新路开成了，何三相还在路边新开一口塘供马饮水，这塘因为在蚌壳地，所以叫蚌壳塘。于是何三相从老屋垸到竹瓦镇就不走人家的路，两边的田地都是他家的。这中间有个插曲，港边路边有块小田不是他家的，他要用钱买下来，人家不卖，说要用银子把田铺满才买。何三相有办法，他先叫仆人买了一斛针，连夜撒进田里，要人种不成，然后出高价买下来，实现了他不走人家路的愿望。

族人传说，何氏家族自从何三相开了那条路之后，就开始衰落。因为破坏了风水，相传何家老屋是金蚌含珠之地，金蚌是活的，日含珠，夜吐银，蚌壳挖破了，流了一塘血水，当然就死了。这传说与燕儿垸的传说相似。因为这个垸基好，巴河陈沆考中状元之后，看中了想买下来做状元府，何三相想卖，族人愤怒地说，要是敢卖就从大沽塘修一道坝淹了它，这才作罢。后来何三相作为分支，搬出了何家老屋垸，搬到了对面破楼子垸。如今垸中姓何的就是他的后人。他的后人成分都好，解放后在大队当干部。

何三相是有眼力的。后来就是玉石俱焚的"长毛之乱"。燕儿垸洗劫了。何家老屋垸也在劫难逃，据说三重大门因为厚，"长毛"们就抬石条撞，撞也没撞开，于是用桐油淋，放火烧，老屋垸原址毁掉了，烧后的瓦砾堆在垸头长塘岸边。大雨之后，垸中的小子们去用手扒，能扒到或红或绿亮晶晶的东西，据说那是宫灯的流苏。当然还有铜钱，只是锈得不成样子。燕儿垸就彻底毁掉了。李姓的后人再也不敢在那里住。你去看那遗址，绿竹不再，树木全无，那蒿草半人深，那瓦砾丈多厚，任天上的太阳照。

朝山的那条山路，如今也渐渐废弃了，偶尔一走，那就叫回忆。

四

从那条朝山一路走下来，就是家乡。那小子终于结束浮萍漂浪的日子，随父亲搬回燕儿山南老屋垸落地生根，圆了他的乡愁游子梦。

那个搞文学评论的商教授，聪明过人，是何括此生创作的诤友，见不得人动不动拿乡愁和游子说事。他对乡愁和游子有很高的标准。他说："不错。在人类进化过程中，是有一种记忆叫乡愁。乡愁是什么呢？乡愁是一个梦，这个梦是对于游子来说的。但什么叫游子？是人就可以叫游子吗？告诉你，只有风流绝代，去国离乡，具有忧国忧民大情怀的人，才配叫游子。他们的梦才配叫乡愁。比方说李后主。他的'梦里不知身是客，一晌贪欢'算得上。比方说宋之问。他的'近乡情更怯，不敢问来人'算得上。哈哈，你说你算什么游子？你那点愁算乡愁吗？岂不是让人见笑了！"说得何括面红耳赤，无地自容。如此说来文学的确是件艰难的事，想青史留名，那是痴人说梦。

但是那小子那时候确实有梦怎么办？那梦的确是关于家乡的怎么办？九年前母亲死了，父亲带他离开家乡时，他还是个刚满三岁的孩子，所以对于家乡的印象很模糊，只有逝去的奶香和父亲失妻的痛哭。这两点此生不能忘记。虽然后来父亲过年的时候，带着他回家乡拜年寻祖认亲，但他只记得家乡屋后的山上长满人高的马尾松，随风吹动，满眼青葱。正月时松枝上还有白色东西，叫作松糖，可以吃，很甜的。甘甜就向往。吃到嘴里，那就叫幸福。垸中有许多亲人的笑脸，像花儿开在袅袅的炊烟里。所以寄居在外婆沙街的八年里，那小子就经常做这样的梦，梦中回到了美丽的家乡。冥冥之中，他就知道他是那里出生的。他的根在那里。那里才是他的家乡。而河边外婆的沙街并不是的。这样的梦醒来后就让他心慌。那滋味就叫怅然若失。那么他不算游子算什么呢？这样的梦不叫乡愁叫什么呢？回到家乡时，他才十二岁，是名副其实的游子哩！

　　游子回乡，必然美好，春风吹满天地。一挂迎接的爆竹，在燕儿山南老屋垸，九架椽子小屋子的门前，落地开花，鸡鸣狗吠，人声欢呼。屋子打扫了，安顿下来，虽然小，但那才是真正的家。流浪多年，艰辛随屈辱渐渐长大。有了家的孩子，感觉就不一样，有了底气，心里就踏实，从此再也不用担惊受怕。心中的太阳照在天上，暖风吹在脸上，树竹随风沙沙响，池塘绿水泛清波。垸子就新鲜。这里就是梦醒的地方。

　　早饭过后，垸中亲人们都来看父子。他们就惊奇，那个叫人担心长养不大的儿，居然长大了哩！穿着绿袄子像只瘦青蛙，在地上活蹦乱跳哩！这是九相的后，何家的血脉哩！他的脸就被女人们看来看去，他的头就被男人们摸来摸去。他就爱被亲人看，被亲人摸。这家送点菜，那家送点米，礼轻情义重。小屋子人进人出，充满人间欢乐。

　　这时候来了一个披着黄大衣的人，并不进屋，站在远处看。人说："书记来了。"父亲迎出门，指着那个人，对那小子说："快叫七伯。"那小子叫了。那人没有笑，板着脸问父亲："搬回来了？"父亲说："搬回来了。"那人说："那就好好劳动，不许乱说乱动。"这叫什么话？亲人搬回来是喜庆的日子哩！怎么能说这样的话？后来那小子才晓得，那个他叫七伯的人是大队书记。父子俩刚搬回来，他就来个下马威。按那时的规矩，父亲应该点头哈腰说："是。"但父亲并没有那样做，而是愣了一会儿，然后愤怒了，对那人说："牛皮客，你说什么？你莫搞忘记了？你姓何，老九同样姓何！何姓子孙回老家住天经地义！你凭什么教训我？我乱说了乱动了吗？我们父子搬回来，你不高兴吗？高兴也好，不高兴也好，老子回来了！"这就是底气。说得七伯哑口无言。父亲回到老屋垸，就敢愤怒，就敢充老子。

架子叔就出来说直话。架子叔说："何书记，兄弟父子千辛万苦搬回来了，你犯得上做相吗？俗话说打人莫打脸！一笔难写两个何字哩！和尚不亲帽儿亲，外姓人都看不过眼，亏你还姓何？"七伯就讪笑，对架子叔说："大社员，你这聪明的人，难道没看出来？我当书记哩。这是例行公事。"父亲并不歇火，说："你好大家伙哩！何三相的夜壶塞不塞得进去？"七伯说："老九，我没工夫跟你扯卵子经。我有大事要做。你晓得不？公社通知我去开会，听说文化运动下来了。先给你打个招呼，让你小心点！"说完双肘架着身上的大衣，转身就走。父亲朝地上吐一口唾沫，说："什么东西。"架子叔对父亲说："他不叫人。你不要往心里去。"父亲咬牙切齿地说："这个牛皮客！以为我怕他？"众人都笑，觉得解气。

父亲对于七伯的气，是搬回之前，回老家改屋时结下的。前气没消，又添后气，于是气上加气，于是忍不住，当众发作。

父亲回乡改屋时受的气，只要是人就不可忍受。头年腊月父亲决定搬家，就抽时间回乡改屋。父亲觉得儿大了搬回老家，必须将老屋七架椽条的单间，改成九架椽条的前后两间。中间隔壁开门，前间搭灶做饭吃饭，后间架床睡觉，老子和儿就有起码的活动空间，像个家的样子。原来垸中那七架椽条的单间老屋，由于常年没有人住，就用一把锈锁，锁着门。钥匙由父亲带着。门锁着，表示此屋有主，象征着主权。但是父亲回家改屋时发现，那小屋门上的锈锁被人砸掉了，门敞开，成了牛栏屋。屋里牛尿、牛粪溅得遍地都是，骚气冲天，不成样子。这像话吗？是谁这大的胆，敢砸锁系牛？这不是明显地欺负人吗？明显地忽视主人的存在吗？父亲一问，是七伯做的事。父亲气不打一处来，找到七伯是问。七伯以为他是书记，高人一等，不但不觉得理亏，还盛气凌人，说："你这个子弟！牛是集体的，轮到我家放，用你的破屋系牛，你敢有屁放？"父亲就气得打战，冲到七伯面前跳脚骂："你欺人太甚！你就是老虎，老子也要喂你一口！"七伯就动手打了父亲一耳光，父亲吐出嘴里的血，二人揪在一起。架子叔赶来劝架。架子叔拉住父亲，对七伯说直话。架子叔说："何书记，不是我说你，你也太做得出了。这屋是土改后按政策分给他家的，人没死，屋就是他家的。天理良心，你凭什么砸锁系牛？还动手打人？"七伯说："他喷到我面前，充老子哩！"架子叔说："就是你的儿也不应该。"七伯说："听说他要回家改屋，我不是把牛牵出来了吗？"父亲说："谁给你的这大的权力，胡作非为？"架子叔对七伯说："你得赔他家的锁。"七伯说："那把锁是假的。聋子的耳朵摆式，我一扭它就开了，不晓得丢到哪里去了？"父亲说："锁可锁君子，不能锁小人。"好在七娘觉得过意不去，也不说什么，带着儿女来将屋打扫干净了，算是赔礼，解了父亲的气。这就是家乡的温情。父亲的改屋计划在垸人的帮助下，如期实现了。七伯没有干涉。他若干涉又要遭众怨。

没想到搬家时七伯又来出洋相。父亲的气没出够，冲着架着黄大衣像个将军的七伯的背影骂："牛皮客，你这个小人！年轻时漂风浪日，游手好闲，跶半截鞋儿，在赌场上做赌博筹儿，靠抽头过日子！别人不知道，我不知道吗？你凭什么当书记'将人'？"架子叔就笑，说："家丑不可外扬。"父亲说："我就要外扬！"七伯不是聋子，这些话当然听到了。但是七伯不敢作声。自家兄弟即岁在一起长大，谁还不知道谁的底细？若是逼急了就敢揭你的老底，让你无地自容，你又能怎么样？这就是家乡给人的底气。

总而言之，搬家那天七伯不应该装腔作势，如果态度好一点，父亲的前气就会消除，不会来后气。但是这些并不影响父子安家。天地良心，是非自有公论。该争的争了，该吵的吵了，该出的气出了。输在明处，赢在暗处，一点不影响那小子梦回家乡心情。若在他乡，就做不到。这就美好。众人散去。父子安顿下来，续火做饭。搬家第一餐中饭，不该吃粥，应该吃饭。饭是从山北熊家垸带过来的。炒着吃就行，预示着今后的好日子。老屋垸的炊烟从此多了一炷，漫过屋顶，朝空中袅袅升起，象征着人气儿。

吃过中饭，屋外太阳正大，风静了，父亲心情好，就与儿坐在门前场子上晒太阳。因为屋外温暖，屋外光明。父亲拿出一本发黄的线装书，拍去上面的灰尘，教儿读。那本书是《千家诗》，是历代七言和五言诗编辑而成的普及选本。父亲翻开《千家诗》，教他的儿读第一首。第一首当然是宋代理学家程颢的《春日偶成》："云淡风轻近午天，傍花随柳过前川。时人不识余心乐，将谓偷闲学少年。"读书的父亲带着读书的儿，回到耕读传家的老屋坳读古诗，那才叫正经事。坳中父辈和祖辈们看在眼里笑在心头。于是父亲来了雅兴，领着儿子唱读起来。父亲是读这些东西发蒙的，对于唱读熟得很。抑扬顿挫，合辙押韵，都是读书人的读法哩。那才叫朗朗上口。

那小子记得，那时候父子俩心安、气定、神闲。春天的太阳照在天上。有诗为证："回家还福神安静，一觉睡到红日真。橘子隔篱越岁果，祠堂对面袅烟痕。门前绿竹风吹叶，屋后高山鸟噪林。玉食锦衣皆不换，无为自在任身心。"哎呀，串了神哩。这不是那小子那时候写的。这是现在的何括六十五岁过年回家时写的。

总而言之，对于游子来说，坐落燕儿山南祖祖辈辈赖以生存的家园，无论过去、现在和将来，同样美好，如同画儿一般。

五

何括笔下的家乡是美的，这一点不错。但是问题来了，那个酷评家商教授，对何括的作品看多了，就产生审美疲劳，总能从中看出格局之小。何括问他："小在哪里？"猛的一下，他还真说不出来。他说："只是个感觉。"这对何括来说就是痛苦。不指明"小"在哪里？怎么"大"起来？这就要人的命。商教授想了半天，对他说："一个农民的儿子，经常拿游子和乡愁说事，一写到家乡，就喋喋不休，觉得自己的家乡与众不同，有自恋之嫌。家乡之美，美在本身，不是因为有了你。"这似乎点到了正穴。

那个获得全国文学大奖的主编朋友，集会时也对何括语重心长地说："记住，只要写到如数家珍时，你就得警惕。你要想想读者有没有那个耐心。

你要想一想，你和你的家乡，是不是到了让读者津津乐道的地步？你那邮票大的地方，是不是与福克纳邮票大的地方，具有同等意义？邮票大的家乡不是谁想写，或写了，就有人买账的。你的那张旧邮票是否能登得上时代的邮船？"何括知道那个福克纳是美国作家，据说人死了，但著作留了下来，全世界有名，自然翻译到了中国，让中国活着的作家们津津乐道。

对于这种批评何括当然需要消化后才能接受。何括怎么不知道在这个星球上，只要是人就必定有家乡，那家乡必定像一个巨大的胎盘，是孕育生命和文明的。但是你没有福克纳那种境界，就不能过分沉溺其中。写小说其实说复杂就复杂，说简单就简单，说到底就是在什么精神状态下说话。精神状态又取决于你所处的地位和读者对你的才华认知度，当然不包括人云亦云。否则就成了王婆卖瓜，折磨读者。这不是大狗叫，小狗也要叫的事。你要知道你的家乡平凡得如同所有人的家乡一样，不能说起来就热泪盈眶。这就是庸人之态。你不能靠眼泪赚读者的钱。高明的读者并不相信眼泪，只相信文字背后的精神。关于这一点，何括得向十爷学习。

读老书的十爷，生前对于家乡有个古词，叫作"家山"。这就准确。青山何处没人家？山上埋祖先，山下住着子孙。山上祖坟的墓碑是白的。在太阳下发亮。山下子孙住的房屋也是白的，同样在太阳下发亮。生前的十爷把这个古词写进悼词里，用在祭祀的场合，代表着生命的终点和起点。垸中的前辈走了，十爷就作为家族中的代表，念他把古词写进去的悼词，念得别人眼泪流，他并不流泪。一袭长衫，那是主祭的服装；庄严肃穆，那是传达精神力量的，直达人心。

所以何括特别佩服生前的十爷。那时候的十爷超凡脱俗，达到了老庄的生命境界，同时不失儒家风范，但要做到这一点很难。因为人是有感情的动物，有感情就有倾向，难免情动于衷，溢于言表，顾此失彼。何括想，这辈子恐怕连十爷那种境界都达不到，更不用说福克纳了。

你看在那平凡的岁月里，叫何括动感情的事又来了。

那时候父子搬回老屋垸安顿下来。安顿下来，真的不容易。太阳落下山，白天过去了，月亮升起来，夜晚来了。门前的殿池，风静了浪平了。在这样的日子里，就觉得小屋里的灯光，安静美好。屋子里洒了水扫的，就叫干净。可以闻着氤氲的水汽儿。夜粥喝过了，就着咸菜咽，肚子也饱，饱就舒服。搬家第二餐就不能再吃饭，再吃饭哪来的那些粮食？除非不想日子朝下过。过日子没有巧，要会打算。跟会打算的人过日子就幸福。父亲就是会打算的人，跟父亲过日子，做儿的就不用担心。父子俩脱鞋坐在床沿上，准备睡觉。父亲是盘腿坐在床上的。这是日子里惬意的姿势。何括只要看到那姿势，就知道父亲有话要说，并不是小事，必定重要。父亲说："种呀！跟你说个事。"何括问："什么事？你说。"父亲说："你也不小了，眼看就要小学毕业。你知道你的胞衣钵子埋在哪里吗？"何括说："不知道。"父亲指着床前说："你看，就埋在那里呀！""胞衣"就是胎盘，巴河流域俗称"胞衣"，指人在娘肚子穿的衣裳。家乡的风俗，儿生下来落地后，喜娘割断脐带，将胞衣用一个陶罐装着，罐口用个草把子塞着，挖个洞，埋在床底前。果然床前就有一个黑土圈儿。黑土就是热土，与生土的颜色明显不同。

那小子就浑身一震，热泪盈眶。他没有想到，生儿的娘早死了，生下的儿长大了，十几年流离失所，九磨十难，孕育他生命的胎盘，原来就埋在老屋的床前，与家乡的土地连在一起，从来没有分离过。这时候不动感情就做不到。就像文学创作，父亲在关键时候教育儿，知道细节的力量。于是父亲坐床上，向空对娘祷告，说："金枝，你看着哩。我带着长大的儿回来了。"何括知道金枝是娘的名字。娘的名字多么美好。父亲说："金枝，你的儿说他回来后要好好读书，争取做个人上人。"那小子实在受不了，上前捂住父亲的嘴，不让他再说。何括明白他是小胎盘埋在大胎盘里的人一个。

如今祖辈和父亲辈们都相继过世，没有多少人说得清燕儿山南老屋垸的前世今生。何括因为从事文学创作，参与了何氏家族的续谱，对老屋垸来历比较清楚。燕儿山南的老屋垸是从江西迁徙过来的，那巴水河畔何姓子孙的发源地，只要辈派相同的子孙，都是从老屋垸分支发出去的。老屋垸从一世万五祖就开始建设，成了人间宜居之地。你看那次第而开的七口池塘绕着垸子，叫作七星映月。那都是人工挖出的。每口塘有各自的用处。垸前石条垒得四四方方的一口，有暗道流雨水，有殿必配池，叫作殿池，就是洗片塘，专门用来洗小孩子的尿片和女人月信的。殿池外长长的一口，叫作长塘，专门用来洗衣和洗菜的。长塘之下，圆圆深幽的一口，叫作吃水塘，专门用来挑水吃的。每口塘的水不串，保持清洁卫生。吃水塘下烟波浩渺的一口，叫作大沽塘，是天旱时用来灌溉和补充水源的。老屋没被"长毛"洗劫之前，三重红石大门进去，安然住着兄弟三个的三家。这三个兄弟是一个祖人生的。老屋垸被"长毛"洗劫之后，烧毁了，三重红石大门的辉煌的格局不再，三房的子孙在遗址上，移船就岸，错落有致地住着。中间住是大房，东边叫作铺儿头，住着二房；西边叫新屋头，住着三房。何括是大房的子孙。大房生了五个儿，各自成家生儿育女，依此推下来，他又是大房名分下三房的子孙。有家谱在，这些分得清楚的。这就是一个孕育世代生命的巨大胎盘。

现在的何括发现，若是站在大沽塘岸上，面向老屋垸，燕儿山就是第一重山，蚌壳山就是第二重山，两重山像圆椅一样护着垸子。东边一条山岗后是何垸的戏场，那是过去唱戏酬神的地方。西边一条山岗下是何氏老祠堂，那是过去春秋两季，何姓子孙从各地赶来，聚在一起祭祀祖先的地方。这就与紫禁城的建制一样，叫作"左祠右社"，就差"前朝后市"了。这就是"家山"的真面目。

父子搬回时，老三房的子孙就那样形散而神聚，居住在老屋垸那个巨大的胎盘里。从此那个巨大胎盘里的风雨阳光，滋养着那小子慢慢读书，渐渐长大。后来居然也写小说，鱼目混珠。

第四章

一

那小子同父亲搬回老屋垸住，那感觉就大不相同，就像黄梅戏中所唱的"龙归大海鸟入林"。燕儿山南的老屋垸与燕儿北的熊家垸，在那小子的印象里，就像两个世界。燕儿山北熊家垸，山高坡陡，垸小人少，虽说有港，但那小港儿的水，流到畈下拐个弯就不见了。那叫局促。而且港对面就是明举塘，据说明代垸里考中过举人的，不知是真是假。明举塘那时候归卫星大队管，叫双塘村是改革开放后的事。那时候虽然可以看到港岸两边的人在畈里干活儿，但是互相就不知道谁是谁。除非天旱时从港里抢水灌田，打群架时才发生关系。区里的领导出面来处理突发事件，才知道谁打破了谁的头。那时候县下设大区，大区下面才是公社。但这样打破头的机会少得可怜，三年还轮不上一回。这就叫闭塞。这与吃喝无关，完全属于精神范畴。你说在巴水河边一望无际外婆沙街长大的，天生喜欢浪漫的那小子，在熊家垸居然住了三年，岂不闷煞人？如若一直生活在熊家垸，这辈子恐怕连写小说鱼目混珠的机会也没有。

而燕儿山南老屋垸就明显不同了，翻燕儿山坳口沿着祖上何三相开的那条大路下来，田畈连着许多垸子。这些垸子都归柏杨公社十大队管。那时候并不叫燕山村，叫柏杨十大队。叫燕山村也是改革开放后才回归本名的。那开阔的地势中，老屋垸的炊烟连着别个垸子的炊烟，并且那些炊烟里的人家大多也姓何，共着一个祖先。人所共知，老屋垸读老书的人特别多，这些人头上戴着"分子"帽子，随手一抓就是一大把，他们曾经是这个地方的头面人物，在不同时期不同层次，代表着何氏家族说话处事，出人头地。这自然不是吹牛的，有传说和故事证明。那时候大队的书记，又由何姓的人当着，自然又是头面人物。长房出小辈，老屋垸的书记理所当然是小辈，走出去随便遇到本姓的孩子，论起来辈派，你得叫祖父，甚至还打不住。尽管小辈领导长辈，但你得服管。人们并不糊涂，知道这是人民公社的大队书记，与家族的户长不能相提并论。户长要德高望重，由族人推选才是，而大队书记并不推选，由公社直接任命，下一个红头文件，开社员大会时，站到台上一念就是，你得服他。这样的事，日子久了，习惯成自然。所以在众人的心目中，尽管大队部设在何树林垸，但无形之间还是以老屋垸为纽带。老屋垸是一个地方政治、经济、文化的中心。这就是值得骄傲的地方。这样的地方会产生许多古怪的人，发生奇怪的事，让你感到前所未有的新鲜、刺激，有味并且有趣。这也无关吃喝，同样属于精神范畴。历史的经验告诉你，这样的地方特别适合写小说的人成长。如果你有福克纳的本领，就会成功。

忽然那天老屋的何书记在广播箱儿里，先念伟人诗词："金猴奋起千钧棒，玉宇澄清万里埃。"然后紧急通知全大队的人，到对面陈破楼子垸开早会。会是革命群众大会，除了"分子"就地出工之外，所有能下畈的人都要参加。这相当于出早工。何书记宣布去的人记工分，不去的人不计工分不说，还要加倍地扣。这要花名册点名打钩的。你若不去，靠工分吃饭的年月，那就亏大了。会早到什么程度呢？早到天亮之前，每个生产队的群众，采取军事行动用拉练的速度，结队到陈破楼子垸稻场上用白石灰划定的块儿内整队集中入场为准，体现发号施令的权威性。这样的早会，就好比过年起早吃年饭，新鲜刺激，振奋人心。如果在大白天开会，不采取军事行动，三五成群，懒懒散散地走，那就达不到亢奋的程度。

这就是那个时代的文气。每个时代有每个时代的文气。文气决定每个时代的特色，不然就没有楚辞、唐诗、汉赋、元曲、宋词和明清小说之说。那时候是顺口溜成风的时代。那时一个年轻人在公社当书记，此人叫作杨得文。通过名字你可以看到他的家学底子。他就特别爱开早会，经常通知全公社的人，天亮之前赶到当时公社所在地走马岗开早会。柏杨十大队离走马岗有十几里路，柏杨十大队的人要举着火把，以拉练急行军的形式，走一个多小时，才能赶到会场。天刚麻麻亮，此人意气洋洋，双手叉腰站在台上念伟人的诗词："四海翻腾云水怒，五洲震荡风雷激。"然后点将，直接喊大队书记的名字，"某某某，你们大队到了没有？"台下的大队书记就大声回答："到了！"他说："没吃饭吗？声音不够响亮！"于是台下全大队的人一齐回答："到了！"这就响亮。他就满意，他就爱这个味。公社开早会，一般来说，是搞挑战和应战的。有生产方面的，还有运动方面的。他议定两个大队，结成对手，做一面流动红旗。开会时由两个大队的书记上台，一个念挑战书，一个念应战书。此人特别喜欢用顺口溜写的战书。各大队写战书的人，投其所好，就用顺口溜写，或五字句的，或七字句的，站在台上念，铿锵有力，生动有趣。比方说应战的一方，拿着一张红纸，站在台上念："柳树干群齐努力，敢教日月换天地。下回有劳何书记，亲自上台献红旗。"不要以为顺口溜好写。好的顺口溜，讲究每句押韵。隔句押韵，算不得真本领。柳树是隔港燕山相邻的大队。书记姓段，比七伯年轻，又是读了初中毕业的，没当书记之前，在公社宣传队写快板书和对口词，写的应战书，自然要比燕山的好。台下听的人就哄堂大笑。这就生动不少。不怕不识货，就怕货比货。七伯只有跟着笑。这个狗东西就比他聪明。有什么法子？他合杨书记的口味哩。

后来那个喜爱顺口溜的杨书记，犯了一点错误。不是政治方面的，而是作风方面的。组织上让他背了一个处分，调离了。

人说当大队书记的七伯，爱开早会，是受了那个杨书记的影响。这也不见得。那时候是领导就爱开早会和晚会。最新指示下来，深夜敲锣打鼓举着火把，游行庆祝的场面经常发生。一人领头，举着拳头，高喊坚决拥护的口号，众人跟着响应。那小子就是那时候受了感染，发现日子里的韵脚，在脑海里哗哗作响，迷上了顺口溜的。何括高中毕业后从事业余文学创作，从师学艺，练的就是编顺口溜的功夫。每逢聚会应景，他出口成章。

那个商教授就夸他有"捷才"。他还沾沾自喜，想起来就脸红。

开会回来，那小子两只眼睛放光，兴奋得睡不着觉。父亲的嘴角就撇出笑意来，问："喊了吗？"他说："喊了。"父亲问："过瘾不？"他说："过瘾。"父亲问："你还认得我是谁吗？"那小子就知道父亲话里的意思，并不回答。父亲就问："想不想听寓言？"那小子问："寓言押韵不？"父亲笑着说："寓言是故事。故事不押韵。"那小子不再问，父亲爱讲就让他讲，有什么办法。父亲有事无事时，总爱对儿讲些陈年旧事，灌输旧思想。比方哪些田哪些地原来是他家的，收成很好。比方说何氏祠堂前的那副对联："荆树有花兄弟乐，砚田无税子孙耕。"儿愿听也好，不愿听也好，但儿还是记住了。父亲说："从前有座山，山上住着一群猴子。主人开始给它们发玉米棒子，早上发三个，晚上发四个。猴子们不满意。主人就早上发四个，晚上发三个。于是猴子们皆大欢喜。"那小子警觉了，问："什么意思？"父亲笑着说："这个账也算不到？前面是朝三暮四，后头是朝四暮三。"那小子忽然明白了，问："朝三暮四与朝四暮三，不是一样多？"于是父亲对着油灯端坐着，不再说话，大有深意的样子，叫那小子受不了。

二

那小子现在越来越觉得父亲那时候日子过得挺不简单，为人处世可以说，以屈求伸，防患于未然，用心良苦。父亲除了会做泥工手艺谋生之外，还要动用智慧，控制情感。控制自己的，还有亲人的，不让日子乱了分寸。

"风来了，雨来了，道士驮个鼓来了。"白话二哥在屋前兴奋，学孩子唱巴河童谣。小孩子下雨天就兴奋，你就不知道他老大不小了兴奋什么？那是星期天，雨下得很大，屋里屋外一片的雾，出不了工，是难得的休息。闲下来的父亲，心情更复杂，对那小子说："种，想听笑话吗？我跟你讲一个。"那小子就坐好了认真听，一点不知道父亲给他下的是套子。父亲给那小子讲的是什么笑话呢？现在的何括知道父亲给他讲的笑话，其实是个寓言，而且很古老。父亲说："寓言是故事，所以不押韵。"

父亲坐好了，也喝一点水润嘴，开口讲："从前山上有座庙，庙里住着一个老和尚和一个小和尚。老和尚对小和尚讲故事。老和尚说，从前山上有座庙，庙里住着一个老和尚和一个小和尚，老和尚对小和尚讲故事。"那小子开始并不觉得好笑。有什么好笑的呢？不明白。父亲并不解释，只是把那故事从头到尾又讲一遍。那小子并不蠢，忽然灵光乍现，脑洞大开，发现其中的奥妙。原来这个寓言像个绕口令，可以一直绕下去，绕到日出日落，地老天荒。这就触动了那小子的笑筋，笑得肚子痛，想止也止不住。那时候父亲并不笑，看着儿笑。父亲让可怜的儿笑够。

等儿笑得差不多，父亲就问："种嘞！你知道那两个和尚是谁吗？"那小子说："我哪里知道？"父亲说："远在天边，近在眼前。我就是那个老和尚，那个小和尚就是你！"这话就像一盆冷水，彼时浇到热头上，心凉了半截。那小子望着父亲，愣了半天，再也笑不起来，主要是因为住前屋的白话二哥日子里的恶作剧。

父亲出外做泥工夜晚回不来时，就由白话二哥给那小子做伴。你不知道那时候那小子为什么一到晚上总是怕？现在才知道与性命的底气有关。白话二哥比那小子大几岁，正是荷尔蒙旺盛的时候，像一只小公鸡，喜欢用掌握的知识，在坽中招摇，吸引人的眼球，全然不顾那小子的感受。白话二哥读到了初中毕业，在水利宣传队搞过一年，会唱戏，只是有时候开黄腔。字儿写得也好，只是比十爹差好多。夜里做伴时，白话二哥就同那小子灌输宣传队少男少女们的风流韵事，当然也包括自己的。

夜里白话二哥意犹未尽，清早起来就借题发挥，用半截白粉笔头，在那小子家的大门题上"金山寺"。那小子家的大门没有框，是做泥工的父亲用青砖垒起的，窄而粗糙。金山寺是什么人住的地方？那小子就知道，金山寺是法海和尚住的庙。法海就是与白娘子斗法，水漫金山，后来做雷峰塔，镇住白娘子，坏白娘子与许仙百年好事的人。白话二哥在前头写，那小子在后头擦，擦也擦不干净，总有白迹在，叫那小子难为情。在世俗的日子里，和尚并不是什么好话，与传宗接代有关。这就叫那小子心里难忍难受。白话二哥在大门上题"金山寺"，说明这屋里住着两个和尚。这就有根据，而且顺理成章。那小子的父亲小时候为了好养，不是结拜过杨庄庙的老和尚做干儿吗？绰号就叫"细和尚"哩。如今细和尚老了，成了老和尚。他的儿长大了，成了细和尚哩。垴人就骂白话二哥不厚道，俗话说："打人莫打脸，笑人不揭短。"开玩笑也不能过分，哪能择人的痛脚捏？这事自然传到那小子父亲的耳朵里。父亲只有隐在心头，还不能拿出来与白话二哥计较。若是较真，人家大人会论道你做叔爷的不是，成了不打自招，自取其辱。俗话说得好："不会教导的，教导别家的孩子。会教导的，教导自家的孩子。"

所以做父亲的，就利用下雨天，忧心忡忡，讲那个古老的寓言，教导他的种。这也有原因。因为那个种自从搬回老家后，正在疯长，成天乐而忘忧，渐渐以为自己与别家的种是一样的。还没觉察到由于家庭成分的原因，成人之后自己想结婚的艰难程度。父亲给他讲的那个寓言，意味着那个种，这辈子有打单身的危险。这就是要命的事。你不知道那时候那个种，性意识正在觉醒之中，正是做梦向往着结婚哩。有天夜里醒来，那个种居然向父亲提出给他找个媳妇。父亲毫不留情给了那个种一个栗包，痛得那个种眼泪漫。结婚该是人间多么美好的事？不是说人生两大幸事吗？"洞房花烛夜，金榜题名时。""金榜题名"不是所有人能达到的，但是"洞房花烛"只要人正常，那是起码的。这也达不到，那有什么活头？这就让人恐惧。所以在那个漆黑的雨天，父亲触景生情，讲了那个寓言后，那个种再也笑不起来。现在想来，这是父亲那时候在给那个种励志哩。子曰："不愤不启，不悱不发。"父亲的方法不迟不早，用的正是时候，恰到好处。这智慧是父亲在日子里练出来的，叫作当头棒喝。棒喝好，棒喝让人清醒。

日子絮乱如麻，许多的俗事，你想绕开，总也绕不开。遥想当年，父亲不仅有办法止人的笑，还有办法止人的哭。那小子记得那年父亲接沙街的外婆，来老屋垴住了好几天。那几天他就有办法，没让外婆哭。

自从那小子同父亲搬回老家，沙街的外婆，总是担心外孙的日子没过好，总想来看看。父亲总是不答应。这也有原因。住熊家垸时，父亲不敢接外婆来，因为那是借壁躲雨，住的不是自家的屋。父亲搬回了老屋垸后，尽管只有前后两间土砖屋子，但那是名正言顺的家。老子学会谋生的手艺，儿子在读书进学，眼看就要小学毕业。父亲觉得总算对得住外婆了。父亲先前不接外婆来住，是怕外婆睹物思人，伤心流泪。日子里的外婆是善哭之人，女儿死了，黄叶不落青叶落，留下年幼的外孙，好多年她总在鸡开口时，醒来就开始哭，泣诉着，长歌当哭。住在沙街的八年，那小子就是在那哭歌中长大的。

沙街的外婆一生只到过两回女婿的老屋垸。第一回是十年前接到女儿得急症死了的消息来的。外婆进屋一头撞到女儿的棺材上，额头撞开一个大口子，哭得死去活来。那桃子大的伤疤一直留在外婆的额头上，一年四季总是红的，变不了颜色。外婆第二次来老屋来住的那几天，日子就像过年，女婿极孝顺，外孙极听话，她没有理由哭。再就是父亲让她总有忙的，不是清就是洗，不是缝就是补，她没有时间哭。这还不是外婆不哭的主要原因。让外婆不哭的主要原因，是父亲把那小子母亲的照片及时藏到草楼上的箱子里了。那张照片是那小子的母亲与细舅娘，到上巴河镇照的，是那小子母亲生前留下的唯一一张照片。原来放在柜子的抽屉里，那小子翻出来看过一回，虽然是黑白的，但母亲也如花似玉。外婆第二次来老屋垸，没有看到女儿的照片，那几天就一点不伤心，从始到终没有哭。如果父亲不藏那张照片，让外婆看到了，不知道要哭几场。这就是智慧。

外婆住的那几天很开心。那小子让外婆给他缝了个装红宝书的包儿。红宝书是那时候发行的伟人语录本，精装的，六十四开，红色的塑料皮封面，俗称"八万八"，也就是说有八万八千字。那时候发行量很大，人手一本，有的人还不止一本。外婆心灵手巧，用黄色的棉布裁成背包手工缝成的，用绣线绣上光芒四射的红太阳和一圈向日葵，那就是朵朵葵花向太阳。安上暗扣，缝条带子，把宝书装进去，让那小子体面地背到学校炫耀，人有他也有，一点也不羡慕别人的。他觉得他与贫下中农的孩子，没什么不同。只是父亲看着他儿那兴奋的样子，不由得叹了一口气。

那小子明白自己与别家的孩子不一样，是后来才感觉到的。那场关于文化的风波过后，七伯也不再做书记了，论说对那小子有什么损失，就是草楼上那口破箱子里，藏的那本《千家诗》和一本分省地图不见了。还有一架测日影的子午仪被没收了。损失最大的莫过于父亲藏的母亲的那张照片不见了。害得那小子一生之中，没有母亲的形象，怎么回忆也记不起来。这就是一生的痛苦。

三

所以，当时那个可怜的小子最大的梦想就是与家庭划清界限，脱胎换骨，重新做人。那该多么美好！前途光明呀！

七伯的大儿，是孩子头。他一点不为父亲丢职的事而悲哀，折一根高粱秆子举着，上面系一条红领巾作旗，号召垸中放学的孩子集在他的旗帜下，向八队破楼垸放学的孩子叫阵，各自占领高地，冲锋陷阵。抛石头扔土块，那是常规武器，要命的是用弹弓包着石子射出去，打破了头也不准哭，向烈士学习，临死不屈。那一次那小子被八队破楼垸的陈疤子，用弹弓射中鼻梁，鲜血直流，那小子就没哭。好了后，鼻梁塌了，形成一块疤，至今仍在。若是射中了眼睛，估计此生就废了。好在那些孩子到了学校上课时还乖，并不分派，该怎么坐就怎么坐，老师讲课还是听。至于听没听进去，只有天知道。那时候师道尊严还没有破，学校的秩序还算正常，不正常是接下来的事。那小子尽管瘦，尽管破，但学习成绩还算好。

那小子是一九六六年秋季小学毕业的。那时候升学考试还是正常的。也填表，检查身体，很正规。称体重时，那十二岁的小子只有二十五公斤。那时候的人们一点也不习惯公斤，换算成斤，就是五十斤。那就瘦得可怜，基本上像只猴子。升学考试也正规而且隆重。升学考试要到竹瓦镇小学指定的考场。有准考证的，而且编了号，贴了照片，对号入座。考试之前，老师怕误时间，叫学生隔夜到孔岗小学教室里睡，为了第二天统一行动。父亲为了他的儿考好，舍得投入，为他的儿备了干粮。那干粮是面粉做的粑，用袋子装着。那个小子与二队长陈叔的儿根富，一起在课桌上睡。二队长陈叔的儿与那小子同年，比那小子壮，体检时过秤三十三公斤，那就是六十六斤，比那小子足足重了十六斤。夜里孔岗庙改作的教室里，蚊子特多，根本睡不着。又有饥饿的老鼠，闻着面粑的香味出来抢吃，根本不怕人。那叫一夜无眠。

第二天就来到竹瓦镇小学指定的考场里升学考试。考两门，上午考语文，下午考算术。注意，那时候不叫数学，叫数学是后来的事。好在天下了雨，有凉风阵阵吹进教室，这就叫人精神抖擞。考语文不考基础知识，只考一篇作文就可以。作文题目有两个。一个是《学雷锋的故事》，另一个是《当运动的先锋》。没想到十年过后，恢复高考，何括也参加了，作文题还是《学雷锋的故事》，没有《当运动的先锋》。何括又自作聪明，逞才把记叙文当作散文诗写，明明是考记叙文，你写散文诗做什么？谁有耐心看你抒情？体裁不当，不合时宜，落榜是自然的事。此是后话，就此打住。

遥想当年小学升学考试，风好，天也凉快，你小子要是写《学雷锋的故事》该多好！你那时候老老实实编个故事写下去的本领应该有。判卷的老师说不定会给你高分的。但是你灵机一动，不写《学雷锋的故事》，而写了《当运动的先锋》。你怎么写呢？你把祖上如何收租剥削贫下中农的本事，拿出来作论点，批判一通。你认为没有离题。因为老师说写作文，最怕离题。若是离题，得不了高分。你认为这回押准了，行文理直气壮，文从字顺，能拿高分哩。你写完作文后，暗自欢喜。下午考算术。所有的题你都做完了，包括最后一道难题，可能拿满分。如此一想，你觉得你考上初中是十拿九稳，没有问题了。这叫窃喜。小小的年纪，乳臭未干，你就有了窃喜的心思。

考完回家，父亲问："考得怎么样？"你隐忍着并不回答，只是眼睛放光。父亲并不追问，留下一些柴米，到黄石做泥工去了。你于是耐心等待。等待着邮递员来给你送升学通知。哪晓得等到天凉了，大雁南飞时，邮递员是送通知来了，但送来的不是升学通知，而是一张红纸印的传单，上面写着叫你向燕子学习"海阔凭鱼跃，天高任鸟飞，广阔天地炼红心"。你居然没有被录取。你一颗烧红的心彼时掉到了冰窟窿里。什么叫失望？那才叫失望。而且不留余地，比较彻底。这就是那时候一系列的心理活动。

秋天的时候父亲从黄石回来给儿备柴米。他计算着时间知道什么时候儿的柴米完了该回来。父亲一回来就知道儿子不能上初中，喝粥的时候，就问儿子是怎么考的？那小子就哭着把怎么考的向父亲诉说了。父亲并不惊奇，说："这叫什么事？天地良心何在？难道我的儿把祖宗拿出来卖了，还不能录取吗？"父亲说："我的儿呀！你怎么能不打自招哩？"那小子就委屈得泣不成声，那才叫泪流满面，而且拒绝喝粥。这不是存心绝食要饿死自个儿吗？

这次父亲毫不留情，当头给了那小子一栗包，咬肌嚼动，说："哭，你还有脸跟老子哭！"那小子仍是哭。父亲叹口气说："有什么好哭的？跟老子喝粥！听着！好死不如赖活。留得青山在，还怕没柴烧？"那小子得理不让人，哭得死去活来。父亲心软了，眼睛红了，将儿的头揽进怀里，扯起袖子，将儿流出的泪水擦干净，才放手。

那小子不敢再哭，老实了，捧碗喝粥。

现在何括才知道从那一年开始，升学录取，并不论分数，论家庭成分，与分数无关。如果日子里没有后来，那小子的眼泪算是白流了。如果日子里没有后来，那小子就此就断了读书的路，就像鸟儿折断了翅膀，哪能今天坐在电脑前写叫作小说的东西呢？杜甫不是说"王杨卢骆当时体，轻薄为文哂未休。尔曹身与名俱灭，不废江河万古流"吗？孔夫子当年站在河边的感叹，不是被他的弟子记下来了"逝者如斯夫，不舍昼夜"吗？"不舍"意味着什么呢？

"不舍"意味着，流水般的日子里，会有后来的。

四

那小子眨巴着眼睛，活在老屋垸的日子里，无书可读了。于是他不时苦着一张小脸装酷，精神面貌受到了一定的影响。

垸人并不在意他的那张小苦脸表露出来的精神。谁家没有大的儿细的女？生下儿一喜，生下女一忧，喜过忧过之后，放在日子里慢慢长就是，用不着大惊小怪。如果伢儿病死了，或者落到塘里溺亡了，垸人才将此事提到日子里议论一番，检讨过失，然后随风过了，谁也不随孩子去，就是亲生父母也是这样的，日子照样朝下过。再说你不就是小学毕业，没有能升到初中，用得上"做相"吗？这算什么大事？就像母鸡抱的一窝蛋，出壳时"冤"死了一个，在所难免。垸大"蛋"不少，"破壳"的毕竟多，"冤"死的毕竟少。这只能叫司空见惯，不能叫麻木不仁。论做人，你还是"伢秧子"，不能做种。论读书，你学的那点东西，入不了祖辈和父辈的法眼，他们大多受过寒窗之苦。你既不能算种，也不能算才。人们哪里来的那么多精力，关注你这个"梦稚子"日子里的那张苦脸？你要明白，古往今来在老屋垸里过日子，想引起普遍关注并非易事。除非你考中状元，戴官帽着红袍打马回乡，垸人自然会涌到家来喝喜酒。还有一种可能，那就是在外捡了"狗头金"，回来后一夜暴富。这动静是大，但你就是办酒，垸人也不见得全来喝。老屋垸看不惯这样的儿，那也是贬多褒少。老屋垸有定性，见过官也见过钱，想造成蝴蝶扇翅般的轰动效应有点难。所以那无书可读的小子，眨巴着眼睛，苦着一张小脸，表示不甘心，也不起作用。只有一条路，在长天野日里，老老实实，跟着大人们下畈学种田，割谷插秧。

巴水流域燕儿山南老屋垸的日子，是由季风组成的。由季风组成季节。天不变道亦不变。浩荡而来的季风，主宰着田畈里的禾稼，发芽、生根、开花，乃至成熟与收割。这不由人的意志转换。说人定胜天，那是句狂话。那时候季风像一匹烈马，驱使着日子里的人们，不是骑在背上，而是跟在屁股后面，一路狂奔。"喜看稻菽千重浪，遍地英雄下夕烟。"那才叫"壮怀激烈"。

现在住城里的父母们教他们的孩子背季节歌。何括当幼师的儿媳妇，不甘人后，也在教她的儿子背。那季节歌经过历代读书人的加工，非常精练押韵顺口。"春雨惊春清谷天，夏满芒夏暑相连。秋处露秋寒霜降，冬雪雪冬小大寒。"何括心里就笑，背熟了有什么用？农耕文化已经遥远得像一场大梦，人类不是进入了城市文明时代吗？你让你的儿子背季节歌是为了显示知识全面，还是若考试出了这道题能拿高分？你想让你的儿子回乡种田吗？肯定不是。嘴里教的与心里想的不是一回事。这就叫异化。

现在就是种田，季节没变，还是随风而来。但耕作方式变了，机械化了。播种时节和品种也变了，全不是昔日的模样。你完全搞不懂。现在垸人种田，用懒龙队长的话说，是懒人种懒田。从下种到收割，又回到原始状态。现在的稻子种一季，种农业科学家培育出来的杂交品种，产量出奇地高，叫作优质稻。也不用整秧田下秧，在田里直接播谷种。这就省了扯秧、插秧那套力气。也有插秧的，那秧苗是秧厂专门培育出来的，无土成卷，用插秧机插，用不着人脸朝黑泥背朝天。秧苗长出来后，根本用不着人拄着棍子下田薅，撒除草剂就可以。还有除虫防病，不用人背着药筒子下田了，用遥控的无人飞机从天上洒，那雾化的效果，好得出奇。稻谷成熟了，开着收割机下田，机声轰轰，前头吃禾，后头屙草，中间吐谷，用尼龙袋子装好，扎着袋口，码在拖拉机上朝回运，就大功告成。现在的季风就像驯服的烈马，变乖了，让人骑在背上，扬着鞭子，悠然自得。那鞭子是钱。当然这需要计算成本，如果入不敷出，最好不要这样做。

现在的何括处在冥想之时，总想从遥远的耕作形式中找出破绽来，寻求精神的解脱。比方说那时候为什么不直接播谷籽儿呢？考古学家通过河姆渡遗址发掘出来的碳化稻壳，用 C14 检测发现，我国水稻人工栽培技术可以追溯到新石器时代早期。那时候长江中下游的先民们就利用野生稻，培育出人工稻。我们的祖先就是将野生稻的籽儿，直接播到开出的水田里。

那该多省事。省去了整秧田下秧、扯秧插秧，那套累死人的程序。扯秧就不说了。那插秧就讲究得吓人，开始没提倡密植时，棵秧根数、行距与株距之间的关系，是七八根，八九寸。后来提倡密植了，改成六七根，三五寸。提倡密植时，唯恐插不直，发明了划行器儿。将田里的水放干，用人拖着划行器儿，在田里划好迹儿，那迹儿就像印好的方格稿纸，行距与株距都规定好了，让人按着格子插。那就好比写文章，有章法，行距平行，株距对直。就像殿试，用的是"馆阁体"，誉的是"及第文章"，就像浠水河边县博物馆所藏的清代陈沆中状元的试卷，那才叫规矩。你说又弯不断水，插那么直干什么？说是透风。这又是笑话。风是无孔不入的。秧好不容易插下去后，又要拼起命来薅。插在田里的稻禾，三个月的时间里，要人挂着棍子用脚薅四遍。这也有说语："头道脚一具犁，二道脚一层皮，三道脚一光，四道脚一淌。"在这过程中除了拼命地薅田之外，还要留心扯去随风长起的杂草和稗子。这些"败类"特别顽固。头道脚最讲究，要用脚像一具犁样的松土。现在发现并不科学。因为稻谷在生长过程中，薅田同扯秧一样，破坏了水稻的根系，会影响产量。现在直播稻谷的产量就是证明，事实胜于雄辩。现在想来，那时候拼起命来薅田，恐怕有两点好处，不容忽视：一是除草去稗，二是不让人变懒。

科学的发展就是去伪存真的过程。那时候为什么要制定那么一套辛苦的耕作过程呢？没有发明除草剂不是关键。没有机械化是时代的局限，也不是关键。关键是长江中下游，那时候发明了"一年三熟制"。传统的水稻一年种一季，那是高秆品种，容易倒伏，并且产量不高。只是好吃，糙糯。现在的人研究，据说营养价值高。那时候不是谈营养价值的时候。改良的品种，那是矮秆的，不容易倒伏，一年种两季。收了头季稻赶着插二季稻，两季稻子的产量加起来，总比种一季要高。当然也有不高的，那是遇到天旱，二季稻颗粒无收。好在这样的年份并不多。两季稻子种下来，收割了，北风一吹冬天接着来了，田还不能空着，不是种油菜就是种小麦。这就是那时候推广普及的"一年三熟制"。如此推理下来，现在的何括就明白了。

为什么那时候要整田下秧？那是利用时间差呀！两季的秧苗长在秧田里，分别有一个月的秧龄期，好比托儿所。这就是办法。日子里吃饭的人太多了。"一万年太久，只争朝夕"呀。

就像草原上马背上的民族，他们的子孙必定成为优秀的骑手一样，生在巴河流域的那小子此生必定成为插秧能手。这功夫是从那时候开始，由懒龙队长一手监督、培养，练成的。懒龙队长姓李，是老屋垸上面燕儿山腰李家细垸的。他是燕儿垸李姓秀才的后人，穷了八代。穷了八代就根正苗红，理直气壮。李家细垸与何家老屋组成一个生产队，这叫"掺沙子"。何家老屋的人多，垸里的人不能当队长，上级指定队长由懒龙叔当。二队长由下面何家老屋的人当，何姓人没有资格，由陈叔当，他的祖上是何姓的佃户，也算苦大仇深。这叫权力分配，势力均衡。这上下两个队长，有一个共同的特征，那就是尽管没读书，但力气都大，做农活"吃"得住人，你不敢不服。一个脾气大，性子急。那就是二队长陈叔。社员会时，他嫌小孩子吵闹，开口骂："没看到打摞，哪来的这么多伢？"这样的粗口他都敢暴，谁不怕他？一个性子慵，嘴角经常流着亮涎儿，那就是懒龙叔。他驮着一张枣树做的粗柄挖锄头，除了喊人出工，就下畈看秧田的水。他对生产队的后代有一套教育方法，那就是慢慢来，就好像赶驴上磨，只有套上了，不怕你不跟着转，所以那小子对他的印象非常深。

比方赶小的们下田插秧，他就不怕你不会插，赶到田里再说。那小子第一次被赶下田是个雨天，在叫作水竹园的田里，小的们一群，有男有女，都非常小。他就觉得大有希望，后继有人，说："蛤蟆无颈，细伢无腰。"意思是小孩子特别适合插秧。他在水竹园亲自教，进行动作分解，那动作分解起来就叫人笑。他真的不是插秧的料。一棵秧插下去，就像清明节向祖人敬香。一田的人就笑，他就不笑。他要的就是这效果，让小的们看到了希望，起码能超过他。

那小子悟性好，果然在不长的时间内超过了他。插秧是件技术活，就不用细说了，留在岁月里成为"非遗"吧。如果成为"非遗"，再去示范。

但是懒龙叔的目的达到了。那小子在非常短的时间内，成了插秧能手。这就痛苦。从此以后燕儿山南老屋的田畈，春夏两季插秧，都离不开那小子。累得那小子做梦也想读书。他做梦坐在课堂上读书，而且居然非常聪明，老师提问时，他就举手回答，每次都答对了，得到了老师的表扬。那该多么幸福。只是不能醒来。只要醒来就听到了布谷鸟儿在天上叫，还有懒龙叔催人出工的叫声。现在分析那梦的成因，不外乎两条：一是那小子做得太苦了；二是那小子认为自己成绩不错，是读书的料，不死心呀。

父亲不在家，出外做泥工去了。那小子为了逃避劳作，居然从屋里锁着门，开着父亲买给他做伴的收音机，在床上睡觉。懒龙叔找他出工，发现门锁着，以为他到沙街外婆家去了，准备离开时，却听着屋里有女声独唱"太阳最红，毛主席最亲"的歌声。这不是一叶障目，不打自招吗？那小子尽做这样的蠢事。于是懒龙叔将门拍开，笑得涎儿亮，毫不留情，将那小子赶出来，下田插秧。

现在何括回到家乡，垸人就拿此取笑他。说他是个拐东西，锁门睡懒觉的角儿。这叫"不良记录"。何括就笑，说："那时候只有十二岁呀！"唉，十二岁，瘦得像只猴子，叫何括怎么说？

至今何括右手中指上有一个硬茧，那是插秧和用电脑写作之前用笔写稿留下的，作为生命的印迹蜕不了，二者相辅相成。

五

现在的何括不满老伴对于孙子的"宠行"，说："我十二岁就开始独立生活，做饭自己吃，衣服自己洗。"儿媳就"趁火打劫"说："对，不能溺爱。"老伴对何括说："你那是没娘的孩子。"何括就无言以对。

是的，撒娇是孩子的天性，孩子有撒娇的权利。有娇可撒，就是幸福。难道为了培养性格和习惯，让孩子失去宠爱吗？这就说不过去。所以何括的孙子现在什么都不怕，要天上的月亮，让祖母花五元钱买下来，归他所有。那小东西从早到晚一点不孤独，幸福满满的样子，让何括老是担心他的将来。

何括是从传统文化长河之中洗出来的，固执地认为在日子里做人，有两条基本的准则。一是畏。子曰："君子三畏：畏天命，畏大人，畏圣人言。""三不畏"绝不是好事。二是省。人要有孤独感，感到了孤独，才能吾日三省："为人谋而不忠乎？与朋友交而不信乎？传不习乎？"没有敬畏之心和没有孤独感的人，换句话说无畏无省的人，将来恐怕难成大事。这想法只能留在心中，不能说出来。谁信呢？你这是看《论语》流眼泪，替今人担忧哩。

那小子是从小学毕业无书可读之后，开始明白在漫长的日子里，怕与孤独原来是有区别的。那时候父亲定期回家备好柴米，然后到江对面的黄石市做泥工去了，将那小子留在老屋垸中过日子。这符合巴河流域的民谚："儿要宽心养。"垸人并不责怪。

认识到怕与孤独不同，这就是性命成熟的分水岭。这之前他还小，心智不全，怕的是具体的对象。这之后他心智渐长，不再是怕，而是孤独。那滋味就抽象。你说不出为什么？只是惶惶然心里发虚。那滋味想起来就不好受，能让鼻子发酸哩。那小子是品尝那滋味走过来的，窃以为内心世界还算丰富，觉得选择"塑造灵魂"的职业，算是不枉此生。

深入灵魂，你就会发现，这之前的日子里，那小子只是怕。不怕白天，怕晚上。为什么不怕白天呢？白天可以与老屋垸小的们一齐上学，"鱼目混珠"呀。也读书，也打架；有笑的，也有哭的。这就可以满足。为什么怕晚上呢？晚上放学回来，自己做吃了，叫的伴不能马上来，这就得等。那伴不是你的亲人，没有非陪你不可的义务，不是固定得了的。这要看伴的心情和有没有事。有时候等着等着来了，有时候等到半夜并不来。来了情义可嘉，没来事出有因。伴没来就苦了那小子，惶惶然不可终夜。有月亮的日子好说，明月当空，土窗之外，树影竹影随风吹，可以瞧得远，妖魔鬼怪并不来。没月亮的日子，土窗之外漆黑一片，就担心它们要来了，怕得通宵不敢睡。那时候那小子只怕晚上。

这之后的日子，那小子既怕晚上又怕白天。为什么怕白天呢？怕懒龙队长"捉"他出去插秧，从早到晚像浴泥的猴，累得要死，这怕就很具体。为什么又怕晚上呢？这时候就不是怕妖魔鬼怪了，因为他明白"从来就没有什么救世主，也不靠神仙皇帝，要创造人类的幸福，全靠我们自己"的道理了，这时候怕的是孤独。那小子一个人在家过日子，粥一碗，菜一碗，再简单不过了。不像大家人口，吃一餐粥就像唱戏，一末到什杂，排场起来费工夫。那小子喝过夜粥，一个人在破屋里就坐不住了，出门在老屋垸升起的夜霭中游走，看那黑夜里的灯光。有灯亮的地方多好，有灯亮的地方就有人家。人家里有说有笑，有打有骂。打也好的，骂也好的。打是亲骂是爱，充满人间欢乐。亲切，迷人，温暖，幸福，令人向往。你看那灯蛾纷纷入门，飞身扑火，不惜性命，那是向往光明哩。那小子像只夜猫子，吸口凉气进去，热了吐出来温暖自己，随风游在老屋垸的夜霭里，成了窥夜的精灵。

趁着夜色，先到垸东头，上趟厕所。厕所是公共的。这样的厕所有两座，一座在西头，一座在东头。那时候厕所特讲究，比垸中所有的房屋都做得好，通体红砖。在巨大的粪凼上，起拱造蹲位，然后男一边，女一边，通透宽敞，上厕所就是享福。厕所里畅快了，走出来，夜黑着，没有人能够看见你，你却可以从垸东头开始任意看。垸东头大路边隔着堘埂子，就是八爹的家。残破的石头矮墙里，大门虚掩着，留着一条缝。你可以看到一线灯光，从屋里漏出来，迎着黑色的风。"老的，你还咬得动吗？"这是八婆的声音。"我还咬得动。"这是八爹的声音。于是一声响，又是一声响。他们两个在吃枯蚕豆。八婆一生没有生育，与八爹相依为命过日子。父亲说八爹的名字叫"省吾"。父亲怕他的儿不懂，特地用手指蘸着水在桌上写，并强调出自《论语》："吾日三省吾身"。父亲说八婆叫"秋水"。这倒不用父亲蘸水写。但这取"落霞与孤鹜齐飞，秋水共长天一色"之意，就需要父亲解释了。父亲说八爹书读得好，字写得好，父亲最喜欢八爹的行书。

八爹解放后在可店小学教书，因为做学校围墙将腰椎打伤了，所以一生弯不了腰，就是批他，他也低不了头。要么站着，要么躺着。父亲担心他的儿一个人在家没人照料，曾经提议他做八爹和八婆的儿子，让他的儿做孙子。八爹就笑着说："九相，用不着这样。我们本来就是一家人。"这话就回得好，体贴入微。八爹和八婆在日子里对待那小子的确是亲人。

夜霭如水，在那小子眼里，老屋垸家家有灯亮。除了八爹家的大门虚掩之外，其余家的大门都是敞开的。长幼有序，吃粥场面也热闹，讲究仪式感。比方说白话二哥家，他的粥他就不盛，让他的童养媳给他盛，他坐着不动。他的童养媳玉霞儿，要盛许多碗，掇到桌前家人的手上。还没结婚，白话二哥就男人味十足，一口一声管玉霞叫"丫头壳子"。玉霞忍辱负重，直到某一天夜晚陪奶奶睡的她下床起夜，被白话二哥抱到自己的床上，成了正式媳妇，这才翻身得解放，再也不用点说听提了，可以有资格说不了。

十二爷家的晚餐，最使那小子感动。十二爷家是烈属。那牌子红的，钉在大门头上。十二爷的叔爷，之前是新四军五师游击队队员，后来死在监狱里。所以他家有救济。每到发救济的日子，他家就包包面吃。肉称得多，馅剁得多，包面包得多，讲究用簸箕摆。两个兄弟没成家，所以没分开。十二爷女儿特多，只有一个儿，加上一个老娘，那就大气汤汤，济济一桌。平时没钱吃，有钱吃了，就讲究吃饱，饱才叫过瘾。有吃有剩，更过瘾。那才叫精神愉悦，神采飞扬。

还有十爹家。爹是垸中祖辈。十爹家吃饭时是没有声音的。长女早嫁了，两个儿大了，在外工作。一个小女，待字闺中。十爹家讲究吃不言，睡不语，规矩得像他写的颜体字。还有七伯家，七伯虽说丢了官，但他的架子还端着，吃饭后必喝一杯茶，泡的是细茶叶，据说喝了夜里长精神。垸中还有许多的灯亮着，那都是人家，是人家都有故事，那故事不是一夜看得完的。

那小子是为了看人儿到架子叔家去的。因为天黑时，孔婶的小妹来了。那小妹与孔婶共娘各老子，按垸中的辈分，是那小子的小姨。那小姨比孔婶的儿启儿大不了多少，只要小姨来，垸人就打趣，说她是启儿的媳妇。

因为巴水河边有一首情歌，就叫《外甥嫖姨儿》。那词儿写得美极了："三月杨柳青青呀咿哟，细姨打扮看外甥。"那曲儿更好听，翻得过山。启儿比那小子小一岁，是垸中同类儿。那细姨儿长得细巧巧的，非常好看，非常会踢毽子，穿着一双黑色的布鞋儿，尤其会"打可儿"，能够打到几百个，两只脚，左一个右一个，让你数都数不赢。细姨来了就是欢乐。那小子非常喜欢细姨儿，就幻想她做媳妇。所以只要细姨来，那小子喝了夜粥，必定到架子叔家去。架子叔的家在垸子的正中央，平时那小子也去，因为架子叔家是垸中集会的地方。男人们的国家大事，女人们的家长里短，都离不开他的家。那小子现身穿着父亲给他织的线衣，那线衣是用刚出世的尼龙线织的，染的红色，那就时尚。那小子穿着红色线衣，涎着脸候在架子叔家的灯光下看细姨儿，孔婶一点不讨厌他，因为他还是个孩子。那小子渴望亲情不说，居然还癞蛤蟆想吃天鹅肉，渴望爱情哩。

父亲是在鸡叫三遍快天亮时，从黄石搭"汉九班"回来的。父亲盘算家中他儿的米快吃完了，得回家备。"汉九班"是从九江到汉口的上水船。冬天父亲一行人从巴河码头上岸后，要走五十里路才能到家。父亲回到垸中就叫门。做伴的白话二哥还在说梦话，那小子就从梦中惊醒：父亲回来了！那小子将灯点亮了。父亲一身寒气，进门放下担子，饿了，问那小子："种，有吃的吗？"那小子摇头，说："没得。"面是绝对没有的，缸里只有几把米。父亲说："剩粥也可得。"那小子说："剩粥也没得。"父亲问："有生红苕吗？"那小子点头说："有。"红苕是队里刚分的。于是父亲就叫他的儿拿一个来，用手擦净皮上的沙，生啃。有什么法子？没有家室，儿又太小了。没有热茶，更没有热饭，饿急了的父亲，只能啃生苕止饿。要是娘在就好。要是娘活着，丈夫深夜久别归家，必定喜出望外，热茶热饭掇到手上。那小子心疼父亲，父亲那生啃红苕的滋味，想起来叫人潸然泪下。父亲呀！那时候的儿子不懂事，真是对不住您！

父亲啃着生苕说："种哩。你晓得不晓得，不孝有三，无后为大？你晓得不晓得，因为有了你，老子才不去死。"父亲感叹了，边啃生苕，边唱李白的《将进酒》："'君不见，黄河之水天上来，奔流到海不复回。君不见，高堂明镜悲白发，朝如青丝暮成雪。人生得意须尽欢，莫使金樽空对月。天生我材必有用，千金散尽还复来。'儿哇！'子规夜半犹啼血，不信东风唤不回。'有老子在，你就放心大胆活！活出人样来！"那小子就被父亲震撼了，激动得打着哆嗦。啃饱生苔的父亲，用手抹去嘴角嚼出的白浆，累得脚没来得及洗，衣裳来不及脱，躺在床上睡着了，打着均匀的鼾儿。那小子走过去，将被窝搭在父亲身上。父归子喜，那才叫幸福。

天亮了，雾霭散去了，露出人家。天边现出鱼肚白，朝霞万道，一轮红红的太阳，跃上了燕儿山。日子里就充满希望。

第五章

一

有歌声的日子，必定是好日子。龙王山公园的早晨，有许多中年妇女化盛妆，就录好的歌儿跳舞。歌儿是《毛主席来到咱农庄》。何括经常作名士状，游走在苏东坡当年生活过的赤壁山上，遥望家乡，写些顺口溜样的东西，喟叹人生。

初夏天晴，早晨风好。地上树竹翻动，天上白云苍狗。何括有了四句："日子貌似无心，山上去看闲云。忽然吹来一朵，人间一片浓荫。"他不甘寂寞，将此发到朋友圈，有人点赞，说好，充满禅意。何括想，好什么呢？这叫什么东西？与八爹的临终诗《瘦马》差远了。何括记得八爹的临终诗："看似无神却有神，惯将冷眼看红尘。若你有心敲瘦骨，我辈犹自带铜声。"这诗不怎么合律，但八爹是为合律而活的人吗？这样的诗，古人也有，叫作"折腰体"。

何括写诗明显受了八爹的影响。八爹的诗痛在骨子里，而何括的诗浮在皮毛上。瞒得过别人，瞒不过八爹。八爹在九泉之下冷笑："小子，你这是吃饱了撑的。浮华无根之作，装雅哩。"八爹的批评，一针见血。何括汗颜了，无地自容。

与所有的内河流域一样，从古到今，巴水河边的日子里，除了生长粮食之外，还生长八爹这样的人物。粮食使人长身体，人物使人长精神。不怪八爹冷笑，可以肯定，如果没有两年后的那个春天，不来继续读书的机会，你小子此生肯定与创作无关，休想写什么小说，甚至连装雅的机会也没有。

两年后的那个春天，想起来就美好。

那小子是在麦地里扯野麦时，接到入学通知的。那季节谷种发芽后，下在秧田里苗壮成长，一根根挤在一起分叶儿。风儿涣涣，你会看到春水顺着厢沟潺潺流动，像一条条蚯蚓拱到秧床上滋润。秧床上的秧苗儿，像毯子一样，绿得痴迷。你真想躺上去，陪它们做一场梦儿。春风醒眼，放眼望去，铺天盖地都是花儿哩。冲里的冬闲田，并不闲着，种的是红花草籽，是从太湖流域引进来作绿肥的，学名紫云英。正是开花的时候，花红中带紫，一田田层层叠叠地开，漫了田埂子。冲田两边山坡上的榜田里，种的是油菜，也是新品种，甘蓝型。半人高，青枝绿叶，也在开花，晕眼的金黄。老屋垸的天地里，只有三种颜色：紫红、金黄和碧绿。紫红的是草籽花，金黄的是油菜花，碧绿的是秧苗和小麦。竖在垸头的大喇叭，正在播送幸福的歌儿。七伯很快官复原职，捧着茶杯子，在大队部播音室里，指挥赤脚医生兼播音员春桃儿，播《毛主席来到咱农庄》的歌儿："麦苗儿青来菜花儿黄，毛主席来到咱们农庄。千家万户齐欢笑呀，好像那春雷响四方。"

这季节，懒龙队长安排垸中小的们，在何垸戏场的梯地里扯野麦，是插秧之前的轻活儿。老屋垸没有空闲地，何垸戏场原来是块乱葬岗，葬垸中夭折的小儿和死于非命的人。这样的地方也开成了梯地，种上小麦，增加产量。麦地里家麦长得好，野麦比家麦长得更好，需要扯掉，不然夺了肥，影响收成。扯野麦不需要多大的力气，不仅轻松，而且浪漫。野麦扯起来的嫩管子，稍微捏一下，做成哨子，含在嘴里吹，能吹出许多美妙声音来。这活让大人们做，毫无情趣。让小的们做，那才诗意。懒龙队长英明，让小的们享受天真烂漫之后，好在插秧季节里，跟他卖命。

麦地里的那小子，扯着野麦，嘴里含着麦哨子，流涎放水地吹。吹什么呢？吹算命瞎子胡琴拉的曲儿："二卖 B 的，二卖 B 的，有钱不算命。"吹节奏，仿声的。这歌儿是他更小的时候，在外婆沙街就学会了。吹起来天上燕子飞，地上绿浪翻。

他看见一个穿着纺绸裤子的人，手里拿着一摞纸，从戏场上的窑场走下来。那时大队办窑场，让南坑的窑匠，做陶缸、陶碗、陶烘笼和夜壶，烧窑货出来，按各队的人头分。也烧红砖，做公共厕所用。那是孔岗小学的校长下来了。校长姓雷，叫作雨电，名字好，有春雷，才有雨。雷校长是响应上级"复课闹革命"的号召，下来招生的，孔岗小学要办初中。"复课闹革命"，包括两个方面：一是"教育要普及"，二是"学制要缩短"。原来的小学要办初中，生源从哪里来？这成了问题。两年前毕业的学生，少数录取上了初中，多数回家种田，没有办法，只有按花名册，将两年前没有录取初中的学生，经过走访，统统捉蚂蚁凑兵招进去，不然复不成课，更闹不成革命。那小子就在其中，就像天上突然掉馅饼，恰巧落到他张开的嘴里。这才叫幸运。苦的是两年前录取的上初中的那些同学。他们一上初中，根本没有读书，忙着成立组织，打着红旗去串联，闹了两年多的运动，毕业回乡后，基本上没能修成正果。那时候提倡学辩证法还是有用的，先有鸡还是先有蛋说不清楚，但是"坏事变成好事，好事变成坏事"，是可以证明的。如果那小子两年前录取上了初中，此生很可能也废了。

这回好了，这回不论分数，也不论家庭成分，只要愿意去读的，照单全收。那小子也得到一张通知。那小子做梦也没想到，又有书读。幸福突然降临，天无绝人之路。

收工时那小子拿着那张纸，在秧田边上遇到八爹。八爹下不了田，只能做两件事，一是记工分，二是招秧田。谷种下田，由他来招。招地上跑的鸡和天上飞的麻雀。秧林长齐后，他还在招，招猪牛下田"吃青"。八爹坐在马扎上，拿根长竹竿子挥风。竹竿子梢儿上系着一块红布儿，像一面号旗儿，不时起伏。那小子拿着那张纸走到八爹面前，对挥旗的八爹说："八爹，您看，来了通知，我也有一张。"八爹说："又有书读？"那小子说："是的。"八爹说："你想读吗？"那小子说："我想读。"八爹说："快写封信，叫父亲回来。"那小子就回家给父亲写信。信上说："父亲大人！儿又有书读了，您快回来！"

信托骑自行车的乡邮员寄出三天后，父亲没有收到信就回来了。粮食是生产队按月分的。父亲计算着日子里儿子的米吃完了，必定回来给儿子轧米、簸净、筛好，装在陶缸里，教他的儿每天用小竹筒量出来煮，保证不断顿。

没有收到信的父亲回来后，听说儿子又有书读，自然高兴。尽管高兴，父亲也不露在脸上。日子里父亲养儿有说法："儿要宽心养，债要狠心还。"那小子陪父亲挑着箩筐到大队部轧米时，碰到了何树林垸在外地教初中数学的老师，名字叫作何海鹏。何海鹏是本家的长辈，那小子的父亲应叫他祖父。但是他与那小子的父亲小时候同过一个先生读书，年纪不相上下，所以感情好，见面亲。何海鹏家成分高，也是地主。何海鹏的书比那小子的父亲读得多，是公办老师，遣返原籍，暂时赋闲，无书可教。何海鹏的儿子小名叫"喳叽"，与那小子是小学毕业没有录取的同班同学，也是又有书读的对象。那小子的父亲问何海鹏："你家的'喳叽'去读吗？"何海鹏说："还读什么？读书有什么用？我读了一场书，落得如此下场。"那小子听了何海鹏的一番话，心里格外难受，心想要是父亲不让他去读就完了。那小子跟着父亲，一路上默默无言。

父亲挑着轧了米的箩筐，回到老屋垸，将何海鹏的话，说给八爹听。八爹听了愤然作色，说："他那名字算是白取了，他的那场书算是白读了，天将丧斯文乎？"那小子的父亲点头，将扁担换了一个肩。

父亲将箩筐挑到家，放到地上歇气儿，看着儿子问："你想读书哇？"那小子含着眼泪点头说："我想读书。"父亲问："做梦也想是吧？"那小子哽咽了，点头说："是的。"父亲说："种哇。你放心，我不学何海鹏。人无前后眼，谁晓得什么有用，什么无用？有用也好，无用也罢。有书读你尽量去读，读到无学可上为止。到了无学可上时，你不要埋怨老子。"那小子的眼泪忍不住流了出来。

父亲对那小子说："你看谁来了？"那小子转身向外，看到了八爹。八爹将那面号旗，扛到了他家大门口，眼睛望着天空，耳朵对着屋里，听那对话，会那眼风，心照不宣。那小子亲热地叫了一声："八爹！"八爹笑了，并不进屋，仍站在门外。天上云过，一地的阳光，照出他的瘦影。地上风来，树竹翻飞，抖动着他肩上的旗帜。

二

春风浩荡，吹遍了田野。那小子怀揣通知欣喜若狂上学去。

学制说缩短就缩短了，小学五年，初中两年。招生一反常规，改成了春季。那小子又有学上了，有学上是学生。学生上学不能打赤脚，要穿鞋的。学生上学要长衣长裤地穿齐整，文质彬彬的样子，感觉好，体面。小学下放到大队办，每一个大队办一所。老屋垸到孔岗上初中的只有那小子一个，出垸子走到何垸戏场的大路上，才有同学。不多，全大队只有六七个，清一色十四岁左右，休学两年多的野小子。

上小学与上初中的感觉完全不一样。从接受学的角度来说，世事像一本厚书，老一代读过了，新一代接着读，从中汲取营养，总感觉是新的。所以说感觉很重要。伟人号召人民群众学哲学，公社派了一个典型到大队来宣讲。典型是个农村妇女，一字不识。她在台上口若悬河："感觉决定人们对于这个世界的认知能力，认知能力上升到理论层面，叫作世界观。世界观决定人生观，人生观决定价值观。这是放之四海而皆准的真理。"这效果新鲜，一点不枯燥，比公社书记做报告强多了。同是书上话，要看谁来说。伟人教导我们说："人民，只有人民，才是创造世界历史的动力。"

世上好多事情，要到上初中的时候才明白。比方说牛与人的关系，狗与太阳的关系。这命题是老大婆隔天夜里坐在门槛上哭出来的，叫那小子想半夜没想通。清早起来，老大婆坐在路边扎稻草把子，好烧灶煮粥吃。她双眼看不见，是个睁眼瞎。那小子驮着书包从她身边过，她知道不是别人，是他。她搞得清垸中所有人的脚风与气息。老大婆停了扎草把的手，仰眼问："上学去呀？"那小子毕恭毕敬地答："是的。"老大婆问："昨天夜里我哭的，你想明白了吗？"那小子说："没想明白。"那不是专门为他哭的？她是日子过苦了，儿孙们对她时有不敬，坐在门槛上对垸人哭诉的。她流着眼泪说："老天爷啦！为什么？牛怕人来苦耕田，狗吠日头当月亮。"夜里她心情不好，垸人只有同情。现在是清早，老大婆的心情好了，对那小子说："这也不晓得？牛是发光眼，看人谁都比它大，所以怕，甘心服役。狗是色盲，所以敢对太阳狂叫，不怕刺伤眼睛。"那小子眼睛一亮，说："大婆，我明白了。"老大婆说："上学去吧，看着路。路上莫玩水，早去早回。"

与老大婆相比，上学路上的那小子，眼睛该有多么的好！天上有太阳，光芒万丈。他晓得不能盯着看，也不能对着它尿尿。地上有春风，花儿开在春风里，绿水人间绕。他晓得仔细看。蜻蜓飞在水面上，蜜蜂采在花蕊里。那小子又破又瘦，别的都不出色，就一双眼睛亮。从那时候起，他一个地主家的儿子，用那双活亮的眼睛，审时度势，看人看事看世界，动用心智，想方设法，用了四年的时间，将书读到了高中毕业，创造了那年代的人间奇迹。高中毕业后，三队饶家社屋，人送绰号"狗大苕"的，那一年做水利修水库，说到养什么样儿时，他说："养儿就要养老屋垸九相家这样的儿，你看他的那双眼睛。"狗大苕死了婆娘，父子二人过日子。他的儿是个"混子"。他做梦也想有个眼睛活泛的儿，此是后话。那句话是此生对那小子最大的褒奖，胜过奖状无数。有了这双眼睛，才使那小子高中毕业后能够写小说，走到了今天。

设在孔岗孔家祠堂里的学校，虽说离开了两年多，但在那小子的眼睛里，没有多大变化。祠堂院墙里是小学，小学是孔岗大队的。院墙外操场边新做了一排教室，新式样子的，两连相通，是初中的两间教室。原来想招两个初中班，但是学生不够，只好办一个班。一个班也不够，稀稀拉拉坐不满。更叫老师头痛的是，招的学生说不来就不来，退学也不打招呼，走访也没用。特别是女同学，开始还有两三个，后来只剩一个。余家新垸的，有个好听的名字，叫作余新莲。一花独放，硕果仅存。既然办的是初中，开的课有那些，教课的老师一个也不能少，严重地浪费资源。为了吸引男生的兴趣，雷校长有办法，叫余新莲坐在前排的正中间，让所有的男生上课时，能看到她美丽的背影。可爱的余新莲，苗条个儿，头上扎个发朵儿，乌黑发亮，赏心悦目。只要老师点她回答问题，她就站起来，莺歌燕语。刚开始上课时，好像没有正规课本。课本是现编的，钢板刻的，用油印机印出来的。上课时每个同学发一份，不收钱，也散发墨香，好闻。

那小子在孔岗孔姓祠堂设的初中，只读半年。学了什么，一点也不记得了。有两个印象，特别深刻。

一是老师带着学生，挖备战洞。孔岗虽说是岗，但不是山。洞只好选在长满竹树的陡岸上。麻骨土不硬，好挖，但不能挖深。

二是那小子受到雷校长一次严肃的批评。那小子学生时代真正的挫折教育，是从那一次开始的，受了白话二哥的害。白话二哥夜里跟那小子做伴，白话二哥的姑父是医生，家里藏了好多书，有文学方面的，更有医学方面的。白话二哥经常到姑父家去，把那些书带回来看。姑父宽宏大量，并不反对。白话二哥看过之后，也让那小子看，不怕那小子学好，也不怕那小子学坏。他要让那小子看了之后，扩大眼界，雅到神游八极，俗到想入非非，与他有共同语言"同流合污"。白话二哥带回的书中，有一本叫作《新婚卫生知识》。书上有插图，是男女的生殖系统。书中详细介绍了男女新婚必须注意的事项。那小子别出心裁，将那本书带到学校，上语文课时，藏在课桌下面，如饥似渴地偷看，被雷校长收缴了。"人赃俱获"，非同小可。雷校长在放学站路队时，一手扬着收缴的那本书，一手扯着尼龙裤子抖动，点名批评那小子"灰色人生观"。路队里有小学生，也有初中生。雷校长要的就是这效果，搞得那小子抬不起头，一点面子都没有，蔫了好多天。那书是看早了点，但是看早了，就是"灰色人生观"，倒也不至于。如果人生是一本书的话，无论什么时代，没有叫你读到那一页的时候，你最好不要提前去翻，若是提前翻了，会叫人担心，这是对你负责。雷校长站在队伍前抖动着裤子，义正词严。

雷校长公布那小子的"罪行"之后，举起两手打拍子，指挥全体学生唱劫夫谱曲的那首语录歌："世界是你们的，也是我们的，但是归根结底是你们的。你们青年人朝气蓬勃，正在兴旺时期，好像早晨八九点的太阳，希望寄托在你们身上！"唱得那小子热泪盈眶，悔恨交加。

好在那也是一门科学知识，像真正的疫苗，只不过提前接种了。从此隐秘在日子里，男女之间的那点事，在那小子眼里只是向往，不再神秘，性心理基本正常，并没有影响到他的人生观。雷校长用心良苦。若干年后，那小子已是作者，在县里举办的业余作者创作学习班上，雷校长见到了他，脸上露出了微笑。这才放心，如释重负。

说起来惭愧，遥望当年，又有书读的那小子，在孔岗上初中半年的时间里，脑洞大开，标新立异，一点不纯良，没少让雷校长操心哩。

三

孔岗小学办的初中班，是半年后接上级通知，合并到竹瓦镇西头卫生院对面初中的，原来是竹瓦小学。学校普遍就地升级后，双塘后面的初中办成了高中，小学办成初中，小学移到后面的院子里继续办。小学与初中合署办公备课，两块牌子，一套班子，都是公办老师教，很正规的样子。那小子在绿树成排的院子里，读完一年半，直到初中毕业。这一年半的时间在人生的道路上很关键，让出身乡下的小子，浸染其间，开始接受与地球上所有大河流域一样的集镇文明的熏陶。

镇上初中的院子里，靠着院墙，有一排高大的树。夏天到来，那排高大的树，迎着频频掀动的风，巴掌大的绿叶间，开满大朵大朵、粉红如梦的花儿，照亮镇上的天空。卑微破瘦、如饥似渴的小子，看到如此美丽的花儿，像到了天堂。他不知道那花叫什么名字，巴河流域没有那样的花儿。下课和放学时，那小子站在树下仰望，兴奋着，激动着，做着青涩的梦。

那感觉像后来读《三家巷》，欧阳山先生笔下的夹竹桃。少男与少女的梦儿，与花儿连在一起，叫他难以忘怀。像后来读《百合花》，茹志鹃笔下的百合花，生命与鲜血，浸染在那床新婚被窝里。佛说："一花一世界，一叶一菩提。"这是文学的力量。不然他后来不能领会"山外青山楼外楼，西湖歌舞几时休"那样的陶醉，也不能理解"长亭外，古道边，芳草碧连天。晚风拂柳笛声残，夕阳山外山"那样的忧伤。那时树上大朵大朵粉红的花儿，在日子的风中摇曳，共同享受渴望美好的心情。"花儿，你好！""你好，少年！"他们彼此问候，心心相印。现在那花儿还经常开在他的梦儿里，粉红一片，霞光照耀，构成了巴河流域一个小镇与一个小子的文学情结。

古老的竹瓦镇是巴水河流域的何姓，近代文明的发祥地。传说中以竹作瓦的镇子，记载着近百年来巴河何姓的发家史。初中对面的卫生院，是何姓的节孝祠，是河对面一个范姓姑娘嫁到何家后，丈夫死后她守寡将儿女养大成人，在朝中做官的侄子，将她的事迹报给皇帝，皇帝下敕封而建的。有匾额为证。匾额长六尺，宽四尺，黑色的底子，漆着四个金字：风范传人。区政府，原是何姓建在镇上的分支祠。依山而建，一进几重，富丽堂皇，有破败的天井为证，是青石砌的，青苔依旧。蚯蚓般石板铺成的街面上，两边对开木板打烊的门脸，曾经是老屋垸老五房各支祖父们做生意的铺面，有家谱上记载的店号为证。

父亲说他家的铺面也在其中，这些铺面原来是何家大山何姓后人的产业。这支何姓子孙从老屋分蘖出来，落脚竹瓦镇西的何家大山后，恰逢张之洞理政湖北，开展振兴民族工业，发展民族经济运动。有汉阳钢铁厂为证。何大山这支何姓的子孙，书读得好的有一个。他留学日本，学的是西医。此人回国后参加同盟会，是孙中山的同志，辛亥革命的先驱。他骑白马回乡，反封建，号召妇女们放足，男人们剪辫子，一时间风生水起，留下许多佳话。何大山这支何姓子孙，生意做得好，通河达江，上抵四川下到上海都有他家的店面。他们以竹瓦镇为中心，向四周辐射，渐渐形成家族繁荣昌盛、钟鸣鼎食的格局。

然而，"君子之泽，三世而斩"。父亲说第一次土地革命时，暴风骤雨，摧枯拉朽，何家大山的子孙退到了汉口租界，将竹瓦镇上的产业散给老屋坑族人。所以竹瓦镇上曾经也有一间属于他家做糕点的铺面，叫作"鑫照"，是以祖父的号起的。在哪里呢？父亲指给他看过，好像在丁字街拐弯的某个地方。看也没用，沧海再也找不到桑田。父亲津津乐道，犹如痴人说梦，对于他的儿，没有多少效果。

父亲祖上入主小镇，曾经阔过的感觉，轮到那小子到镇上读书时，彻底清零了。岁月无情，来到小镇，他是一个乡下小子。除了破瘦，就是自卑。除了强烈的求知欲望，就是一张白纸。"一张白纸，没有负担，好写最新最美的文字，好画最新最美的图画。"

时间有的是，一切从头再来。

清晨，太阳从镇子东边鸡公山上升起来，霞光万道，照耀着镇子西边错落有致的街道。街道是用青石铺成的，中间有独轮车碾过的痕迹。学校对面是卫生院，有穿着白大褂美如天仙的护士们，走在街道上，上班或者下班。她们穿着白衣裳，戴着白帽子，露着两只美丽的大眼睛。散淡的风中，飘着来苏水的味道。来苏水是用来消毒的。这味道与乡下的完全不同，令人陶醉。她们到学校来打预防针，让同学们站着队，撸起袖子，她们用酒精棉球儿，给你消毒。那酒精的味道很好闻，清凉惬意，与来苏水异曲同工。于是那扎在手膀上的针，一点不痛。这味道美好，文明，在乡下你享受不到。

傍晚，太阳落山，学校隔壁机械厂的高炉，开始炼铁。运输机架着宽大的皮带，开动朝上运料。吹风机轰鸣，朝天的高炉火光冲天，一阵接一阵，如同晚霞。然后出铁水，通红，映红半边天。机械厂有翻砂车间，你通过窗户看到里边的工人，穿着盔甲一样的衣裳，用通红的铁水铸模，然后将冷却的铸模翻出来，送到加工车间，开动车床加工。你从窗户外看到那加工的铁屑儿，在车床上蜷曲着，像蛇一样盘起来，连绵不断。空气中弥漫着柴油、机油和汽油混合在一起的味道，夹杂着铁屑儿的腥咸。这味道，只有镇上才有，令那小子眼界大开，无限向往。如若不到镇上读书，你就闻不到那充满工业文明的味道。如果你不继续读书，不掌握科学知识，你能知道那是什么味道吗？乡下的小子能不激动兴奋吗？小镇的天空与乡下的不同，有许多新鲜的事物。

那天阵雨过后，那小子站在那排高大的树下，默默看花，那花开得真好，使他痴迷。一个夹着书本的老师，默默地走到他的身边。那小子并不知道他的名字，好像是后院教小学三年级语文的。他问那小子："你喜欢这花？"那小子说："喜欢。"那个老师微笑着问："你知道这是什么花？"那小子说："不知道。"那个老师问："想知道吗？"那小子说："想知道。"那个老师说："这叫木芙蓉，又名芙蓉花、拒霜花、木莲、地芙蓉。毛主席《七律·答友人》写：'九嶷山上白云飞，帝子乘风下翠微。斑竹一枝千滴泪，红霞万朵百重衣。洞庭波涌连天雪，长岛人歌动地诗。我欲因之梦寥廓，芙蓉国里尽朝晖。''芙蓉国里尽朝晖'的'芙蓉'，写的就是这种花。"那个老师问："你姓什么？"那小子说："我姓何。"那个老师问："叫什么名字？"那小子说："何括。"那个老师问："你知道何益之吗？"那小子说："不知道。"那个老师说："我告诉你，这花是何益之先生，早年从湖南长沙岳麓书院引到小镇来的。记住，他与你同姓。"阳光明亮，光彩照人。那小子如醍醐灌顶，恍然大悟。

那小子现在才知道，何益之是何大山那个留学日本、骑白马回乡、反封建的同志，是他的祖上，是他把美丽的木芙蓉引到了小镇，栽在他创办的学堂里。夏天到来，学堂里开满树粉红的花朵。从此那小子记住了"我欲因之梦寥廓，芙蓉国里尽朝晖"的诗句，同时记住了那个默默无闻的老师。他博学多才，懂的真多。为什么那样高的水平，才教小学三年级的语文呢？在那个小镇的学校里，他像一个巴水河边古老的谜语，让人猜不透。

后来他才知道，那个诲人不倦的老师，叫陈汉池，多么儒雅的名字。从那时到高中毕业，那小子与陈老师在文学的道路上，结下不解之缘。崇敬之情，可以用宋代理学家朱熹的《春日》的诗句来表达："胜日寻芳泗水滨，无边光景一时新。等闲识得东风面，万紫千红总是春。"

四

竹瓦镇上复课闹革命后办的初中，只有两个班。班级进出的门上，钉着红字的牌子，隔着壁，共一个回廊。一年后又招了两个班，四个班还是共一个回廊。新招的班级，进出的门上，同样钉着红字的牌子。你可以想象祖上办的学堂，那回廊多么辽阔。有了规模，像个镇上办的学校。

那小子特别喜欢朝读。因为新编耕读的语文课本上有诗呀。这耕读课本，听说是雷校长叫陈老师编的。统一的教材，还没有发下来，只能因地制宜。雷校长让陈老师担当大任。陈老师呕心沥血，费尽心思，编成之后，在课堂上试用，不负众望，效果很好。

那诗写得多好。形象生动，押韵顺口。"秋天到，秋天到，田里庄稼长得好，高粱涨红了脸，水稻笑弯了腰。秋天到，秋天到，地里蔬菜长得好，冬瓜披白纱，茄子穿紫袍。"朝读时两个班的同学，一齐发声，书声琅琅，烘云托日，越读越有味，越有劲。那小子找到在镇上读书的感觉。

后来何括才知道，这诗也是从老课本上选来的。编写老课本的人，个个都是国学大师。编委会的名单里，影响中国文学史百年之久的大人物，梁启超、陈独秀，赫然在列，叫人肃然起敬。那时同学们以为这诗是陈老师写的，那叫有水平。才知道，陈老师有过辉煌的历史。一九五八年"大跃进"时，县里居然办报，还办出版社，他是出版社和县报的主编。后来出版社撤销，县报停办，他被划成"漏网右派"，贬到下面来教小学语文。古往今来，凡是做学生的，有一个通病，总爱讨论学校里老师水平的高低。谁的水平最高，谁就是他们心目中的偶像。偶像当然非陈老师莫属。现在想来，耕读课本里的诗，尽管不是他写的，但将那样的诗，编在耕读课本里，足见他见多识广，造诣之深，功力非凡。同时说明雷校长心怀宽阔，用人不疑。

下课了，同学们放出来在操场上撒欢儿。男同学冲着女同学先挺肚后弯腰，说："秋天到，秋天到，田里庄稼长得好，高粱涨红了脸，水稻笑弯了腰。"那些野小子不安好心，活学活用。胆大的女同学毫不示弱，对男同学羞脸说："秋天到，秋天到，地里蔬菜长得好，冬瓜披白纱，茄子穿紫袍。"于是你追我赶，笑成一团。那小子也在其中。那诗中有性吗？是"高粱涨红了脸"，还是"水稻笑弯了腰"？是"冬瓜披白纱"，还是"茄子穿紫袍"？应该没有呀。那些巴河流域的野小子，天生是风流的种，能够由此及彼，状物拟人，联想丰富。

那时候是秋天，一九七〇年的秋天。巴水河边的秋天成熟了，河畈中的水稻黄了，岗地里棉花白了，与诗人郭小川笔下、一九七五年团泊洼的秋天，多么相似："秋风像一把柔韧的梳子，梳理着静静的团泊洼；秋光如同发亮的汗珠，飘飘扬扬地在平滩上挥洒。高粱好似一队队的'红领巾'，悄悄地把周围的道路观察；向日葵摇头微笑着，望不尽太阳起处的红色天涯。矮小而年高的垂柳，用苍绿的叶子抚摸着快熟的庄稼；密集的芦苇，细心地护卫着脚下偷偷开放的野花。"

这样的季节，不容错过，学校就组织初二毕业班的学生，到前进大队去开门办学。国庆节快要到来，让学生们到广阔天地里，接受贫下中农再教育，培养"战地"小记者，写通讯报道，向国庆节献礼。开门办学由雷校长当团长带队，让陈老师作为副团长随同，相当于"低职高配"。配副团长做什么呢？同学们心知肚明，指导写作文的。天高气爽，天蓝云白。两个班的男女学生，在雷校长的带领下，举着红旗，全副武装，打着背包，头戴柳条帽，军事行动，以拉练的形式，喊着口号，走出竹瓦古老的街道，沿着巴水河的河堤向上进发。行进途中，雷校长不失时机鼓嘴作号，发了两次空袭警报，让学生们整齐有序匍匐在河堤上巴茅丛中，达到演习的效果。雷校长是练过口技的，他用口技演奏《苗岭的早晨》，什么鸟儿都有，叫得惟妙惟肖。他有幼功，父亲是楚剧团吹笛子的，小时候他父亲教他吹笛子，他用笛子吹不好，弃了笛子吹口哨效果还强些，练《百鸟朝凤》。雷校长喜才爱艺，日子里蘸阳调雨，是个可亲可爱的人。

前进大队在巴水河上游的河边。原来不叫前进，叫脚盆底。脚盆底是一口泱泱无边的大湖，湖边连着田畈，因为地势低洼，巴河只要涨水，河水漫上来，汪洋一片。三年倒有两年灾。村民穷，穷得讨米过日子。有民谚为证："有女莫嫁脚盆底，三年两头去讨米。男的脚打瓣，女的瘪肚皮。""脚打瓣"是巴河方言，是走路两边晃、站不稳的意思。说明没有吃的，失去了生育能力，有黑白照片为证，照片挂在大队新旧对比的展览馆里，供来学习的人参观。生下的儿，体质也过不了关。十年来，全大队应征的青年，没有一个验上兵的。不是有病，就是体重不够。穷则思变，农业学大寨之后，脚盆底出了个邱洪祈。他当上大队书记之后，带领村民劈山造田，将原来低洼的脚盆底，变成了旱涝保收的千亩良田。于是邱洪祈成了黄冈地区农业学大寨的典型。于是脚盆底大队改成了前进大队，名字的更改，象征着历史的变迁，旧貌换新颜。在上级的关怀和支持之下，前进大队变成社会主义新农村，一排排新建的瓦房，两两对开，像镇上的街道。有关领导接见邱洪祈，同他握手的巨幅彩色照片，挂在墙上，令人激动和敬仰。

　　参观完大队新旧对比展览馆后，邱洪祈在百忙之中，亲自接见了雷校长和同学们。前进大队参观学习的人何其多，一批又一批，车水马龙，应接不暇，他还是抽时间来讲话，欢迎师生们到前进大队开门办学，将师生们安排到农户住下，同吃同住同劳动，以便深入生活，接受贫下中农再教育。他希望小记者们，拿起手中的笔，写出好作文来。这个书记可敬，面对小学生，一点架子也没有。这个书记出名之后，有关领导叫他改名叫"邱红旗"，他不肯，说他的名字是父亲取的。他们邱家轮到他是"洪"字辈，"洪"是"洪福齐天"的意思，"祈"是"祈祷"的意思。后来他终于转成了国家干部，吃上了商品粮，官不大，县农业局副局长，以本名盖棺定论，终其一生，保持着他的本色。

　　那小子与同学们分配在前进大队的农户住了一个星期，感同身受，获益不浅。秋风之中，前进大队千亩稻田，晚稻长得真叫好，矮秆的新品种，叫作"六二八四"，叶子青秀，穗儿饱满，没有虫，也没有病，一波儿地整齐，像用梳子梳过一样，叫人看在眼里，喜在心头，吨粮田，亩产过千斤。邱书记派个跛脚老头当老师，让那小子和同学们接受再教育，传经送宝。跛脚老头不能下田，当老师介绍经验正好。老头是唱皮影戏的师傅。皮影戏是"四旧"，不能唱了，靠说。他说："说到天上落在地上就两条。一条是前进大队的人都爱社，你看不到一个懒人，积肥除草打药不停空，人不哄地皮，地不哄肚皮。人勤地不懒，众人齐心划大船。二条是上级进口尿素给得足，底子厚的田，只要撒日本产的尿素，见风长，谁也挡不住。天时不如地利，地利不如人和。前进大队自从有了邱书记，运在时中，运气来了，洪福齐天。"

老头给那小子和同学们讲故事，说："一个人下塘洗脚，下塘就踩到一个蚌壳，脚划开一个大口子，他气不过弯腰捡起蚌壳，朝塘岸上一丢，正好打在路过人的头上，鲜血直流。你说背时不背时？一个人也是下塘，下塘就踩到一个'脚鱼'，弯腰捡起来，朝上一丢，正好打着岸上的一个野兔。你说行不行时？"那小子和同学们听得津津有味。陈老师及时提醒，说："同学们，这是民间文学。"邱书记检查工作，正好路过，问："邱麻雀，你在说什么？"老头说："报告邱书记，我正在夸你哩。"邱书记问："是不是嘴又痒了？"老头说："天地良心，三升大麦唱本影子戏，这回演的是正经曲目。"雷校长出来圆场，对邱书记说："没什么！没什么！"邱书记笑了，说："他狗肚子装不住四两猪油。"于是笑声连天。

采访过后，写作文，"开门造车"。在陈老师指导下，同学们跃跃欲试。不是所有人都写得出来的。写得像样的，只有三五篇。其中有一个姓奚的女同学，她写的是报告文学，题目叫作《前进大队在前进》，从解放前贫穷落后写起，一直写到农业学大寨后旧貌变新颜，一万多字，文采飞扬。后来她当上了民盟省委的宣传部部长，有什么树苗结什么果，有什么种子开什么花。民盟是什么组织？民主党派。要是省委宣传部部长，当然更好。那小子写的一篇也在其中，题目《一件小事》，写的是前进大队小学生们，星期天用独轮车朝畈里送肥的故事，只有一千多字。

这些作文经过陈老师斧正之后，学校出了一期墙报，作为向国庆献礼的成果。奚同学的文章是头条，配着大字标题，轰动了校园。那小子的千字放在最后。许多人看了前面的，不看后面的。那小子站在墙报前，有些落寞。

陈老师走到那小子面前，说："前进之中无小事，小事之中见精神。她的是头条文章，你的是压卷之作。"如此一说，那小子才高兴，知道什么叫压卷之作，压卷之作不容小视。

下课了，同学们在操场上打野，叫奚同学"前进"，叫那小子"小事"。男同学不安好心，演双簧。一个说："前进在前。"一个说："小事在后。"一个说："前进之中无小事！"一个说："小事之中见精神。"他们用陈老师对两篇作文的评语，开奚同学和那小子的玩笑，不大不小的东西，眉眼之间，传递着那意思。奚同学脸红了，很难为情。空中过雁，声叫声应。奚同学奋起直追，秋风赶着落叶，满操场转圈儿。

奚同学家成分好，穿得好，成绩好，高傲得像只白天鹅。在奚同学的眼里，那小子像只丑小鸭。那双簧叫那破小子自惭形秽，又怦然心动。唉，那滋味！那滋味！

五

那小子看小说着了迷。家中除了课本无书可读，仅存的《千家诗》和《分省地图》被"红皮头"抄走了。天无绝书之路，只要你想读，书就来了。"踏破铁鞋无觅处，得来全不费工夫。"这是白话二哥的功劳。

白话二哥给那小子开辟了第二课堂，在学校里读课本，星期天或是放了忙假，回到垸中读小说。白话二哥给那小子做伴，成了读闲书的师傅。白话二哥的钢笔字写得好，得到了垸中读老书长辈们的公认，使他自命不凡。闲的时候，白话二哥喜欢看小说，尤其喜欢看长的，越长越过瘾。长的容量大，故事曲折，人物传奇，还有许多的名言和哲理。他根据场合，从中引经据典学话说，背诗词，说典故，讲道理，引人入胜。喜欢他的人，爱听，觉得新鲜长知识。不喜欢他的人，不爱听，说他一口白说。白话二哥不在乎褒贬，在垸中新一代人中，俨然知识分子，一天到晚轮睛鼓眼，振振有词，成为老屋垸的一道风景。

小说是白话二哥从姑父家带回的，那年月是禁书，全打成"封、资、修"，不许人看。民间禁不住，有书就有人偷着看，不怕中毒。白话二哥看了后，怂恿那小子看，说："看看，几有味的东西！"有《七侠五义》《施公案》《水浒传》《红楼梦》。武侠小说，那小子看了，不知道其中的奥秘，只知道刀光剑影，血流成河，除此之外，没留下多少印象，究其原因，天生不爱。读《红楼梦》，也不明就里，只记住其中的好诗句，"日边红杏倚云栽""寒塘渡鹤影，冷月葬诗魂"，觉得好，越想越觉得有味，如醉如痴，究其原因，生来爱诗胜过爱故事。

何括有志文学创作后，写了好长一段时间的诗，然后才写小说，写小说也是诗意见长。搞文学评论的商教授说他"情胜于事"，不知是贬是褒，有诗意就好。"宝玉初试云雨情"有诗意，说到了没有说破，美好，有想象空间，让人感到微妙无穷。其余的一堆男女故事太复杂了，让他理不清头绪，如坠云雾。一个没有生活底子的"孤小子"，到底理解不了恍如隔世的大观园。所以商教授说他的作品见"小"，格局不大。有什么办法？只有细细粑儿细细捏，简单的事情，诗意地说。

这些书中有《长江文艺》。《长江文艺》是合订本，用发锈的别针装订的，很厚。那时候《长江文艺》早已停刊，合订的是过刊。"过刊"是图书馆的专用名词，指过期刊物。其中有一篇叫作《雄鸡寨》，是小说还是散文，记不清楚了。写湘西大山雄鸡寨剿匪的故事，惊心动魄，引人入胜。具体是哪一年的哪一期不记得了，作者是谁也不记得了，只记得故事活灵活现，像发生在垸后的燕儿山上。可能是姚雪垠先生早期的作品。他创作的《李自成》后来得了首届茅盾文学奖。这之前何括看过他写的一个小长篇《长夜》，不过十万来字，堪称经典，与看柳青《创业史》第一部引起的震撼相同。据说姚老小时候同叔父一道被土匪绑过票，在土匪的山寨里待过好长时间，对于土匪生活很熟悉，所以写了《长夜》之后，再写《李自成》就得心应手。如果没有那段生活，他能写得那样精彩吗？"柳营春试马，虎帐夜谈兵"，好呀！如果《雄鸡寨》是他写的，应该在《长夜》和《李自成》之前。生活需要沉淀发酵，然后才能写出鸿篇巨著。所以商教授教导何括说，小说创作是有中生无的艺术，绝不能无中生有。《雄鸡寨》是不是姚老写的，无从查起。那小子想，将来他写的小说，要是发表在《长江文艺》上，那该多好。白话二哥笑，说："做梦吧！"那时候那小子敢做这样的梦。没想到若干年后梦想成真。

那些书中还有连环画呀，也叫小人书。连环画是启蒙的好东西。根据名著请名家改编然后画的，有《烈火金钢》《铁道游击队》《欧阳海之歌》，还有《野火春风斗古城》。这些连环画也在白话二哥姑父收藏之内。白话二哥带回的那本连环画的名字叫《月照西墙》，是一个满月之夜，好人做好事的故事。故事记不清楚了，主人公做完好事之后，回到家中，天上的月亮还是圆的，山村静静的，银色的月光，照在西边爬满青藤的院墙之上，意境多么美好。从此山川和月亮之下的诗意，融入那小子主板之中，受用终身。那时东风浩荡，流行着伟人的七律和工人农民诗人们的顺口溜。比方说："虎踞龙盘今胜昔，天翻地覆慨而慷。"比方说："长江浮动一条街，搭肩一抖春风来。"前者是伟人的，后者是码头工人黄声孝先生的。那小子深受影响，开始萌发写半文半白，七个字的整齐句子，胆大包天，标上七绝或者七律，根本不懂平仄，幼稚得可爱。

校园内那排高大的芙蓉树上的花谢了，花瓣掉在地上，半入红尘半入泥。到镇上读了一年半的初中，说毕业就要毕业。而且毕业的时间提前，元旦前就要离校，不能等到春节，上级有指示，学生要配合农业学大寨运动，劈山造田。要分手了，男女同学们舍不得，有了离愁，需要互送一些东西来寄托。送什么呢？送画儿吧。供销社百货店文具专柜里有画儿卖，是伟人像和与伟人相关的摄影画。《毛主席去安源》画面上伟人穿长衫，一把油纸伞，雄姿英发。《题庐山仙人洞》白云苍松，乱云飞渡，伟人坐在藤椅上，气定神闲。还有其他的画儿，都是红色题材的，供过年时巴水河边的人买去，贴在堂屋上装点气氛，喜庆热闹的，便宜，几分钱一张，学生买得起。男女学生就到供销社百货专柜去买，计算好买多少张。买好后，画儿两边写上祝福的话，送给要好的同学。男的送男的，也送女的，表达羡慕之情。那小子花一角钱买了几张。送一张《题庐山仙人洞》给奚同学，画儿的两边，题的是两句诗："天生一个仙人洞，无限风光在险峰。"伟人的诗句。奚同学开始不收，后来收了，回赠那小子一张伟人站在天安门城楼上挥手接见红卫兵的画，两边题的是："猪圈岂生千里马，花盆难栽万年松。"同样是伟人诗句。那小子很伤心，弄不清她为什么要写这两句？写"海内存知己，天涯若比邻"该多好！那小子送给同桌男同学胡海的，是一张《毛主席去安源》，两边题的不是现成诗句，是他别出心裁创作的，七个字整齐的四句："昔日同窗老战友，今为革命要分手。依依不舍洒泪别，日后见面再倾吐。"在男同学中，他与胡海的感情最好，同桌坐了一年半，胡海成绩好，他的成绩也好，他用这四句表达他与胡海之间的感情。

雷校长在教室外的窗子发现后，觉得苗头不对，这些小东西抒的是小资产阶级情调，走进教室，将这些画儿，统统收缴了，卷成一团，拿到办公室，打算集中销毁。同学们吓着了，噤若寒蝉。

雷校长拿着画儿走进办公室时，老师们都等着他开会。陈老师问雷校长："什么好东西？"雷校长没好气地说："毕业班的作品呀！"陈老师问："能不能看一看？"雷校长说："有什么好看的？都是不健康的因素。'山雨欲来风满楼。'"陈老师说："不都是孩子闹着玩的吗？杀鸡用得上牛刀？'稻花香里说丰年，听取蛙声一片。'"雷校长忍不住笑了，指着陈老师说："我算服了你。"将那题了字的画儿在桌上打开，让老师们围着欣赏。

那小子怕得要死，别人好说，别人题的是伟人诗句，挑不出刺儿，抓不着辫子，而他是心血来潮，创作的。他家成分不好，如果临到毕业时背

243

个处分，划不来，装着上厕所溜到办公室窗前，像猫儿一样偷听。办公室的窗子装着窗纱，是绿的，有树竹遮着，更加的绿，里面的人发现不了他。

雷校长指着那小子送给胡海的那张画儿，两边写的四句，让陈老师看，说："陈主编，你看看这东西。"陈老师戴上眼镜，仔细看。雷校长问："能上头条不？"陈老师会心一笑，说："这小子日后是写作的料。"雷校长说："是吗？"陈老师说："是的。"雷校长说："何以见得？"陈老师说："就凭后面两句。你听听：'依依不舍洒泪别，日后见面再倾吐。'"那个可怜的小子隔着纱窗，听到了陈老师说的话，彼时头皮发麻，眼里涌出幸福的泪水，赶紧溜回教室坐在自己的位子上。

过了一会儿，雷校长将那些画儿抱回了教室。叫奚同学将那些画儿分到各人的手上，她是学习委员。雷校长在讲台上说："同学们，毕业了，从此天各一方。老师们教你们一场，你们同学一场。你们送画儿吧！想怎么送就怎么送！该怎么送就怎么送！'天若有情天亦老，人间正道是沧桑。'"说完眼睛也红了。

雷校长觉得失态了，问："同学们想听我吹《苗岭的早晨》吗？"同学们说："想。"雷校长用口技给学生们吹《苗岭的早晨》。雷校长吹得真好，跟收音机里播送的一样，各种鸟儿在尽情地叫，听得那小子想哭。

毕业了。别了，如诗如画的小镇，别了，敬爱的老师，别了，亲爱的同学。雁阵在天，一会儿排成"一"字，一会儿排成"人"字，叫着秋风飞。落日浮天，那小子沿着小镇归家的路，回到燕儿山南老屋垸。

走到垸头，招鸡的八爹问："毕业了？"那小子拿出毕业证给八爹看。毕业证是一张奖状，下面盖着学校委员会的红章子。队长懒龙驮着锄头来了，问那小子："毕业了？"那小子点头说："是的。"懒龙队长并不看毕业证，对那小子说："上湖田畈湖，抬田吧！"第二天那小子就随垸人，上了学大寨走马岗填湖造田工地。

在湖田畈抬田工地上，有两件事叫那小子难忘。一件是十爷利用上土的时间，考了那小子一道算术题。一个老太婆提着一篮鸡蛋去卖，甲家买了一半，老太婆找他半个。乙家买了甲家剩下的一半，老太婆找他半个。丙家买了乙家剩下一半，老太婆找他半个，恰巧卖完，问篮子里一共有多少个鸡蛋？那小子倒土回来默出了，说："七个。"十爷笑，说："名不虚传哩。我家的括，算术成绩真的好，是块读书的料。"后来才知道，这题也是古老《算经》上的。二是巴水河边走马岗山上挖出许多高岭土，白如雪，细如粉，是做瓷器的好材料。若是做成瓷器，烧出来，与景德镇的有得一比，毫不逊色，叫那小子怦然心动，浮想联翩。那小子真想继续读书啊。读书多好！八爹说，知识就是智慧，知识就是力量。白话二哥说，书中自有黄金屋，书中自有颜如玉。

那小子不知道过了这个村，还有没有那个店。一个出身地主家的儿，此生还有继续上学的机会吗？寒天雪地，命运多艰，只有一颗蠢蠢欲动不肯安分的心，在怦怦跳动。

六

雷校长是正月初八，从燕儿山坳口那条路，到大队部找大队七伯，推荐本届初中毕业生上高中的。那时春季招生。这无关紧要。不论什么季节招生，只要有老师进山来，推荐学生去读书就好。

那条路是祖上何三相在清朝为了彰显个性，不走他人的路，一夜之间花巨资开成，留作笑柄的。巴水河边的人笑何三相是败家子，八爹不这样认为。八爹认为那是捷径，是竹瓦镇连接燕儿山的"纽带"，方便了几代人，相当于秦岭到汉中的陈仓道。明修也好，暗度也好，若想成功，绕不开那条"纽带"。于是冥冥之中，那小子把继续读书的希望，寄托在那条崎岖的山路上，盼望学校的老师来，"柳丝悄传春消息"。这心思，不能让人识破，只能悄悄地等，惴惴不安，如做贼一样的心情，别人不懂，想起来难受。父亲能懂，过了年他又到黄石市做泥工去了，不能老是待在家里，陪儿子理解心情。光理解儿的心情有什么用？得想法过日子。儿养脱了憨，可以放手了。你看无灾无病，吃得进拉得出哩。你看懂得事理，晓得什么时候哭，什么时候笑，很不简单了。父亲没敢奢望儿子上高中，只想挣点钱，为儿子找个媳妇，继承香火。何家不能绝后，这想法世俗到了家。父亲不知道他的儿不死心，还有梦想，把梦想寄托在那条崎岖的山路上。

那天早晨，春雨过后，神清气爽。雷校长夹着一个纸袋子，出现在崎岖的山路上，那小子激动无比，倍感亲切。早晨风好，懒龙队长领着众人在燕儿山上刮草衣，挑到大畈红花草籽田边，堆起来春耕时压草做粪。那时为了改良土壤，经常将田里的土，挑到山头上，将山上的草衣挑到畈里。有说法的，叫作："田土被地，一倍的两倍；山土被田，一年的两年。"

那小子挑着草衣来到低头走路的雷校长面前说："雷校长好！"雷校长没想到遇到那小子，深情一望，说："是你呀！何括！"那小子问："雷校长，来推荐的吗？"雷校长不瞒他，说："是的。"那小子问："雷校长，名单中有我吗？"雷校长说："有哇。怎么没有你？燕山大队三个人中就有你。你成绩好呀！"那小子问："我能推荐上吗？"雷校长说："我是来盖章子的。听说大队书记是你的叔爷？"那小子说："是的。"雷校长说："那就有希望。"那小子问："雷校长，你什么时候转来？"雷校长说："盖了章子就转来。"那小子说："雷校长，我在路边等你。"雷校长说："那好。"雷校长走上坳口，回头望了一眼那小子。

懒龙队长挑着草衣走到那小子身边，问："刚才你跟谁说话？"那小子说："雷校长呀！"懒龙队长说："啊！雷校长呀。我认得他，熟人。'四清'时，他在我家住过。"于是向山上喊，"雷校长，我老婆想念你！"众人笑，说："你老婆同他好哇？"懒龙队长说："我老婆的风湿病，是他给的偏方治好的。"雷校长站在坳口上向下招手，说："问嫂子好！"懒龙队长朝坳上喊："转来到我家吃中饭呀！我叫老婆打荷包蛋你吃。"雷校长说："好呀！打四个。我吃两个，你吃两个。"懒龙队长笑，说："你吃三个，我吃一个。"

收了工，众人回去吃早饭，那小子不回去，在那条山路上等，心想雷校长盖完章子后，必定要转来，就能听到好消息。哪晓得等到中饭过后，眼睛望穿了，也不见雷校长转来。雷校长呀雷校长，你到哪里去了？松涛阵阵，空山无语。那小子知道事情不妙。

那小子没吃早饭，没吃中饭，饿着肚子，赶到镇上的学校。校园里空无一人，教室的门都锁着。那排高大的木芙蓉，叶子落尽了，枝条摇着风。只有办公室的门半敞着。雷校长回来了，坐在办公室里。那小子空着肚子，饿得虚汗淋淋，见到雷校长哭出了声，问："雷校长，我在路边一直等你，没见你转来？你从哪里回来的？"雷校长说："孩子，不要急。听我慢慢说。孩子，没吃中饭吧？"那小子哽咽地说："早饭也没吃。"雷校长站起身，化了一杯红糖水，给那小子喝，那小子捧着杯子浑身颤抖。雷校长说："孩子，喝慢点，喝慢点。"雷校长说："孩子呀！你叔爷说你家成分不好，不能推荐你。说给你盖公章，贫下中农有意见。我看你站在路边等，从山上绕回来的。"原来如此。那小子捧着杯子，再也忍不住，放声痛哭，说："雷校长，我想读书啊，我想读书啊！"哭得雷校长眼睛也红了，说："莫哭，莫哭。"那小子哭得一塌糊涂，眼泪鼻涕一齐流，叫雷校长手足无措。

听见哭声，陈老师进来了。陈老师对雷校长说："人不伤心不流泪。小小年纪渴望读书，没有错。作为老师你不能袖手旁观。"雷校长说："陈主编，我袖手旁观了吗？你说我有什么办法？"陈老师说："你是校长，能没有办法？桃李无言，下自成蹊。校长可不是好当的。"雷校长搓着手说："让我抽支烟，想一想。"雷校长站在椅子旁抽烟，看着那小子，一脸的爱怜，对陈老师说："这样好不好！我写个条子他，让他到宝龙高中去读。宝龙高中的周校长是我大学的同学，我的面子他还是看的。"陈老师说："这就对了。"陈老师递笔和纸，让雷校长写条子。雷校长问陈老师："陈主编，你说这条子怎么写？"陈老师说："莫打官腔就行。"雷校长说："我晓得，这事打不得官腔。"雷校长就写条子，将稿纸竖着写，像古人的书信，那字很好："周校长，您好！见字如面。雷某有一事相求，特推荐我的学生何括到贵校求学，他是我校优秀学生。望高抬贵手。知名不具。"雷校长将条子折成燕子状，问陈老师："给他还是给你？"陈老师说："还是让他带去为好！"雷校长说："他是我的学生，也是你的学生，你说他是写作的料，这事你要负责到底。"陈老师说："你不是叫我主编吗？主编能不负责？"雷校长说："这就对了，像个主编的样子。"雷校长对那小子说："你将条子带回去，不要跟何书记说，直接找队长，让他签个名字上面，就说学校推荐的。"那小子明白雷校长话里的意思。雷校长叫那小子将杯子里的糖水喝完再走。那小子喝完杯子里的糖水，不觉得饿，不流虚汗，身上温暖起来。

那小子揣着那张条子，顺着崎岖的山路，回到燕儿山，天快黑了。雾气弥漫，风吹着一阵阵游在畈里。有那杯糖水垫底，那小子不知道饿，知道此事不能等，趁热打铁。懒龙队长的家，在燕儿山下李家细垸。微光中，脚下的路，是白的。眼睛里，懒龙队长家里的灯，是红的。那小子进门时，懒龙队长一家人围着桌子喝粥。懒龙队长家人多，大的儿，细的女，将粥喝得哗哗响。懒龙队长的老婆卢婶见那小子来了，问："吃了没有？没吃在我家吃。"懒龙队长对婆娘说："假什么？我不爱假。锅里有粥吗？"懒龙队长问那小子："你中午和下午到哪里去了？没见你出工？"那小子说："我到学校拿通知去了。"懒龙队长问："你拿什么通知？"那小子说："上高中的通知。雷校长叫我去拿的。"懒龙队长笑了，问："他叫你去拿？你推荐上了吗？"那小子的眼睛又红了，哭了起来，说："大队没有推荐我，学校直接推荐的。雷校长让你在上面签个字。"懒龙队长说："雷校长做好人，叫我签字。我签有用吗？"那小子说："雷校长说他写的条子你肯定签。"卢婶说："伢儿想读书，又不是做贼，看把你吓的。你当个小队长，怕书记是吧？""吓"是巴水方言，古字，"吓"的意思。懒龙队长用筷子指着婆娘说："我怕他？这个牛皮客！俗话说：'和尚不亲帽儿亲。'连侄儿都不放过，像人吗？"卢婶说："你不怕，你就签。人要晓得好歹。"卢婶话里有话。懒龙队长家大口阔，经济困难，年过不去，只要开口，那小子的父亲总要借给他钱，尽管数目不大，但顶事，并不要他还。懒龙队长还在想，卢婶说："你家的儿读不进不想读，人家的儿读得进想读，让他去读，又不用你的钱。书总要把人去读。这大个生产队总要出个读书人。"懒龙队长说："你以为我不敢签？我是队长，万丈高楼从地起。人是我管的。我的地盘我做主，我答应就算数。不与书记卵相干。我答应了，谅他不敢拉你回来！"

那小子把条子拿出来，递给懒龙队长。懒龙队长不识字，对那小子说："你念给我听。"那小子就念给他听。懒龙队长听后，说："写得好。雷校长就是有水平。我不会写字怎么办？雷校长把难我为。"卢婶说："你不是会盖章子？"懒龙队长说："小队的公章在会计手里。"卢婶说："盖私章呀！"懒龙队长笑了，说："还是老婆聪明。"懒龙队长叫婆娘把他的私章子拿来，对着章子呵口气，在条子上盖，那名字红润。懒龙叔将条子还给那小子问："今天你吃早饭了吗？"那小子说："没有。"懒龙队长问："中饭呢？"那小子说："也没吃。"懒龙队长说："我估计你一天没吃。"那小子说："雷校长给我泡一杯红糖水喝了。"懒龙队长就感慨，对老婆说："你看看人家的儿，才叫儿。为了读书忍饥挨饿。你养的儿除了吃，还想过别的吗？"那小子的眼泪又流了出来。懒龙叔说："再莫哭。事情办成了，总算合了你的意。细东西，记住千万莫把李叔当外人。"

夜黑了。卢婶给那小子点了一个火把，让他拿在手中耀着照路。那小子回到家中，心中的石头才落地，开始欢喜，给父亲写信。信上说："父亲大人！告诉您一个好消息。儿又有书读了，到会龙山，读高中。雷校长写的条子，懒龙叔盖了章。'欲穷千里目，更上一层楼。'"那信发出去，估计得半个月父亲才能收到。要是现在该多好，可以发微信或者发视频，父亲肯定会感动。

那封信父亲并没有收到。一个居无定所的临时工，收不到信，属于正常。一个多月后，父亲回来春耕，才知道此事的经过。父亲眼睛红了，唏嘘半天，说："始信人间真情在，眼泪还是有用的。"不是悲伤，而是骄傲。父亲发现，儿穿他的衣裳，再也不显长。儿长高了，在父亲的眼里，再不是孩子。

于是欣慰。

第六章

一

第二天那小子装着雷校长写的条子，用麻绳子捆着被窝，到宝龙五七中学去报名。那被窝捆得正规，像军人拉练捆的，竖两道，横三道，留着扣儿，然将两条胳膊伸进去，驮在背上，再配一个黄色挎包，装着日用品和纸笔，背在右边，干净利索，精神抖擞。

那小子义无反顾、天真可爱的样子，想起来叫人后怕。你将被窝背去，你知道人家一定收你吗？如果不收，你该怎么办？一点不考虑后果吗？

路上是春天。那小子走在路上，心潮澎湃。路是熟路。三岁时娘死后，父亲带着他就是从这条路到外婆的沙街投亲的。十一岁时，父亲带着他离开沙街回到家乡，走的也是这条路。这条路给了他悲欢离合。心之向往的学校，对于他来说并不陌生，他小学三年就是在这个学校读的。那时候是小学，设在会龙庙里，神秘的大殿，还有涂金的黄龙菩萨。山下两里地的河畈，就是外婆的沙街。那时就是姓周的当校长，他嘴里安着一颗金牙，本地窑上垸的。六年来那小子到沙街看外婆，走的也是这条路，经过儿时读书的会龙山，目睹了这个学校翻天覆地的变化。这个学校因为有了周校长，成了地区教育局柴局长教育革命的点，由小学到初中，升格成了高中。学校有小学，只有五年级毕业班，有初中两个班，升格后招高中两个班。周校长是当地红人，是公社革委会的委员。会龙庙不见昔日的模样。拆了改成怀抱子廊柱相通的教室，办公室在向西的一排，形成"丁"字形格局。也种树，也栽花。树是松柏，花是月季和向日葵，像山上的小花园。院子外是公社农科所，一幢房子是食堂，是做饭、吃饭的地方。接过去也是一排房子，中间有走廊，两边是人住的单间。住农业工，也住老师。升格后的学校，与公社农科所合为一体，统一由周校长领导。农科所三十多个农工，在公社分配的土地上，由农科员指导，进行杂交水稻育种，以及高粱、红苕、大豆种子的提纯复壮试验。下田实验，或者收割，在校学生是农工的学生，老师也是。老师在教室上课，农工们并不来。学校初具规模，像个教研一体的样子。学校扩建了，农科所与老校园的院墙外，新建了一排高大明亮的教室，是高中两个班的教室，一条宽敞的大路连着，欣欣向荣。

那小子没有想到又回到会龙山读书。这叫轮回。这回读的不是小学，是高中。那时提倡高山办校。会龙山虽然不高，却在山上，有平坦的河畈配着，那山也算高，一路春风浩荡，一路彩蝶纷飞，是诗意。那小子背着行李，朝会龙山上走，禁不住诗涌心头。诗云："一山飞峙大河边，怀着乐意到校园。会龙山上红旗舞，五七校内喜讯传。以学为主兼别样，斗私批修红又专。春风唤我上山路，我爱山上新校园。"越想越兴奋，越兴奋越觉得好："七律呀！七律哩。"那小子沾沾自喜。现在想来哪里是七律？不合平仄，是七字一句的顺口溜儿。你没有想到吧？就是这标成"七律"的顺口溜儿，关键时救了那小子继续读书的命。噫嘘兮，危乎险哉！

顺着山路上去，是操场，新开的。筑着土台，集会的。架着篮球架子，锻炼身体的。学校的大门开在太阳升起的方向，两边水泥柱子上，贴着巨幅对联，化用的是伟人诗句。一边是："小小环球，风景这边独好。"一边是："茫茫九派，江山如此多娇。"化得真好，对得有味，敬仰之情，油然而生。

太阳升起来，照耀着校园。那小子背着行李，拿着雷校长的条子，下石级，进校园，找周校长。这不是难事。尽管几年未见，他记得周校长的模样。周校长在办公室里喝茶。敲门进去，周校长露出金牙，问："你找谁？"那小子说："我找你。"周校长问："找我什么事？"那小子拿出雷校长写的条子，说："来报名。"周校长接过，先看条子，后看人，然后笑了，说："我认出你来了，你是不是姓何？"周校长记性真好。那小子说："是的。我小学三年在会龙山读的，那时你就是校长。"周校长的家窑上垅与外婆的沙街，岗上畈下的，周校长妹妹嫁给外婆本家的侄儿做媳妇，论起来是亲戚。周校长用指头敲着桌子，说："你想读高中？"那小子点头说："嗯。"周校长露着金牙说："想法不错，但是没有你想的那样容易。"那小子心凉了半截。

周校长对门外喊："老陈，你进来一下。"门光一暗，门外进来一个人。那小子眼睛一亮，原来是陈汉池老师。他没有想陈老师调到这里来了，怪不得那天雷校长写条子后问是不是给陈老师。这才恍然大悟。宝龙五七中学因为是教育革命的点，所以将全县各学科有名的老师调这里来了。周校长对陈老师说："这就是你说的那个姓何的学生？"原来提前说过。陈老师说："是的，他哭着想读书。"周校长说："老陈，我知道他家成分不好，你知道按政策不能收。"陈老师说："雷校长不是给你写条子了吗？"周校长笑了，金牙闪亮，说："雷校长爱才心切，你见机行事。你俩唱的是双簧。老陈，我也不为难你。你不是对我说，他诗写得好吗？这样好不好？来个面试，我出个题，让他写，若是写得好，我就收下。若是写不出，或者写不好，莫怪我抹面无情。"陈老师问："七步成诗？"周校长说："是的，七步成不了诗，不能收。"陈老师对那小子说："听到了吗？周校长要试你的才华。"那小子说："我听到了。"周校长说："你用你来上学的心情写。"陈老师紧张起来，他没有想到周校长会来这一手。七步成诗谈何容易？没有曹植当年"煮豆燃豆萁，豆在釜中泣。本是同根生，相煎何太急？"的才华写得出来吗？

陈老师没有想到那小子在上学的路上，诗就有了，成竹在胸。到了出操的时间，广播响了，召集学生们出操，召集曲是冼星海的《黄河大合唱》："风在吼，马在叫，黄河在咆哮，黄河在咆哮！"那小子站定了，在激荡的乐曲声中，眼含热泪，将路上想的八句念了出来："一山飞峙大河边，怀着乐意到校园。会龙山上红旗舞，五七校内喜讯传。以学为主兼别样，斗私批修红又专。春风唤我上山路，我爱山上新校园。"陈老师听了后惊喜，问周校长："怎么样？"周校长笑了，敲着桌子，说："好。老陈，你说得不错，果然有'捷才'。不是说'学制要缩短，教育要革命'吗？那我破例收下他，当一回有教无类的典型。"周校长笑起来，那金牙格外漂亮。周校长对那小子说："你将行李也背过来了，有这样自信的吗？比我还自信？你的胆也太大了！我要是不收，看你怎样哭？"陈老师对周校长说："再莫吓他！自信有什么错？'自信人生二百年，会当水击三千里。'"

周校长仍不放心，对陈老师说："老陈，我俩事先说好。全校新生只他一个家里成分不好。若有人追究，就下不了台。我认真管，你认真教。他若是出了问题，你得承担负责。"陈老师说："那是当然的。"周校长想了想，叫那小子将刚才的诗用纸写出来，认真看了，说："老陈，新生入学，不是要出一期墙报吗？"陈老师说："是的。"周校长说："将他写的登出来，放在显眼位置。过几天地区柴局长要来检查，验收教育革命的成果，正好作为典型，展示一下。"陈老师说："好。"于是那小子的那首诗上了墙报，没有标"七律"。陈老师将"七律"删掉了，题目改作《入学有感》，在标题下署着高一班何括。几天后地区教育局柴局长带队来校检查验收，站在太阳下，看墙报，看完那首诗后，对周校长说："没想到你们高中入学的新生，诗写得这样好！是七律吗？"陈老师说："不是。不合平仄。"柴局长说："不合不要紧，不必拘泥，要破旧立新。"如此一说，使周校长很有面子。柴局长问："能见一下这个同学吗？"周校长急了，怕问出纰漏，说："他病了，正在发烧。"柴局长只好作罢。柴局长说："这样的学生要好好培养。"周校长对陪同的陈老师说："陈老师，领导的指示，你记住了吗？"陈老师说："记住了。"这话是柴局长走后，陈老师给那小子传达的。那小子欢欣鼓舞，更加激发了诗歌的创作热情。噫嚱兮！涉险过关，不幸中的万幸。

在人间，不幸之中的万幸有，但不常有。有是偶然，不常有是必然。比方说诺贝尔文学奖，现在的何括连想都不敢想。全世界该有多少国家？该有多少作家？文学作品那是恒河沙数。认为莫言评上了，你就能评上？商教授笑，说："你想呀！拼起命来想。我告诉你，如果天上掉馅饼，你得把嘴张着。把嘴张着的人，那馅饼才有可能掉在你的嘴里。这才叫机遇。

机遇从来是给有准备的人。"这叫什么话？不是说大狗叫，小狗也能叫吗？这个酷评家爱当着众人的面，同何括开国际玩笑，让人笑得肚子抽筋。

那小子将被子背来了，不打算回去。入学的高中新生，是附近垸子住的，并不住读。条件正在创造之中，住读是后来的事。周校长叫事务长安排那小子吃住，吃同老师们在学校食堂里吃，夜晚在教室里拼课桌当床睡。那天晚上那小子一个人，在教室的课桌上，将背来的被子打开，垫半边，盖半边，一个人单独睡。没有灯，空荡荡的教室里，黑漆漆的，静得瘆人。那里是会龙庙呀！那小子从小在外婆沙街长大，耳濡目染，知道古往今来会龙庙里发生的鬼怪与人相斗的多少故事！夜风从巴水河畔吹来，漫到会龙山上，从窗子外灌进来，呼呼叫了一夜，似鬼哭，像狼嚎。那小子一夜无眠，连梦也不敢做，五更时就闭着眼睛唱《国际歌》："从来就没有什么救世主，也不靠神仙皇帝，要创造人类的幸福，全靠我们自己。"无神论终于战胜了鬼神论，那小子才迷糊了一会儿。从那之后，那小子夜里再不要人做伴了，化蛹为蝶，飞翔在无神论的天空。志是逼出来的，胆是练出来的。

第二天那小子请假到沙街外婆家去借竹床。因为课桌搬来搬去不好，借乘竹床来就好。白天搬出来，靠在教室走道的墙上，夜晚搬进去，放在讲台上睡。这样美观，整洁，一点不影响教学。

那小子到外婆家借竹床，外婆全家喜出望外。他们没有想那小子中学读完了，还能读高中。细舅望着与他齐肩的外孙，对细舅娘说："你看，何哥的儿长大了。"细舅娘格外亲切，不叫"何家聋子"，改口叫"儿"。细舅娘说："儿呀！听说你的书读得好。"外婆把那小子拉过来，拥在她的怀里，用手从头摸到脚，说："我的乖，你吃了吗？"

窗外巴水河水清沙白，白帆点点。河畈里遍地青禾，满眼春风。燕子飞天，鹰击长空。王家的外孙到底长大了，一点不想哭。时光之中，那小子出脱了，像竹林丛中，那只学着打鸣的小公鸡，红冠绿耳的，很有"腹有诗书气自华"的范儿。这样子神圣，不容亵渎。

二

时光在日子里徘徊，让人眷顾。

现在研究中国近代教育史的人们，习惯性将那段"复课闹革命"时期，叫作"教育回潮"。这是为了忘却的纪念，纪念在动乱时期那个三度复出重视教育的伟人。那时抓教学质量，还全县统一考试，以学校排名，检验学生的学习成绩。不管用什么方法，"以学为主"也好，"兼学别样"也好，只要有老师教，有学生学，学好就好。

有课本了。不收钱，发了五本书。课本都是免费的。除了课本不收钱，还有助学金。那小子也有，只是等次不高，是每星期伙食费的一半。只要在读的好像都有，并不论家庭成分。这就温暖。语文还叫语文，数学还叫数学，英语还叫英语。这没法改。只是化学、物理和生物变成了《工业基础知识》《农业基础知识》。这些课本很薄，中间用钉子钉着，叫作骑马钉。只是纸用得好，内芯用竹制的纸，很白，细腻。封面用牛皮纸，设计并不花哨，朴质大方的红字书名。现在想来那些知识都是教育行家，将传统高中课本的内容，压缩后精制而成的。相当于战时战士们吃的压缩饼干。那小子是吃"压缩饼干"长大的。

学校因为是地区教育改革的试点，集中了全县各学科遣返原籍或准备遣返的优秀老师。他们的家庭出身多少有些问题。原籍是他们的家乡，他们教书的学校，分布在全省或全国。遣返回乡，一是接受改造当学生，二是继续教书当老师，相当于半壶浊酒喜相逢，以乱世的浊酒，浇心中的块垒。这些"压缩饼干"，交到那些优秀老师手里，他们能灵活多样地加工，变成丰富多彩的营养餐，哺育学生。细想起来，高中两年那小子，没有学到扎实的系统知识，但是从老师那里，拿到了一串开门的钥匙，供后来打开各类知识迷宫的门。这些老师很优秀，在小小的会龙山上，都有腾云驾雾、化育鱼龙的本领。

先说"以学为主"的课吧。"以学为主"的课是在教室上的。英语是其中的一门。教英语的是周小鹏。听这名字你就知道他家家学底子。据说他父亲叫周大鹏。他的家乡在本县洗马金谷山。他的祖上据说是为太子洗马的官。鹏是大鹏展翅的鹏。他身高一米八，绝对英俊，标准的美男子。他是华师毕业的优才生。据说他做学生时，选上了飞行员，只是一根手指有点毛病没去成。据说他大学毕业后，选上大使馆的英文翻译，差一点到了太平洋对岸，但政审时，舅父家成分出了问题。周老师用那时的课本教学生"毛主席万岁！"和"提高警惕，保卫祖国！"叫那小子至今没有忘记。周老师对学生说，为什么要学英语呢？他在黑板上画出世界地图，标出英国的位置，说："英国全称大不列颠及北爱尔兰联合王国。"他写上英国的英语名字后，接着将英国的简介，先用英语说一遍，再翻译成中文："英国的本土位于欧洲大陆西北面的不列颠群岛。1688年确立君主立宪政体，是世界上第一个工业化国家，首先完成工业革命，国力迅速壮大。十九世纪至二十世纪初期英国统治的领土跨越全球七大洲，是当时世界上最强大的国家，号称'日不落帝国'。由于历史上英国在世界上的地位和影响，所以英语成了各国在国际交往中，约定的官方语言。我们学英语是为了实现共产主义理想，解放全人类。"这就耳目一新，引人入胜，那小子只有仰望和倾听的份。

那小子中学时学过英语，教英语的是个女老师。上了周老师的课，才发现那个女老师的发音不准确，后来才知道她是受了汉语拼音的影响。周老师用国际音标对学生进行纠正，花了相当长的工夫。周老师的英语手书非常绝，在黑板上示范，一个句子能从头到尾连着写，花儿一样。周老师说英文诗也是押韵的，全世界的诗，不管什么语言和文字都遵循着这个规律。于是给学生们念英文诗，对句尾的韵母进行强调，使那小子眼界大开。周老师课后给那小子送了一本英文诗。那是原著，没有中文翻译。周老师英语教得好，没想到他的篮球打得一样好。他说篮球是欧洲人的发明，原来叫筐球。他远投三分，三大步上篮，学生们防不住。那小子也是学校学生篮球队的，老师和学生经常在操场上混队合练。周老师喜欢活蹦乱跳的学生。那一次那小子抢篮板球跳起来，正好冲着了周老师的下巴，伤出血来。周老师笑着，双手护着他，没让他摔倒。那小子梦想有朝一日能用英语写诗。

数学也是"以学为主"在教室上的课。教数学的老师姓罗，叫罗运筹。数学不就是运筹学吗？他是四川人，原来在县一中教高三数学。罗老师上课从不带课本，只带三支粉笔。那粉笔用纸包着，上课前拎出来，放在讲台上。他的家乡在四川。他要遣返回四川，在学校只教了一个月。一个月他将一本解析几何教完了，主要是推论公式，比方说双曲线，比方说椭圆，比方说坐标与象限。他深入浅出，循循善诱，一步步推论下来，三支粉笔用完了，公式成立了，不迟不早，到了下课时间。他问坐在下面眼睛发亮的那小子："懂了吗？"他好像只对那小子一个人讲。那小子说："懂了。"那小子说懂了，他认为学生们懂了。过了会儿，那小子不懂了，如坠云雾。罗老师的水平确实高，只是走得太急。如果能教三个月，那小子解析几何的水平，不至差到恢复高考那年"双手摸白纸，两眼望青天"的程度。但是罗老师的课没有白教，让那小子知道在数学家的眼里，世界的文明是由公式组成的。一个公式派生出许多的公式，环环相扣，严谨而且美丽，构架着人类想象的时空。没想到罗老师打篮球的水平比周老师还高。罗老师运筹起来，单手运球，勾手投篮堪称一绝。他混在哪个队，哪个队准赢。罗老师教一个月就走了，遣返回了原籍四川，叫人思念至今。他的命运不得而知。他走后，数学课由另一个姓周的老师接手教。这个周老师也叫那小子此生难忘。此是后话。

语文课分主课和副课。主课在教室里教，学基础知识，属于"以学为主"。副课是写作课，学校成立了业余创作组，由陈汉池老师教，也不是他全教，有时候聘请了许多校外辅导员来，也请当时县文化馆的业余文学辅导老师来，丰富多彩，不一而足。那小子喜欢写诗，自然是不可或缺的讲课对象。

在教室里教语文的正课老师，叫王仲池，也是奇人。新生入学上第一节课时，他文质彬彬朝讲台上一站，自我介绍就用了一节课，从人文讲到地理。他说他姓王，叫仲池。他家弟兄四个，哥叫伯池，他叫仲池，大弟叫叔池，小弟叫季池。他说他家兄弟是按古制，伯、仲、叔、季排的序。这也是知识。他说："我的家乡在江对面鄂城梁子湖边，那是一片神奇而且美丽的湖乡。"那时候长江对岸的鄂城还归黄冈地区管。他说："你们知道吗？我家乡的梁子湖是我省第二大淡水湖泊，是毛主席诗中的'才饮长江水，又食武昌鱼'里武昌鱼的故乡。鄂城古称'武昌'，是历史上三国吴王孙权的陪都。'陪都'是什么呢？是吴国的第二个首都呀！"他说："你们知道吗？梁子湖由三百多个湖汊组成，湖里大小岛屿星罗棋布，秋天莲米成熟了，鱼虾和螃蟹肥美了，那才叫'落霞与孤鹜齐飞，秋水共长天一色'！"这就令人向往。台下的眼睛一片明亮。

他歇了口气，再从地理讲到传说。给学生们讲梁子湖沦陷成湖的来历。现在的何括知道，那是借远古一场大地震，表达惩恶扬善的民间故事。那叫绘声绘色，引人入胜。下课钟声敲响了，他刚好讲完。一堂课他没有用课本，讲他的。现在想来他讲的全与文学相关，他有这本领。

那时语文课本最简单，没有拼音，没有语法，只有文章。文章中有鲁迅的杂文，比方说《丧家的资产阶级的乏走狗》《记念刘和珍君》，比方说伟人的《别了，司徒雷登》。但是讲这些的时候，他照本宣科，一点不生动，只是强调词性，要学生们领会走狗之前的系列定语，是递进关系，一层比一层厉害，像投枪，像匕首，扎进敌人的心脏。讲《记念刘和珍君》只讲"君"字的字义，其余的都不讲。讲《别了，司徒雷登》，讲明"司徒雷登"是英译的名字，讲此人是美国驻中国的大使，然后什么都不讲，让学生自己读，反复地读，说："书读百遍，其义自见。"他一点也不敢放开，生怕越雷池一步。那时的课文学生读不出生动。觉得有意思，那是长大后。那些文章具有强烈的战斗精神，叫人激情澎湃，都是血性文章。

时光倒流着，人物和故事，近在眼前，像彩蝶儿纷飞。电视里又在播放连续剧《三国演义》。浑厚的男中音在唱："滚滚长江东逝水，浪花淘尽英雄。是非成败转头空。青山依旧在，几度夕阳红。白发渔樵江渚上，惯看秋月春风。一壶浊酒喜相逢。古今多少事，都付笑谈中。"余音袅袅，不绝于耳。

那时任主课老师们的精气神，滋养着一代人成长。他们的风采，别开生面，影响着一代人的思维和学风。

三

《工业基础知识》课，在防空洞里上。防空洞是周校长带领师生们在会龙山上挖的。黑色的会龙山，是远古地壳运动，火山喷发抬升过后的陆相沉积岩，像铁渣，坚硬无比，师生们凭原始的铁器，用坚强的意志，夜以继日完成了防空洞。手上磨了多少血泡，不去说了，鼻孔里熏黑了多少回，不去说了。总而言之，这是教育革命的成果之一，上了典型材料的。

洞不深，却大。会龙山是河边的孤山，如果挖深，那就穿了帮。如果不挖大，发生第三次世界大战，来了外国的飞机轰炸，丢原子弹，就藏不下多少人。再说不挖那么大的洞，能进行科学实验吗？科学实验室建在备战洞里，一举两得。洞里的实验室，有简单的实验仪器，由上级配发的，有烧管、量杯、试剂和供实验用的材料。教《工业基础知识》的老师姓吴，大学毕业，经过两年军训，刚从军马场分来的。此人个头不高，穿着皮鞋，走路迈正步，头梳得光亮，一举一动，像经过军事训练的知识分子。他在课堂只讲半节课，讲分子式和原理，然后带着学生列队进洞，进行科学试验。他取出试管，将镁和氧气放在里面点火燃烧，发出耀眼的光芒，生成二氧化镁和水。他将氧气和氢气放在试管里激烈燃烧，然后生成水。他采来洞里的水，用试纸检测 pH 值。那值高得出奇。他说这是硬水，告诫学生们，不能直接饮用。至于高分子化合物，比如塑料、橡胶、化肥、农药的试验，由于条件的限制，他做不了。只能拿出样品，写出花样的分子式，由学生记。至于记没记住，记住后能不能运用，全由学生自己做主。

吴老师教那小子两年的《工业基础知识》，最大的功劳是让那小子明白三句话："世界是物质的。物质是有规律的。规律是可以发现的。"行星围绕太阳转，那是宏观世界。在微观世界里，电子围绕原子核转，原子在一定条件下组成分子，分子在一定条件下，组成化合物，形成一门学科，叫无机化学。那么什么叫有机化学哩？有机化学是在一定条件下，由碳氢组合而成的，叫作烃。烃是有机类的高分子化合物，是地球所有植物和生物的总称，包括人类的生命以及智慧。他说："科学家通过研究表明，迄今为止宇宙之中，烃只有地球上才有。烃说到底就是碳水化合物。"这奥妙，博大精深。

那小子提问："那么人呢？人也是碳水化合物吗？"吴老师说："这位同学问得好！人也是碳水化合物，未能幸免。"那小子问："那么生命终结之后，会变成什么呢？"吴老师说："个体生命，无论何种形式，最终还原成碳和水。这叫能量守恒，物质不灭。"这让人震惊。那小子说："老师，这不美丽，很残酷。"吴老师说："所以人类创造了哲学、文学和宗教，塑造灵魂，让灵魂不死，解决痛苦，歌颂永恒。"这问答上档次，相当于哲学与史诗。出洞后同学们取笑那小子，叫他"碳水化合物"。那小子不生气，说："你也是。"同学们笑作一堆，你叫我"碳水化合物"，我叫你"碳水化合物"。哈哈，都成了"碳水化合物"。若不问，会知道你是什么吗？这有什么错？那时那个"碳水化合物"，敢向吴老师提出这样的问题。据说后来吴老师不教化学了，改行从事哲学研究，如今是国内一所著名大学哲学院的博导。学《工业基础知识》，那小子遇到这样的老师。那人穿着擦得锃亮的皮鞋，在会龙山上，在夕阳下，踽踽独行的脚步声，至今仍在耳边回响。

备战洞分两层。上层与教室相连，是进口，干燥，叫旱洞。下层是出口，开在高岸下的稻田，常年有地下水流，湿润，是水洞。学校拉警报搞了几次防空演习。学生们在周校长的带领下，从旱洞进，从水洞出，秩序井然。旱洞的入口，盖了间小屋，挂着"支农服务点"的牌子，让南春波同学当课外支农服务的组长，领着有爱好的几个同学承接对外支农服务。不时有山下的农民背着喷雾器、鼓风机，或是铝制的生活用品来，要求服务。南组长系着黑色抹衣，进行服务。那些生产和生活用品，脱焊的多。南组长用镪水除锈，然后用烧红的烙铁点着锡水焊缝儿。还用铝皮敲白铁做生活用品，兼带修锁配钥匙。南组长的父亲是巴水河边的小炉匠，他子承父业，课外时间做得有模有样。那几个兴趣爱好者，也学到了真本领。这项目虽说挂着"支农服务点"的牌子，但属于《工业基础知识》的范畴。吴老师并不反对。

饶大用同学见样学样，在小屋旁边加了一个服务项目。他父亲是巴水河边的阉鸡佬，该同学将父亲阉鸡的全套工具都拿来了，也系着抹衣，坐在马扎上，让山下农家送鸡来阉。吴老师也不制止，说："这是农业基础知识，不归我教。"事情反映到周校长那里，周校长哭笑不得，农业基础知识由周红旗老师教。于是找来周红旗老师，反复讨论后，决定这个服务项目还是不开。若是鸡毛乱飞，鸡们惨叫，遍地血腥，有碍观瞻。这让该同学愤愤不平。若是准开的话，该同学必定能培养出几个出色的徒弟来。谁能说这不是本领？

教《农业基础知识》的老师有两个，一个叫周红旗，他是农科院毕业的。那时年轻，与共和国同龄，他父亲给他取名红旗。生在红旗下，长在红旗下。一个叫童安田，他在海南岛有多年的杂交育种经验。他们犹如双子星座，大放光芒，一个有理论知识，一个有实践经验，将《农业基础知识》课，教得出神入化。《农业基础知识》的课，在广阔天地里，湖边的稻田，山上的岗地，都是课堂。生物遗传，他们教有性繁殖和无性繁殖。比方说稻谷和小麦，是靠花蕊授粉，然后结实的。花蕊分公蕊和母蕊，相当于人类的父亲和母亲，叫有性繁殖。有性繁殖又分自花授粉和异花授粉两种。自花授粉是本株之间进行的，异花授粉是异株之间进行的。从古到今，自花授粉保持物种遗传的连续性，异花授粉呈现物种的变异性。遗传与变异，贯穿着作物生化的过程中。品种蜕化了，需要变异来打破。变异了，需要提纯复壮。好了，不说那么多了，操作吧。

中午太阳正好，湖边田里的稻子正在扬花。通常是公蕊先开，风中露着根根白线儿牵的、细细的粒儿，是公蕊，提着开水瓶去，找一株苗壮的稻穗，朝开水瓶里塞进去，泡上一会儿，杀死公蕊，然后选另一个品种的稻株，扯来，将公蕊的粉，摇动，撒在刚泡的那株稻株上，用尼龙袋子筒着，系好，编号，让母蕊受粉。成熟后，通常会收获几粒稻种。第二年种下，也发芽，也成熟，至于高不高产，那不重要，关键是掌握科学知识。你不要急，冬产的有呀！

那时正是全国杂交水稻试验的高潮。难得的是发现自然界的不孕系呀！杂交水稻之所以成功，是农业科学家发现了水稻不孕系，然后用异花传粉，进行栽培的奇迹。周红旗老师说："自然界中不孕系是存在的，各种作物都有，只是难找，长得苗壮，到了成熟时还不结实的，就是。"那就找吧。发动同学们在太阳下，金光闪闪河畈稻田里找，找也找不到。若是都能找到，科学家那不遍地都是。童老师笑："找什么呢？杂交育种的田里多的是。"周老师说："授人以鱼，不如授人以渔。"这话有点深奥，周老师解释半天，童老师才懂。于是周老师召集同学们，到杂交水稻育种的田里去上课。童老师指着稻田说："同学们，插在中间的三行矮的，都是不孕的母系。插在两边的高的，都是父系。"于是发动同学们用粗大的草绳子，站在岸上拉，从田头勒到田尾，又从田尾勒到田头，让父系的花粉传到母系之上，让学生们从实践中学到知识。秋天母系成熟后，细心收割，风干扬净，就是杂交水稻的种子，第二年种在田里就高产。只是那高产的稻子不能做种，得年年育。周老师说："杂交有杂交的优势，杂交也有杂交的难处。"

周老师的杂交是出过奇迹的。那一年他带领学生，用显微镜进行胚胎嫁接试验，先用针挑去水稻种子发的芽，然后将高粱种子芽，嫁接到了水稻的胚胎上，居然成活了。若是秋天成熟了，穗儿与高粱那样长，该多好。只是到了秋后，那株奇迹，还郁郁葱葱的，结不了实。到了冬天，于是放到水洞里，让它继续生长，第二年春天，仍是黄不拉叽的，半死不活的样子，空喜一场。他带领学生将大麦的花粉传到小麦上，结了实，只是那粒儿比小麦的更小。

旱洞里也有农业实验室，用营养液，培养有用菌。培养出一种叫作"九二〇"的植物生长液。用琉璃瓶子装着，很神秘。这种液喷到作物上，一天能增长两厘米。那小子尝过两口，像白水，只是有一点甜。喝下后，渴望奇迹发生，并没有。由此看来，人与植物还是有区别的。实验室还培养腐殖质。这就不说了，与农村沤土粪区别不大。但你要懂原理呀！比方说糖化饲料，在添加剂的配方上，有很大的学问。

周老师带领学生们嫁接，将红苕嫁接到番茄上，希望上面长番茄，土里结红苕。可惜没有成功。将棉花的枝，嫁接到木槿上，希望冬天也不死，长成高大的树，年年搭着梯子摘棉花。可惜也没成功。这让那小子明白，事实证明，无性繁殖比有性繁殖更加有难度。不是你想把谁嫁接到谁的身上，就能获得成功，天地之间，哪有这样随便的事？

试验呀！不都是试验吗？生龙活虎，生动有趣，让思维展开想象的翅膀，让心灵自由地飞翔。后来那个碳水化合物小子，经常做异想天开的梦，选择文学创作的路，不能说与此无关。

人到了一定的年纪，喜欢怀旧，喜欢听老歌儿。不是歌词写得好，而是那旋律好听。何括写累了，打开手机听那时候的歌儿。这歌儿是戴玉强翻唱的："东海扬波红日升，南岭起舞飘彩云，珠穆朗玛雪峰献哈达，草原上赞歌唱不尽。"你听那旋律！旋律呀，旋律！多么美好的旋律！有旋律的日子真好。

翻唱的歌声与原唱的歌声，在时光中浑然一体。原唱并不是戴玉强。那个人叫作贾世骏，现在没有多少人知道他，这无关紧要。

四

人的脑子是用来过滤的，过滤掉无用和有害的，然后结晶成智慧。

那小子在宝龙五七中学就读的两年时间，给日后从事文学创作奠定的基础，应该是诗，是参加陈老师"兼学别样"课外创作小组辅导下的结果。

小小会龙山，集合着时代风云。每到下午那小子就满怀信心地参加课外创作小组。陈老师不满足语文课本上的内容，及时为课外创作小组的学生们，提供与时俱进的文本，都是当时风行全国、在广播里激情播出的诗歌与小说。其中就有仇伟梁写的抒情叙事诗《船台放歌》，歌颂我国第一艘万吨远洋轮下水。陈老师先讲作者的姓，应该读"求"不读"仇"，然后走到那小子面前，说："何括同学，你给同学们朗诵一下。"那小子热血沸腾地站起来朗诵。那首诗淹没在岁月的长河中，那小子再也记不得了，但记得他朗诵这首诗的激情。朗诵完了。陈老师笑着点头说："很好！坐下。"拿粉笔在黑板疾书：诗言志。说："这是古今中外，作为诗人追求的共同目标。"

诗歌的种子一旦种下，就会生根发芽。在会龙山读书的两年日子里，那小子写下不少的诗。毕业时叫同桌黄立民抄写成集，厚厚的一本。可惜散失了。黄立民同学的字写得好，抄在红格子的稿纸上，拿在手里很有成就感。其中有几首，值得一提。一首是写种菜的。学校提倡勤工俭学，组织学生在山上开梯地自己种菜吃。种菜在薄暮时分，巴水河的雾像水一样漫在会龙山上。梯地层层开好了，菜秧棵棵栽下了，浇上水。第二天旭日东升，苗壮成长的场面，就壮观。那小子心旷神怡地写："梯地依山开，菜畦顺东摆。一夜歌声过，又是一山菜。"一首是写锤石子修路的。公路就在会龙山下，学校响应号召锤石子修战备路，勤工俭学，公路部门论立方给一定的钱。同学们积极性很高，将捡来的石头锤成石子堆在公路两边。那小子激情澎湃地写："急喘气，快步跑，革命担子捡重挑，为了修好战备路，浑身热汗似雨浇。"有一首是歌颂大批判的。学的是七律，极夸张之能事，有两句是这样的："用完巴水层层浪，书尽校园重重壁。"得当时风气的真传。比如那一首叫作《除虫》的，是写秋天的夜晚，送土壶到田畈当灯诱蛾的。其中有两句："伸手揽住当头月，摘下星星布满畈。"这些诗

264

写出后得到陈老师的表扬，上了学校的墙报，相当于发表。

陈老师还教学生们读浩然那时写的短篇小说，其中有《桃源》和《一担水筲》，把河北平原上的农村人物和生活写得很生动。课外文学创作小组里的学生中，除了那小子之外，还有两个优秀的人才，一个是肖同学，一个叫胡同学。他们除了写诗之外，还按当时的模式，写短篇小说，居然像模像样。他们家成分好，文笔好，毕业后没有回乡锻炼的过程，由学校推荐，直接上了县师范，这是特例，比那小子幸运得多。他们师范毕业后，胡同学进了县文化局创造作组，组成班子写《云岭卡》，这是地方抓的样板戏。胡同学后来从政退休，退休时官至副县级，那文质彬彬的样子，不是当官的料，不然副县级就打不住。肖同学当老师后，深造哲学，在一家有名的大学哲学系，成了马列主义领域博士生的导师。选择此领域，用他的话说，是理性思维大于形象思维。他除了小说之外，还写过哲学方面的文章，那时他就戴副眼镜，像个"老夫子"，治学精神严谨。学校将创作小组的作品，集中起来送到县文化馆县刊编辑部，得到编辑们的重视，宝龙五七中学成了业余创作培养的基地。周校长格外高兴，金牙笑得闪闪亮。县文化馆经常派老师下来进行文学辅导。

那小子从那时候开始，与县文化馆的辅导老师，结下此生不解之缘。县文化馆县刊的编辑，分两种。一种是专业的。专业的拿国家工资，男女都有，都是年轻人。有刚从学校毕业分配来的，有理论水平；也有从县剧团调来的，有创作经验。一种是业余的，是全县有创作成绩的业余作者，抽到县文化馆的。他们轮流值班，负责处理来稿、联系和辅导作者，其中就有本县闻名全国的四大农民作家。他们不拿工资，只拿补助。

金风送爽，桂花飘香。那小子是那年国庆到来之际，认识农民诗人王老师的，兴奋激动。那时他们的名字，如雷贯耳，家喻户晓。王老师的名字虽说排在四大农民作家最后，认识他这也是天大喜讯。

王老师到宝龙五七中学来讲课，是由专业辅导干部彭老师领的。讲课和汇报演出，不是小事，需要动用操场和主席台。同学们分班在台下坐好。

主席台上的王老师和彭老师，由周校长和陈老师陪坐，周围红旗招展，歌声嘹亮，所有的眼光都集中在主席台上。台上的老师，一老一少，一胖一瘦，胖的白净，瘦的精黑，阳光明亮，相得益彰。周校长致欢迎词，说活动的重要意义，台下鸦雀无声。陈老师介绍王老师的创作成果，掌声雷动，令人无限向往。彭老师先给学生们朗诵王老师的诗《社是山中一枝梅》："社是山中一枝梅，我是喜鹊满天飞。喜鹊落在梅枝上，石磙打来也不飞。"又是掌声雷动。这是前奏。课由王老师主讲，给学生们讲如何运用形象思维，以《社》诗创作过程为例，叫人眼界大开。王老师拧着稀疏的头发，朝地连吐几口唾沫，对学生说："宁求一字稳，拧断数根须。诗就是要这样写！"叫人肃然起敬。彭老师笑出了声。王老师说："小子！你笑什么？"彭老师说："不是一字，你那是两个字！你那两个字，的确拧得好！"王老师说："小子嘞！你不要唱滥调。"彭老师连忙举手作揖，说："岂敢！岂敢！"

　　台下坐的学生并不知道彭老师在取笑王老师。这首民歌体的诗，登在《红旗歌谣》上，署名王英，成了王老师的代表作，那时彭老师不敢说破它的出处。后来那小子才知道那首诗只有两个字是王老师的。哪两个字呢？你将诗中的"社"换成"姐"，将"我"换成"哥"，再读你会明白的。那本是一首优秀的民歌呀！王老师换了两个字，化腐朽为神奇。你无话可说。王老师开始辅导本校学生的作品，不评小说，那不是他的专长。他拿那小子的诗稿，现场评点，说："'伸手揽住当头月，摘下星星布满畈。'这两句好。有太白遗风。太白是什么人？太白是诗仙李白呀！"彭老师提醒他："老王，不能这么说！"王老师说："小子，我就这么说。"他俩是一对冤家，关键时候谁也不服谁，谁也离不开谁。王老师向台下问："作者是谁，站起来让我看一看。"那小子受宠若惊，从学生中站了起来，吸引了全场的目光。这叫自豪。

　　辅导报告结束，汇报演出开始。学校宣传队迎着朝阳，上台演出。宣传队是校长亲自选定的好女好男，女饱满，男苗壮，穿着是彩服。头个节目《宝龙儿女唱新歌》，是移植《阿佤人民唱新歌》的。曲子没动，只是改词。改曲子太难了，人才还没有培养出来。一阵清风刮到会龙山上，树竹欢呼。音乐起了，先是笛引，然后锣鼓喧天。周校长亲自指挥，双手向下一按，少女少男，怀揣宝书，舞动手中的红绸跳将起来，唱："打起鼓敲起锣，儿女唱新歌。毛主席光辉照巴河，山笑水笑人欢乐，教育革命好，架起五七桥。道路越走越宽阔。学工学农又学军，高山出成果，毛主席指引五七路，清清长港荡碧波，杂交绿油油，嫁接结硕果，教育花开千万朵。"曲好，词好，唱得跳得更好。那小子热血沸腾，幸福极了。虽说词是集体智慧的结晶，但其中三句是他写的。

那小子除了写诗之外，还学写通讯报道。这比写诗还实用。国庆到了，公社准备表彰一批典型人物，需要人去写，就向学校求援。周校长派出三个学生，冠名"土记者"，由贫雇代表领着，用一个星期的时间集中到公社，面对面采访典型，写成报告文学。那小子也在其中。他写的是一个女的，那时提倡妇女能顶半边天，他取题《半边天的急先锋》，写了三千多字，极煽情，得到了公社领导的肯定，此文登在公社的油印材料上。那小子写完材料后，到公社旁边的池塘去洗冷水澡，池塘阔大幽深，四周树竹盘根错节。他像一条入水的鱼儿，游得浪花翻滚，让岸上的贫雇代表急得跳脚，生怕淹死了，不好交差。贫雇代表不知道那点水是淹不死那小子的。那小子自小在巴水河边长大，活水都不怕，还怕静水不成？意气风发，正是"浪遏飞舟"的年纪。

那小子得意忘形，并没有想到，布在时光中厄运的网，悄悄降临他的头上。

五

那小子被"出事"，是国庆节的前三天。

原来觉得很复杂，经过时光的过滤，过程其实很简单。经过心理分析，就两点，一是怪他手痒。那天下课后，他与几个同学拿前一节课老师遗下的粉笔，在黑板上乱画。不知是谁写下了"中华民国"四个字，上课钟敲响了，没擦赢留在黑板上。二是怪周老师心血来潮。上数学课的周老师不爱人在黑板乱画，叫乱画的人上台对笔迹，断定那四个字是那小子写的。知道那小子家庭出身不好，于是他借题发挥。那小子五雷轰顶，呆若木鸡，大祸临头。

周校长闻讯来了，来到教室，把那小子带了出去，剥夺了那小子上课的权利，隔离审查。当时那小子并不明白，周老师为什么要断定那字是他写的。后来弄明白了，周老师家也是地主，动了立功赎罪的心。

那小子脑子一片绝响，被周校长带离教室时，脚像踩在棉花上，恍兮惚兮。太阳裹着雾朝起升，照着校园，亮哗哗的，有风吹来，树影乱晃，天地如在噩梦中。新做的教室在庙改的老校园外，周校长带着那小子，朝庙改的老校园走。新教室通往老校园的路，一边是围墙，一边是陡岸，陡岸有三米多高，下面是水塘，水塘很深，常年绿水幽幽，天干也不见浅，据说塘底有泉洞与东海相通，是会龙山黄龙和乌龙的通道。两条龙经常在这里斗法，较劲，害得日子里活痛了的女人们，想解脱就跳下去，去会东海龙王，龙宫是地下的极乐世界。周校长在前，那小子随着周校长走。走了几步，周校长让那小子走前面，他紧跟其后，怕他跳下去了。

出了那样的大事，那小子想到了塘，也想到了死。父亲含辛茹苦把他抚养成人，他千方百计地想读书，落得如此下场，若是打成反革命，开除回家，没书读，这辈子活着有什么意思？不如死了强。这想法只是一闪念，然后担忧，他想若是跳了，就是畏罪自杀，不明不白的，父亲怎么受得了？

学校里只有教室，没有"牛棚"。周校长没有兴师动众，把那小子带到了自己的寝室。周校长把那小子带到寝室时，正是上课时间，庙改的老校园里学生们正在上课。太阳在天，书声琅琅。触景生情，那小子心就扯痛了，他不知道还能不能进教室，坐在心爱的座位上上课。那小子泪流满面。那小子在周校长的寝室里，隔离审查了几天，那小子并不承认那四个字是他写的。本来就不是他写的。周校长没有办法，在北风起了的操场上，当着全校师生的面宣布，开除那小子学籍。一校之长，开除一个出身不好，写"反标"的小子，小菜一碟。

陈老师是那天夜晚来找那小子的。夜的黑，漆在树影婆娑老校园陡岸的小路上。无助的那小子像影子一样游在树影里，吸一口风到肚子里，涌上来便是无尽的悲凉。野外的田畈，秋虫唧唧，流萤错过了季节，不再闪亮。夜的巴河，流水有声，留恋两岸青山。父亲，父亲，你在哪里？河下是浩浩长江，父亲在江对岸的黄石做泥工。父亲，你可知道你的儿子惨遭不测，折断了翅膀？外婆，外婆，你在哪里？你在灯下摇着古老的纺车，纺着怎么也纺不完的棉纱，你可知道你的外孙命若琴弦？

那小子像一只呆鸡，呆在黑暗里。

有人来了。来人走到树影里那小子的身边。来人默默地看着那小子。那小子觉到轻轻的风，闻到那敦厚的气息，知道是谁。陈老师看着发呆的那小子，叹了一口气，幽幽的。陈老师对那小子说："你跟我来一趟。"说完就走。陈老师在前面走，那小子跟着，若即若离。走出陡岸的树影，是新做的两排教室，前面是坪地，路就宽。灯火摇在教室的窗子里，人闹路静，没人注意。走过教室，是学校食堂，夜的食堂无人，那门关着黑暗，风中弥漫着潲水的味道。走过潲水的味道，便是农科所农工们的宿舍。一排土砖屋，却做成时髦的式样。走进去，中间一条宽宽的走廊，两边的门对开着，住着农工和发配来的老师，之后便无房屋，山下是无边无际的田地，作物轮回在季节里。

农工和老师去参加国庆活动了。走廊就黑，两边的门关着，散发着稻草和农具的味道，尽处有一抹微光，亮着黑暗，那门敞着。

那小子随陈老师走，走到走廊尽头。敞开的门是单扇的，掩在墙边，门上贴着一方白纸，写着三个墨字：陈汉池。那小子进到屋里，闻到了书本和墨水的香味。桌上一盏罩子灯，发着微亮。没有电灯，为了备课和改练习本，学校给老师每人发一盏罩子灯，罩子灯点煤油，煤油紧张，要供应，为了节约，临时有事出门，不吹熄灯，只把捻子拧小，亮就微。

陈老师叫那小子坐。那小子不坐，陈老师也没坐。那小子看着陈老师用手一点点把罩子灯的亮渐渐拧大了。土砖屋和那小子的心，一齐明亮起来。陈老师的寝室很干净，床上和桌上井井有条。陈老师的灯罩子擦得很仔细，很明亮，连一个手纹都没有。陈老师倒水给那小子喝。那小子说："不渴。"陈老师说："水还是要喝的。"那小子喝一口，把杯子放在桌子上。在那明亮干净的天地里，陈老师对那小子说："孩子，你要对我说实话，那字是不是你写的？"那小子的眼泪流了出来，说："老师，那字不是我写的。"陈老师问："真的吗？"那小子说："我向党保证！"陈老师说："孩子，我要你向我保证。"那小子流着泪说："我向你保证！"陈老师说："孩子，读书不容易。下回记住，小处不可随便。周老师有洁癖，做他的学生很难。"那小子哭着说："陈老师，我错了，我在黑板上不该乱画。"陈老师望了一眼窗外，窗外无人。陈老师说："孩子，你与别的孩子不同，吾日三省乎己，你知道吗？"那小子说："我知道。我的八爹就叫何省吾。我问父亲他为什么叫'省吾'，父亲对我说了，为人谋而不忠乎？与朋友交而不信乎？传不习乎？"陈老师听后很感动，说："孩子，你很聪明。记住，智慧尽求大，聪明不可小。老师相信你，你的路还很长。记住，天地生人，心地光明，世事就会光明。"

那小子哭着说："陈老师，我该怎么办？"

陈老师坐下来，坐在椅子上，从桌上的竹筒里拿出一支批改作业的红笔，铺开一张纸，写字，很整齐的四行，递给那小子。那小子拿着看，是四句诗："半亩方塘一鉴开，天光云影共徘徊。问渠那得清如许？为有源头活水来。"陈老师问那小子："你知道这是谁写的吗？"那小子摇头说："不知道。"陈老师说"是朱熹写的。"那小子不知道朱熹，说："我只知道李贽。"陈老师说："李贽给人反抗的力量。朱熹给人生存的智慧。格物致知是他治学的真谛。"陈老师的话，像春风让那小子心里很温暖。

六

第二天是国庆节，学校放假三天。

同学们离校回家，同家人团聚去了。偌大的学校，人散教室空，剩那小子一个。天阴着，北风在校园里阵阵地刮，树上的黄叶儿像筛米一样朝地上落。那小子很伤感，隔离审查没结束，是死是活不知道，他不敢越雷池一步。清早起来，他到周校长寝室去报到。周校长寝室的门敞着，他站在门外喊一声："报告！"寝室里没人应，他进去了。周校长不在寝室里。周校长忙，每天起得很早，学校大小事都得他发话。那小子站在桌子边。

从外边周校长进来了，进来后用眼睛看着那小子想问题。那小子嗫嚅着说："周校长，我来了。"周校长问："你想清楚了吗？"那小子说："我想清楚了。"周校长说："那你就老实交代。"那小子说："我交代了。那不是我写的。"周校长露着金牙说："那你就回去吧！"那小子流着泪说："周校长，我还来不来？"周校长说："这是放假。收假后，你来一趟吧。"那小子问："我是不是被开除了？"周校长说："你等着吧。我们党历来的政策，不冤枉一个好人，不放过一个坏人。"那小子哽咽了，说："周校长，我不想回去。父亲不在家，家里没人。"周校长说："那你到你外婆家去吧。"周校长知道那小子外婆的家，在学校山下巴水河边的沙街。那小子说："我不想去外婆家，外婆身体不好。"周校长愤怒了，说："你要我现在就开除你吗？"那小子泪如雨下。周校长说："你到上巴河镇上玩半天散散心吧。我要开个会，下午再到学校来。"

那小子知道这是决定他的命运，他不能在校，点头答应了。周校长问："你有钱吗？"那小子说："有。"政策好，连他这个成分不好的儿，每月都有一块五角钱的助学金，做泥工的父亲，只他一个儿，每月给钱他零用，比其他同学的条件好。周校长说："你有钱跟我垫着，到书店买个好笔记本子。"那小子知道周校长家儿女多，家大口阔，日子不好过，说："好。"周校长说："回来，我给钱。"那小子问："本子是送给我的吗？"周校长说："小子，你太聪明了，叫我怎么说你好？"

那小子在上巴河古镇上梦游的时候，周校长领着老师们在学校办公室里，为那小子的事开会。开会的内容，对于游在古镇上的那小子来说，一无所知。

学校的办公室不大，是老师集中备课和议事的地方。两排桌子对排着，一张桌子前坐一个老师。伟人像下是主位，周校长坐那儿。周校长开口了，用的是闻一多《最后的演讲》的开头，很有效果。周校长说："这几天大家晓得，我们学校出了一件大事，'反标'事件！这件事发生在我们这个地区文教局教育革命的点，后果非常严重！我作为学校的负责人，有不可推卸的责任，所以要严查到底！"老师们一个个正襟危坐。周校长说："下面让周老师说明事件经过。"大家的眼睛一齐望着教数学的周老师。周老师脸红了，说："没什么，大家晓得我不爱学生在黑板上乱画。"周校长愤怒了，说："姓周的，你说话要负责任。那是乱画吗？你说那是'反标'！'反标'是什么性质的事？别人不知道你难道不知道吗？"教英语的周老师问："写的什么内容？"教数学的周老师说："好像是'中华民国'。"教英语的周老师问："字呢？"周校长没好气地说："字被他擦掉了。他当场断定是何那小子写的，我把那小子隔离审查了好几天，那小子说不是他写的。"

陈老师呷了一口茶，开口了。陈老师说："周校长，我能说说我的意见吗？"周校长说："不是叫你们来说吗？"陈老师将那口茶吞下肚说："出了这样的事，我想大家心里都不舒服。这几天我仔细想过，我认为事情没有想得那么严重。我是教语文的，字词句我知道。大家都是科班出身，应该不会外行。'中华民国'是'反标'吗？不是。'中华民国'是专用名词。它本身不具褒贬意义。如果一定认为'中华民国'是'反标'，那不是学生的错，因为我们的课本上有鲁迅的《记念刘和珍君》这一课，是刚上完的。这篇文章中就有'中华民国'。"陈老师说："我给大家把原文念念。"陈老师把课本带来了，翻开就念题目："记念刘和珍君。"接着念课文："中华民国十五年三月二十五日，就是国立北京女子师范大学……"周校长拍了一下桌子，说："还念什么？"指着陈老师说："你说得对！专用名词！专用名词！什么'反标'？扯卵蛋的事！差点上了鬼子的当。"周校长用一句当时电影中的话。教数学的周老师脸像血泼，低下头，无地自容。陈老师说："如果大家认为我说得对，请举手认同！"周校长站起来说："还举个卵子手。遵从科学！真有水平的人就不一样！散会！国庆节了，放假三天，大家回去同家人团聚吧！"满天乌云风吹散，化干戈为玉帛，皆大欢喜。

那小子从上巴河古镇散心回校，走到上巴河大桥上，北风把天上的太阳吹出来了，阳光很好，照得两岸炊烟上青天，河水清影流不断。

那小子回到学校，周校长还没回家，在寝室里等那小子。那小子拿出笔记本，很厚，很好，封面上广阔天地燕子飞，一轮红日当空照。那小子说："周校长，我把本子买回来了。"周校长露着金牙笑，说："放在我这里吧，等你毕业了，我再送给你！"那小子问："不开除我？"周校长说："还开除什么？你懂不懂？那不是'反标'，是专用名词。"那小子的泪一下子流了出来，说："是陈老师说的吗？"周校长指着那小子说："你不要太聪明。谁说的不重要，关键是你一个狗崽子在黑板上乱画什么？手痒吗？逞才是不是？差点坏了大事。从现在起你要狠斗私心一闪念，彻底改造世界观！"那小子流着眼泪说："是。"

国庆收假后，周校长送那小子到教室去上课，周校长兼着高一排的班主任。正是朝读，教室里书声琅琅，同学们正在读英语。"教育回潮"抓教学质量，重视朝读。一个星期六个早晨，三个早晨读英语，三个早晨读语文。朝读是没有老师的，靠学生自觉。小春是学习委员，正领着同学们读英语课本，周老师说小春的音发得准。刚收假，同学们回家同家人团聚了，肚子里有了油水，那精气神就旺。周校长领那小子进教室。小春停了领读，教室就静，所有的眼光聚集在周校长和那小子的身上。

那小子内心充满辉煌，深夜躺在被窝里，默默地想，从地上想到天上，想到外婆说的天堂，他的理想就在天堂里。他饱含热泪，在本子上默默地写："我是一枝藕，长在湖里头。湖泥虽淤黑，我身却白素。"闭上眼睛，热泪溢出来。

七

风波过了，归于平静。

日子里的那小子，与同学们一起上课，默默地学知识，学本领。课余时间那小子默默地扫教室和厕所，自觉改造世界观，内心充满自省的光芒和成熟的力量。

星期天，学校放假，让学生回家拿米拿菜。那小子下山到沙街看外婆，从会龙山走下来，走进一望无际的河畈，河畈里棉秆拔了，堆在地边，棉秆上的棉花一片白，正在采摘残花的外婆诧异了，一把将那小子揽在怀中，泪眼婆娑地说："我的个乖，你怎么这么多时日没来？把我的心羡痛了。"那小子人长树大了，脸红了，矜持着，在外婆的怀中极不自在。垸中的女人就笑，笑成一团。细舅娘出来解围，拉着那小子的手望脸，说："哎呀，几时不见，何哥的儿成大人了嘞。"细舅娘问那小子："吃饭了吗？没吃细舅娘回去跟你煮。"那小子说："细舅娘，我吃了。"细舅娘问："渴不渴？细舅娘回去烧茶你喝。"那小子说："我不渴。"垸中女人们就笑，说："外甥儿，你不吃又不喝来做什么？"那小子说："我来看下外婆和细舅娘。"这话极痛人的心。外婆抹着眼泪。细舅娘感慨："只愁生，不愁长。我的外甥儿真的成人了。"

那小子是在那天夜里初遗的，惊喜一生难以忘怀。新做的教室在围墙外，学校附近垸子里的小儿们，经常在夜里翻窗子进教室偷课桌屉斗里的本子和笔，一支自来水笔是值钱，本子也要钱买，叫人哭笑不得。

周校长派那小子和黄同学两人守夜。黄同学和那小子同铺，黄同学家里穷，只有垫被，盖被是那小子的。初冬夜里冷，不能没有垫被。黄同学比那小子小两岁，正是睡下去把他拖出去也不晓得醒的年纪。

下了晚自习，那小子临危受命，与黄同学抱着铺盖，到教室守夜。没有床，那小子和黄同学拼几张课桌当床，垫了盖了，就睡。夜里教室空荡漆黑，有风从窗户缝儿里钻进来，呜呜地叫。黄同学倒头便睡，那小子用脚钩他，他也醒不了。那小子不敢睡，心想那些胆大包天的小东西，要是进来就好，他会奋不顾身同他们做斗争，让他们原形毕露。

那些小东西特精，并不现身，害得那小子一夜无眠。到了五更小鸟闹林的时候，那小子迷迷糊糊睡着了，做了一个梦，梦见了一个漂亮的姑娘，像是小春，又不像。梦中的那小子浑身阳气聚焦在一起，像一轮太阳喷薄而出。醒后惊喜极了，幸福极了，知道他真的成人了。他是在那个特定的夜晚初遗的，咸腥弥漫在会龙山混沌初开的岁月里，伴着琅琅的书声，没有迷茫只有幸福。

快毕业了。那小子期待着毕业之后，宝龙五七中学办成农业大学。忽然那天，周校长在班会上遗憾地宣布："上级决定宝龙五七中学不办农业大学了，送走这一届毕业生合并到竹瓦高中。"断了那小子读大学的梦。

毕业的日子越来越近。北风在会龙山上闹，季节到了深冬，巴水河畔的天空时阴时晴，雾霭像潮水一样，一波一波涌来，袭着那小子的心。同学们浑然不觉，那小子的心格外沉重，知道同学们毕业回乡后，家里成分好，可以推荐上大学当工农兵学员，还有读书的希望，他家成分不好，没有这种可能了。

那小子孤独，绝望，像河上风中孤飞的雁，用那样的心情写诗，情不能已，写很长很长的叙事抒情诗，诗这样开头的："时间像无情的手，将我的学习机会，无情地夺走！一天一天，像顺流而下的飞舟，任凭我怎么地留恋和呼唤，它像风中的黄花渐枯渐瘦！"这首诗有一百多行，诗中那小子饱含深情地回忆在宝龙五七中学两年的学习生活和充满挫折的成长过程，特别怀念陈汉池老师深夜捻亮油灯，对他的帮助和教育，流露出对读书的留恋和不能再读的失望。

那小子把诗用稿纸抄好后，送给陈老师看。那稿纸是红格子的，是陈老师送给他的。那小子课外经常写诗，写出后，用稿纸抄正，送给陈老师看。每次陈老师看后用红笔仔细地批改，在后面写评语，都是鼓励的话，每一回都像春风吹在那小子的心里，暖融融的。

这次陈老师看了之后，带信叫那小子到他的寝室去一趟。那小子进了寝室，陈老师坐在桌子前双手抚着诗稿，像舔犊的牛样用眼睛望着那小子，说："孩子，诗我看了。要说的话写在后面了，你拿去吧。此诗不可示人，只可珍藏。"这次没叫"同学"，叫那小子"孩子"。那小子心里一颤，知道陈老师的意思。

那小子将诗稿拿到无人处看，看见一百多行的诗，陈老师没改一个字，只在后面用红笔写了一段话："孩子，诗是好诗。气畅言宜，不枉教你一场。孩子，学校只是一个过程，人生很长，学无止境，学习机会到处都有。有志者事竟成。希望你做一个对社会有用的人，记住'天生我材必有用，直挂云帆济沧海'！毕业后你可以走通讯报道和业余文学创作的路。坚持数年，必然开出花来，结出果子。"

要毕业了，科任老师给自己教的那门课成绩优秀的学生送书，寄托希望。陈老师给那小子送的是《创作基本原理》，很厚的一本，繁体字，是以前上海商务印书馆编的，在扉页上签着"何括同学留念"。教英语的周老师送给那小子一本英文诗集和一本《英汉字典》，诗集不厚，纯英文的，没有一个中国字。周老师在诗集和字典的扉页上，签的是那小子的英文名字和他的英文名字，那小子查英汉字典能读懂原诗。教数学的周老师给那小子送的是一本数学研究的小册子，是以前的一个学者——名字记不得了——回乡休假期间，遇洪水研究数学，用乘法和加法计算高次方的，由繁到简，推理得出的公式，很有趣味。教农业基础知识的老师，送那小子一本《无性杂交与繁殖》。周校长送的是那次那小子到上巴河镇上买的本子。周校长在本子的扉页上写着："天高任鸟飞，海阔凭鱼跃。"本子里夹着钱，是那小子买本子的。那小子要退，周校长说："你要记住，是我收你来的。"

真的毕业了。北风中，周校长领着高一排的男女同学，在校园里的山坡上，栽松树苗儿。每人栽一棵，或者两人栽一棵，先挖一个坑，一米见方，在坑里灌肥灌水栽，用脚踩踏实。周校长说："同学们，把你们的希望和向往，栽在会龙山上吧！让它成林成材，若干年后，当你们回首往事的时候，再来看看，你们的青春和梦想会连成一片。青春长绿，永远是春天！"

　　同学们自由组合。相互爱恋的男女同学，不约而同地栽一棵。周校长装作没看见。那小子很想与小春同栽一棵，但不敢。会龙山坡上栽满了松苗。那松苗迎风绿，横成排，竖成排。同学们栽下松苗一齐唱起歌儿。那歌儿是为国庆节创作的《宝龙儿女唱新歌》。男女同学一齐唱得热泪盈眶。

　　毕业证发下来了。那小子也有。一个小红本子，贴着照片，盖着红章儿。上面写着："何括于宝龙中学高中两年修学期满，准予毕业。"下面是校长的签名。

　　要离校了，学校的墙上贴满欢送的标语。敲锣打鼓嘞。周校长将毕业的男女同学集中在操场上，等人来接。贫雇代表们顶着北风，备着红花来学校接人，敲锣打鼓，发花，男女同学胸戴红花喜气洋洋接走了。落日浮红，景象壮怀激烈。贫雇代表来接小春。那小子同小春告别，心里空落落的，同小春说了半天云里雾里关于伤感惜别的话。小春听着，只是笑，没有回话，同那小子挥挥手。那小子目送小春，落日挣扎，半明半暗，小春的身影，远了，远在田畈尽处浮起的雾儿里，操场上只剩一个孤零零的他，没人来接，叫那小子黯然神伤。再见了会龙山！再见了老师们！那小子背着行李，沿着来时的路，独自回到家乡燕儿山。

　　时光在何括眼前回溯。孙子看《西游记》累了，在沙发上睡着了。电视里正播送片尾曲《敢问路在何方》："你挑着担，我牵着马，迎来日出，送走晚霞。踏平坎坷，成大道，斗罢艰险，又出发……敢问路在何方？路在脚下。"